中国书籍文学馆·小说林

换一个地方

陈 武 —— 著

中国书籍出版社
China Book Press

图书在版编目（CIP）数据

换一个地方 / 陈武著 . —北京：中国书籍出版社，2014.3
（中国书籍文学馆·小说林）
ISBN 978-7-5068-3908-2

Ⅰ．①换… Ⅱ．①陈… Ⅲ．①中篇小说—小说集—中国—当代
②短篇小说—小说集—中国—当代 Ⅳ．① I247.7

中国版本图书馆 CIP 数据核字（2013）第 305295 号

换一个地方

陈 武 著

图书策划	武 斌 崔付建
责任编辑	卢安然 牛翠宇
责任印制	孙马飞 马 芝
出版发行	中国书籍出版社
地　　址	北京市丰台区三路居路 97 号（邮编：100073）
电　　话	（010）52257143（总编室）（010）52257153（发行部）
电子邮箱	chinabp@vip.sina.com
经　　销	全国新华书店
印　　刷	北京中华儿女印刷厂
开　　本	650 毫米 ×940 毫米 1/16
字　　数	275 千字
印　　张	21.25
版　　次	2014 年 6 月第 1 版　2019 年 4 月第 2 次印刷
书　　号	ISBN 978-7-5068-3908-2
定　　价	68.00 元

版权所有　翻印必究

序

李敬泽

"中国书籍文学馆",这听上去像一个场所,在我的想象中,这个场所向所有爱书、爱文学的人开放,不管是白天还是夜晚,人们都可以在这里无所顾忌地读书——"文革"时有一论断叫做"读书无用论",说的是,上学读书皆于人生无益,有那工夫不如做工种地闹革命,这当然是坑死人的谬论。但说到读文学书,我也是主张"读书无用"的,读一本小说、一本诗,肯定是无法经世致用,若先存了一个要有用的心思,那不如不读,免得耽误了自己工夫,还把人家好好的小说、诗给读歪了。怀无用之心,方能读出文学之真趣,文学并不应许任何可以落实的利益,它所能予人的,不过是此心的宽敞、丰富。

实则,"中国书籍文学馆"并非一个场所,它是一套中国当代文学、当代小说的大型丛书。按照规划,这套丛书将主要收录当代名家和一批不那么著名,但颇具实力的作家的长篇小说、中短篇小说集和散文集等。"中国书籍文学馆"收入这批名家和实力作家的作品,就好比一座厅堂架起四梁八柱，这套丛书因此有了规模气象。

现在要说的是"中国书籍文学馆"这批实力派作家，这些人我大多熟悉，有的还是多年朋友。从前他们是各不相干的人，现在，"中国书籍文学馆"把他们放在一起，看到这个名单我忽然觉得，放在一起是有道理的，而且这道理中也显出了编者的眼光和见识。

当代文学，特别是纯文学的传播生态，大抵集中在两端：一端是赫赫有名的名家，十几人而已；另一端则是"新锐"青年。评论界和媒体对这两端都有热情，很舍得言辞和篇幅。而两端之间就颇为寂寞，一批作家不青年了，离庞然大物也还有距离，他们写了很多年，还在继续写下去，处在最难将息的文学中年，他们未能充分地进入公众视野。

但此中确有高手。如果一个作家在青年时期未能引起注意，那么原因大抵有这么几条：

一、他确实没有才华。

二、他的才华需要较长时间凝聚成形，他真正重要的作品尚待写出。

三、他的才华还没有被充分领会。

四、他的运气不佳，或者，由于种种原因，他的写作生涯不够专注不够持续，以至于我们未能看见他、记住他。

也许还能列出几条，仅就这几条而言，除了第一条令人无话可说之外，其他三条都使我们有足够的理由对这些作家深怀期待。实际上，中国当代文学的丰富性、可能性和创造契机，相当程度上就沉着地蕴藏在这些作家的笔下。

这里的每一位作者都是值得关注、值得期待的。"中国书籍文学馆"

收录展示这样一批作家，正体现了这套丛书的特色——它可能真的构成一个场所，在这个场所中，我们不仅鉴赏当代文学中那些最为引人注目的成果，而且，我们还怀着发现的惊喜，去寻访当代文学中那相对安静的区域，那里或许是曲径幽处，或许是别有洞天，或许是，众里寻他千百度，蓦然回首，那人却在，灯火阑珊处……

目 录

换一个地方
001 ◀

牙
036 ◀

水胆水晶
084 ◀

绳 子
131 ◀

目 录

少年愁
▶ 182

茶香万里
▶ 220

四个大嫂批林彪
▶ 257

大　鱼
▶ 294

编　后
▶ 327

换一个地方

一

于红红从乡下来到城里那年才十六岁，现在已经是第三年了。于红红在街边卖茶叶蛋和水煮花生。

头两年，于红红不是卖水煮花生和茶叶蛋，她跟着表姐弹棉花，一天到晚都在呛嗓门的小屋里翻腾棉絮，除了眼睛是干净的，身上毛毛茸茸的都是灰。于红红就是在这些灰尘中，完成了少女最后的发育——腰肢柔韧了，胸脯饱满了，眼睛水灵了，圆鼓鼓的小肚子也平坦光滑了。但是，于红红不知道外面的世界多精彩，两年里几乎没出过门，吃饭在后院的表姐家，住呢，就在临街的棉花房里。表姐一家对她不错，每月给她三百块钱。三百块钱对于于红红来说，已经是大钱了。于红红不知道钱怎么花，都让表姐给她存着。

表姐对于红红是真好，什么话都跟红红说。但是，表姐的话，于红红不是每句都能听得懂的。于红红听不懂的话也不去问表姐，眼睛眨巴眨巴就算了。有一天，表姐又对于红红说话了。那是夏天一个很热的夜里，表姐从后院的家里来到棉花房了，表姐神色平静地坐在电风扇前，电风扇对着表姐吹，把表姐的头发都吹起来了。表姐的头发有些乱了。表姐对于红红说，红红，姐对你说个事，明天，你就不要弹棉花了。你去干点别的吧。于红红对表姐的话还是听不懂。她眨巴眨巴着长长的睫毛，等着表姐接着说。可表姐没有接着说，表姐哭了。表姐突然就哭了。表姐把头埋在两个膝盖中间，呜呜地哭了一阵。表姐真伤心啊。于红红有些手足无措，她轻轻抚摸着表姐瘦俏的肩膀，说，姐。表姐抬起头来。表姐满脸都是泪啊。表姐说，姐明天要走了，姐不弹棉花了，姐要到海南去，过好日子了。于红红这才问一句，那，姐夫呢？表姐说，我管不了他了。表姐说完又哭了。表姐说，我也管不了你了，姐真替你担心，你不弹棉花，你还能干什么呢？于红红说，姐，你别担心，我什么都能干。表姐说，有你这句话，我就放心了。你能去做点小生意，是吧？你能自己养活自己，是吧？于红红说是。表姐满意地点点头，表姐似乎还笑一笑，表姐说，红红啊，等姐在海南出息了，把你也接过去。于红红含含糊糊地说是。表姐说，你让姐帮你存的钱，姐给你拿出来了，你拿着。表姐从什么地方，拿出来一个厚厚的红纸卷，塞到于红红手里。表姐继续说，你拿着钱，自己找间房子住，不管做什么生意，自己有房子住才安心，姐真是顾不了你了。表姐说完，脸上的泪已经没有了。表姐脸上神情坚定而从容。于红红这才发现，表姐今天真漂亮啊，表姐穿了一身新衣服，红色的小T恤，白色的长裙子，表姐还抹了口红和眼影，表姐长长的脖颈像天鹅一样华贵，表姐素手纤纤，一点也不像弹棉花的手。表姐掠了下长发，又从什么地方拿出来一封信，说，后院要是有人问你，你把这个交给他，然后再实话实说，懂了吗？于红红不知道懂没懂，她点点头，说，就是姐夫吗？表姐说，对，就是他，他不会欺负你的，他是好人，他看了这个信，就什么都懂了。于红红点点头。于红红点点头就哭了。表姐说姐夫是好人，表姐凭什么说他是好人啊？他哪里算得上好人啊？表姐说姐夫不会欺负她。表姐还不知道，姐夫早就把她给强奸了。那时候她到表姐家才几个月，姐夫就在半夜里钻进棉花房，把她被子掀了，把她衣服扒了。姐夫是从外面喝酒回来的。姐夫满嘴酒气，姐夫浑身力气，姐夫三下五除二就把吓呆了的于红红收拾了。此后，姐夫常常隔三岔五地钻进棉花房，有时候是从临街的门，有时候是从后院的窗户。于红红不敢声张，姐夫要她怎么样她就得怎么样。姐夫说这叫做爱。于是于红红知道世界上最恶毒的词就是"做爱"了。姐夫还跟她调笑，跟她说一些黄段子，跟她说一些低俗的笑话。但是，不管姐夫说什么，于红红都是不言语。于红红就像一个木头人。于红红由最初的恐惧，慢慢变得只剩下麻木了。就像她每天必须要弹的棉花一样，已经无所谓喜欢和仇恨了。或者说，她就是姐夫的一团棉花，任他随意摆布了。后来，姐夫常骂她是一头猪，还在半夜里煽过她一记耳光，骂她连猪都不如，一点情调都没有。还在她的身上，一边掐着她的脖子一边说，你要是不听话，我就叫你死！再后来，姐夫有过一段时间没来，她以为从此会轻松了，可没隔多久，姐夫还是往棉花房里钻。他不再骂她，也不再打她，他一二三四五，事情一完，扔下她，就走了。她连他的棉花都不是了。

表姐见于红红也哭了。表姐说，红红，姐真是舍不得你啊，姐也是不得已啊，红红……什么都别说了，等你长大了，你就知道了。红红，姐还是那句话，等姐在海南出息了，姐就把你接过去。

二

后来，于红红才知道表姐跟一个有钱的男人私奔了。

再后来，于红红在城市的另一端找了一间房子住。那是一户人家的车棚。说是车棚，实际上就是一间小屋，虽然用水不方便，要到户主家去提，但总算有住的地方了。有住的地方就算有一个家了。安顿下来后，于红红开始在城市的街头做生意了。于红红先是帮一个中年妇女卖甘蔗，然后，跟着那个妇女到农贸批发市场，也批了一大堆甘蔗到路口去卖。可于红红做起生意来，就不那么灵光了，不但甘蔗滞销，还在某一个黄昏时分，被城管办的车收走了。于红红第一次做生意赔了五十多块钱，让她心疼了一夜。一夜都没睡着。于红红这时候非常怀念表姐。可她知道，表姐帮不了她了。表姐到海南去了。于红红第二天又到农贸批发市场去转，她发现什么东西都能赚钱，比如冬瓜，她家附近的路边市场上卖六毛钱一斤，农贸市场批发价是二毛五或者三毛。拳头大的水蜜桃，农贸市场批发价是五毛钱一斤，她家附近的路边市场卖一块钱一斤，带点疤疤麻麻的还卖八毛钱一斤，还有苹果，还有葡萄，还有别的许多东西。于红红在心里算着差价，觉得做生意真的适合她。于红红吸取第一次教训，她没有急于批货，而是在她家边上的那个路边市场找摊位。她发现，那些卖东西的人，都拉好了架势，随时准备跑，一问，才知道，这儿不是指定的菜市场，城管办的车经常来查。于红红就碰到过一次，她还不知道是怎么回事，就见卖东西的菜贩子一窝蜂似的四散逃去，他们推着三轮车的，抱着菜的，抬着筐的，一路上丢了不少东西。她看到城管办的小卡车上跳下来七八个穿灰衣服戴大盖帽的人，吆三喝五地收拾那些没来得及跑的小菜贩。于红红对被抓住的小菜贩很同情，就像她自己的甘蔗被人抢了一样，她心里一揪一揪地疼。于红红一直等到城管办的车走了，才把在地上捡的两个水蜜桃还给人家。

于红红在小街上转了好几天，才在一个拐角处摆上了摊。她发现，这儿虽然有些背，但便于逃跑，往后一转，就是一条小巷，小巷里还有小巷，像迷宫一样。再说，城管办的车也进不了小巷，不管卖什么他们都抢不走。但是卖什么呢？于红红又想了好几天，她终于决定卖红辣椒。一来，红辣椒轻，便于跑，二来，红辣椒便于保管，还有一点就是红辣椒价格差价大，进价是四块五毛钱一斤，她零售价能卖到十块钱一斤。但是买红辣椒的人很少有一斤一斤买的。那些买菜的老太太小媳妇，都是几两几两的买，她也不涨价，卖一块钱一两，一两能赚五毛五分钱。实际上赚不了这么多，她每卖一份，都要高点秤给人家，再加上消耗什么的，一两能赚四毛钱就不错了。

生意这样做下来，免不了还是跟着人家跑——城管办的人几乎隔三岔五就来追赶一次，开始她还紧张，后来也就习以为常了。

于红红就是在卖红辣椒的时候，认识蔡小菜的。蔡小菜比于红红只大一岁，在和于红红相隔不远的地方卖时令蔬菜。于红红注意她，不是因为她卖时令蔬菜，也不是因为她漂亮，而是因为她不漂亮。她不漂亮主要体现在她的脸上。她脸色就像青皮冬瓜的颜色差不多，其实她就是一张冬瓜脸，她脸上的各个部位，就像拿一根筷子随便在冬瓜上戳几个洞。但是蔡小菜有个显著的特点就是爱笑。她一笑就露出两排错落不整的牙齿。除了爱笑，蔡小菜还喜欢少人家秤，为这个事，她经常和顾客吵，有一次她甚至被一个胖男人揍了一顿。她嘴唇都被那个胖男人揍破了，流出了鲜红的血。蔡小菜就像涂了鲜艳的口红，人也顿时鲜艳不少。于红红看蔡小菜实在是势单力薄，就过去劝了那个胖男人几句，为蔡小菜打了圆场，自己做主退给了那个胖男人二毛钱。那个胖男人接了钱，嘴里骂骂咧咧的才作罢。实际也就二毛钱，于红红觉得蔡小菜真是不值得。

蔡小菜因为少秤的事吃过不少亏。但她改不了。于红红曾经说过她，让她别再少顾客的秤了。蔡小菜呸了一声，情绪激动地跟于红红说，不少秤还叫做生意啊？不少秤，我日他妈的，我赚×钱啊！还说，于红红你想想，我卖一斤冬瓜才赚三毛钱，还是毛利润，我少一斤秤就净赚六毛，而且省下来的一斤东西还能卖钱，就不是六毛了，就是一块二了，于红红你别装傻×了，谁卖东西不少秤啊，狗日卖东西才不少秤！于红红说，我就不少秤。蔡小菜说，我不是故意要骂你，我就是跟你说这个事，你懂不懂？于红红说，我……我糊涂了。蔡小菜说，你怎么会糊涂呢？你要是连这个账都算不上来，你还做什么生意啊？你要是连这个账都算不上来，你就别在城里混了，城里这些狗男女，可不吃你这一套！你要是不少他秤，他还认为你瞧不起他，他还认为你在他脸上刮一耳光！蔡小菜看于红红一愣一愣的样子，突然笑了，说，你啊你啊，真是太嫩了，你就是一根还没有落花的丝瓜，你叫我怎么说你呢？我跟你说这些，是要跟你处朋友才说的，要是换了别人，请我都不说！

　　于红红本来不想跟蔡小菜处朋友。于红红觉得蔡小菜嘴巴很脏，就像她老家屋后的大粪塘一样，都能爬出蛆来了。但是蔡小菜经常把卖剩下来的菜送点给于红红，于红红就觉得，蔡小菜这个女孩子还是善良的。有一天突然下起了大雨，于红红拎着一口袋红辣椒就往家里跑。于红红租住的车棚离路边市场很近，她一口气就跑到家了。她看看自己湿透了的衣服，看看红辣椒基本上无恙，才大口大口地喘着气。这时候，她才想起来，蔡小菜离家远，住在郊外的农村，说不定没来得及跑，还在雨中呢。于红红就打一把伞，到街上去看看。她果然就看到蔡小菜了。蔡小菜披着一块塑料布，站在三轮车旁边，满满一车的各种蔬菜，在雨中青枝绿叶，显得格外鲜嫩。于红红跑到她跟前，说，到我家歇歇去啊，会淋出病来啊。蔡小菜说，不能啊，我这一车菜，喝了这么多雨水，不卖就烂了啊。于红红说，下这么大雨，谁来买菜啊。蔡小菜说，马上就不下了。说话间，果然雨点就稀了，渐而就停了。于红红很惊奇，说，你怎么知道马上就不下啊？蔡小菜说，就头顶这块云，别的地方都透亮，一看就没有雨。蔡小菜还得意地说，这下我这菜好卖了，就剩我这一车菜了，我要拿独市，我要卖高价，我要赚大钱。于红红说，要不要我帮帮你啊？蔡小菜说，好啊。蔡小菜这车菜，果真卖了好价钱，价格比平时翻了一翻，早上还卖一块钱四把的小青菜，转眼就卖一块钱两把了。而且，前后不到半个小时，一车菜就卖光了。这时候，被大雨淋跑的菜贩子们才重新出摊。蔡小菜看看表，说，还不到十点钟，今天这个生意，爽透了！于红红说，天还早呢，到我家玩玩去吧。蔡小菜说好啊。蔡小菜就推着空三轮车到于红红家了。蔡小菜很惊讶地说，这么大地方啊，就你一个人住这里啊。其实地方很小，不到十平方，由于只有一张单人小床，屋里才显得空旷。于红红看她衣服湿透了贴在身上，感觉她一定不舒服，便说，我找件衣服给你换上吧，你会受凉的。蔡小菜说不用不用，我才不娇呢，这点雨算多大事啊。蔡小菜坐在于红红的床上，从挂在脖子上的小包里抓出好几把钱，认真地理钱。蔡小菜一边理钱一边笑，说，这哪里是下雨啊，这就是下钱啊。于小红也帮她理钱。这些钱是潮湿的，大票小票都有。于红红帮蔡小菜理钱，就像跟自己理钱一样，心里也甜丝丝的。于红红羡慕地说，这回让你赚了。

通过这次交往，两个女孩成了好朋友了。于红红知道蔡小菜家住在城郊的铁路边上，她父母养几十头猪。本来她也帮父母养猪的，但是她父母赚钱不给她花，都给她哥哥上大学花了，蔡小菜没念过几天书，觉得父母很不公平，干脆就自己贩菜卖了。蔡小菜说，老不死的，笨死了，他们疼我哥，算是白疼了，我哥都对我说了，说他大学毕业，就在上海不回来了，两个老不死的，比猪还笨，还以为我哥要回来帮他们养猪！于红红的父母在乡下种地，普通得不能再普通了，她连骂他们的借口都没有。不过于红红对蔡小菜骂她父母老不死的很不顺耳，就说，你怎么能骂他们呢？蔡小菜说，我骂谁啦？噢——那也不是真骂，就这么骂着好玩的。于红红不觉得骂父母有什么好玩，她就给蔡小菜讲了表姐的事。蔡小菜听完，说，你还有这样的表姐啊？你表姐真伟大！于红红本来没觉得表姐有多么伟大，她只觉得表姐对她很好，让蔡小菜这么一说，她也觉得表姐伟大了。于红红很得意地说，表姐说了，过上一年两年的，她就从海南来接我。蔡小菜很馋地说，我要是有你这样的表姐多好啊。

此后，两个女孩不仅常在一起交流生意经，还谈一些人生上的大道理。蔡小菜常问的话是，你表姐有消息没有？于红红都是摇头。蔡小菜就很急地说，你真没用处，你表姐对你那么好，你现在连她消息都不知道。于红红想想，也觉得自己没用处了。觉得自己没用处的时候，于红红就有些伤感，她就想啊，自己今后连见见表姐的机会都没有了，表姐还怎么来接她呢？表姐就是来接她了，也找不到啊。于红红心里就不仅仅是伤感，还有点寂寂的。

有一次，是下午了，蔡小菜把三轮车推到于红红的辣椒摊前，两个女孩头挨头地说话，对从她们面前走过的女人评头论足，猜她们的腰围，猜她们的胸围，猜她们的身高，猜她们的年龄，猜她们的职业，还悄悄地说些女人之间的秘密话。蔡小菜说，这个女的，什么什么的，那个女的，什么什么的。还说，你看这个，脸又黄又青。这个，脸像烤牌。这个，鼻子像麻将。于红红只是听蔡小菜说，偶尔笑笑。蔡小菜对她这个听众很满意，越说越来劲，你看，东边走来这个女的多性感啊，脸上也亮堂，说不定刚干过那个事。看看，后头又来一个，看人家那腰，就跟扭麻花似的，乖乖，小心啊，别扭断啦！蔡小菜还说了许多。蔡小菜的那些话，让于红红非常惊讶，惊讶她小小年纪，竟然懂那么多。说着说着，蔡小菜把目光收回来，盯着于红红看了。于红红说你看我做什么？我脸上也没有花？蔡小菜说，于红红你卖辣椒真是亏透了，你这脸模子，可是个美人坯啊，你瞧你这眼睛，细细长长的，简直就是媚眼啊，小鼻子也笔挺笔挺的，听没听说，长这种鼻子的女孩子很会做那个事的。于红红在她肩膀上打一拳。于红红说你乱说什么啊，你真不要鼻子！蔡小菜说，我可没有不要鼻子的资本啊，我要有你这一半样子，我也不受这个罪了，我要去赚轻快钱。我这个样子，晚上都不敢出门，我真怕把人家给吓着。于红红让她一说，心里很舒服，也有点同情她了。于红红说，哪里啊，你才不难看了。蔡小菜说，你别哄我了，我自己还不知道自己的斤两。

像这样的说话，两个女孩还有好多次。于红红觉得蔡小菜懂那么多乱七八糟的事，真是了不起。

但是，好景不长，因为要创建卫生城市，这条路边市场被坚决取缔了。

路边市场一取缔，于红红和蔡小菜就失去联系了。

三

　　现在，于红红卖茶叶蛋和水煮花生了。

　　于红红卖水煮花生的地方，就是原先卖红辣椒的地方。自从路边市场被取缔以后，临街的人家纷纷破墙开店。于红红本来也想去租一间门面房，一打听，租金贼贵，一间小房，一个月要八百块，差点把他吓一个仰八叉。但是她还没反应过来，那些门面房就纷纷营业了，有卖粮油的，有卖海产品的，有烤面包的，还有搞鸡蛋批发的，就在于红红原来卖红辣椒的地方，那扇临街的窗子，一夜间就变成了门，门上有一个招牌，叫南京炸鸡。于红红这才意识到，满大街都是找钱的人，她稍一愣神，钱就被别人找去了。于红红观察了一个星期，她发现，就在南京炸鸡店的旁边，也就是拐弯的地方，很适合卖早点什么的。临近中午和临近傍晚时，炸鸡店生意很是火爆，她估算着，自己要是弄点东西，在炸鸡店附近，拾遗补缺，说不定也能把小生意做起来。说干就干，不过，她没有卖早点。她卖水煮花生了。卖水煮花生也是她灵机一动。她是在炸鸡店门口，看到一个买炸鸡的女人，手里拎着一小袋水煮花生。排在她后边的一个男人问她，大姐你这水煮花生在哪儿买的啊？女人说，我在大庆路那儿买的。男人口水拉拉地说，我也想买一斤，剥着花生下酒，真不错，可大庆路太远了。前面的女人并没有要把手里的水煮花生让给他的意思。说者无意，听者有心，于红红就把这件事记在心上了。于红红就到农贸批发市场批了两口袋花生，在南京炸鸡店旁边做起了水煮花生的生意。她开始不敢多煮，只煮四斤，没想到生意出奇的好，一眨眼就被买光了。南京炸鸡店的老板看她这边生意好，还大声地说，小丫头，给我留一块钱的。可她一不小心，一个花生壳都没给他留下来。于红红收摊的时候，不好意思地对他说，对不起啊老板，我忘了给你留了。老板操着怪怪的普通话，说，没事的没事的，明天你多煮点就行了。

于红红第二天下午也没敢多煮，只在原来的基础上多煮了一斤，也是很快销售一空。后来她每天递增，直到基本饱和时，她才把水煮花生稳定在十斤左右。

十斤花生，煮出来要卖十三斤或十三斤半，有时候也能有十四斤。她每天下午在五点左右出摊，一般卖到七点就卖光了，但是也有卖到七点半还卖不完的时候，剩下一斤二斤，都让炸鸡店的老板买去了。南京炸鸡店是一家夫妻店，老板是个三十多岁的瘦子，喜欢把笑挂在脸上。老板娘不胖不瘦，看起来很漂亮，平时听不到她多言语，只是埋头干活。而瘦老板和老板娘恰恰相反，喜欢说话，那张尖嘴一时半刻也不闲着，和顾客说，和邻居说，就连放学从他摊前路过的小朋友，他也要长嘴说几句。他老婆都喊他长嘴猪。

于红红又增加了茶叶蛋的生意了，也是听了南京炸鸡店老板的话的。茶叶蛋做起来也不复杂，只摸索了两三次，她就做出了正宗的口味来了。炸鸡店的这对夫妇，看起来对于红红还不错。一来二去，于红红知道老板姓朱，老板娘姓杨，都不是南京人，而是本市附近的灌南人。于红红第一次觉得朱老板做生意不地道，灌南就灌南，还冒充什么南京啊，难怪他普通话那么怪里怪气了。于红红还以为南京人就是这样讲话呢。于红红想想他老婆喊他长嘴猪，再看他模样，偷偷笑了，朱老板真的就像一头发育不良的猪。但是这头猪很乐于助人，在做生意上，帮于红红出了不少主意。比如于红红并不知道在煮花生时放盐的诀窍，是朱老板告诉她的。朱老板在他自己生意清淡时，跑过来捏一个花生，剥开来扔到嘴里，叽叽叽叽的，一边嚼一边说，小于做生意真实在啊。于红红知道他话里有话，就说，怎么啦？朱老板说，你不应该盐和花生一起下锅。于红红说，你怎么知道我是一起下锅的啊？朱老板说，我是老江湖了，什么不懂啊。于红红说怎么下锅啊，朱老板教教我啊。朱老板说，你应该先把花生煮开一遍，再放盐，再煮开，就行了。于红红说，为什么啊？朱老板说，这样啊，花生就吃了饱饱的水，就是水分高，压秤。于红红对朱老板的话将信将疑，就用两天时间实践了一下，果然，头一天她煮了五斤花生，煮好后，漏干了水，是六斤三两。第二天她按照朱老板的方法，果然是七斤还高高的。于红红觉得朱老板真是人不可相貌啊。但是，她在卖水煮花生时，心里老有点不踏实，觉得是不是在欺骗顾客？比原来多卖了七两水啊，水煮花生是两块五一斤，七两水就是一块七八毛钱呢，而且一分钱本钱不要，是净利。这天，于红红在卖花生时，都把秤称得高高的给人家。就这样，她还是有点不安。可她第二天煮花生时，还是按照朱老板的方法煮了。

通过一个夏天的摸索，于红红也总结出经验来了，生意最好做的时候是星期五。星期五这天的水煮花生，就像遭了贼抢似的，一会儿就卖完了。星期六和星期天也还不错。在这三天里，她都会把分量多做一些，比平时要多斤把二斤的。于红红的生意真是越做越精明了，她不光卖水煮花生，还卖水煮毛豆，中秋节那几天，她还卖几天水煮芋头。于红红在生意好做的时候，会想到表姐，在不好做的时候也会想到表姐。但于红红的生意大都是好做的。表姐要是知道她做生意这么好，一定会高兴的。她也会想到表姐夫，表姐夫找不到表姐时，会是怎么样呢？她还想到过蔡小菜，自从路边市场被取缔以后，她再也没看到过蔡小菜，她现在干什么了呢？还在卖菜吗？她在哪里卖菜呢？她真想去看看她。她是个满嘴脏话的女孩，她是个胡思乱想的女孩，她懂那么多乱七八糟的事，她还能吃苦，她还喜欢帮助别人。于红红想到蔡小菜时，心里头就特别想她，特别想听听她那些浑浑素素的话。真是不少天没见到蔡小菜了，蔡小菜是除了表姐以外，她唯一的朋友了。

转眼就是深秋了，于红红每天把小煤球炉也搬到街上了。这也是朱老板教她的，说要把水煮花生放在文火上温着，热乎一点，人家肯买。但是，事实是，于红红的生意不如从前了。她一天煮不了五斤了，就是星期五星期六，也卖不了五斤水煮花生了，她逐渐递减，现在连三斤都卖不完了。朱老板也看出来了，多次对她说，你要想想办法，你要想想办法，正道歪道都要想。可是，有什么办法想呢？人家不买，你总不能强迫人家或央求人家买吧？还是朱老板跟她又分析了一下，说，现在天气冷了，一般人家都不吃凉菜了，或者少吃凉菜了，到了来年春天，生意还会好起来的。朱老板又说，你要是想挣钱，早上卖早点也不错。于红红毕竟初出江湖，对朱老板的话虽不能言听计从，也考虑再三，她觉得卖早点不是不可以，反正茶叶蛋她会做，再煮一锅稀饭，添置些桌椅条凳，就可以了，只是她一个人肯定忙不过来。还有，就是一直传说的，城管办还要来查的流言，虽然每天的下傍晚时城管办不来查，那早上查不查呢？没有人告诉她，她也拿不准。倒是朱老板，对她越发的关心，朱老板经常会两手叉着腰，煞有介事地跟于红红说这说那的，说到开心处，还咧着大嘴大笑。朱老板不但瘦，人也松松垮垮的，满身都是炸鸡味。他有时候也跟于红红说几句玩笑话，他那玩笑话很生硬，一点也不幽默，于红红还没笑，他自己倒笑痴了。每到这时候，老板娘就在那边喊他了，长嘴猪，你又跟人家小于说什么啊，到处都是活，你眼睛长到裤裆啦，不叫你不晓得干啊！朱老板就屁颠屁颠跑回去了。有时候，老板娘也会过来跟于红红说说话。于红红叫老板娘杨姐，老板娘叫于红红小于。老板娘跟于红红说话都是诉苦哭穷的，说生意如何的艰难啊，说拿货多么的辛苦啊，说昨天又收了一百块钱假币啊，说老家还有三岁的儿子啊。在老板娘和于红红说话时，朱老板也会凑过来，老板娘就没鼻子没脸把他骂回去了。老板娘看于红红生意不好，也给她出主意，说早点不是不能卖，就是太忙人，你一个小丫头，怕是忙不过来啊。于红红说，我再想想看。老板娘又说，小于，你也不要发痴啊，在秤上做点手脚，也是钱啊。于红红知道老板娘是叫她少人家秤。于红红不要说做了，听了老板娘的话，脸上就火突突的了。

就在于红红对卖早点犹犹豫豫的时候，发生了一件事，对于红红触动很大。于红红和往常一样，坐在煤球炉后边，看着街上来往的人流。

正是下班时间，街上人不少，匆匆回家的男人或女人，手里不是拎着饼就是拎着菜。南京炸鸡店更是门庭若市，炸鸡的香味飘荡在小街上。于红红闻习惯这种香味了，但今天闻来，还是格外的香。于红红和南京炸鸡店做邻居都两个多月了，她还一次没买过炸鸡吃。炸鸡肉一定又嫩又酥，一定是她吃过的最好的鸡肉。但是她也知道，炸鸡也太贵了，十八块钱一斤不是她能吃得起的，她注意地看过那些买炸鸡的顾客，穿着都很体面，脸皮都很光滑，一看就知道是有钱人。她很馋的时候，心里也痒痒地想买。但她舍不得。她算过一笔账，一条炸鸡腿，要六块钱左右，她要卖二斤多水煮花生才能吃一条鸡腿，而且六块钱几乎是她一天的纯利润了。不过她决定是要吃一次炸鸡的，不是现在，而是年上，等过年时，她决定买一条鸡大腿，再买半斤鸡翅膀。现在她不买，现在她闻闻就行了。闻闻，就好像跟吃过差不多了。就在她对喷香的炸鸡想入非非的时候，过来一个中年人，他手里拎着一个塑料袋，塑料袋里是两块大饼，此人是个生面孔，红光满面的，一看就是吃油炸鸡的人，此人走到于红红摊前，弯下腰，嗅嗅水煮花生，说，还新鲜，多少钱一斤？于红红说，两块五。于红红已经拿过塑料袋，准备抓花生了。对方却说，太贵了，生花生才一块钱一斤，水煮一下要卖两块五啊？两块卖不卖？于红红说，不卖。对方嘴里嘟嘟囔囔，不知说些什么，走了两步又回头说，称一斤给我。于红红就称了一斤给他。一般人买水煮花生都是买一块钱的，买一斤的还不多。于红红很高兴做了一笔大生意。但是对方付了钱，把一袋水煮花生拎在手里掂量掂量，说，够秤啊？于红红说，够秤，整整一斤。对方又掂量掂量，说，好像没有一斤啊。于红红说，南京炸鸡店那儿有电子秤，你过去较一下，少一赔十。对方说，那我去较一下啦？于红红说你去啊。于红红有些不高兴，她从来还没给人说过少秤的话，事实是她也从来不少秤。对方还真的去较秤了。于红红看到，那个人自己把水煮花生放到电子秤上。于红红看到那个人笑了。那个人眉开眼笑地走过来，对于红红说，小姑娘好样的，不但没少秤，还多六十克，对不起你啊小姑娘，刚才我错了。那个人说着，又掏出两毛钱硬币，说，我说错了话，多出的花生，我再给你钱。说着，就把两枚硬币丢到了秤盘里。

于红红对此非常纳闷，她明明是了称了一斤，怎么会多出来六十克呢，六十克就是一两多了，莫非自己的秤有毛病？不会吧，她的秤是在专门的衡器店买的。如果真要是秤有毛病，那她做到现在生意，不是都多给了顾客了吗？那她就赔大了。就在她思虑不安的时候，朱老板过来了。已经过了做生意高峰期，朱老板那边生意出现了短暂的清闲。朱老板神兮兮地说，你生意不好做，我叫你想想办法你怎么一点也不开窍？于红红被朱老板说得一头雾水。老板娘小杨也过来了，小杨带有点责怪的口气说，你这丫头真是死心眼子，秤上也不使点手脚。朱老板说，做一杆九两秤，也不难。于红红这才省悟过来，原来朱老板家的电子秤就是九两秤，难怪她一斤的水煮花生到朱老板家的秤上称出了一斤多了，原来电子秤也好做鬼啊。原来他们家一直都在少顾客的秤啊。于红红想起蔡小菜的话，不少秤还叫做生意啊。朱老板又若无其事地说，你脑壳子要多转转，灵活一些，时间长了，弄不好你会把我们家给卖了。于红红心里知道，朱老板意思是让她也克扣些斤两。但她一直没吭声，她心里不服气，少人家秤，还这么有本事。

于红红晚上在家里捡花生，她是把坏了和不饱满的花生捡出来的。于红红现在又有点想通了，她觉得蔡小菜和朱老板是对的，至少是有诱惑的。她也决定试一试，既然大家都在少秤，她为什么不试一试呢？她给自己找了一个很合适的理由，就当是水煮花生涨价了吧。还有就是她怕出卖了南京炸鸡店，这是完全有可能的，如果别人在她摊子上买一斤水煮花生，而在南京炸鸡店的电子秤上又多称出一两来，只要顾客动脑子一想，就知道南京炸鸡店的电子秤有鬼了。南京炸鸡店的生意要是做不下去，那朱老板两口子还不把她给吃啦。

但是真要到实践的时候，于红红又下不了手了。一般顾客只买一块钱的，一块钱只买四两，那么少的东西，怎么下手啊？再说，她的秤人家也是能看到的，平秤她都不好意思给人家，她都要把秤杆高起来，哪敢少秤啊。不要说少秤了，她心里想着少秤的事，心都怦怦跳了。

于红红看着南京炸鸡店的生意，红红火火、热热烈烈的，她又不免同情那些顾客了，他们还不知道，他们每买一斤的炸鸡，都要少一两呢。

四

朱老板家的南京炸鸡店被抄了，于红红要不是亲眼看见，还真不相信事情会有这么大。于红红刚出摊时，就看到从好几辆车上下来好多人，他们穿各种颜色的制服，不容分说就把南京炸鸡店给围起来了，几个戴大盖帽的男人，从屋里抬出来两筐没去毛的死鸡。有好事的围观者问道，这些都是死鸡啊，怎么啦？一个女大盖帽说，南京炸鸡店违规操作，购进大批病死鸡，以次充好，坑害顾客，我们联合检查组是奉命查抄。于红红还看到，检查人员还把玻璃柜里几十只半成品的鸡也打包装上了车，包括那些鸡翅、鸡腿、鸡排、鸡头和别的鸡下水，说是要回去化验。车子开走时，朱老板也被带走了。南京炸鸡店的门上贴上了封条。封条的落款是工商局、卫生局、质量监督局好几家单位。

于红红后来就没看到朱老板一家了。据说朱老板家被罚款两万元，店不开，东西也不要，两万元也没交，跑了。

又过几天，在原来南京炸鸡店的地方，开了家美容院。

这样的变化，让于红红一时难以适应。那几天，但见美容院进进出出都是人，工人们连天带夜地装修，在锯声中，炸鸡店残留下来的鸡香味也随之消散了。

美容院的招牌挂出来了，让于红红非常吃惊的是，这家美容院居然叫红红红美容美发休闲中心，幸亏是三个红，要是两个红，就跟于红红完全重名了。红红红美容美发休闲中心门口还立着一个灯箱，灯箱上竖着写了两行红色大字，一行是足疗、按摩、泡脚，一行是快乐、享受、新潮。虽然是"中心"，但是周围的老百姓还是喜欢叫美容院。美容院和炸鸡店不一样，出入的，都是美女俊男。更让人意外惊喜的是，美容院的开张，给于红红的生意带来了空前的红火，美容院的女孩子们，不但喜欢吃于红红的水煮花生，还喜欢吃她的茶叶蛋。于红红没想到馅饼会从天上掉下来。那些来买水煮花生和茶叶蛋的，大都是体面的男人，他们买水煮花生，动不动是三斤二斤地买，买茶叶蛋也一买七八个十几个的，有时候常常把她的水煮花生和茶叶蛋连锅端。于红红的水煮花生每天不是卖三斤五斤了，而是十几斤了。从前她收摊很早，一般在晚上七点半就收摊了，最多到八点。现在不是这样了，现在一般都要到十一二点了。她之所以这么晚，是不知道美容院里那些人什么时候要吃东西。有一天，她就是回家早了点，第二天被美容院里一个涂绿嘴唇的女孩子骂了一顿。那个女孩子瞪着熊猫眼，说你想饿死我啊，你没安好心啊，我昨晚来买东西吃，你早早就跑了，你这个小×丫，要是再早早就跑，我找人操死你！于红红哪里见过这个阵势啊，吓得一声不敢吭，连道歉的话都不会说了。绿嘴唇的女孩骂过了，显然还不解恨，伸手在锅里拿一个茶叶蛋，茶叶蛋热乎乎的，绿嘴唇被烫了一下。绿嘴唇又骂了。绿嘴唇这番不是骂于红红的，她可能只是想骂才骂的。绿嘴唇吃过了茶叶蛋，心情要好了点，说，你昨晚约会去啦？走这么早啊。于红红说，没，昨晚冷，我就走了。绿嘴唇说，你看你人不怎么样，还怪娇气的，冷什么冷啊，冻死人啦！于红红知道自己又说错话了，因为绿嘴唇穿很少的衣服，白色的小夹克里，只穿了件红色的低胸圆领小毛衫，又透又紧的小毛衫把她乳沟束得很深，她还穿一条紧在身上的黑皮裤，把屁股上的三角裤都勒出来了。绿嘴唇扭一下屁股，说，记账行吧？我没有零钱，等会我有零钱再送给你。于红红赶快说，没事没事……绿嘴唇跟于红红笑一下，转身跑进了美容院。后来绿嘴唇并没有出来付账，而是一个男青年帮她付了。那个男青年又买了十个茶叶蛋和二斤水煮花生。

　　于红红知道那个绿嘴唇女孩叫什么名字了。于红红是无意中听到的。那天于红红缩着头，蹲在风口里，看美容院门上红色的灯光。那红色的灯光离她虽然很近，但是她没有温暖的感觉。那温暖仿佛是别人的，那温暖的红色，仿佛离她十分的遥远，倒是她身边的煤球炉，给她逼走了些微的寒气。于红红知道那红色的灯光里，有一群貌若天仙的女孩，她们会引来许多穿着考究、风度优雅、谈吐从容的男人，他们精致的外表，也不禁让于红红为之侧目。于红红对他们充满了敬意，因为他们都是有钱人，他们给她也带来了财气，让她对生活充满了几分期待。所以，尽管寒风呼啸，她也愿意在这儿守候。就在于红红沉思默想的时候，突然从她面前开过来一辆白色轿车。白色轿车悄无声息的，就像一枚鸡毛飘过来，在她面前停下了，轿车的喇叭响了两声，美容院里就跑出来一个黄头发女孩，她拉开轿车门就钻进去了，旋即，那女孩又钻出来了，她没有跑回美容院，而是对着红色的灯光兴奋地喊，高红，高红，你也来啊，快点啊！美容院里又跑出来一个女孩，于红红认识她，她就是那天涂绿口红的女孩，不过她今天没涂绿口红，她今天把嘴唇涂成了银灰色。于红红知道了，她叫高红。叫高红的女孩面带微笑，一路蹦跳着，也钻进了白色轿车。白色轿车悄然驶进了远处的灯光里。对于这样的情景，于红红并不鲜见。她是经常看到这样的场景的，她是经常看到女孩子被轿车带走的。要不了多久，这辆轿车还会把这两个女孩送回来。夜半回来的女孩，多半会在她的摊点上买水煮花生和茶叶蛋，这好像成为铁定的规律了。

　　但是也有例外的时候，就比如说今天吧，都十一点了，还不见美容院里有人来买东西。于红红已经看到有几拨男人进去了，又有几拨男人出来了，她猜想着，就这脚前脚后吧，就要有人来买吃的了。于红红再看一下表，都十一点半了。于红红真想去问一问。于红红知道是不能问的，她听到美容院里隐约传出说笑声。他们怎么还不饿呢？于红红蹲在马扎上,有些累了,她想站起来活动活动。就在这时候,美容院的门被推开了,从美容院里拥出了七八个男女,他们牵手搭背地走到路上。于红红向他们望过去。人群里有一个女孩向她走过来了,只十多步就走到她面前了。于红红认识她,她就是高红。于红红冲高红笑着。高红说,我们今晚不买东西吃了。我们现在是到外面去吃饭的,你也回家吧。

五

那个叫高红的女孩其实并不坏。其实她还是蛮不错的。其实还是蛮漂亮的。

这是于红红对她的最新印象。于红红注意到高红的嘴唇主要有四种变化,一种是绿色的,一种是银灰色的,一种是黑色的,还有一种是紫罗兰色的。她从没看到过高红把嘴唇涂成红色。高红拒绝红色,可能是她名字里有一个红字吧,要不就是她们店名一口气有三个红字,或者她们店里的灯光永远都是一种红色。总之,高红也许觉得红色太多了,她才用别的颜色来点缀一下吧。于红红最欣赏的,还是高红的银灰色嘴唇,那丰满的银灰色嘴唇,就像要展翅飞翔的小麻雀。高红也越来越对于红红有好感了。有一天,高红对于红红说,晚上要是太冷,你就不要等我们了,我们其实也不饿,就是吃着好玩的。高红是专门跑出来对于红红说这句话的。她没有别的事,专门跑出来说一句话,让于红红非常感动。于红红说,不冷,我烤着火呢。于红红可不想眼看着生意不去做。高红又说,要不这样也行,你要是感觉太晚了,你就到我们店里问一问,问问她们,有没有人要吃东西,省得你有时候会白等。于红红说,我哪敢去打扰你们啊。高红说,什么打扰不打扰啊,我们好歹也是邻居啊。于红红说,那好吧。不过于红红从来没去问过她们。

此后,高红和于红红说话的次数就多了。

高红出来和于红红说话,经常是在天要黑未黑的时候。时间长了,她们说话就随意而轻松了，说些家长里短，也说些女孩子之间的话。于红红已经知道她们的店名为什么是三个红字了，高红告诉她了，是因为，她们合伙开店的三个女孩子的名字里，都有一个红字，除高红外，另两个分别是苏锦红和陈红梅。那个黄头发的，就是苏锦红，短头发细高个子的就是陈红梅。高红还说，她们店里还有另外几个女孩子，不定时来做。于红红心想，做？做什么啊？做爱吗？这是姐夫常说的话啊。于红红脸就红了。高红也知道于红红的名字了。高红兴奋地说，你要是到我们店里做，我们可以改店名叫红红红红红美容美发休闲中心了，我们的店就更酷了！于红红一听也笑了。后来苏锦红和陈红梅听说她叫于红红，也跑来看看她，她们笑笑哈哈地拿于红红开玩笑，说，你要是真到我们店里做，你也是红姑娘了！

六

于红红是在下午四点多钟看到蔡小菜的。

于红红刚把摊子摆好，就过来一个穿着花哨的女孩子了。她对于红红说，花生多少钱一斤啊，我全买了。于红红一听这声音，多熟悉啊。再看面前站着的这个女孩子，她一时竟想不起来是谁。她身穿带翻毛领子的绿色小袄，由于她粗腰宽背，小袄显得太小了，腰就显得太粗，就像偷来的一样不合身，紧绷绷在身上，原本的大头和大脸，更显突出了，脖子也映没有了，还由于脸上粉底太厚，口红太艳，让于红红在记忆里根本搜寻不出来这是谁。但是她大嘴咧开一笑，露出冲天的鼻孔，于红红就认出她来了，天啦，这不是蔡小菜嘛！蔡小菜痛苦地说，让你认出来啦？真不容易啊，我以为你不认识我了，快说说看，你是如何认出我的。于红红说你怎么打扮成这样啊？蔡小菜说，不好看啊？我还专门请形象设计师设计的呢。于红红说，好看是好看，就是不像从前的你了，快说说看，你做什么生意啊，发这么大财啊。蔡小菜说，看出来啦？看出来我发财啦？于红红说，做什么赚钱生意啊，也不来帮帮我啊。蔡小菜说，我能做什么生意啊，自从这儿的市场被取缔以后，我就不卖青菜了，我到苍梧小区一带炒板栗子卖了。于红红说，原来就是炒板栗子啊，我原来也想炒的。炒板栗子赚钱吧？蔡小菜说，赚什么钱啊，都是混穷，不过苍梧小区那边都住有钱人，只要你敢下黑刀，钱就好哄。于红红说，叫你说得怪怕人的。蔡小菜说，你这水煮花生还不错吧？又卖茶叶蛋，比原来卖红辣椒强多了吧？于红红说，也不见得就强多少，现在我都累死了。蔡小菜说，我就知道你累得半死不活的，你知道我是来干什么的？我是来救你的，我要把你救出去。我卖板栗子还是一个月前了。我现在不卖板栗子了。打一枪换一个地方，我现在做别的生意了，这个生意啊，赚钱大了，不过你要是做这个生意啊，比我条件更好，你就更牛×了，牛×大了。于红红说，太好了，你可要把我也带上啊。蔡小菜说，我就是来带你的，我就是来跟你说这个事的，不过现在还不能带你，得要跟你慢慢谈谈。于红红急不可待地说，现在就说说嘛。蔡小菜说，现在不能说，等你生意做完以后，我到你家跟你慢慢说。于红红说，看你跟鬼似的，那你就帮我做做生意。蔡小菜说，三块两块的小钱我都不想拿，我这手，现在都拿大钱了！于红红觉得蔡小菜真是不得了了。蔡小菜说话的口气，和从前大不一样了。蔡小菜的作派，也和从前大不一样了，她真的就像一个有钱人了。不过于红红对蔡小菜站在她身边感到不自在，蔡小菜这身衣着，太抢眼了。好在，蔡小菜身上突然叫起来，把她自己吓了一跳。蔡小菜说，我手机响了。蔡小菜拿出手机，走到一边说话去了。片刻，她过来说，我没空跟你玩了，我要忙去了，一两个小时我再过来。

  蔡小菜再次出现时，天已经黑了，晚饭前的生意高峰期已经过去了。

  蔡小菜从天而降，出现在于红红面前。蔡小菜说，你怎么还不收摊啊，现在哪有生意啊。于红红说，你不懂了吧，大生意还在后头。于红红情不自禁地望一眼隔壁的休闲中心。蔡小菜噢一声，说，我刚才就看到这家店了,埋在这些卖粮油的店里面,能有生意啊?于红红说,生意有没有我哪里知道啊。蔡小菜说,你离他们就几步远,有没有人来你不知道啊?男人要是川流不息,或者女孩子不停地往外跑,那生意一准就好。于红红点点头。蔡小菜说,你点头干什么啊?于红红说,你说得对,我都看到了。蔡小菜说,这里的女孩子漂亮不漂亮啊?于红红说,那还用说,一个比一个漂亮。于红红是说实话,但是蔡小菜撇一下嘴,说,我就不信,你要是打扮一下,不比她们漂亮十倍啊?于红红心里激动了一下,说,我们算什么啊。蔡小菜眼睛望着美容院红色的玻璃门,并没有听到于红红的后一句话,她出神地想想,拖长声音说,噢,我晓得了,做这种生意,就得在这种地方。于红红说,你神神鬼鬼干什么啊。蔡小菜说,她们聪明啊,你笨死了,你一点气都不透,快点,我帮帮你收摊,回去我们好好聊聊。于红红说,现在收摊啊,那可不行,过一会就有生意了。蔡小菜说,我说你笨死了吧,咱不做这生意了,做这叫什么生意啊,卖卖水煮花生,只能挣点小钱,只能混口饭吃,一辈子也发不了财。于红红说,那我做什么生意啊?蔡小菜说,这不正要跟你谈嘛。于红红说,非回去说啊?在这里不能说啊?蔡小菜说,这里哪是说话的地方啊,你这脑壳子已经生锈了,我要慢慢敲打敲打。于红红就犹豫了。于红红想回去跟蔡小菜说话,又想把摊子上的水煮花生和茶叶蛋卖掉。蔡小菜可不管于红红的为难了,她已经开始收拾东西了。也活该她们说不成话,蔡小菜的手机又响了。蔡小菜接了电话,喂喂着。蔡小菜又走几步,离开于红红到一边讲话去了。于红红知道她接了电话,又要走了。于红红又重新把东西摆好。果然,蔡小菜跑过来说,真烦人,生意接不过来了,好得一塌糊涂,想把我累死啊!蔡小菜虽然这样说,脸上却笑容灿烂。蔡小菜说,红红真对不起你,今天没空谈了,我改天再来找你。蔡小菜说话时,恰巧有一辆出租车路过。蔡小菜手一举,出租车停在她脚边了。于红红说,等等,给你带几个茶叶蛋。蔡小菜说,不要了,你留着卖吧。蔡小菜腰一弓,钻进车里了。

蔡小菜走后，于红红心里噔噔噔噔的。蔡小菜真是不得了啊，转眼的时间，就像变了一个人似的，手机也用上了，出租车也敢坐了，连说话的口气都变了，看来，自己也不能抱着死猪头啃，做这点小生意了。于红红开始想象着，蔡小菜做什么生意发了财？可她想象不出来，她脑子里的概念太单薄了。她脑子里只出现了冬瓜、辣椒、炸鸡和板栗，她不会是又跟她父母养猪了吧？于红红觉得想象的太简单了，她自己都笑话自己了。

小街上人迹稀少，路灯苍茫而冷落，偶尔有摩托车呼啸而过。

起风了，风从小街上刮过，有一只小塑料袋飘飘忽忽连滚带爬地滚过。于红红知道，陆陆续续的，红红红美容美发休闲中心就要来人了，他们有时候是一批一批地来，有时候一个一个地来，招牌上写着了，泡脚、按摩，他们都是来享受的。于红红还知道，只有美容院来人了，才能给他也带来生意。

远处的大街上拐下来一辆出租车了。

于红红神情也为之一振。

七

于红红回到家里已经快十二点了。她坐在床上数钱，计算着一天的利润。账很快就算清了，她今天净赚了十七块五毛钱，不包括她晚上买的一张鸡蛋饼。十七块五毛钱，已经让她很满意了。如果不是蔡小菜的出现，她对自己目前的生意还很知足。但是蔡小菜一番云山雾罩的话，让她心里痒痒的。在她看来，表姐已经过上好日子了，可表姐还不是跑到海南了吗？蔡小菜也不是摇身一变，变得很有钱了吗？看来，外面还有更精彩的世界。于红红数完钱，把钱藏在一只饼干盒里，简单收拾一下，就洗脸洗脚了。她一边洗脚一边想着来无影去无踪的蔡小菜。她对自己说，别瞎想八想了，早点睡吧，明天还要去批发鸡蛋呢。别这山望那山高了，把水煮花生和茶叶蛋卖好了，就不错了。要是不出差错，生意照这样下去，再过半年，也许不要半年，她存折上就能有一万块钱了。一万块钱啊！于红红心里又别别跳动了。

嘭。嘭。嘭。

好像有人敲门。

嘭嘭嘭。

果然有人敲门。

是蔡小菜来了。于红红心想，这死丫头就会玩花头。于红红趿着鞋跑去开门。于红红一点也没想到，站在门空里的不是蔡小菜，而是一个矮个子男人。于红红吓了一跳，但她很快就回过神来了。屋里的灯光照在矮个子男人的脸上，他尖嘴一咧，笑了。于红红认出他来了，他竟然是朱老板。

是你啊？

是，是，是我……

朱老板有些莫名其妙的紧张。

于红红把朱老板让到屋里，让他坐到唯一一张凳子上。

朱老板坐下后就抽烟了。

半夜里遇到熟人，于红红有点紧张还有点高兴。开始是紧张比高兴多一点，渐而是高兴比紧张多一些。接着于红红也不紧张也不高兴，而是害怕了。半夜三更的，朱老板不会来干什么坏事吧？她真大意自己随便把门就放开了。于红红越是害怕就越害怕，她心里打着冷战，腿也发抖了。朱老板不会来要钱吧？朱老板不会要杀人吧？朱老板要是强奸她……先奸后杀……再抢钱……不过看朱老板的样子，虽不是慈眉善目，也还不是凶神恶煞。

于红红说，朱……朱老板在哪里发财啊？

我在日照市卖鸡，卖油炸鸡，还叫南京炸鸡店。

于红红听出来，朱老板的说话声，还是以前朱老板的说话声，于红红心里一下子踏实了。

于红红说，日照市……

对，就是山东省日照市，离我们连云港只有六十公里，人家那边生意啊，真叫好做。我一眨眼在那边开两个店，钱真他妈好赚，你杨大姐让我来……请请你。

于红红知道他说的杨大姐是他老婆。于红红疑惑地说，请我啊？

我不是说开两个店吗？人手不够，你杨大姐都忙死了，想让你过去帮忙开店，我跟你杨大姐商量过了，你要是能过去开店，工资每月开八百，包吃包住，月底还有奖金。我跟你杨大姐还商量了，你要是能跟我们干两年，准备再开一间炸鸡店，白送给你。

于红红说，我行啊？

怎么不行啊，我早就看你这丫头不错了，手脚麻利，心眼踏实，还能吃苦头。

于红红心里开始盘算了，每月八百块，还有奖金，包吃包住……

我是来专门跟你说这个事的。朱老板站起来了。朱老板说，你考虑考虑，要是行，你就应我一声。

于红红心里又砰砰跳了。

你要是想想也行，明天回我话不迟。朱老板从身上掏出来一叠钱，抽出来两张，说，这二百块钱，是我预支的工资。

于红红说，还没上班呢，发什么工资啊？我不……不要。

朱老板说，你一定要拿着，我要走了，我住在宾馆里，你考虑好了，明天回答我。

朱老板把钱放在于红红的手边，走过去开门了。

于红红拿着钱，说，钱我不要……

朱老板把放开的门又关上了。

朱老板把走过来的于红红一把抱住了。朱老板突然不会说话了，他嘴里啊啊地不知说什么。朱老板用力地把于红红推到床上。这些事情的发生，只在一瞬间。于红红已经知道朱老板要干什么了。朱老板是想和姐夫一样来强奸她。于红红已经不像面对姐夫时那么傻了，连反抗都不会反抗。于红红面对朱老板，她不但反抗，还用身体的各个部位对他施以打击。她用脚、手、肩、头、嘴、膝盖、胳膊，来攻击朱老板身上的任何部位。但是她却忽略了一项重要的武器，就是喊叫。就在于红红和朱老板搏斗中，于红红的衣服一件件落到地上、床上了，朱老板的衣服也一件件落到地上、床上了，等到于红红精疲力竭的时候，她知道热乎乎的东西已经进到她体内了，她继续反抗下去已经毫无意义了。于红红只会哭泣了。

朱老板说，没事的没事的……

于红红还是哭。

朱老板说，要好了……好了……

朱老板憋在喉咙里怪叫两声，说，好了。

朱老板帮于红红盖好了被子。他自己也穿好了衣服。朱老板趴在于红红的耳朵边。朱老板说，没事的，没事的……真的没事的……

于红红不知道朱老板是什么时候走的。于红红睡着了。于红红醒来后才知道朱老板已经走了。于红红回忆着发生过的事。于红红真的很害怕。于红红起床，重新闩好了门。于红红在屋里到处找。于红红什么都没有找到。朱老板把二百块钱又拿走了。于红红已经决定了，她不会跟朱老板到日照去卖油炸鸡的。他就是开八千块钱一个月也不去。其实，于红红哪里知道啊，朱老板并不是真的要带她到日照去。他想干的事情已经得逞了。于红红就是想见到他，也不那么容易见到了。但是，于红红不知道朱老板的想法啊，她不分白天黑夜得提心吊胆，她怕朱老板还会再来。于红红这样害怕着，她真的不知道有什么办法能阻止朱老板。她想，表姐什么时候来接她啊。

八

　　于红红三天都没有等来蔡小菜。蔡小菜就像露水一样，蒸发了。三天，虽然很短暂，但是对于红红来说，却是非常漫长的。于红红在每天下午出摊的时候，都要四下里张望。用望眼欲穿来形容一点也不过分。从前，于红红她很少张望。就是偶尔抬头看看，也是没有目的的。如前所述，这条小街是一条安静的小街，四周大部分是平房，即便是楼房，也是几十年前两三层的老式样，灰头土脸，歪歪斜斜的，和她表姐家棉花房附近的房屋差不多，都是属于老城区，和那些这个新村那个新村的新式小区相比，简直就是两个世界两重天。从这些房屋里走出来的居民，都是普通的城里人，过着普通的生活，于红红很容易跟他们融为一个整体。于红红相信，要是蔡小菜在小街的人流中出现，她会一眼认出来的，就像她能一眼认出红红红美容美发休闲中心的那些小姐们一样，别的不说，就是她们的服装，在小街的人流中也是卓尔不群的。但是，蔡小菜一直没有出现。蔡小菜做什么生意会这么忙呢？她不会说话不算话吧？她不会又变卦了吧？她不会一个人去做赚钱生意而不带她吧？

　　于红红一连几天，都在焦急中等待着蔡小菜能再度出现。她如此迫切地等待蔡小菜，一方面是蔡小菜说过，有桩赚大钱的生意等着她去分享，另一方面，也是最主要的，于红红还是想赶快离开这个鬼地方。自从长嘴猪朱老板深夜闯进她安逸的小窝，不由分说把她强暴了以后，她就没有一天安心过，特别是半夜收摊回家，她都要把门闩好，还用小桌子和小板凳抵住门。于红红怕朱老板和表姐夫一样，也会没完没了地钻进她屋里。但是她成天这样提心吊胆也不是个事啊？唯一的办法就是离开，或者到别的地方继续卖水煮花生，或者跟蔡小菜去，做更赚钱的生意。

　　在这几天里，美容院那边的女孩子们会三三两两地跑过来跟她闲扯几句。那个叫苏锦红的，还和高红一起，专门跑出来看看她的眉毛。高红说，怎么样？我说像张曼玉吧。苏锦红说，是有点像。苏锦红惊叹一声，说，原来于红红很漂亮啊。高红说，我早就说于红红很漂亮，你们都不相信，这回相信了吧？于红红要是打扮打扮，会像万人迷一样，要迷倒一大片。苏锦红也说，不错，高红你没说错，于红红模子真叫好，真的会成为红姑娘。于红红被她们说的不好意思，也找不出适当的话来应对，只能抿着嘴，似笑非笑的样子。两腮上明显红了一片。两个女孩推推攘攘着回店里去了，旋即，又跑出来三个女孩子，都来看看她，都说她像张曼玉。于红红知道她们在店里都在说自己了。于红红不知道张曼玉是谁。但是她听出来，人家都是在夸她。有一次，高红说，于红红这几天是不是有点不高兴啊？是不是生意没做好啊？于红红说，不是的。高红说，不对，于红红我看出来，你有心事，你肯定有心事。于红红被她一说，有点想哭的感觉。不过她终究没哭出来。她只是摇摇头。高红说，于红红你要是有什么话，跟我们说说看，说不定我们还能帮帮你。于红红说，我真的没事。高红把嘴巴凑到于红红的耳朵上，说，做生意苦吧？卖茶叶蛋苦吧？卖水煮花生苦吧？要不，你跟我们入伙吧？你都看到了，我们这些姐妹多好，到我们店里做，赚点轻快钱，怎么样？于红红知道她们是做什么生意的。于红红害怕做那种生意。她胆子小。她也曾想象过她们的生意，她一想，心里就打颤，心里就发慌。于红红还是摇头。高红说，你先别摇头，你先想想么。于红红说，我怕做不来。于红红的意思是找个借口搪塞过去就算了。但是高红一听，急忙说，做不来不怕，先在我们店里玩几天，跟我们学学，要不了多久你就什么都懂了。于红红怕她没完没了纠缠着，只好说，我想想看。

于红红这样回答了高红，她就更盼着蔡小菜早点出现了。她怕高红再来问她，让她做出决定。但是高红并没像她想的那样，来问她想没想好。高红就像没跟她说过这类话似的，照常来买些水煮花生回去吃，或者买几个茶叶蛋，充当晚饭。现在，高红她们来拿水煮花生或茶叶蛋，都不直接付钱了,而是在夜里,让来她们店里消费的男人来付钱。那些男人也大方,来付钱时,都顺便把剩余的水煮花生和茶叶蛋买走了。不过,高红也抱怨过,天天夜里吃水煮花生和茶叶蛋都吃腻了,她让于红红能不能做点别的夜宵来卖。于红红想,自己都是要走的人了,就随便答应了一声。

于红红经常在小街上眺望,她没有望来她期盼已久的蔡小菜,而是望来了让她不寒而栗的表姐夫。

表姐夫突然从小街的一端出现了。表姐夫不像是从出租车上刚下来的,他就像散步一样,悠闲地走过来了。表姐夫穿着考究,气定神闲,走在这样的小街上,和匆匆来去的人流格格不入,打一个不恰当的比方,表姐夫就像凤凰落到鸡群里。看着表姐夫越来越高大的身影,于红红心里突然慌乱了。姐夫怎么会到这儿来呢?他家不是住在城东吗?他横穿整个城市,跑到城西来,干什么呢?莫非是来找她?这是完全有可能的,当初,表姐走后,她也收拾了行装,第二天把表姐留下的信放到棉花房的弹花机上,就走了。她为了突出那封信的重要性,还在信上压上了一根弹花棒。她和表姐一样,没有跟表姐夫家的人打招呼,悄然就从棉花房消失了。但是,于红红又想,我跟你们家已经不相干了,你已经不是表姐夫了,我还怕你干什么呢?我没必要怕你。但是这种想法太轻飘了,远没有现实的恐惧来得迅猛。于红红唯一的想法就是赶快躲起来,决不能让他发现。

于红红真的是慌了神,她灵机一动,三步并着两步,屁股一扭,跑进美容院了。

美容院的姑娘们横七竖八地躺在沙发上,她们的溜溜转的眼睛都望着门外。美容院的门是落地的玻璃门,可以很清晰看到门外的小街和小街上的人流。于红红仓皇失措地突然闯入,引起美容院里一阵小小的骚动。高红说,呀,于红红啊。苏锦红说,红红到我们红红红来啦!由于她把红红红说成了哄哄哄,大家都发出了善意的笑声。但是笑声就像是突然断了电一样戛然而止,反应敏捷的陈红梅已经站起来迎到门边了。于红红也看到,门外的姐夫已经伸手推门了。沙发上五六个女孩子都像陈红梅那样,站起来,迎上去。

推门而入的姐夫被女孩子门围到中间。高红嗲着嗓门说,赵老板啊,好久没来了啊。

于红红不敢正眼看姐夫。她用侧光看到姐夫被高红拉着走进里间了。别的女孩子又重新坐到沙发上了。

最先迎上去的陈红梅显然有些不悦,不知是对高红夺走了客户不悦,还是对姐夫不悦。总之,陈红梅把不悦发泄到了于红红身上。陈红梅说,你做生意也跑跑跑,不怕摊子叫人抢了!陈红梅又说,去,称二斤水煮花生来吃吃,等会让高红付账。苏锦红说,让赵老板付账还差不多。陈红梅说,差不多。苏锦红说,我也想吃了,我还想吃茶叶蛋,于红红你再去拿几个茶叶蛋来,等会里边的赵老板跟你结账。

于红红哪敢等着赵老板(表姐夫)结账啊,她把水煮花生和茶叶蛋送到美容院后,就收摊回家了。

于红红回去到家里还心有余悸,幸亏没叫姐夫看到。她不知道被姐夫看到会是什么样的后果。但是她知道姐夫要是看到她不会饶过她。姐夫说过,她要不听话就把她掐死。她不但不听话,还和表姐合谋逃走,姐夫能饶过她吗?于红红躲进小屋里,外面的天已经黑了。黑下来的天,给于红红带来一点点安全感。但是这样的安全感也是稍纵即逝。因为于红红不知道姐夫看没看到她,姐夫也许已经看到她了。在那样的场合,他是假装没看到而已。姐夫在里间接受高红敲背和按摩的时候,他会跟高红打听她的。高红也会一五一十地告诉他的。好在,高红并不知道她住在这里,否则,这里是一时一刻也不能呆了。朱老板给她造成的惊恐还没有消失,姐夫又出现了。相对于朱老板来说,姐夫更为可怕。看来,水煮花生和茶叶蛋不能卖了,至少,不能在这儿卖了。这儿也不能再住下去了。再住下去,太危险了。这时候,于红红又想到了蔡小菜。

九

若干天以后,在苍梧小区豪华而气派的楼群间,走着一个瘦弱的女孩。这儿的楼群太漂亮了,和她曾经往返的城东和城西的老城区相比,简直是两个世界。这儿也太干净了,干净得让她有点不习惯,绿茵茵的草地,彩色的方砖路面,还有路边的芭蕉树,所有这些都让她感到生疏。对了,你已经知道她是谁了,她就是许多人不认识的于红红。她是来找蔡小菜的。几天来,她已经第四次来找蔡小菜了。于红红记得蔡小菜说过她在这里卖过炒板栗。这哪里是炒板栗的地方啊,这儿的天是蓝的,这儿的树是绿的,冬天了,这儿还有花,就连这儿的路,都是彩色的,就是让她在这里炒板栗,她也舍不得把这里弄脏了。也许,这种豪华的住宅小区,就是通常人们说的,富人居住的地方吧。于红红到这儿来找蔡小菜显然是不现实的,蔡小菜怎么能在这里呢?但是于红红只有这一条线索了。

于红红再到这里来,已经不光是找蔡小菜了,她是被这里美丽的环境吸引住了。

时近中午的时候,于红红坐在草地边上的木椅上,她想啊,这些楼房里的某一间,要是她的,那该是什么样子呢?她想象不出来。她已经搬家了。她现在住的地方,是一家旧平房的小耳房,放下一张折叠床,连屁股都转不开了。就是这种房子,房东老太太还一个月要她八十块钱。八十块钱虽然贵了点,但总归是安全了。安全,比什么都重要了。于红红已经想好了,找到蔡小菜,她就搬离那个地方,跟着蔡小菜好好做生意。至于做什么生意,她还没有想好,总之,换一个地方,她也要做生意。不管到什么地方,生意看来是不能不做了,实在不行,继续卖水煮花生和茶叶蛋也行。于红红坐在椅子上,四周都是暖融融的太阳。

她闻到了一阵阵香味，这种香味不像茶叶蛋，也不像南京炸鸡，这种香味像是从她周围的草地里发出的，又像是太阳的味道，这种在别的地方闻不到的香味，让于红红有点昏昏欲睡的感觉。于红红没有敢睡，她让一个人带走了。这个面目不清的人，把于红红带到了大街上。于红红走在大街上，寻找门面房，在一个热闹的地段，她看到一条转让店面的消息。这么好的店面，做什么生意合适呢？弹棉花？卖炸鸡？开美容院？对了，她可以把这里开成一间美容院，店名现成的，就叫红红美容美发休闲中心吧。高红她们那个店是三个红，她用两个红。她被她的想法激动了。她开始装修房子了。招牌也竖起来了。两个大大的红字，就像两只红灯笼，把街面都照红了。双红美容美发休闲中心在鞭炮声中开业了。真是顾客盈门啊，她都忙不过来了。

于红红坐在草地边的椅子上。她还坐在椅子上，刚才的故事是她想出来的。没有什么面目不清的人来把她带走，也没有店面要转让，她更没有开什么双红美容美发休闲中心。不过，这个想法还是让她心情好受了一些。

大约中午下班时间到了，小区彩色的路面上有人走过了。于红红注意一下这些人。于红红是想从这些人里发现蔡小菜的。她知道蔡小菜不会和这些人走在一起的。这些人都是这儿的老住户，她蔡小菜算什么呢？但是于红红还是习惯性地看着他们。于红红一个一个地看着，就让她看到表姐夫了。于红红看到表姐夫，心里就条件反射地抖动了一下，跟着就麻沙沙地难受。好在她知道表姐夫不会看到她了。因为在表姐夫的身边，挽着表姐夫胳膊的，是一个年轻的女孩子。从这个女孩子的背影上，于红红认出她是谁了，她就是红红红美容美发休闲中心的高红。他们上这儿来干什么呢？莫非姐夫住这儿吗？这是完全有可能的，姐夫是个有钱的人，这儿说不定有他新买的家。他是带高红回家的吗？于红红不知道。于红红也不想知道。于红红只是知道她不能再来这个小区了。这个小区让她感到不安全。她要是找蔡小菜，应该到别的地方了。

— 031 —

但是，她到哪里才能找到蔡小菜呢？她到哪里才是安全的呢？难道也像表姐那样跑到海南吗？是啊，海南那边还有表姐。姐啊，你知道吗？我在这里呆不下去了，到处都让我害怕……

十

于红红开始在城市的别处走动，她一方面是找蔡小菜，另一方面，是给自己找机会。但是，于红红的走动，有点机械也有点茫然。

城市说小也小，于红红竟在城南的盐河边上碰到蔡小菜了。于红红先是闻到了烤山芋的香味。烤山芋真香啊，她好久没有吃过烤山芋了。她看到那个烤山芋的汉子，正往炉子里送山芋。于红红早饭没有吃，现正也快到吃午饭的时候了。她就准备去买一个烤山芋，就是这时候她听到一个女孩子对她大叫一声的。

于红红，你在这里啊！

于红红看到从桥上跑过来的蔡小菜，于红红一激动，心跳仿佛停跳了一下，眼泪跟着就要窜下来了。于红红拉着蔡小菜的手。于红红说蔡小菜蔡小菜……于红红的眼泪真的流下来了。于红红闻不到烤山芋的香味了，她闻到的都是蔡小菜的脂粉香。蔡小菜不知用的是什么化妆品，香味总是占得上风。于红红说，我都要找死你了！蔡小菜说，还说呢，你怎么一眨眼就不见了呢？这回我可不想让你走了！走，我带你去水帘洞！于红红说，什么水帘洞啊？蔡小菜说，走了你就晓得了！

于红红跟着蔡小菜，走过一条大街，又走过一条大街。蔡小菜一边走一边数落于红红，一边骂于红红。蔡小菜好像知道于红红这几天的遭遇似的，蔡小菜说，你要是早跟我走，早听我话，你就不会在大街上转大魂了！蔡小菜又说，你啊，你啊，你这个木脑壳子！于红红心想，你神神鬼鬼的，没说要带我走啊。

拐了几条大街小街，眼前就是一家大酒店了，蔡小菜说，看没看到，这就是水帘洞大酒店。于红红说，我能去这里啊？于红红有些犹豫了。蔡小菜说，你怎么不能来啊？对呀W，你这鬼样子，灰汤土色的，肯定不行！你先跟我来吧，见见我们大姐，让她送几套衣服给你，你就变一个人了！蔡小菜的口气里带着明显的兴奋。于红红小心地跟着蔡小菜，乘进了电梯，不知上了几楼。于红红走在铺着红地毯的走道里，两边都是一间一间带门号的房子，像是宾馆什么的。于红红人紧张，脚都不敢落下去了。但是，前面有蔡小菜领着，七拐八拐，她就听到了音乐声，还有别的什么声音。这些声音，似有若无的，不知从什么地方传来。于红红跟着蔡小菜走进一间不太亮堂的大屋里。大屋里弥漫着浓浓的脂粉香。于红红抬眼一看，当门的一排沙发上，坐着一排女孩子，这些女孩子就像早晨的瓜果蔬菜，鲜鲜亮亮的，一个赛一个漂亮。她们中有抽烟的，打哈欠的，小声说着话的，还有三个在打牌。包括打牌人，都仿佛在等候什么。屋里很暖和，女孩子们都穿很少的衣服。她们有的看着于红红，面色木然，有的呢，面色呆滞。于红红不敢多看她们。于红红跟着蔡小菜，在一个暗处的沙发上坐下了。蔡小菜说，你坐这里等着，不要乱跑，小心她们揍你！我去喊我大姐来。

不肖说，蔡小菜走了片段，又回来了。这回她没有走在前面，而是跟在一个女孩子的身后，从大屋子的某一个门里走过来了。女孩子穿一件黑色的大衣，围一条黑色的披巾，脸色平静，目不旁视，却是一咏三叹地走过来了。

黑衣女孩子还没有走到于红红跟前，于红红就站起来了。于红红认出她了。于红红小声地叫一声，姐……

于红红声音打着颤，她看到她离别已久的表姐了。于红红鼻子一酸就哭了。于红红说，姐啊……

于红红听到一声清脆的声响。她看到表姐狠狠地煽了蔡小菜一耳光。

蔡小蔡愣了三秒钟，突然大叫道，你敢打我！你敢打我！我跟你拼……蔡小菜扑上来，跟表姐拼命了。

好像从天而降一样，蔡小菜身边突然冒出来两个男人，于红红还没看清是怎么回事，蔡小菜就躺到地上了。然后，两个男人每人拎着蔡小菜的一条腿，就像拎着彩色的拖把，把她拖走了。

表姐牵着于红红，像姐妹一样把她引到另一间屋里。这间屋子比那间大屋亮堂多了，也气派多了。这间屋里没有那么多女孩子。这间屋里就表姐一个人。表姐看着于红红。表姐面色平静。面色平静的表姐依然有着一双美丽的眼睛。但是，表姐美丽的眼里转着一圈泪。表姐说，红红，你怎么来啦？

表姐的声音，于红红半年没有听到了。表姐的声音，还像以前一样的好听。

红红啊，这地方你不能来啊，你还回去卖水煮花生和茶叶蛋吧……你怎么会认识蔡小菜呢？蔡小菜说有一个卖水煮花生的女孩子，怎么会是你啊？表姐眼里的那圈泪还在眼里打圈圈。

姐，你不是说去……

表姐打断于红红的话，说，他不是我跟你说的那样……在棉花房里，我跟你说的话……他……没带我去海南……我没去海南。他，他不是……他是个……

他是个什么呢？他一定就是要带表姐私奔的那个人。于红红想等表姐说下去。但是，表姐不说了。表姐没有把话说完。表姐脸上要多复杂有多复杂。表姐脸上要多痛苦有多痛苦。表姐似乎哽咽了一声，把最后的话咽回去了。

表姐的话，让于红红一时没有听懂。表姐的话，于红红是经常听不懂的。但是这一次，于红红又似乎听懂了。于红红发现，表姐眼里的那圈泪，始终没有流下来。表姐眼里的那圈泪，不知转了多少圈，就像有一道拦水大坝，把表姐眼里的泪拦住了。半年前，表姐在棉花房里，表姐的泪，流得多欢啊！

十几分钟后，于红红被表姐安排的两个男青年送出来了。于红红不知道，这两个高大的男青年，是不是就是拖走蔡小菜的那两个人？他们把蔡小菜拖到哪里了呢？表姐让于红红回去好好卖水煮花生，好好卖茶叶蛋。于红红想告诉表姐，水煮花生不好卖了，真的，不好卖了。不是水煮花生不好卖，是水煮花生……但是于红红没有说。于红红知道表姐那没有流出的泪。于红红知道表姐肯定也不容易。于红红听到表姐的声音就像从天外飘来。表姐说，红红，听姐的话，没错，姐迟早会去看你的，相信姐……

于红红茫然地走在大街上。大街上有许多人。大街上还是阳光灿烂。于红红走在人群里，一点也看不出她有什么心思。是啊，如果你走在大街上，你能看出一个陌生女孩的心思吗？

牙

1

唐玲玲的眉宇间,长年累月地藏着忧郁,带着愁伤。没有人知道她心里想些什么,她皮肤白皙,细腻,像脂玉一样。这么美丽的女孩,会有什么心事呢?是的,唐玲玲的美丽是天然的,毫无做作、刻意和修饰。许多人初见唐玲玲时,都会情不自禁地多看她几眼,都会被她的美丽蛰一下。

但是,唐玲玲心里有数,那是他们被她外貌所迷惑,还不了解她,还没有看到她满嘴难看的牙齿。

唐玲玲又照镜子了。唐玲玲在镜子里看到两排狗屎牙。那是她自己的牙。唐玲玲的牙齿细密、整齐,口舌和牙龈像婴儿一样鲜嫩、清爽,但是,因为一层厚厚的烟灰色云彩缠绕在牙齿上,她的嘴里,看上去很凌乱,很脏。

这样的牙俗称狗屎牙。满嘴的狗屎牙,让唐玲玲非常苦恼。唐玲玲把镜子翻过来,可翻过来还是镜子,镜子里,还是她一嘴的褐色牙齿。

唐玲玲真想把镜子摔碎了。唐玲玲知道，就是把镜子摔碎了，也不能把她的满嘴狗屎牙变成她表姐那样的糯米牙。唐玲玲的表姐丙梅，在连云宾馆里做领班，人家才是真漂亮，该苗条的地方苗条，该丰满的地方丰满，特别是她一嘴玉色的牙齿，总让人想起石榴的米子，想象那米子的津甜和酸爽。丙梅表姐的牙齿是怎么长的呢？人家那牙齿才叫牙齿。唐玲玲既嫉妒又羡慕。

表姐丙梅又帮唐玲玲换了一个单位，这也是一家宾馆。丙梅只对这个行业熟悉，她找了她的同门姐妹，同门姐妹是太平洋宾馆的客房部经理，叫慧，江湖上都称慧姐。她答应丙梅把唐玲玲安排在太平洋宾馆做服务员。

现在，唐玲玲在照镜子，化妆，她拿着眉笔，把眉毛精心描过了，可她在给嘴唇涂口红时，就心灰意冷了，因为她又看到她一嘴灰褐色的牙齿了。

唐玲玲来海城不到两年时间，就换三个单位了，她在上岛咖啡馆做过服务员，在知鱼乐海鲜城端过盘子，在芳草园茶楼做过茶艺表演，都是因为嘴里的狗屎牙而不干了。特别是她在芳草园茶楼上班的那段经历，给她造成了很大的伤害，以至于，一想到牙，她就想呕吐。一想到那个叫老莫的老板，她也想呕吐。当然，想呕吐和呕吐毕竟是两回事，因为她及时离开了老莫（此中原委，以后会有交代），只是，因为有了前车之辙，她对即将要去报到的太平洋宾馆，是一点信心也没有了，她不知道太平洋宾馆的那些人，是不是也拿她的牙齿说事，会拿她牙齿寻开心，肯定会的，他们都不是好东西，他们看了她的牙齿也会皱眉头，也会拿手扇风，也会背后咬耳朵……她很泄气地坐到床上，把嘴紧紧地报着，在心里说，不去了不去了不去了，哪儿都不去了……唐玲玲拿手捂着脸，呜呜地哭了。

电话响了，是表姐的。

表姐在电话里问她出门没有。

"我不去了。"唐玲玲由着性子说。

"不去啦？说得轻巧，我费了多大劲呀，你说不去就不去了，又不是叫你去干坏事，宾馆服务员你也干不来啊？叠叠被子，拖拖地，打打水，比端盘子干净多了，不去你要干什么？你要回家啊？回家有你什么好果子吃啊？听姐姐话玲玲，好好工作。"

"好姐姐，不是干不来，我，我……"

"我晓得了，"表姐口气又软下来，"等我有了空，我带你到医院去看看，给你的牙齿上光，好了吧？"

"你别骗我了姐，我到医院问过了，没用的。"

"谁说的，你小孩子能问出什么头绪来，哪天我带你去……好了，别再跟我闹了，你到太平洋宾馆找慧姐，让她安排你工作就是了。"

唐玲玲挂了电话，心里头还是堵，就像在跟谁生气。她确实在生气，生她父母的气吗？就算是吧，是父母给了她一嘴的狗屎牙。她所在的小村叫蒋大庄，村上的男人女人，凡是姓蒋的，人人都是一嘴的狗屎牙。在她上小学的时候，她就注意到村上人的牙齿了。而她对自己牙齿的绝望，也是从那时候开始的。那是她第一次刷牙，她和所有女孩子一样，天生就爱美，可是她的牙齿怎么刷也刷不干净。她问她母亲。她母亲可是一嘴洁白的牙齿啊。母亲告诉她："去问你爸爸。"唐玲玲的爸爸说："我们村的水土不好。"她说："妈妈怎么不是狗屎牙？奶奶怎么不是狗屎牙？"爸爸说："妈妈不姓蒋，她姓陈，是别的村嫁过来的，奶奶也不姓蒋，她姓尹，奶奶的娘家在山里，还有华华她奶，小强他妈，还有别的人的奶奶妈妈，他们都有一嘴好看的牙齿，当然，灿灿的妈妈也是一嘴狗屎牙，因为灿灿的妈妈就是我们蒋大庄的姑娘，跟我还是同学，嘿嘿……我们还是同桌……"唐玲玲眼含泪水，说："我要让我的牙齿变白。""变不白了孩子，"爸爸说，"你要变白干什么呢，狗屎牙怕什么？不耽误吃饭不耽误喝水也不耽误干活，就是将来结婚了，也什么都不影响，再说了，我们家祖祖辈辈都是狗屎牙，我们还不是照样活得好好的？少胳膊掉腿啦？再说了，牙齿是用来吃东西的，要那么白，不是白白浪费？"唐玲玲不明白牙齿的白和浪费有什么关系，她坚定地说："不行！"爸爸说："等你长大了，你就明白了，能想办法，我还能不替你想办法？我也知道一嘴的糯米牙好看，可谁让你生在咱家呢？唉——"从那时候开始，唐玲玲的心里就有一块阴影，很浓很浓的阴影，像父亲的叹息一样长久地留在她心里。她发现她一点也不漂亮了，她感觉她嘴里天天含着一泡狗屎，感觉嘴里天天臭烘烘的。

2

唐玲玲在太平洋宾馆找到了慧姐。

慧姐是个热情的女孩，比唐玲玲大不了几岁，她拉住唐玲玲的手说："你是丙梅的妹妹吧？你叫唐玲玲？欢迎你到我们太平洋。"

唐玲玲点着头，说："唔。"

"把你安排在十六楼工作，十六楼是高级客房，你和小董搭班。"

"唔。"

"你上去找小董，让她给你介绍一下情况。"

"唔。"

"怎么啦唐玲玲？牙疼？"

唐玲玲哼一声，摇摇头。

慧姐狐疑地看着唐玲玲的嘴，说："丙梅还好吧？我都好久没看到她了，你和你姐一样漂亮，哪天让你丙梅姐过来玩玩。"

唐玲玲又是点点头。

"你嘴里是起疮了还是发炎啦，嘴巴张给我看看。"慧姐对唐玲玲一直不说话起了疑心。

唐玲玲看着慧姐，在慧姐灼灼的目光下，难为情地低下头。

"唐玲玲，不是我对你不放心，我跟你姐是朋友，就像亲姐妹一样，但是，你有什么事情，一定要跟我说，我是这里客房部经理，第一，你不能带病上班，第二，你不能过于内向，该说话时，一定要说话，如果我是顾客，有什么困难找到你了，你不是点头就是摇头，最多在嘴唇上唔两声，还板着苦瓜脸，那怎么能行呢？你既然来了，就是干工作的，既然干工作了，就要把工作干好，不然，我也不好跟领导交代，你说是不是？"

唐玲玲不敢说是，那会露出牙齿的。唐玲玲只能点头。

"嘴里起疮啦？"

唐玲玲摇头。

"你不是摇头就是点头，你是怎么啦？大方点，别这么腼腆了，将来还要谈朋友，还要嫁人，哪能就不说话？你今天一定要说句话，来，说一句给我听听，要不就唱一首歌吧，两只蝴蝶会不会？我起头，亲爱的，你慢慢飞，小心前边带刺的玫瑰……你怎么不唱？"慧姐有些恼怒，但她还是忍住火气，她盯着唐玲玲看，似图从唐玲玲的脸上看出她内心的秘密。但是，唐玲玲的脸光滑洁净，青春的容颜中，呈现出深深的哀愁，一点不夸张地说，这孩子是太平洋里最漂亮的女孩子。可这孩子心事太多，这样怎么能适应工作？

"好吧，你到十六楼去，找小董，让她跟你讲讲工作。"慧姐说。

唐玲玲走后，慧姐给丙梅打了电话。从电话里，慧姐知道了唐玲玲不说话的原因，原来不过是牙齿不好。牙齿不好，又能不好到哪里呢？这孩子，太要面子了，太讲究了，乡下孩子一般都没有这么重的虚荣心，小小年纪，这么在意自己的牙齿，能踏实把工作干好？慧姐对唐玲玲的第一印象一点也不好。

3

唐玲玲接到刘硅的电话，是在午后两点半钟。刘硅要请唐玲玲吃饭，不是午饭，是晚饭。唐玲玲怨恨地说："现在才几点啊？吃你个头啊，不吃！"

刘硅是唐玲玲的男朋友，在梅花小区的建筑工地做钢筋工，每天收入三十块钱，她关心唐玲玲的牙齿，比唐玲玲还关心。唐玲玲是没脸见人，怕人家嫌她的狗屎牙。而刘硅是一心想让唐玲玲高兴，他到处打听哪里有高明的牙医，能像洗衣服一样，把唐玲玲的牙齿洗白。他要请唐玲玲吃饭，并不是因为要填饱肚子，而是想见见唐玲玲，而是想和唐玲玲说说话，和唐玲玲亲热亲热。可唐玲玲的火气从来都很大，他话还没说完，唐玲玲就把电话挂断了。

建筑工地下午没有活，几十口人都拥挤在宿舍和宿舍门口的空地上，有不少人在打牌，赌一块钱一把的"跑得快"。刘硅没有赌，一块钱他也舍不得输，他要攒钱，给唐玲玲美牙。

秃驴三挨挨挤挤地过来了，他舍不得掏钱，又想打牌，被人赶下了场，心里窝着火。秃驴三坐到刘硅身边，一把抢过刘硅手里的报纸。刘硅伸手又抢过来。

"干什么这么狠啊？"秃驴三说。

"这报纸你不能看，我有用。"

"一张破报纸，擦腚用的吧？鬼才稀罕！"

刘硅看秃驴三一眼，把报纸卷卷塞到腋下，爬起来，没轻没重地踢了秃驴三一脚，走了。

刘硅走在大街上，宽阔的肩膀在四月的阳光里晃来晃去。刘硅想不起来他要去干什么，离吃晚饭时间还早了，再打唐玲玲的电话，少不了会挨一顿骂。刘硅只好这么走着，在大街上望呆，看着那些已经换上裙装的一个比一个美丽的女孩子，看着那些女孩子的屁股被包裹的很紧，心里想起了唐玲玲，想着晚上就要和唐玲玲见面了，想着唐玲玲的身体……心里头正泛滥着，突然，屁股上被踹了一脚。刘硅站立不稳，一个猪啃地，磕到路牙子上，在那一瞬间，他感到嘴巴里火突突的，并伴着尖锐的疼痛。刘硅趴在那里，用手一摸，有血，嘴里也像吃进了沙珠子，吐在手上一看，红红的唾沫里竟是半颗牙齿。

"谁啊？"

"对不起刘刘刘硅，你，你，你刚才踢我一脚干什么？你上哪里去玩？也不带我一起走，我也要踢你一脚……你望什么呆刘硅，我还没使劲哩，你这么不经踢……"秃驴三已经蹲在刘硅身边了，他拿手拉拉刘硅，心里头怕了。

"我牙齿磕掉了秃驴三，你死定了！"刘硅发着狠，嘴里嘀嘀地哈气，"疼死我了，疼死我了，嘀嘀……你等着秃驴三你不赔我医药费看我不弄死你！"

"也不全怪我，谁让你刚刚踢我一脚，你把我踢疼了，抬脚就走……我不过是来还你一脚，我们扯，扯平了。"秃驴三嘴上硬，心里怯，他伸出双手，把刘硅拉起来。

"放屁！"

"那那那你说咋办？"

"你赔偿我一百块钱，这事就算一笔勾销！"

秃驴三大叫道："你讹我啊？掉半颗牙要一百块钱？你那牙是金子啊？我还你一颗好了，来啊，给我一拳，两颗我也认，来啊，不就是两颗牙！"

刘硅拿眼睛瞪着他，竖起了拳头，说："你说的？"

秃驴三怕了，他后退一步，说："一百块钱也太多了，五十不行啊？"

"行，掏钱！"

五十块钱秃驴三也不想掏，他磨磨蹭蹭的，从口袋里掏出五十块钱。五十块钱一见到阳光，就被刘硅一把抢到手里了。

"我碰到鬼了！"秃驴三懊悔地跺着脚，转身走了。

刘硅口袋里多了五十块钱，底气一子很足了，晚上请唐玲玲吃饭的钱有了，还花不完，还能请她吃零嘴。刘硅心里头就像这四月的阳光一样，灿灿烂烂，暖暖洋洋。

刘硅从郁洲路拐上了苍梧路，又过了两条马路，经过华联广场时，他已经感觉不到牙齿的疼痛了，嘴里虽然有点胀，有点不舒服，好像有东西硌嘴，好像有东西碍事，但那又算什么呢？他刚才咧着嘴，在电话亭里照照，左边的上门牙不过缺了一块小小的角，不影响吃饭，也不影响喝水，甚至连美观都不影响。刘硅越发地觉得这五十块钱来得容易。刘硅决定到青年路小市场去买一斤瓜子，唐玲玲喜欢吃瓜子，她嗑瓜子的样子很好看的。她还喜欢吃葡萄干，也买一包吧。

刘硅在一口大铁锅前站住了。一个围着脏兮兮的围裙的汉子看着他，不说话，手上却没停着，握着一个大铁铲，不停地翻炒着。刘硅注意到铁锅里不光有瓜子，还有砂。在汉子的另一边，有一个大柳匾，里面堆着筛得干干净净的亮堂堂香喷喷的瓜子。刘硅用下巴指一下，说："称一斤。"汉子放下手里的活，装了一袋瓜子，放在电子秤上。汉子说："六块钱的，一斤半。"刘硅也没有嫌多，掏出那张五十块钱。汉子接过钱，在手里抖一下，又对着太阳望一眼，说："没有零钱找，你给零的吧。"刘硅心里冷了一下，说："假钱啊？"汉子说："你看呢？"刘硅接过钱，看看，摸摸，确实是假钱。刘硅在心里狠狠骂一句秃驴三，掏出别的钱付了账。

刘硅本想到工地上，找秃驴三算账，他看看手机上的时间，已经是下午五点了，晚上要请唐玲玲吃饭，这时候是一定要再打一个电话的。

唐玲玲接电话了。唐玲玲在电话里说："就知道吃饭吃饭，就不能来点别的花样！你想害我啊，你想我长胖啊，没安好心是不是？"

"我还给你买了瓜子和葡萄干。"

"那不还是吃吗？我看到小董穿一件漂亮的灰呢裙子，菊花黄的羊绒衫……算了，跟你说也没用。"

"小董是谁？"

"算了，说了你也不认识。"

刘硅嘻嘻地笑着，说："那你来呀，我想看看你……想你呗。我在苍梧绿园西门等你啊。"

六点过十分的时候，刘硅在苍梧绿园门口，看到唐玲玲背着双肩小包，从106路公交车上跳下来了。她可能早就看到刘硅了，欢跳着向刘硅跑来，一头扎进刘硅的怀里。他们紧紧地抱在一起，有十多分钟。唐玲玲说："算了，今天不减肥了……你请我吃什么好吃的呀？"刘硅说："你想吃什么我请你吃什么。"唐玲玲说："发财啦？我想吃……给你省点吧，虾干子和炸鱼片。"刘硅手上带把劲，他感到唐玲玲的胸部丰满而柔软，刘硅说："看我给你带来什么了，瓜子，还有葡萄干。"唐玲玲抿着嘴，快乐地笑着，更是紧紧地贴着刘硅了。唐玲玲说："花这些钱啊，留点钱给我美牙。"刘硅说："美牙的钱我给你存着了。"刘硅的话，让唐玲玲感动，虽然，唐玲玲知道，刘硅存的那点钱，远远不够她做最简单的美牙，但，有他这句话，她心里还是热乎乎的。

在朱氏海鲜馆里，刘硅多点了一盘水煮虾婆。唐玲玲吃得很开心，眉开眼笑的，她说起新找的工作，说起慧姐，说起她的新搭档小董，心情都十分美好，特别那个小董，她觉得小董的屁股太大了，以至于有种下坠的感觉。后来，唐玲玲不无虚荣地说："太平洋真气派，四星级的，一般人没经过培训，门都进不了，我刚去就到高级客房部了，我姐和太平洋经理是哥们，唉，什么时候我要能在太平洋的高级套房里住一夜，死也值了。"刘硅说："花那个钱干什么呀，浪费，要省着点……"唐玲玲说："你说什么呀？懂不懂你呀？能住进去的人，就不觉得浪费，怕浪费的人，是没本事住进去的，懂不懂呀你？"刘硅说："反正我不去住。"刘硅说着，从口袋里掏出一张揉皱的报纸。刘硅说："这上有一个广告，你看看。"唐玲玲说："什么呀。"唐玲玲拿过报纸，看到是一则美牙的广告，她的脸渐渐冷下来了，她又想到她嘴里的狗屎牙了。"你是什么意思啊？"唐玲玲说，"给我看这个干什么啊？你有多少钱啊，你跳起来才几千块钱,这要好几万,才能度一层瓷……"唐玲玲说不下去了,她把头低着,手上转着透明的玻璃杯。刘硅心里也不好受,他又不知从什么地方拿出一张宣传单,那是街上的一个女孩发给他的,是一家叫七七七的个体牙科医院的美牙广告,什么抛光、洁齿、洗牙等等。刘硅小心地说:"这个,你看过吧?"唐玲玲用眼睛瞄一下,这类小广告她收到过多次,也曾数次去就诊过,全是骗子。唐玲玲拿眼睛看着刘硅,说:"你存心的呀!不理你了!"刘硅说:"不是,不是……我,我……"唐玲玲说:"你也嫌我是不是?"刘硅说:"我哪里敢啊。"唐玲玲说:"你还说不敢。"刘硅说:"其实……其实也没什么大不了的……""我要你安慰我呀?"唐玲玲嘟着嘴,她是真生气了,她突然站起来,背起双肩小包,拎着装瓜子和葡萄干的塑料袋,急步走出了海鲜馆。

等刘硅结完账,追出海鲜馆时,哪有唐玲玲的影子啊。海鲜馆门前的马路上,穿梭不停的车辆,把路灯昏黄的光亮剪碎,对面行走的路人也被剪的七零八落。

刘硅知道唐玲玲好使小性子,动不动就生气。刘硅拿她也没办法,刘硅只能赶快给她打电话。可电话一直打,唐玲玲一直不接。

刘硅一边往苍梧绿园里走,一边给唐玲玲写短信,刘硅给唐玲玲发的短信内容是:我在绿园老地方等你,我爱你。

刘硅了解唐玲玲,他对她的冷淡也没挂在心上,他知道,要不了多久,多则半天,小则半个小时,她就好了,她是个不经哄的女孩。

刘硅所说的老地方,在苍梧绿园湖心岛上,那里有一片竹林,竹林边上有许多长椅,刘硅和唐玲玲经常坐在竹林边的椅子上聊天、拥抱、接吻、抚摸,等夜深了,周围没有人走动了,他们就忘我地做爱,然后,刘硅回到工地上,唐玲玲回到她姐姐丙梅家。刘硅今天约唐玲玲出来,本来计划有竹林里约会这个节目的,因为刘硅不小心得罪了唐玲玲,使他的计划几近于泡汤了。此时,刘硅急步走在苍梧绿园弯曲的园中小道上，远远近近的路灯让园里的树木影影绰绰、迷迷蒙蒙，刘硅看到，许多散步的情侣一对一对或牵手或相拥，出没于那些树影里，刘硅想，要不了多久，他和唐玲玲也会这样在竹林里相会。

在刘硅和唐玲玲常坐的靠近湖边柳树下的那张椅子上，已经有人捷足先登了，刘硅就在另一边的椅子上坐下，但是，刘硅等了半个小时，也没见到唐玲玲的影子，他有些焦急了，沿着湖心岛转了好几圈。他只好再给唐玲玲发一条短信，让唐玲玲赶快过来。虽然短信发了，刘硅还是有种预感，估计唐玲玲不会来了。

夜露打湿了刘硅的衣服，他都有些凉意了，时间也快到十点了，唐玲玲还没来。刘硅只好再次拨打唐玲玲的手机，铃声响了好长时间，唐玲玲才接电话。

"干什么啊你？"

"你怎么不来？"

"我在单位，我正上班，哪有时间出去啊。"

刘硅心里这才平妥了一些，原来她在上班，怪不得，"那明天晚上呢？"

"到时候再说啊。"

"那你还生我气啊？"

"我生你气，美死你了……你在哪里啊？"

"我在湖心岛上，我以为你会来的。"

"你在那里干什么啊？我哪里都不想去，我也没跟你生气……我敢跟谁生气啊，我跟我自己生气，好了，不跟你说了，你早点回啊，再见。"

4

唐玲玲今天上班第一天，本来是不需要值班的，她在海鲜馆和刘硅分手后，没有立即回家，而是上了106路公交车，又返回太平洋宾馆了。虽然她和慧姐的第一次见面，让她不愉快，但是，对太平洋宾馆，她还是挺喜欢的。她觉得这家宾馆很气派，很干净，比她先前工作过的几家单位好多了，而且，太平洋这个名字她也喜欢，还有她的新搭档小董，她不但不讨厌，还有一见如故的感觉。她工作的十六楼的环境也让她舒心。所以，鬼使神差的，她又折回来了。她觉得，先前冷落了人家小董，小董跟她说了几句话，她都有一搭没一搭的，还把脸背过去跟小董说话。人家小董不跟她计较，依旧是软声细语地跟她介绍，告诉她，一共有几间客房，单号在哪边，双号在哪边，有几张床铺，哪一间是值班室，跟她们倒班的陈丽丽和王霞怎样怎样。说过这些之后，小董又让她回家歇歇，等下一班次再来上班，还说今天就她一个人顶着就行了。唐玲玲觉得自己脸不脸腔不腔地对待人家小董是不是有些过分啦。所以，她才折回来，一方面是陪陪小董，另一方面熟悉熟悉情况。至于自己的牙齿，迟早会让人家晓得的，躲过初一，躲不过十五，让小董早点适应适应她的牙，以后会更习惯跟小董相处。

　　唐玲玲在楼底等电梯时，一个男人也在等电梯。唐玲玲并没有注意对方，当唐玲玲进入电梯后并按亮了十六楼的指示灯，对方跟唐玲玲点一下头，似乎是点一下头，还感谢地一笑。唐玲玲警惕地退在角落里，心想，他也是上十六楼？那么他是十六楼的客人喽？唐玲玲刚来，不认识，可以不跟她打招呼。再说，也不一定是客人，也可能是太平洋宾馆的某位领导，反正，不打招呼不为过。不过，如果真是十六楼的客人，她不打招呼也不好，因为她明天是白班，她还是要跟他打交道的。唐玲玲注意地看对方一眼，他大约四十不到或多一点点吧，穿一身很考究的灰色西装，头发梳得铁亮，长得也不错，有鼻子有眼的，嘴巴像刘德华，脑门像葛优，戴一副眼镜，脸上很干净，有一种笑意始终依恋在脸上。这种男人是很讨女孩子喜欢的，如果他还有钱，那就是钻石级的了。

"你是这里的服务员吧？"他说。

唐玲玲习惯性地抿嘴一笑，轻轻点一下头，也随即放松了警惕。

"你是唐玲玲？如果我没猜错的话，哈哈……"

"是啊，你怎么知道？"唐玲玲脱口而出。说过她就后悔了，后悔没有把牙齿藏起来，因为她在说话时，她看到对方的眉头跳了一下，鼻翼扇动着，好像是一种恶心的反应。唐玲玲把脸别过去了。

"我就知道……有人告诉我……你今天才来是不是？我认识小董……我叫苏维埃。"

唐玲玲在嘴里噢一声，没有再说话。

电梯到了十六楼，唐玲玲让苏维埃先走。唐玲玲看到他走出电梯时，顺手从口袋里掏出门卡。唐玲玲知道了，他不是太平洋的领导，他是十六楼的客人。唐玲玲想，他怎么知道自己的名字呢？他说他认识小董，那就是小董说的了。小董真是多嘴。

唐玲玲看到服务台上没有小董。

唐玲玲径直走进值班室，值班室里也没有小董的影子。唐玲玲就在值班室里坐下来。值班室其实还不如叫休息室更为准确些，因为它的确是供值班人员休息用的。值班室里只有两张床，是上下铺的那种，四个床位，唐玲玲、小董、陈丽丽、王霞，每人占一个，唐玲玲因为后来，靠门边的上铺就是她的床了。唐玲玲现在坐在小董的床上，小董的床里边挂着换下来的衣服，就是唐玲玲上午看到她穿的那件灰呢裙子，这件裙子穿在小董的身上真漂亮，唐玲玲想，自己要是有一件，不一定比小董差，说不定比她穿得还好看。可小董暂时还买不起灰呢裙子，她只能穿普通的牛仔裤。小董的床上还放着一个纸盒，盒子上的花样，唐玲玲很容易就判断出是装羊绒衫的盒子。小董又新买了一件羊绒衫？她上午看小董穿的那件菊花黄色的羊绒衫已经够漂亮了。好奇心让唐玲玲小心地打开了盒子，让她惊异的是，盒子里果真是一件漂亮的羊绒衫，咖啡色的，色彩很洋气。更让唐玲玲惊异的是，羊绒衫上还放一张发票，价格是三千二百八十块。天啊，一件羊绒衫要值这么多钱啊，唐玲玲的头脑里像开飞机一样嗡嗡了两声，突然觉得自己过得真的没劲。

有脚步声响着进来了。唐玲玲来不及放好盒子，小董就走进了值班室。

"真的是你回来了啊？"小董说，"怎么样唐玲玲，这件羊绒衫漂亮吧？"

唐玲玲偷看人家的衣服，不好意思，脸红了。

"好看。"唐玲玲说。

"你牙齿怎么啦唐玲玲？我看看来。"

"我这牙齿你不能看，丑死了！"

"好不好治啊？应该能的吧？四环素牙吧？还是虫牙？医生没告诉你怎么治啊？我牙齿也不好，后槽牙老是疼，它要是再疼，我就去拔了它。"

唐玲玲不知道该不该回答小董的话，因为她话里的问题太多了，太多了就不好回答了。但是，小董的热情和并非瞧不起她的语气，还是让唐玲玲心里略略好受些。唐玲玲说："我上初中时，我妈带我去镇上的医院看一次，医生要把我牙齿全拔了。"

"不会吧？这叫什么医生？唉，说真的唐玲玲，我特别喜欢这种颜色的羊绒衫，我穿给你看看噢。"小董说着，就在唐玲玲面前脱下了深蓝色的制服，又脱了身上的那件菊花黄羊绒衫。唐玲玲看到小董不光是屁股大，胸脯也大，好在她身材高，腰肢显得长，小肚子虽然也丰满，还不难看。小董换好了衣服，在唐玲玲面前摆着身体，说："好看啊？"

"好看，呀！"唐玲玲也站起来，拉拉她衣服，不无羡慕地说，"你穿什么都好看。"

唐玲玲是说真话。唐玲玲看出来，小董心情有些亢奋，她美美地在镜子里照，变换着角度和身姿，脸上一直笑笑着，也一直露着两排美丽的牙，那两排像贝壳一样纯白的牙配合着丰满的红唇，真有些特别的风情。有好牙的人，都是喜欢把牙露出来的，就像孔雀，见到人就开屏一样。唐玲玲有些自惭形秽，她不由得又紧紧抿着双唇了。

"唐玲玲你今天可以不来的，在家休息休息明天再正式上班的。不过呀，你来也好，我正好有点事情，你值好班啊？我要去玩一会儿好吧？等你有事了，我也替你的。"

唐玲玲说："不要紧，你去吧。"

唐玲玲就是在小董走后，接连收到刘硅的短信的。她无端地生气，无端地指责刘硅，自己还一点察觉不出来，所以，她在接刘硅电话，跟刘硅道过再见后，才觉得让刘硅在湖心岛等了两个多小时很不好意思。唐玲玲又给刘硅发短信了，问他回到工地没有。刘硅回短信说都睡下了。唐玲玲和刘硅来来往往又互发了几条短信。唐玲玲得知，刘硅有一个叫秃驴三的工友，欠刘硅五十块钱，刘硅发狠明天一定要讨回来。唐玲玲就嘱咐他，别再跟人家打架了。刘硅说，恐怕不行，肯定要有一场恶战，因为秃驴三欠他五十块钱，还他的是一张假钞。唐玲玲就在心里替刘硅担心。但是，欠账还假钞，也太让人憋气了，该揍！

发过短信之后，就是夜里十一点多了。唐玲玲很少这么晚睡觉，除非和刘硅约会。就是和刘硅约会，也是要趴在他腿上让他抱着睡一小会的。

唐玲玲犯困了。她准备睡觉。但是小董还没有回来。小董说玩玩儿，没说上哪去玩，她是出去了还是在宾馆里？唐玲玲突然想起电梯里碰到的那个男人，那个自称苏维埃的男人就住在这里，莫非他是小董的男朋友？这是完全有可能的，他说他认识小董的，小董的那件咖啡色羊绒衫，说不定也是他买的——不是说不定，一定是了。不知为什么，唐玲玲心里有些嘭嘭地跳，她发现了别人的秘密，就像自己的秘密被人发现了一样紧张。

唐玲玲悄悄走出休息室。其实她没必要悄悄。宾馆里没住几个人，她感觉出来。五一长假还有十多天，旅游旺季还没有到，没有客人让她惊动。她摄手摄脚,屏息敛气,主要是心理因素,她要去偷窥,要看看那个休面的男人的房间里,是不是还有小董。一定有,这是不言而喻的。唐玲玲对什么事情的判断都很果断,而且很准。这回又让她想对了。在1608房间的门口,她听到里面的声音,是笑声,小董的笑声,快乐的笑声。小董在笑过之后,说道:"没想到你这人还真行,什么都懂啊,你要是开门诊,做个牙医还行呐,你有没有不懂的事啊,你让我好崇拜哦!"苏维埃得意地笑道:"还有一种美牙方法,叫光子美牙,没听说过吧?你只知道离子烫,没听过光子吧?光子比离子更先进,光子美牙,就是将光子技术应用在牙齿美白过程中,通过波长,催化过氧化物,让牙齿上的色素颗粒溶化分解,就能恢复牙齿的光洁亮泽了。不过,你那个搭档唐玲玲的牙恐怕比较难,我还没见过那么黑那么丑的牙,我猜呀,她的牙里里外外全是黑的,没法做美牙手术了,除非拿锤子,把一嘴牙齿全敲掉!"小董说:"不能这样说话噢,这样说话是要烂舌头根的——你不巴人家好,不够善良,我不喜欢噢。"苏维埃说:"我是说着玩玩的,其实我也是同情她的。"小董说:"我看你说得全是假话——要是我也长那样的牙,你一脚就把我踹下床了,你说是不是?"苏维埃说:"哪能会呢,你是我的小心肝……"

唐玲玲听不清下面的话了。唐玲玲也不想听下面的话了。唐玲玲真的很受伤,不过她这次没有哭,她这次是很愤怒。两人躲在这里干鬼事,却拿别人嚼舌头,可恨。唐玲玲真想一脚踢开门,好好羞辱他俩一番。但是唐玲玲没有这样做,她回到值班室睡下了。

唐玲玲一觉醒来,看到小董不知什么时候已经睡在她的床上了。唐玲玲翻身,故意把床弄得咯吱咯吱响。

"我一猜你就没睡着。"小董说。

"在哪里玩的呀,这么晚了。"唐玲玲自己都被自己吓了一跳——声音怎么这么温柔啊,临睡前还发狠不理她的。

"反正天还没亮——唉,唐玲玲,问你一句话,你有男朋友吗?"

"有。"

"没分?"

"嗯?什么?"

"我是说,你们还没分手?"

"我也奇怪。"

"你们在一起,说很多很多甜言蜜语吗?"

"不,我们在一起老是吵架。"

"不会吧。"小董抬起了头,"那多没劲。"

"是啊……"唐玲玲也是个不能免俗的女孩子,她好奇地说,"哪像你们啊,那么亲密。"

"看出来啦?"

"羊毛衫也是他送的吧?"

"你全知道啦?"

"一看就是个大老板。"

"有多大呀嘻嘻……"

"很大的……很有钱是吧……他是住这里吗?"

"他呀,每星期来住一晚,是专门为我们约会方便的。"小董的口气里充满了自豪。

"那要花多少钱啊?"

"小钱,他才不在乎了,唉,唐玲玲,你知道苏维埃怎么说你的吗?他说你很漂亮。"

唐玲玲这才不说话了。唐玲玲心里想,狗嘴里吐不出象牙,他明明在说我的牙,在说我不好,稀罕她来为他讨我好。

"不过呀,苏维埃说了,他说你的牙,要是舍得花钱,是能修好的。"

"我晓得。"唐玲玲又觉得小董并不坏,她肯说真话,便把小董当着朋友了。

两个女孩子就悄悄地说了大半夜话。这话越说越投机，越说越知心，把各自的私房话都交给了对方。

5

一大早，唐玲玲就打电话给芳草园茶楼的老莫。唐玲玲跟老莫说要过去喝茶，时间定在晚上。唐玲玲还告诉对方，她有新工作了，茶社欠的钱，不准备要了。唐玲玲从电话里，感觉对方犹豫了一下，没有立即回答，她又把声音做得更温柔一些，说："你别害怕呀，你害怕什么呀，我还能把你怎么样啊，你是大老板啊，啊？你是欢迎还是不欢迎么？"

"欢迎欢迎。"对方似乎还是不明就里。

如前所述，老莫是芳草园茶楼的老板。老莫把一个清汤寡水的茶楼经营得红红火火，业内业外人都知道老莫有两把刷子，知道他底细的人，都晓得他这几年捣腾名人字画和假古董发了财，茶楼不过是混着玩玩，有个门面，跟朋友聚会谈事情方便，再者了，也便于交女朋友。唐玲玲原来是他这里的服务员，工作还不错。老莫打她主意，是他看出来这孩子因为牙不好，心里头极其自卑，他以关心为名找她谈心，让她学茶艺表演，趁机想拉她上床。唐玲玲知道男人都这德性，逮到一口是一口，糊里糊涂的没敢反抗，也就让他动手动脚拉拉捏捏了。

老莫长一口好牙，唐玲玲一进茶楼时就发现了，老莫的牙齿，可以用明眸皓齿来形容，晶晶亮亮的，闪着动人的光芒。男人有这副牙齿，简直就是财富了，何况是一个已到中年的老男人呢。

唐玲玲以为老莫和她先前认识的男人一样，都会嫌弃她的牙齿，没想到老莫最喜欢就是吻她，吻她的嘴，吻她的唇，吻她的牙。有好几次，唐玲玲都想问他，你就不嫌弃我的牙脏？但每一次，老莫都是逮住她疯吻，让她根本没有说话的机会。唐玲玲渐渐认同了老莫。老莫是唐玲玲认识的男人中，唯一对她的牙齿不感到恶心的人，她甚至感觉到，他的舌头在她的牙齿和牙龈上磨擦很久，让她嘴里产生长久的甜甜津津的滋味，这让唐玲玲内心里产生了一些感动。老莫会在吻她的时候，一只温柔的手，情不自禁地游走到她敏感的部位，手上和身体的语言，就是想占有唐玲玲。唐玲玲还不糊涂，这一关可不能让他轻易突破。但是，唐玲玲也清醒地知道，照这样下去，让他突破这一关也是迟早的事。

　　让唐玲玲万万没有想到的是，有一天，下夜班了，老莫留下了唐玲玲。唐玲玲心想，这一刻终于来了。唐玲玲有些激动，也有些紧张。激动是因为她其实是期待这一刻早些到来的，紧张是因为，在老莫之前，除了刘硅，她还没有跟别的男人做过。但是，就在唐玲玲疯狂和老莫接吻的时候——她是第一次主动迎合老莫——意外的事情发生了，老莫的一嘴牙齿掉了。唐玲玲起初并不知道她嘴里含着的是老莫的假牙，她先是觉得老莫愣了一下，然后拼命地吸，在唐玲玲的嘴里吸，唐玲玲觉得不对劲，游移了一下，感觉嘴里含着一件硬物，再看老莫的脸也变形了，不像老莫的脸了。唐玲玲被吓一跳，本能地吐一口，钢当一声，嘴里的东西掉到了地上，唐玲玲一看，竟是一副假牙，整口的那种。唐玲玲感到恶心。唐玲玲的牙齿虽然很坏，对别人嘴里的假牙天生就有一种恶心感，她在看电影《不见不散》的时候，徐帆在飞机上从葛优嘴里咬出假牙的镜头，就让她当时呕吐了——唐玲玲确实呕吐了，她喉咙浅，哇的一声，吐了一地，把老莫躺在地上的假牙也弄脏了。

　　这件事让老莫和唐玲玲都很尴尬，结果是不欢而散。

　　第二天，唐玲玲就不去上班了，连一个月的工资她都没去算，等于是不辞而别。

　　老莫也知趣，并没有再打电话找她。

　　但是，现在，老莫想不明白，如此敏感的唐玲玲为什么又突然给他打来电话。想不明白的老莫，想想就明白了，女孩子嘛……

晚上，在芳草园茶楼里，老莫选了最好的一个包间，他一边抽烟，一边等唐玲玲。不久前，就是在这个包间里，和唐玲玲分手的，那时的情景，还历历在目，那真是让他难为情的场面啊，连让他调侃的机会都没有，就失去了他喜欢的女孩。事实上，他理解唐玲玲的不辞而别，也只有他能理解，一副牙齿，对一个人的重要，对一个人心理的影响，还有自尊心的伤害，等等。

让老莫没想到的是，唐玲玲不是一个人来的，而是又带一个女孩子来了。那么，她不是来重叙旧情投怀送抱的？她在电话里不是说不要那一个月工资的吗？其实，说不要就是要，她又带一个女孩子来，就是给自己讨要工资壮壮胆子的。

坐下来后，唐玲玲介绍说："这是我好朋友，叫董菊，你就叫她小董好了。"

"啊，小董，你好你好，欢迎欢迎。"老莫伸出手，让小董的手碰一碰。

茶上来了，还有茶点。老莫招待两位女孩吃茶点，自己抽烟。

小董吃着香樟籽（这个东西也能吃？）说："老莫你怎么不吃东西？光抽烟啊，你要再抽烟，我可要来一根啦？"

"你来你来。"老莫把茶几上的半盒苏烟扔给小董。

小董果然拿一支烟含在鲜艳的唇上了，老莫笑笑的，及时把打火机点燃送上去。

小董抽一口烟，把香樟籽抓一小撮，送到老莫跟前，说："自家的东西，就舍不得吃呀。"

唐玲玲噗地笑了，她掩着嘴，像藏着秘密一样继续笑着，好一会儿，才说："你莫叫老莫吃那么硬的东西小董，当心把他美牙给硌了。"

"是么？哇，老莫的牙真是好——唐玲玲你别见怪，我可无心说你——我是说，你看人家老莫，还是烟鬼，牙齿保养还这么好啊！"

老莫不知道小董是不是知道他满嘴假牙，唐玲玲就是告诉她也是有可能的。老莫想，既然已经说到牙了，那就说吧，你唐玲玲不是恶心我的假牙吗？你不是还会呕吐吗？那就实话实说吧。老莫说，"我这牙才不是好牙了，你是拍马屁拍到牛腿上去了，连边都没沾着，我这可是假牙，看好了，假的，要不我取下来给你瞧瞧？"

"我才不信了，现如今，最时髦就是美牙了，你们大老板，镶金的烤瓷的，什么牙没见过啊，还听说有一种钻石美牙，讲究多了，你大老板，还能弄一口假牙糊弄自己？肯定是美过的牙齿，别骗我们乡下丫头啊，唐玲玲，是不是啊？"小董大概从苏维埃那里学了不少美牙知识，现贩现卖，显得很有学问，"上海北京那些大地方还有纹齿的，就是在真牙的表面上贴一颗水晶，或者钻石，然后再在上面纹上各种图案花纹，还有把心上人的名字纹上去的，你牙齿上有谁的名字啊？是不是唐玲玲？"

老莫笑了，老莫说："我还敢纹心上人的名字啊，你真会抬举我，我这牙，几年前就烂了，唐玲玲牙也不好——唐玲玲，对不起噢，我不是要笑话你啊，我是打个比方。但是几年前，唐玲玲你要是看到我的牙，你就觉得你的牙还不是最不好的，我老莫的牙，才是狗屎，才是垃圾。不怕你们笑话，我刚上中学时，开学头一天，就被老师赶出了教室，她以为我故意把牙齿抹黑，出她的洋相，因为我们的女老师牙齿也不好，是四环素牙。"

小董听了老莫的故事，哈哈大笑了。

唐玲玲也笑了，她相信老莫的话是真的，因为她上学的时候，村上有一个男生，天天拿一块砖头，照着镜子磨牙，原来他是喜欢班上的女老师了，他怕家是外地的女老师嫌他的狗屎牙。

"我小时候，还在石头上磨过牙，你们没听说过吧？老鼠磨牙是怕牙齿越来越长，我磨牙是想把黑狗屎磨掉，我偷偷在我家的墙拐上，在磨嘴上，在码头嘴上，在牛槽上，凡是有石头的地上，我都会裂着嘴在石头上磨，有那么大半年时间，我发疯似的天天磨牙，半夜都起来磨，唉——"老莫摇摇头,"你们不知道,其实我最同情唐玲玲了,我猜唐玲玲也曾经为一嘴不好的牙而苦恼过。"

"老莫你是编故事吧?"小董说。

老莫继续摇摇头,说:"没有故事好编,我都是说真话,我还用烟盒里的锡纸,包在牙齿上,让我的牙齿闪闪发亮,别提多美了。"

唐玲玲眼睛看着老莫,她觉得老莫不是在编故事,没有亲身经历的人,是不会编出这样的故事的。因为老莫所讲的,她都尝试过,当然,最终的结果和老莫一样,毫无效果。唐玲玲听了老莫的话,心里很难受,觉得他就是在说自己。但是,一个和她有着同样苦难经历的人就在眼前,她心里头还是略略有些宽慰。

小董好奇地说:"那你嘴里的牙到底是真的是假的呀?你这一嘴牙——假牙,值钱吗?是瓷牙还是金牙还是钻石牙?不要太好看呀,值一百万吧?"

"哪有那么多呀,别替我架势了。"

"那要值多少,五十万还是三十万?"

"值不了值不了,不过,也差不多吧。"

"天呀!"小董伸一下舌头,"为什么要做一嘴假牙呢?可以在原来的牙上烤瓷,或者贴面呀。"

"那要牙质好才行,我的牙是真的烂掉了,从外烂到里,里外全是狗屎,没有利用价值了。唐玲玲你年轻,应该做烤瓷或者贴面,不过……"老莫没有把后面的话说出来。

"那要好多钱的,"小董把老莫没说的话说了,"唐玲玲哪有钱美牙呀,我们一个打工的,一辈子也……"

小董没有说下去,她突然觉得自己喧宾夺主了,她看一眼唐玲玲,拿手碰她一下,说:"唐玲玲你怎么不说话?来来来,喝茶喝茶……还有别的喝的吗?"

"有的有的,咖啡行吗?"

"行。"

"今天我请客啊,想要什么尽管要,我去安排几个小菜。"老莫起身往外走了,又说,"等会我请你们吃大餐。"

老莫走后,小董轻声说:"你这朋友不错啊,特有钱啊,等会你陪他吃饭,我假假有事先走,让你方便,好不好?唐玲玲你别傻,机遇要靠自己抓——你今晚就不该让我来!好啦,我要查查苏维埃,看他又到哪里潇洒去啦!"

小董拿出手机,坐到刚才老莫坐的地方,给苏维埃发短信。

片刻之后,老莫来了。老莫看自己的座位让小董坐了,他只好挨着唐玲玲坐下。唐玲玲跟她一笑,端起茶杯抿一口。老莫也看一眼唐玲玲,笑一笑。老莫想说什么的,他没有说,而是不经意地用腿碰一下唐玲玲。唐玲玲又看他一眼,这一眼和刚才不一样,心里头涌现一些意境,也含着别样的内容,而唐玲玲又一笑,目光就和老莫的目光在半道上相遇了。老莫再笑时,鼻孔里发出丝丝的声音,仿佛在说,我知道你会来的。而唐玲玲一而再再而三地笑,似乎是向老莫检讨,或者说,重新接受了老莫。

不大的包间里,飘荡着茶香和烟臭,这种混合的气味,有点像脚丫臭,唐玲玲在茶楼做茶道表演(服务员)时,就习惯这种气味了。老莫、小董、唐玲玲三人各怀心事,他们的心事在气味的包裹中沉沉浮浮,小董在玩弄手里的手机,老莫喝着茶,唐玲玲吃着瓜子。唐玲玲似乎在等待什么,在等待什么呢?夜里,她跟小董说悄悄话时,说到芳草园,说到老莫。说到芳草园和老莫是因为小董老说苏维埃,说他如何如何气人,如何如何讨厌,如何如何小气,如何如何不乖,一听,全是反话,满嘴都是喜欢和自豪的口气,唐玲玲不能说刘硅,刘硅没有钱,也没有权,更不大方,没有值得夸耀的地方,她只好说老莫,说到老莫的时候,嘴里不由自主就顺上了小董的口气,就夸大了她和老莫的关系,说到激动处,还暗示小董她和老莫其实已经那个上了。小董也是个善解人意的女孩，就给唐玲玲出主意，让她别放了老莫，该抓住时，一定要抓住，别犯傻病了，也别玩什么感情了，其实就是那回事，别亏了自己，早点把牙弄好才是真的。唐玲玲觉得自己学不来小董，和老莫来不了事。但是她经不住小董一再鼓动，这才给老莫打了电话的。不过到现在，唐玲玲心里还惶惶的，尽管，她表面上把自己装成了另外一个人，把自己尽量装成小董，可她觉得自己怎么也成不了小董。唐玲玲便想打退堂鼓。就怨自己不该听信小董的话。可就在这时候，老莫的腿又贴上来了，老莫的腿贴紧唐玲玲的腿。唐玲玲心里瞬间的惊慌之后，想到要是能把一嘴的狗屎牙换成老莫那样的牙齿，想到自己已经是一嘴美丽的糯米牙，她就什么也顾不上了，她自己的腿上也带带劲，心里也跟着热一下。

小董摆弄了一会儿手机，突然起起来，说："朋友找我去玩，我先走啦！"

小董从唐玲玲身边走过时，跟唐玲玲挤了一下眼。

"你朋友蛮开朗的，"老莫在小董走后，说，"她也在太平洋？"

唐玲玲说："啊，是的。"

"她今天也不当班？"

"我们明天一早上班，上二十四小时，然后休息二十四小时。"

"这样也蛮好……你说是不是蛮好……"老莫伸过手，揽在了唐玲玲的腰上。

唐玲玲往他身上靠靠，让他搂好了。

"你想什么？"

"我说你怎么不嫌我这牙难看，原来你也没有好牙呀。"

"我们不说牙了，你又会吐……"

"不么，我偏要说，这么多年，我跟谁都不敢说，也没有人跟我说那么多关于牙的话，只有你……我不吐了……真是可笑，我……"唐玲玲的话，让老莫迎上来的嘴堵回去了。

他们很愉快地亲吻。然后说话。然后再亲吻。然后再说话。话题很小，都集中在人体器官上，当然也涉及到牙齿。老莫说："其实，我也呕吐过，好多好多年前了，我们村集中坟墓，那时候我奶奶还在，在迁我爷爷的坟墓时，我奶奶拄着拐也去看了，我爷爷下葬二十多年了，只剩一堆白骨，可他老人家满口牙齿还完整地含在嘴里，白骨、黑牙，很显的。我奶奶当时很生气，骂我爷爷不是个东西，拎起拐棍，把我爷爷的牙齿捣碎了……我那时还小，二十岁不到吧……我呕吐得很厉害，屁股也挨了奶奶的一拐棍，她骂我是不孝子孙。"

唐玲玲快乐地大笑了，她很少这样笑，嘴巴张得很开，一嘴灰黑色的牙齿大面积地露出来了，在鲜红、饱满的嘴唇的映衬下，显得特别怪异。

"你奶奶捣你爷爷的牙齿干什么啊？"

"那是迷信，是说，人死后，牙齿应该很快烂掉，要是不烂，对后代不好，子孙不兴旺，不发达，要穷好几代。"

唐玲玲一听，又笑了。

"你别笑，自从我奶奶把我爷爷的牙齿捣碎以后，我们家一切都顺利，我也于第二年考上了大学，那可是恢复高考的第二年啊，我们乡就考上我一个，轰动了全县。"老莫说，"迷信不能全信，也不能不信，当信的时候还是要信的，我后来在仕途上不顺，做生意也不顺，我把牙换了以后，一切跟着都顺了，早知道这样，也让我奶奶早早就把我牙给敲掉算了，说不定我早就发达了。"

听了老莫的话，唐玲玲的心又沉了下来，愁云又爬到了脸上。

"怎么啦？"

"没什么。"唐玲玲嘴上说没什么，心里头还是觉得，现在和以前不一样了，以前和老莫，糊里糊涂的，现在的目的是明确的。因此，唐玲玲又说，"我也想换牙，到时候缺钱，跟你借一点啊？"

让唐玲玲没想到的是，老莫竟然满口答应。

6

刘硅向秃驴三展示自己少了一角的门牙："你看看，你看看，你看好了，这可不是我咬的，是你驴操的一脚踹的，你驴操的一脚踹掉我半颗牙，我半颗门牙值多少钱？就值五十块钱啊！我刘硅对你秃驴三天高地厚，就跟你要五十块钱，不多吧？"

"我给你五十了。"

"对，你是给了我五十块钱，可你驴操的给我一张假币！你秃驴三还是不是人啊？啊？"

"胡说，我秃驴三什么时候用过假币？"

"你驴日的不承认是吧？来，我拿给你看看。"刘硅从口袋里抽出假币，"你自己看吧。"

秃驴三接过钱，看看，拿手指摸摸，又对着太阳照，说："还真是假币，我操。"

"承认了吧，算你秃驴三还有点良心。"

可秃驴三又把假币递给了刘硅。

刘硅没有伸手接，说："你换一张真币给我啊。"

"这钱我不能换给你，我要是换给你，我就是傻逼了，连你刘硅都会在心里骂我傻逼。"

"你说什么？"

"你要是拿张假币讹我，多赚我五十，我就上你当了。"

刘硅一听秃驴三这样说，火气咻地一声就蹿上来了，他大声地和秃驴三吵起来，还骂秃驴三不是东西，不要良心，连更脏的话都骂了。秃驴三也不是好惹的，跟他对吵对骂，两人声音越来越高，把工地上闹得尘土飞扬。刘硅竖起拳头就要揍他，秃驴三腰一弓，跳开了。就在一场打斗即将爆发之际，工头许大嘴过来了，他大声呵拆道："你们两个，吃饱撑得难受是不是？谁在这里给我闹事谁滚蛋！听到没有，干活去，还想不想拿工钱啦你们两个卵泡！"工头许大嘴的话哪个都不敢不听，他手里握着生杀大权，他让谁干活谁就干活，他让谁歇着，谁就得歇着，刘硅他们出来就是干活挣钱的，谁想歇着啊。所以，工头许大嘴一吆喝，刘硅和秃驴三都不作声了，乖乖地干活去了。许大嘴跟在他俩身后，又追一句："再闹我就开了你们两个卵泡！"

  晚上收工时，刘硅一眼没扑到秃驴三。吃饭时也没看到他的影子，刘硅的火气就在心里头盘旋着，他胡乱吃了一大碗米饭和一碗青菜豆腐汤，回到工棚换了衣服，揣上手机带上钱，把那张假币也带上了。他对自己说，秃驴三你等着，不换张真钱给我，我跟你没完！

  几分钟以后，刘硅走在大街上了。春天的大街上路灯好像格外的亮，玉兰树上的白花一朵朵正在开放，花香四溢，暖风洋洋，女孩们的花衣裳尤其耀眼炫目，刘硅的眼睛就不够用了，那些和他擦肩而过的美丽的面孔和窈窕的身姿，让她心里很是感动，他想，如果唐玲玲也走在这些女孩子中间，一点也不比她们差。刘硅拿出手机，给唐玲玲发了一条短信：我在老地方等你。唐玲玲很快就回了短信：我在上班，没空。刘硅心里一下就空了，但他也没有办法，上班可不是随便就能脱岗的，可是，见不到唐玲玲，他会难受的。刘硅就又发了一条短信：我去看你。而唐玲玲的短信更是干脆：你不能来，这是规定。

  刘硅从唐玲玲的短信里，闻到了一丝异样的气味，他觉得，今晚要是见不上唐玲玲，很可能要出事。刘硅这样一想，他就决定到太平洋宾馆去，什么破规定啊，就看一眼还不行啊。

  刘硅走了很多路，然后才坐上公交车，几十分钟后，他来到太平洋门口。

  刘硅又给唐玲玲发了短信，说他已经到太平洋门口了，他叫唐玲玲出来。

唐玲玲很快就出来了。唐玲玲穿一身蓝色的制服,出现在太平洋门口的灯光里,刘硅感觉唐玲玲一出来,灯光就特别亮了一下。

唐玲玲几乎是小跑着走到刘硅面前。

"谁让你来的呀,这么晚了,你来干什么呀!"

"你穿制服真漂亮。"

唐玲玲皱皱眉尖,极不耐烦地说:"我问你来干什么?"

"我……我来看看你——你……你不高兴啊?"

"你不知道我上班啊?我高兴不高兴关你什么事啊,你快回吧,我没时间跟你说瞎话!"

"可是……"

"可是什么呀?有话你快说!"

"可是你还没吃晚饭。"

"你怎么知道我没吃饭?我吃过了,我要走了。"

"我就知道你没吃,唐玲玲你先别走,那边有一家买粉丝的,我请你吃一份粉丝,我知道你最爱吃粉丝了。"

"我不吃。"

"吃一份吧,我请你。"

"快一点,我跟你一起去,现在是八点十分,最多五分钟,买了粉丝你就回啊?"

"好的。"

在不远处的粉丝店里,刘硅给唐玲玲买了一份四块钱的粉丝。付钱时,刘硅掏出那张五十的假币,递给了那个胖女人。刘硅这回不是存心要花那张假币,他被唐玲玲一急,忘了口袋里的这张假币了。胖女人把钱一接到手里,脸色就由红变紫了。胖女人哇啦大叫一声,说:"好啊,昨天我收了张一百块的假币,一天白干了,今天你又来吃我鸭子,新账旧账一起算,你把昨天的钱还我!"

刘硅想抢回那张假币,他伸手捞一下,没抢着,刘硅说:"我换张真的给你……我昨天可没来啊。"

粉丝店里的人都朝刘硅看。刘硅觉得很丢面子，他看一眼唐玲玲，唐玲玲咬着唇，红着脸，看都不看刘硅。唐玲玲一跺脚，泪水窜了下来。唐玲玲以手掩面，扭身走了。

刘硅唉唉着，欲去追唐玲玲，被胖女人一把揪住了胳膊。

"你还想跑！"胖女人说。

刘硅就被胖女人纠缠住了。刘硅就是浑身长满了嘴，也说不清楚。纠缠的结果是，赔偿昨天的一百块钱，这事就算完，不然，就打110报警。刘硅不想把事情闹大，他掏出一百块钱，付给了胖女人。胖女人骂骂咧咧的，把他那张五十的假币撕碎砸在了刘硅的身上。

刘硅从粉丝店出来时，真想一头钻到地下去——他又愤怒又羞愧，愤怒是因为秃驴三，秃驴三那五十块钱假币，让他丢尽了人；羞愧是因为这一切全让唐玲玲看到了。

刘硅没去跟唐玲玲解释，一方面，唐玲玲不一定听他解释，另一方面，当务之急不是去解释，而是要找秃驴三算账——五十块钱假币给他带来了太多的麻烦，还白白倒贴一百块钱，一共就是一百五十块钱，那可是真钱啊，唐玲玲美牙都没有钱，他却拿一百五十块钱打水漂漂，太让他窝火了。

刘硅是打一辆摩的赶回工地的。刘硅怒冲冲地钻进工棚。偌大的工棚里，只吊着一只一百瓦的灯泡，工友们像秧山芋一样一排排躺在地铺上。刘硅在秃驴三睡觉的地方没有看到秃驴三。刘硅一眼一眼挨着看过去，他都没有看到秃驴三。有人问他："找什么啊，不睡觉？"刘硅说："我找秃驴三。"又有人说："驴三啊，抱着被子出去了。"刘硅说："我知道这小子在哪里。"刘硅走到他自己的床铺上，从枕头底下抽出一根大拇指粗、二尺多长的钢筋，出去了。刘硅一边走一边把钢筋别到裤腰里。

刘硅来到另一个工棚门口。刘硅喊道："秃驴三，你出来！"

秃驴三出来了。秃驴三被他的阵势吓住了,说:"我再给你五十块钱,行了吧?我服你了还不行?"

刘硅在鼻在里笑两声,说:"你下午要是给我五十块钱就行了。现在不行,现在你要给我一百五十块钱!"

秃驴三不干了,秃驴三一副瞧不起的口气说:"我说你是讹我吧?五十块钱就变成一百五了,我要是明天给你,就变成二百五是不是?"

"你不要变着花样骂我,我现在跟你叫开来,你必须给我一百五十块钱,不然可不怪我不客气!"

"本来我想给你五十块钱的,没想到你这家伙太贪心了,得一还想望二,我也不想跟你啰唆,五十块钱你爱要不要,你要是不要,我就扔在这地上。"秃驴三说着,把一张钱扔在了地上。那张五十的纸币,在灯光的照耀下,飘飘忽忽的,一直飘到刘硅的脚边,然后,就躺着不动了。

刘硅捡起五十块钱,塞到身上,一把揪住了秃驴三。刘硅用力很大,秃驴三像一只猴子一样被他提到了胸前,刘硅另一只手顺势从腰里抽出钢筋,在秃驴三眼前晃一下,说:"再掏一百!我让你再掏一百!"

秃驴三看刘硅真要动武了,他站稳了脚跟,两手抓住了钢筋。

刘硅和秃驴三在工地上开始扭打起来。别看秃驴三个头小,没有刘硅粗壮,但是刘硅想把秃驴三摔倒在地,也是不容易的事。秃驴三两手紧紧抓住钢筋,跟着刘硅上蹿下跳,秃驴三就像粘在刘硅身上一样,让刘硅有劲使不上。就在这样的扭打中,连刘硅和秃驴三都想不到的事情发生了,刘硅准备打人的钢筋,握到了秃驴三手里,秃驴三也不含糊,甩手扫过去,钢筋就结结实实落到了刘硅的脸上,咔嚓一声,仿佛金属和金属的碰撞,刘硅便应声倒地。结果是,刘硅的两颗门牙不知飞到了哪里。

刘硅疼了半天,才从地上爬起来,他吐着满嘴血沫时,在他周围已经围上了好多人。工头许大嘴拍拍他的肩膀,说:"我怕你这两个小驴日的给我添乱,还是给我添乱了,我把你两人分开来,不住在一起了,还是管不了你们,那我也没办法了,你们两个明天都不要上班了,卷卷铺盖给我滚回家吧!"工头许大嘴拿着手电筒照照刘硅的嘴,说:"我操,掉了两颗牙,我说刘硅你这一副块头白长啦?怎么让秃驴三打掉了牙?牙掉了可不是小事,秃驴三,秃驴三跑哪去啦?"

"我在这。"人圈外有人答一句。

"刘硅牙掉了两颗,还是门牙,打掉牙算伤害,构成伤害罪了,一颗牙做一年牢,你想去做两年牢,还是想赔点钱私了?"

"要要要要……要赔多少钱?"

"一颗牙至少也要一百块钱,两颗牙两百块钱,再加上营养费,再加上……以后还要包两颗牙,说什么还得二三百左右,你给五百块钱吧,刘硅你同意不同意?你要是不同意就到派出所告秃驴三,让派出所来把秃驴三抓走,我们也省心,你要是同意……秃驴三,说你呢,你也不要孬种,赶快掏五百块钱私了。"

"我不同意,"刘硅抢先说了,他说话时,嘴里已经不收风了,"他还欠我一百,一共是六百!"

"他胡说……"

"住嘴!刘硅说你欠一百就欠一百,他怎么没说别人欠他一百?五百块钱再加一百块钱,秃驴三,挨到你表态了,你掏还是不掏?你要是不掏,我一个电话,派出所就来人给你戴上洋手表,把你带走,到那时,你想掏都没机会了。"

"事到如今,六百就六百……"秃驴三哭了。

7

唐玲玲回到太平洋的十六楼,还在生刘硅的气。唐玲玲趴在服务台上,玩着手上的圆珠笔,一副心事茫茫的样子。

电话突然响了，铃声吓着了唐玲玲。

小董从值班室跑出来，她可能知道是她电话，可唐玲玲已经接了。唐玲玲一听，是总台的，通报一下入住十六楼客人的名字。

"你知道是苏维埃啊？他马上就上来。"唐玲玲放下电话，看小董脸上泛着红晕，急吼吼的样子，带着醋意地开着玩笑道，"你好幸福啊，有苏维埃疼着惦念着。"

"你不是也有老莫嘛。"

提到老莫，唐玲玲心里又复杂了一下。

"老莫啊，唉——"唐玲玲欲言又止。

"你还有刘硅。"

"他啊……"唐玲玲真想把刘硅拙劣的表现讲给小董听听，一想，算了，情丑不外扬。

"真想不到，你手上还死死攥着刘硅，要给别的女孩子，不知换多少回了……跟你说这些你也不懂，也是对驴弹琴。"小董半真半假地说，"我看老莫也没什么不好，还有你挑三拣四啊？你不想美牙啦？我的小傻瓜！"

小董注意着电梯上的指示灯，到十六楼了，从电梯里出来的干净而标致的中年男人，果然是苏维埃。苏维埃一脸春风，他跟小董打招呼，跟唐玲玲打招呼。唐玲玲脸上也跟小董一样，笑笑的，就像小董的快乐会传染一样。

"你笑什么啊？"苏维埃说。

唐玲玲看着苏维埃手里拎着一个大纸袋，说："我看你又给小董带什么好东西来，苏老师能不能先给我们看看啊？"

"也有你的。"

"哇——不会吧！"

苏维埃从大纸袋里拿出几页打印稿，说："唐玲玲，我是觉得你可惜了，你看你眼睛，蓝蓝的，多美啊，多忧郁啊，多清澈啊，可是你的牙齿真的要好好维护维护，现在，美牙的办法多了，我在电脑里给你找点资料，打印出来了，带给你看看，我敢保证，你要是有一嘴美丽的牙齿，你就是……你就和小董一样，将是我见过的最漂亮的女孩，要有一万个人追你的，真的，我眼睛最准了。"

唐玲玲脸变红了，是渐渐变红的，说明她内心的变化。唐玲玲不说话，她接过苏维埃放在服务台上的打印稿。

"你别说人家唐玲玲……"小董赶快抢过苏维埃的大纸袋了，"快让我看看……天啊，这么红啊，太艳了，是裙子吧？坑死了，谁让你买这么艳的裙子啊，太俗太俗了！"

"春天花都开了，你也应该穿穿红的了，是不是唐玲玲？"

"苏老师的眼光当然没有错，"唐玲玲又转身看小董拿出来的大红色裙子，言不由衷地说，"小董你适合穿红的。"

"什么啊，人家脸太大了，穿红的，人家会显得更胖……不要不要……我试试啊。"小董口是心非的，她快乐地跑进值班室了。

唐玲玲开始给苏维埃登记房间。

苏维埃说："我还住 1608 吧。"

"好的。"唐玲玲把 1608 的钥匙卡递给苏维埃。

苏维埃伸手拿钥匙时，把唐玲玲的手也逮住了。唐玲玲的手像泥鳅一样滑了回去，她下意识地看一眼值班室的门，她知道小董正在值班室里换衣服。

苏维埃小声说："没关系的，这是我名片，你拿着，有事给我打电话。"

唐玲玲心里没鬼，怕小董心里有鬼，便赶快把苏维埃的名片收起来了。

小董已经换上了红裙子，她走出来，在壁镜子里照照，理着裙摆，转了几圈。

"好看哩。"唐玲玲说。

"好看什么呀,我不要!"小董气鼓鼓地回到值班室去了。

苏维埃看看唐玲玲,跟唐玲玲做个鬼脸,就去开自己的房间了。

唐玲玲看着苏维埃的背影,心想,老莫要有苏维埃这么好就行了,老莫是个小气鬼,他尽想白吃我小甜饼。又觉得,苏维埃吃着碗里的,还看着锅里的,也不是什么好东西!

唐玲玲看着苏维埃留下来的几页打印的文章,她光看了标题,心里的悲伤就渐渐扩大了,《美国人过分注重美牙》、《水晶钻石牙,钻石般的微笑》、《美牙五法》、《美牙又有新方法》、《妩媚的笑容需要光芒的牙齿》、《晶晶亮亮,闪闪动人》……这些标题在唐玲玲的眼睛里越来越模糊,越来越模糊了。

"唐玲玲你说真话,好看还是不好看啊。"小董又从身后的值班室出来了,她拎着大纸袋,摇着屁股走过来,看唐玲玲两眼含泪,似乎知道了什么,便安慰道,"这个苏维埃真是的,拿什么破资料啊,我看看来……扔掉算了!"

"别……"唐玲玲一把又抢过来。

"唐玲玲你别太当回事了,大不了就一嘴牙,赶有时间,我跟苏维埃说说看,让他出出主意……啊?懂我意思了吧?"小董拿手推一下唐玲玲,愁眉苦脸地说,"你说天气这么暖,夏天转眼就要到了,谁还穿厚呢裙子啊,苏维埃这么笨啊,笨死了,不过呀,十天八天还能穿的吧……唐玲玲你说到底好不好看么?"

唐玲玲心不在焉地说:"我看好看么,还能穿十天半个月哩。"

"不行,我要找他算账。"小董跟唐玲玲扮个鬼脸,说,"唐玲玲你在台上照应一会儿,我去去就来。"

"你放心玩好了,这儿有我就行了。"

小董拐过去,消失在走廊里了。

小董并没有去去就来,半个小时了,一个小时了。这段时间段里,唐玲玲能预测到发生了什么事。唐玲玲有些嫉妒,那是多好的房间啊。

但是有些事情她预测不到，比如刘硅和秃驴三的撕打，比如刘硅的门牙被秃驴三砸掉了两颗，比如秃驴三赔了刘硅六百块钱……还有就是，唐玲玲的手机响了。

唐玲玲看这个号码心里便突然激动，因为她把手机拿在手里，一直想拨这个号码的，也是一心希望对方来电话的。

"是你啊？"唐玲玲的声音有些颤抖。

"我是老莫啊，你知道是我电话啊！"老莫的声音一如既往的平静。

"我我……"唐玲玲突然的语塞。

"晚上有时间没有？我请你宵夜啊？还是到我茶楼来……喝茶啊？"

"我在上班，你知道我今晚夜班的，要到明天早上才能下班……我不想到你茶楼了，你那里的服务员，我都认识。"

"那怕什么，我把她们全开了算了。"

"你哪句话是真的呀……"

"我句句都是真的，这样吧，我让会计把你那个月的工资补给你……上次忘了给你了。"

"你以为我为……"唐玲玲急忙换了另一种口气，"为那点点钱啊？太少了，我要美牙，还不够塞牙缝的，你又不是不知道，拿我那点工资打发我啊？"

对方犹豫一下，说："牙是要美的，可也不能太急啊是不是？那那……我请你吃饭吧，你还能出来啊？请两小时假，让别人顶一下嘛。"

"你别老一套了，没创意，就不能……来我这里？"唐玲玲说出这句话，也真是不容易，她是憋了好久了。话一说完，居然感觉气畅了，胸阔了。

"你不是上班嘛，我怕影响你。"

"你笨啊，你就不能开间房，名正言顺地住进来？"既然豁出去了，干脆就挑明说了吧，省得对方装糊涂。

"哎呀，我怎么就想不起来？"

"你笨呗！不过你要是来住，只能住十六楼，我在十六楼值班……这样子……方便呗。"

"要花好多钱吧？"

"三百二百的，对你还算钱啊？你要是不想来就算了！"

"不不不，我这就来……不会有事吧？"

"什么事都没有……能有什么事？"不过，唐玲玲又犹豫了，她想到苏维埃和小董正在约会，只有她一个人值班，而且，她也得再冷静冷静，也得再好好想想，便说，"不过今天不行，后天吧，好吧？那就……再见！"

唐玲玲赶快挂断了电话。唐玲玲从未感到接个电话会这么累，她大口大口地喘着气，拿着手掌在胸窝里顺，不停地顺，仿佛几天没喘气一样。天啊，她被自己吓住了，她真的要出卖自己了，这是她自己吗……唐玲玲不知道自己是悲伤还是兴奋，她想哭。她悄悄走近镜子，看到自己在镜子里的影像，是的，没错，还是从前的唐玲玲。唐玲玲慢慢咧开嘴唇，露出嘴里的牙齿……唐玲玲看到，镜子里那个熟悉又陌生的女孩，眼里滚出一串泪水，随即，镜子里的影像模糊了。

8

刘硅是突然觉得唐玲玲变心的。就算他用假钱买东西不诚实，他也跟他解释过了，唐玲玲不但不原谅他，不同情他，还拿话挖苦他。这也罢了，昨天和前天他跟唐玲玲打了两天电话，发了两天短信，告诉她，他门牙掉了两颗，起因说起来就是因为假币。可唐玲玲终于接电话的时候，对他掉了两颗门牙不但没表示一点疼爱，还指责他不该跟人家打架，最后还很伤人心地说，你给别人打掉两颗门牙关我什么事啊，谁让你打架啊？你以后别再烦我了，别再有事没事打我电话了。

对唐玲玲最后那句话，刘硅想了两三天都不能理解。唐玲玲说不关她的事，唐玲玲绝情地挂断了电话，唐玲玲更绝情地对他的电话和短信不加理采，难道他对唐玲玲的情感就这样断了？

今天，刘硅又想了一夜，终于想通了，他掉两颗门牙和唐玲玲不是没有关系，而是非常有关。为什么掉了两颗门牙？不就是为了钱？要钱干什么？不就是要帮唐玲玲美牙？要不是帮唐玲玲美牙，存钱干什么呢？刘硅的存款折里，已经有存款六千多块了，加上身上的六百块钱现金，他有七千块钱了，七千块钱虽然不够把唐玲玲的牙齿变成一嘴美丽的白牙，但七千块钱已经是不小的一个数额了，等到了年底，还能赚四五千，加起来，就是一万多了，一万多，就可以把唐玲玲的上下各两颗共四颗门牙贴上一层瓷了，一年美四颗，要不了几年，唐玲玲的牙齿就差不多全美过了，唐玲玲就不用天天抿着嘴了，唐玲玲就可以大声地说话了，唐玲玲要是一笑，就能露出一嘴洁白的牙齿了。

刘硅决定，唐玲玲既然不接电话，也不回短信，就不再给他发短信了，他直接到唐玲玲上班的太平洋去找她。

刘硅是在一大早来到太平洋宾馆的。刘硅算过日期了，今天白天，唐玲玲不上班，她从早上八点开始下班，一直到明天早上八点才上班，在这么长的时间里，他一定要跟唐玲玲把话说清楚。这几天，他一直觉得他跟唐玲玲没有把话说清楚，唐玲玲也一直没能理解他的话，要是唐玲玲理解他的话了，她就不这么任性了，就不这么犟了。唐玲玲是个任性的女孩，也是个犟驴脾气，刘硅是早就领教过的。刘硅也知道唐玲玲的脾气好比六月的天气，说变就变的，变坏了快，变好了也快，刘硅了解她。

可刘硅来到太平洋宾馆的时间太早了，才刚过六点钟。刘硅在建筑工地干活，习惯起早，他今天跟许大嘴请了半天假，说要到医院去包牙。刘硅才不想去花那个钱了，至少暂时不去花钱包牙，只要唐玲玲不嫌，他就要把钱省着，给唐玲玲美牙用，自己缺几颗牙，算什么呀。

刘硅在太平洋门口转了七八个圈，看看时间，还不到六点半，这么长时间才过了十来分钟，刘硅觉得时间太慢了，要是等唐玲玲下班出门，那要等多长时间啊，刘硅决定到宾馆去找，唐玲玲说过她在十六楼工作的，她要到八点才交班，说不定她这会儿还在被窝里。

刘硅第一次走进这么豪华的宾馆，有点紧张，小腿肚直想抽筋。

刘硅在往电梯门口走的时候，感觉有人在看他。

"请问先生，你找谁？"

那个保安果然走过来了。

"我找我家亲戚，她在十六楼，叫唐玲玲，她她她……她家有事叫我关照她一声。"

"那你在大厅里坐一会，我们请她下来。"

刘硅不知道太平洋的规矩有多少，但这肯定也是规矩。刘硅便在大厅的沙发上坐下了。刘硅刚坐下来，他就看到从电梯里走出来一个人。刘硅认识他，刘硅一眼就认出他来了，这不是芳草园茶楼的老板老莫吗？他一大早来太平洋干什么？这时候，刘硅还没有想到，他和老莫在太平洋宾馆邂逅，有什么特别的意义。他只知道老莫是唐玲玲从前的老板，他只知道，唐玲玲不想在芳草园茶楼干了，是唐玲玲炒了老莫的鱿鱼。唐玲玲在跟刘硅说起老莫时，神情是讳莫如深的，语言也是讳莫如深的，言语中，唐玲玲透露出老莫是个不正经的东西，唐玲玲还痛骂过老莫，说老莫让她恶心。

老莫走后不久，唐玲玲也从电梯里出来了。保安对唐玲玲说："那位先生找你。"

唐玲玲一看是刘硅，脸腾地红了。

刘硅不知道唐玲玲为什么脸红。刘硅迎着唐玲玲，突然有些拘谨，他叫一声："唐玲玲……"

唐玲玲站着，两只手在小腹上绕来绕去，并不看刘硅。

"我以为你不睬我了。"刘硅说。

唐玲玲还是没有看他，也没有说话。

刘硅想了想，不知说什么，但不说点什么显然也不行，他嗫嚅着，说："我跟秃驴三还是打了一架……你看我牙，都掉了两颗，不过秃驴三吃亏更大，他赔了我六百块钱。"

唐玲玲没有接他的话，唐玲玲把头抬起来，眼睛望着窗外，唐玲玲艾怨地望着窗外，其实她什么都没有看到。

"本来，我想把秃驴三的牙打掉的，可可可……幸亏没有打掉秃驴三的牙，不然，就不是他赔我六百块钱了，而是我就赔他六百块钱了，六百块钱啊我操，够我苦二十多天的了。"刘硅的话里有些得意，"唐玲玲你知道我有多少钱了吧？要不了多久……"

"你来多久啦？谁让你来找我啦？你看到了是不是？"唐玲玲的声音很轻，很没有感情。

"看到……什么啦？"刘硅不解地问。

"你没有看到一个熟人？"唐玲玲的声音里有一点点放松。

刘硅马上想到老莫了。莫非老莫一大早从太平洋宾馆出来，和唐玲玲有关？莫非老莫真的和唐玲玲有一腿？刘硅恍然大悟，他想起唐玲玲有一阵常常痛骂老莫，原来……刘硅的心骤然悬起来，又轰然塌落。

唐玲玲漠然地说："刘硅你回去吧，你以后不要来找我了。"

刘硅咬着后槽牙，从牙缝里挤出一句话："我要杀老莫！"

唐玲玲没有听到刘硅的话。唐玲玲也没有再看刘硅一眼。唐玲玲利索地扭身走了。

刘硅唉一声，他想追上去。可他没有追，他看到两个保安，还有总台的两个女孩，都向他看。刘硅心里很急，眼睁睁地看着电梯张开大嘴，把唐玲玲吃了进去。

刘硅被保安赶了出来。刘硅心头窝着一团火，他在太平洋宾馆的大门外徘徊着，火苗从嘴里呼呼冒出来——他想抱一个炸药包，把太平洋宾馆给炸了，他想抱一挺机关枪，把老莫打成麻蜂窝。但是，随着中午的临近，刘硅心头的怒火终于熄灭了，他想好了问题的根源出在哪里，问题的根源就出在老莫身上,干掉老莫,唐玲玲就会重新来到他的身边。刘硅又给唐玲玲发了一条短信,说,我不在太平洋门口了,我只请半天假,我要回去干活了。而先前,刘硅的短信则是,你要是不出来,我一直呆在门口!

其实,刘硅并没有回工地干活,他去芳草园茶楼了。

刘硅在芳草园没有找到老莫。老莫是个事情很多的人,他在味芳楼吃完早点,去看了一个捣腾古董的朋友,他这个朋友刚刚连夜从南京的朝天宫回来,带来一批清刻和明刻的雕版书,据说还有一本宋刻,这些东西,比黄金还昂贵。他在这个朋友家里看了一天旧书,听这个朋友吹了一天雕版书的来历和价格。晚上他也没回茶楼去,而是去书画院一个画山水人物的画家那里喝酒去了。

刘硅腰上别着一根钢筋,守候了一天没有找到老莫,在很晚的深夜里,才窝着一肚子火,深一脚浅一脚地往工地赶。

刘硅到他睡觉的工棚,要穿过正在施工的庞杂的工地,刘硅哪里知道,在他回工棚的必经之路上,在一个暗影里,在一台搅拌机的后边,躲着秃驴三,秃驴三被刘硅活生生讹去了六百块钱,他哪里能受得了这个委屈……

9

在1019房间里,唐玲玲给老莫看儿张打印的文稿,这是苏维埃送给她的,全是关于美牙的内容。唐玲玲跟老莫刚刚风雨过了,两人都很累。唐玲玲就像变戏法一样,从什么地方把文稿拿出来,给老莫看。老莫没有细看,随便翻一下,就知道唐玲玲是什么意思了。老莫躺在床上,抽着烟,肚皮上盖着洁白的被单。在老莫的身边,是唐玲玲,唐玲玲几乎没有穿衣服,她裸着好看的身体,等着老莫说着什么。老莫一口一口地抽着烟,不急,也不慢,很滋润很享受很从容的样子,就像他刚才在唐玲玲身上翻来覆去打量和抚摸时一样。唐玲玲哪里知道，老莫的心里头，正翻江倒海想事情呢，还是在两三天前，老莫听芳草园茶楼的门童说，唐玲玲的男朋友刘硅在他茶楼附近出没，还到茶楼去打听老莫。老莫就觉得唐玲玲和刘硅是不是在合谋一个骗局？这是完全有可能的，这类消息，报纸、电视和网络上，他见过多了，这不是？唐玲玲果然抛出了美牙的资料，果然要跟他套钱了。老莫可不是傻瓜，他不想做冤大头。但是，他觉得，也不能一点不表示，不能太亏待了唐玲玲。

唐玲玲看他的一根烟要抽完了，便把手抬起来，轻轻地摸在被单上。隔着一层被单，是老莫茂密的胸毛。唐玲玲抚摸着，嘴里咕一声，连唐玲玲自己都没听清是什么声音，她潜意识里，是想说话的，是想听听老莫说些什么的，她觉得，老莫该有话说的。可老莫什么都没说，他吸完最后一口烟，把烟屁股揉在枕头边的烟灰缸里，然后，揽住了唐玲玲。老莫开始亲吻唐玲玲，他用力地亲吻她……

这一夜，老莫奇怪地没有在天亮以后回去，还不到十二点，老莫异乎寻常地和唐玲玲又做了一次，然后就要连夜赶回茶楼，说那边有事，有一拨外地人要来看画。唐玲玲自然不好挽留，她把被单拉在胸脯上，看他穿衣服收拾自己。老莫穿戴完毕，在唐玲玲身上又摸一把，温柔地说："我有事先走啊，明晚再来，好不好？"唐玲玲点点头，眼睛不由自主地瞄一下那叠文稿，那叠躺在枕头边的略有些散乱的文稿，老莫并没有上心。老莫在唐玲玲目光的暗示下，才意识到什么，他草草地把那叠关于美牙的文稿卷起来，装进包里。但是，唐玲玲在老莫走了之后，突然觉得，自己犯了一个天大的错误，她怎么会做出这种决定呢？她怎么就如此轻率地拿自己开玩笑呢？就算老莫真的给她美上一嘴的好牙，那牙是白的吗？那牙应该比现在还要黑呀。

唐玲玲没有怪小董，也没有怪老莫，她只怪她自己。

老莫走了，他走到门跟，一手扶着拉手，在放门之前，他又扭头看一眼唐玲玲。老莫对唐玲玲一笑，夸张地露出一嘴白森森的假牙。然后，老莫拔出了门卡，房间里顿时一片漆黑。唐玲玲心也跟着黑了，是那种比黑暗还黑的黑。

在老莫走后一刻钟，唐玲玲回到值班室。唐玲玲轻手轻脚的，不想把小董惊醒。唐玲玲坐在床上，心里头特别的委屈。唐玲玲的眼泪便悄悄流出来了。唐玲玲的泪眼中，是小董堆放在床里边的大大小小的纸盒，还有一只只包装袋，那些纸盒和包装袋里，都是高档的礼品，那些礼品都是苏维埃送的。唐玲玲并不是贪婪的女孩，她也不像小董那样，好贪些小利，她只是想把牙换了，让她一嘴乌黑的狗屎牙，变成洁白的糯米牙，让她像那些漂亮女孩一样漂亮。唐玲玲想，只要有机会换牙，让她干什么她都愿意。可那一口牙，是轻易就容易换的吗？那换牙的钱，是轻易就能来的吗？

结束了。这样也好，唐玲玲想，结束的虽然晚一些，但毕竟结束了。

唐玲玲看到刘硅送给她的那个塑料袋了，那还是一个星期前，刘硅给她买的瓜子和葡萄干，唐玲玲放着，一直没有机会吃。现在，瓜子和葡萄干是那么的真实。刘硅好几天没来找她了，也没给她打电话。他现在怎么样呢？他还在那个叫梅花小区的工地干活吗？他被秃驴三打掉的两颗牙齿，包上了吗？牙齿掉了，会是什么感觉？要疼多少天呢？唐玲玲突然的想起了刘硅的许多好处来，心里酸一下，便哭出了声。

唐玲玲的哭声惊醒了小董。

"怎么啦唐玲玲？哭啦？你怎么在这里？那个那个……他呢？老莫呢？"

"都是你的臭主意……"

"不会吧，老莫就一点态度没有？你让他……就这么……溜啦？"

唐玲玲冷哭声更响了。

"这个老莫，真他妈孬种……也怪我……我以为的……我也不睡了。"小董从被窝里爬起来，"我陪你说说话吧。"

唐玲玲不想说话,她只想哭。

小董抓一把瓜子给她,故意看得开地说:"多大事啊,不就是一个老莫,我一脚能踢走好几十个,来,吃吃瓜子消消气!"

唐玲玲手里抓过瓜子,想起刘硅,心里头更加难过,哽咽着说:"我还有瓜子和葡萄干,这是刘硅给我买的……"

"你这种人啊,又想刘硅了,真是一点事也没经历过,就这点打击也受不住啊?"

小董的话提醒了唐玲玲,唐玲玲觉得哭给小董看也没意思。唐玲玲便渐渐止住了哭。

"你还跟他来往啊?没劲!"小董抓一把瓜子,"算了,你是个死脑壳子,改天我有时间,好好把你脑子洗洗。"

唐玲玲拿被子捂住头,不跟她说话了。

于是,小董半躺半坐在着,一边嗑着瓜子,一边叹气。

唐玲玲决定给刘硅打电话。

唐玲玲在天亮后觉得不能再不给刘硅打电话了,虽然只有短短的几天时间没见到刘硅,她却觉得是好久好久了。可唐玲玲拨了刘硅的手机以后,对方提示是空号。怎么可能呢?这明明是刘硅的手机啊。唐玲玲又连续拨打了好多次,都是那个甜美的电脑小姐的声音:你拨的话码是空号,请查实后再拨。

唐玲玲觉得事情有些严重,不知道发生了什么事,不知道刘硅怎么了,他是不是和秃驴三又打架啦?

唐玲玲知道刘硅干活的梅花小区。唐玲玲打了一辆车,赶到热火朝天的建筑工地。这么大一片工地,这么多人,上哪里去找刘硅啊,唐玲玲急得又要哭了。唐玲玲这回没哭,她知道哭也没有用,哭也要找到刘硅再哭。找到刘硅后,要好好地哭一场,她这样决定了。唐玲玲见人就打听,就问对方见没见到刘硅,他们有的说不认识,有的反问她,谁是刘硅。唐玲玲已经问了有一百个人了,有一千个人了,唐玲玲觉得,她都快把工地上的人问个遍了，可他们都不知道刘硅这个人。唐玲玲不相信刘硅会从地球上蒸发，会从她的生活中蒸发，他肯定就躲在某一个地方，故意地不理她。唐玲玲就下决心一定要找到他。终于，他在一个民工那里，发现刘硅的一点苗头了。那是一个龇着两颗大牙的家伙，他问唐玲玲："你找的这个人是不是一个年轻人？"

唐玲玲有些激动了，说："是啊，他叫刘硅！"

"他是不是二十七岁啊？"

"不，他二十一。"

"不对吧，他是二十七吧？"

"不是二十七，是二十一！"

"多大？"

"二十一，他是二十一，他叫刘硅，师傅你见到他了吗？"

有几个人停住了手里的活，望着他俩，听着他俩说话，哈哈地笑，其中，一个轻纪稍大一点的，大声吆喝道："大牙，你过来，你戏弄人家小丫头，你想死啊！"

笑声更响了。

唐玲玲这才知道，上了这个叫大牙的当了。这个叫大牙的家伙是想看唐玲玲难看的牙齿的。唐玲玲在说一和七的时候，都会露出牙齿，他不过是想逗逗唐玲玲，看唐玲玲的笑话。果然，他大笑着，弓着腰跑了，他几步跑到那堆人里，说："哈哈哈……狗屁牙，亮啊！"

唐玲玲没心情跟这种人计较，他要找到刘硅。

在工地的拐角处，有个人一听说是找刘硅的，便兴奋地大声叫道："许大嘴，快过来，这丫头找刘硅。"

被称着许大嘴的人跑过来了，他看着唐玲玲，问："你找刘硅？"

"是啊。"唐玲玲说。

"我们也找刘硅，可我们找不到他，他失踪都三天了，不，算上今天，都四天了，你要是找到他，你帮我问问他，还想不想干了！"

"可是,他在你们这里干活的呀!你们怎么能让他失踪呢?"

"我们让他失踪?我们可没让他失踪,是他自己失踪的。"许大嘴说,"你急什么急呀,失踪就是找不到他,他说不定什么时候就能从什么样地方冒出来,等冒出来了,看我还让不让他干活了!我非开了他不可!两条腿的青蛙稀奇,两条腿的人,到处都是!"

唐玲玲知道再问他也没有用了,刘硅的确失踪了。

刘硅的突然失踪,让唐玲玲陷入了深深的痛苦中。

在太平洋上班的不长的时间里,唐玲玲内心的经历竟是如此的多。唐玲玲都不敢回忆她究竟在做些什么了,日子就像是梦,真假难辨。她上班时消沉了,沉默不语了。她的突然的消沉和沉默不语,让小董十分不解,小董让她主动跟老莫联系,让她打电话,让她去他的茶楼,唐玲玲都是不予理会,她内心里决定的事情,不会改变了。事实上,老莫也曾打她的电话,也要再住进太平洋宾馆,都被唐玲玲坚决拒绝了。更让唐玲玲受到污辱的是,苏维埃也在某一天,暗示说,他可以想想办法,帮她美牙。唐玲玲知道苏维埃是什么意思。唐玲玲说:"我不需要美牙,我这牙挺好的。"说完,扭身离开。苏维埃被唐玲玲弄得难看,他不解地看着唐玲玲,摇摇头,走了。

有心无心的,唐玲玲会打刘硅的手机。当然,那个她曾经非常熟悉的号码,如今已经是空号了。唐玲玲会长久地看着手机发呆,希望她手里的手机会响起来,会显示刘硅的电话号码。或者,她会把那串号码拨打到一半的时候,停下来,然后哭一会儿。哭泣和发呆,已经是唐玲玲的常态了。为此,唐玲玲很让小董看不起,凭一个妙龄少女,竟然一个像样的男人都没有,还为一个穷光蛋哭哭啼啼。

而小董的感觉真的是越来越好,她和苏维埃,由一周开一次房间,到一周两次甚至三次了。

但是,万万没有想到的是,小董和苏维埃的事情还是让太平洋发现了,太平洋宾馆是严禁小董这种行为的,小董的行为已经违反了宾馆的规定，因此，小董被太平洋辞退了。在小董离开太平洋的这天，唐玲玲也被客房部经理慧姐找去谈话了。唐玲玲以为小董出卖了她，心里正不安着，觉得对不住丙梅表姐，觉得要是也被辞退了，还要劳丙梅表姐再找一份工作。但是，慧姐并不是要辞退她，也没有说她和老莫的事，而是把她调到十五楼。不过是正常的调动，唐玲玲心想，小董还算有点良心，没有把她给出卖。

10

　　转眼，春天过去了，又转眼，已经是秋蝉在树的九月了。唐玲玲在太平洋宾馆上班，早已适应了宾馆的工作，而且，还是宾馆的领班了，工资比别的服务员多了一百块。唐玲玲知道，这一方面是自己工作不错，主要的，还是丙梅表姐的关系起了作用。只是，刘硅一直没有音讯，让她的心里缺了一块角。唐玲玲还没有新的男朋友，所以，刘硅在她的心里，还占据着重要的位置。

　　有一天，表姐丙梅要给唐玲玲过生日。表姐在家里，给唐玲玲准备了一桌好吃的菜，还有一只蛋糕。表姐还请了慧姐，还有别的朋友。唐玲玲挺开心，觉得表姐真疼她。因为慧姐还没来，唐玲玲就随便捡起沙发上的报纸看。报纸是本市的晚报，唐玲玲在看影视明星版上的大美女，看她们的红唇皓齿，看她们的花边绯闻。唐玲玲还不知道，在这期报纸的社会新闻版上，报道了公安局侦破了一起谋杀案，在梅花小区建筑工地附近一个废弃的涵洞里，发现一起高度腐烂的男尸，被害人断掉了两颗门牙，根据这条线索，公安部门很快查实，该男尸是梅花小区十三号建筑工地的工人刘硅，凶手是同一工地一个外号叫秃驴三的工人，两人因为一张假币而积下怨恨，及至大打出手……

　　唐玲玲没有看到这条新闻。她是不可能看到这条新闻了，一方面，这是一张五天前的报纸，另一方面，唐玲玲从来是不看报纸的，在表姐家看报纸是纯属偶然——唐玲玲的影视版还没有看完,慧姐就来了,唐玲玲热热闹闹的生日宴会就开始了。

在这次生日宴会之后,唐玲玲的生活发生了微妙的变化,太平洋宾馆的水电工,一个朴实而能干的小伙子,约她出去吃饭。唐玲玲想一想,去了,后来,两人果然谈起了恋爱。水电工姓李,名字很好听,叫李春江,小伙子哪里都让唐玲玲满意,就是一嘴洁白的牙齿,让唐玲玲不舒服。因为他的牙齿,会让她想起她从前的生活,想起那段荒唐的经历,想起从前的男友刘硅。

九月末的某天上午,唐玲玲和李春江在步行街上逛街,李春江知道她爱吃炒瓜子,专门跑到炒货店买了一包,放在手里拿着,和唐玲玲一边走一边吃。步行街上人很多,摩肩接踵的,在人流中,唐玲玲意外地看到了老莫。老莫站在街边,那是一家画廊的门厅里,老莫眼皮搭拉着,正拿着手机和谁通话,一副城府很深的样子。唐玲玲不想被他看到,头一低,赶快走过去了。但是,却更加意外地和苏维埃打了个照面。在苏维埃的身边,那个紧紧贴着苏维埃行走的,不是小董,而是一个染了一头红发的比小董还高的漂亮女孩。苏维埃牵着女孩的手,热情地跟唐玲玲打招呼,唐玲玲要是不睬他,又怕水电工心生疑惑,只好应了一声,还笑笑。不过,唐玲玲没有把牙露给他看。唐玲玲感觉到,他肯定是想看看她的牙齿的。唐玲玲的牙齿,是一嘴的狗屎牙,还是已经美白了呢?不要说苏维埃,就是步行街上的所有人,只要唐玲玲不张嘴说话,又有谁会知道呢?

唐玲玲拉着李春江,在街心的塑料长椅上坐下来,她不想再遇到别的什么熟人了,她从李春江手里拿过装瓜子的牛皮纸袋,一粒一粒机械地嗑着瓜子。可她的心里,却走来许多熟人,一个一个的,在她心里不停地闪回。她不想和他们相遇,可他们偏偏固执来打扰她。

有一个瓜子,硌了她一下,唐玲玲拿出来一看,竟是一颗牙齿,一颗黄色的两头尖尖的牙齿,炒成了和瓜子差不多的颜色。毫无预料地竟然从瓜子里吃出一颗牙来,这一突然的变故,让唐玲玲失声尖叫:"呀,什么呀!"唐玲玲手一松,牙齿掉到了地上。

李春江也看到了,他无比惊讶地说:"怎么会是一颗牙齿?"

唐玲玲说不出话来,她用手捂住嘴,啊啊着,她的确要呕吐了。

李春江找出一块纸巾,把地上的牙齿包着。

小伙子要去那家炒货店讨个说法,为新交的女朋友出出气。

但是,唐玲玲一把拉住了他,不让他去讨说法,坚决不让他去。李春江问为什么,她也不说。李春江再问,她反而急了:"不就是一颗牙齿嘛,犯得着啊,啊?你连我这一嘴牙都不关心,倒关心这一颗牙来了,你是什么意思啊?"

唐玲玲想起了刘硅,她双手掩面,呜呜地哭了。

小伙子非常纳闷,他不知道唐玲玲为什么发这么大脾气,也不知道她为什么如此伤心地哭泣。唐玲玲哭着哭着,就软软地倒在小伙子的怀里了。小伙子心里热热的,更加怜爱他的女朋友了。

水胆水晶

一、王大街

王大街不是一条街,是吴顶镇上的"名人"。

王大街有个绰号叫街划子,到底和街挂上了钩。

王大街原来在镇上的富有石英砂厂工作,因为偷同事吴小妹的一块水晶,被厂里开除了。本来,偷一块普通的水晶,也没必要开除一名职工。问题是,大美女吴小妹的这块天然水晶是厂长陈富有送的,而且不是一般的水晶,是非常奇特的水胆水晶。更奇特的是,这块水晶的形状非同寻常,可以说非常独特——形、神酷似男性生殖器,这如何像话?这不是等于把厂长陈富有和吴小妹的关系公开化了吗?所以,开除一个王大街也就合情合理了。

王大街离开富有石英砂厂,便在水晶大市场租半截柜台,做起了水晶制品批发的生意。但王大街毕竟不是做生意的料,加上柜台小、投入少,生意做不起来,最多批发一些不值钱的手链、项链、耳坠和一些不起眼的小饰品,干了大半年,混一口饭吃都困难,抽烟只能抽两块钱一包的一品梅，连五块钱一包的绿南京都抽不起。

人穷志短，就是说王大街的。王大街开始散混了。熟悉他的人会拿他开心，说："大街，转转啊，找到好水晶没有？"王大街环顾左右，敷衍着说："还没有……"对方说："找到好水晶，别忘了给吴小妹送去。"王大街晓得别人的意思，就嘿、嘿地笑两声，说："找到也不送给她。"对方也快乐地笑了："那你送给谁啊？"王大街把笑声连成一片："嘿嘿嘿……我有人……不能对你们说……来根烟抽。"对方扔一支烟给他。王大街知道人家拿他取乐，得了烟赶快溜走了。水晶市场客商多，本地的，外地的，内行的，外行的，南来北往，人头攒动，买卖双方讨价还价争争吵吵，唾沫星乱飞，王大街就在旁边看。王大街善于听话听音，听出门道后，瞅准机会，看是不经心地插一句话，往往起作用。生意成交了，买卖双方都感谢他。那些老板手头都不错，信奉"宁得罪君子不得罪小人"的理论，敬他一支烟，再给他一张五块或十块的票子。这样一来，王大街干脆就把半截柜台也转让出去，成了专业街划子。

最喜欢喊他街划子的，是水晶市场烟店的小老板杨娟。杨娟说："王大街划子，你不得了啦，你成天在市场里转大魂，真成街划子了，要包什么烟？"

杨娟把王大街和街划子连档说，特别是大和街之间有一个很长的滑音，听起来就像唱歌，带着别样的调子。

王大街喜欢听她说话，有事没事都要撩她几句。

这天上午，王大街不知从什么地方冒出来，把一张五块的票子拍到柜台上，说："来一包绿南京。"

"敢抽绿南京啦？五块钱哦？还是抽黄一品梅吧，省三块钱，中午吃碗青菜面。"

"你瞧不起我啊，那我还要抽紫南京的。"王大街说着，又添上一张十块的票子。

杨娟把十块钱退给他，扔一包绿南京在柜台上。杨娟说："跟你开句玩笑，烟还有什么孬好啊，还不是一个味一样抽啊，是不是王大街划子？"

王大街没有立即走开，而是撕开烟盒，弹出一支烟，郑重其事地说："你笑话我抽不起好烟，是不是？"

"我哪敢啊，你是吴顶街上的名人。"杨娟似笑非笑地说。杨娟生一张瓜子脸，在眼下边和鼻子附近长一窝细小的雀斑，一笑，那些雀斑就闪闪发亮。

"你莫巴结我，我算什么名人啊。"王大街说，"你无非是瞧不起我，我堂堂王大街，也做过大事情。你杨娟做生意不是不晓得，风水轮流转，你就晓得我发不了财？跌倒还能捡块金子，我就不能像街西二驴鳖那样，撒泡尿呲块值大钱的水晶出来？"

杨娟说："二驴鳖是命好，人家还讨了钱寡妇哩。"

"你咋就晓得没有寡妇在等我？"

"你别做梦想美事了，我都不想跟你说了，你街划子一边玩去吧，我要做生意。"

王大街抽着烟，两眼望着天。王大街觉得，像杨娟这种小女人，只要伸手一捞，就能把她捞到床上——可惜他口袋里没有几个钱，没资本对付一个女人。王大街有些自卑，不由得便把眼睛往市场里游移。杨娟跟着他目光也往市场里看，突然就直了神，眼里放着光，悄声说，"王大街你看那是谁呀？那不是陈富有吗？瞧瞧，陈富有身边，那个女人，大屁股的，不像是吴小妹啊？"

王大街也看到了，看到陈富有身边跟着一个女人，确实不是吴小妹。王大街说："陈富有算什么东西，我又不是他厂里的人，还能怕他不成？"

"谁说你怕他啦，"杨娟羡慕地说，"都说他最有钱了，听说他三十年前就开始搞水晶收藏了，家里藏的天然奇晶，够开一个展览馆了，你到他家去看过吧？"

王大街唔一声，说："也没有什么好货，除了一块水胆水晶……别的都没啥屁意思。"

"咋就没意思？"杨娟脸红了，"呃，敢情你什么水晶没见过啊，你偷吴小妹那块水胆水晶……你说吴小妹要那东西干什么哩？好玩还好吃啊？"

王大街嬉皮笑脸地说："当然好玩啊，你没见过，自然是不晓得。哎，听说你家加贵在院子里挖水晶，是不是也想挖一块那样的水胆水晶让你玩玩啊？"

"挖你个头啊，你死一边去，有什么好玩啊？谁没见过鸡巴啊？我不稀罕！"

二、街划子

别看王大街松松跨跨的，一双眼睛却贼溜溜乱转。

王大街看到地摊市场那边又围了一圈人，跟杨娟招呼都不打，一路小跑着去了。

杨娟一边做生意，一边朝王大街的后脑勺翻白眼，嘟囔道："破街划子，想吃我小甜饼！"

街划子就是哪里有事哪里去，哪里热闹哪里去，不管倒忙正忙他都要帮，好事坏事都有他的份。所以，真正的街划子，哪里都不讨好，谁都不喜欢。不过王大街例外，原因就是他敢偷吴小妹的东西，敢偷吴小妹的水胆水晶，其实就是揭陈富有的底。陈富有是谁啊？腰比笆斗还粗，在镇东头跺跺脚，镇西头都要抖三抖，连镇领导都惧怕他三分。可王大街不吃陈富有的，照样把他送给吴小妹的水胆水晶偷了。吴顶镇的人因此都拿另眼看他，因此他转眼间就成了吴顶镇的名人。

王大街跑到越聚越多的人堆里，扒开人群，看是新挖的一堆小毛石（不起眼的杂水晶），有不少水晶贩子和水晶加工厂的老板在看水晶的成色。那个卖水晶的农民说:"你们都别抢,这是我家菜园里挖出来的,我都挑过了,没有好石头,就这堆货,要买一锅端,五十块钱一斤,不零卖。"王大街不知是冲老头还是冲水晶,说:"死石头还能值活石头钱啊?小石头还能值大石头钱啊?你开个价。"对方说:"老价格,五十块钱一斤。"王大街说"不值不值,这样吧,我也不少给你,四十五块钱,全要了。"王大街把别人手里的石头都抢下来,嘴里一边说"要了要了",一边扭头找圈外的一个人。他对一个秃顶男人说:"刘老板,四十五块,行吧?"那个叫刘老板的说:"行行行,大街的话,哪能不行,帮我称吧大街。"

自然的,王大街从刘老板手里拿到二十块钱了。

王大街拿到二十块钱,有些不满意,他算了一笔账,一堆小毛石共十二斤,他为刘老板省了六十块钱,刘老板怎么说也应该给他三十块钱啊。

刘秃子看出来王大街有些不满意,也不露声色,把他叫到一边,眯着细眼睛,小声说:"大街,晚上我在新世界大酒店摆一桌,请你喝酒。"

王大街心里有数,没有人会无缘无故请他喝酒。他一针见血地说:"有事吧刘老板?"

刘秃子说:"也不瞒你,我昨天找你一天都没找到你。"

"不对吧?我昨天一天都在市场里的,不信你问杨娟。"

"我知道你跟杨娟不错……是这样的,"刘秃子声音更小了,"我有个朋友,从上海来,喜欢收藏奇石,天下的奇石无所不有,可就是缺一块……你知道的,你王大街也不是没本事的人,能不能再把吴小妹的那块水胆水晶搞出来?"

王大街盯着刘秃子看,不知道他的话是真是假。

"给你这个数。"刘秃子伸出一个巴掌。

"五千?"

刘秃子摇摇头。

"五万?"王大街眼里发出绿光,"妈的,弄不好我会坐牢的。"

刘秃子又摇摇头。

"五十万块啊！你别骗我……"王大街声音有些颤抖，"我试试……试试看。"

"晚上喝酒别忘啦！"

"不不不喝了。"王大街不放心道，"是不是五十万啊？"

"一分都不少给你。"

"好……"王大街瞅着刘秃子，有些语无伦次："你把五十万准准备好好……好。"

"我晓得，一手交钱，一手交货，"刘秃子又反复叮嘱道，"大街，生意不成仁义在，一定不能声张，就像肠子一样，烂也要烂在肚子里。"

王大街拍一下胸口，说："晓得……"

三、水晶

吴小妹是吴顶镇上最漂亮的女人，走到哪里都能赢来许多目光。吴小妹长一张鹅蛋脸，皮肤是玉色的，像一种稀有而名贵的水晶；长长的睫毛，让一双媚眼灵动而飘忽，就像水胆水晶里那颗忽悠晃动的水胆；桃花红的嘴唇更是丰满而性感。她身材适中，和她一张漂亮的脸蛋恰好匹配，显得多姿、丰富而又妖绕。所以，无论什么时候，吴小妹都是众人关注的焦点，特别是吴顶镇最有名的大老板陈富有赠她的水胆水晶被王大街偷了以后，她的身价和名声更是膨胀到极点，男人们都想赠她点什么，从八十岁的老头，到十几岁的少年，都怀着一样的心思。女人们呢，虽然眼馋她，又觉得她太贪心，有陈富有这把大红伞，还要弄个水晶宝贝来享受，太不知足了。

王大街能够名声响亮，实际上也是拖了吴小妹和水胆水晶的光。当然，他也因此而被陈富有开除了，还被公安局拘留了十五天。为此，吴小妹心里有些过意不去。吴小妹和王大街是同事。同事和同事不一样，王大街干体力活，天天在石碾下铲石英砂，而吴小妹是在磅房过秤，化验师验过的石英石，都是经她手称出斤两。平时，吴小妹也不忙，躲在磅房不出门，王大街和吴小妹很难照面。但是王大街却帮过吴小妹。那还是某年冬天，吴小妹骑一辆助力车赶去上班，刚下过雪的路上又滑又湿，在吴顶中学门口，她被一辆冒冒失失的小轿车擦一下，摔倒在路上，把屁股跌疼了，助力车也摔散了架。正巧王大街路过，一看是厂里的大美女，打灯笼都找不到机会巴结，这会儿要好好献献殷勤。他拦一辆出租车把吴小妹送走，又去帮她修好了车。为这事，吴小妹一直说王大街好话，说别看王大街没有正经样子，心眼一点也不坏。为此，她还一改从前眼睛望上抬的作派，主动跟王大街打招呼。王大街上下班了，从磅房前经过，她不是说，下班了王师傅，就是说，王师傅来啦。每当这时候，王大街都要停下来，多看这个大美女几眼，大声地应着她的话，好像让全厂人都知道，看看，吴小妹跟我说话了。

　　有一次，王大街端着一只大茶杯去找水喝，没有找到开水，他就在水龙头上等一缸水，正巧叫吴小妹看到了。吴小妹推开磅房的窗户，大声说："王师傅，王师傅，喝生水啊？过来，我这里有开水。"

　　王大街就端着水晶大茶杯去了。

　　"这么大水晶杯呀？"吴小妹被王大街的大茶杯吓住了，她好奇地盯着茶杯看，说，"你这是哪里的料啊？人家拿水晶茶杯当宝贝，在家供起来，你倒好，带在身边喝水，不怕打碎啦？要是叫别人偷去就可惜了。"

　　"谁拿水晶杯当宝贝啊？你是说陈老板吧？人家那是收藏，是真宝贝，我这是什么破玩意儿，好多年前，别人学手磨的茶杯，料子也是杂色的，不比玻璃好多少，不值钱。"

　　"反正你王师傅够狂啊，陈老板都没敢用水晶茶杯。"

　　王大街得意地笑笑。王大街四十好几了，一点也不见老，好像十多年前的王大街跟现在差不多。十多年前的吴小妹还是个小小少女，她就发现吴顶镇的街道上，常有一个行为怪异的人转来转去，眼睛也成天鬼鬼祟祟东张西望，吴小妹那时候有两怕，一是怕狗，再一个就是怕王大街。没想到十多年后居然和王大街在一个厂子里了。

一来二去，吴小妹和王大街就熟悉了。不过，吴小妹不想跟王大街啰唆太多，怕引起陈富有的怀疑。陈富有不是说过嘛，他说那个王大街，怎么老往你那里跑啊，防着他点，这小子从小就手脚不干净。不过，吴小妹对陈富有的话并没有上心，觉得磅房里也没有什么好偷的。她不过给他一口水喝，说话也都是不闲不淡的空话。

但是，王大街却不知天高地厚，他每天都要端着他那把怪异的水晶大茶杯，到吴小妹的磅房倒杯水喝，有时候上午，有时候下午，有时候上午下午去倒两次水，甚至一个上午倒三四次也有过。倒完水还不走，还要云山雾罩海吹一通，还要一屁股坐在吴小妹唯一的椅子上，喝几口水，把水喝出呼呼的声音来。渐渐的，吴小妹开始烦他了。那把椅子，吴小妹刚擦过，绣花的椅垫子也是新换的，让他一屁股坐脏了，有时候，热水瓶里刚好有一缸水，吴小妹还没来得及倒出来，让他倒走了。后来，吴小妹干脆跟陈富有要了一台饮水机，喝起了纯净水，她自己省得跑腿了，也无端方便了王大街。陈富有在办公楼上，经常看到王大街端着茶杯从磅房里进进出出。陈富有知道王大街是阴沟里的泥鳅，翻不起大浪来，他也相信，吴小妹这只天鹅，是不理王大街这个癞蛤蟆的。他担心的是王大街的手脚。

有一天，王大街刚走，陈富有就来了。

别看陈富有在生意场上呼风唤雨，在朋友间来往通达，到吴小妹这里就成了狗熊，他说："王大街这种人你不了解，不是我给他找点活干，他早就出事了，他从小就偷，长大了还偷，你没看他的脸上全是贼相……好了好了，不说他了，你检查检查，看看你东西少不少。"

陈富有说完就走了。陈富有一走，吴小妹就找她的水胆水晶。陈富有的话还真是提醒了她，万一这块奇特的水胆水晶要是被盗了，一方面是可惜，更主要的是，她的名声就坏了，一个二十来岁的女人，什么东西不好玩，要玩这么一块水晶，要是传出去，她在吴顶镇上，就没脸见人了。当初，她在陈富有办公室里，无意间看到这么个宝贝，混在一堆价值昂贵的观赏水晶中，特别的扎眼，吴小妹当时就脸红心热了。因为她刚和陈富有亲密过，两个人死去活来太过兴奋了。陈富有看到她的表情的变化了。陈富有走过来，把这块水胆水晶捧在手上，说："我十几年前在市场上收的……你看像不像啊？"吴小妹翻他一眼，说："你去死吧！"吴小妹伸手去抢过来，抱在怀里："给我玩几天。"陈富有说："送给你了，不过你要收藏好，你仔细看看，这里还有颗水胆，像上堂的炮弹……跟你照实了说，这块料，从前不值钱，现在可是值大钱的，别搞丢了。"吴小妹说："你就晓得钱。你钱多了，镇上人恨你！"

但是，吴小妹的水胆水晶还是丢了。吴小妹蹲在柜子前，出了一身虚汗，明明就放在柜子里的，还用一张旧报纸盖着，突然就不见了踪影。磅房的门窗都装有防盗网，没有发现被盗的迹象。那么，不言而喻的，这东西肯定被王大街偷走了。

吴小妹立即打电话给陈富有："水胆水晶……没，没了。"

陈富有大惊失色，他沉默片刻，说："怎么样？果然不出我所料。"

别看陈富有语言表达不行，样子也是憨厚，却和那些发大财的老板一样，内秀，脑子灵。他让吴小妹到他办公室的套间里坐坐，便打电话到厂办，让人叫来了王大街。

"老板叫我？"王大街一进门，腿脚就不自然了。

陈富有扔一盒中华给他，又给他倒一杯水。陈富有也从桌上的烟盒里抽出一根烟，点上火，说："大街，你来我厂里几年啦？"

"快两年了，再到夏天，就两年了。"

"两年前，你都干些什么啊？"

"我还能干什么，散混混。"

"大街，不是我说你，两年前，你还不如一条街上的狗，那些没人要的狗，还能跑到垃圾堆里找口吃的，实在不行，还能跑到茅坑里吃屎。你死要面子，吃了上顿没下顿，又没本事吃屎，是不是？我看你还有块力气，让你到厂里干活，混口饭吃，你倒好，偷到我厂里来了。"陈富有的眼睛紧紧看着对方，他看到对方眼珠子转了，有些胆怯了，陈富有的声音也有了些温情，"大街，你有那个习惯，控制不住手脚，我不怪你，知道错就行，知错就改就行，谁还能不犯错？我不计较，就看你下一步怎么做了，你看我对你够不够意思？"

王大街不知是计，显然被陈富有的几句话就哄好了。

王大街连想都没想，就说："我哪里是想偷吴小妹的水晶啊，我是看看她柜子里有没有烟的。我要那东西也没用处。我把它埋在石英砂里。我这就去拿来。"

陈富有说："好吧，我等你。"

王大街一路小跑着，跑到他藏宝的一堆石英石里，挖出了水胆水晶。

就在他抱着水胆水晶返回陈富有的办公室时，陈富有也打通了镇上派出所朱所长的电话。朱所长是军人出身，问要不要判王大街几年。陈富有说关他几天吓吓他就可以了。

就这样，王大街被关了几天。自然，他也被富有石英砂厂开除了。

四、吴小妹

吴小妹下班后，拐到菜场去买菜。

吴顶镇的菜场在水晶大市场的屁股后边，菜场的人，不论卖菜的，还是买菜的，都认识吴小妹。吴小妹一走进菜场，比最新鲜的时令蔬菜还引人注目。

吴小妹的丈夫陈文章是镇政府的小车驾驶员。陈文章能为镇领导开车，也是陈富有跟镇长打的招呼。吴小妹两口子请陈富有在家喝酒时，陈富有拍着胸脯表过态，他让陈文章先开二年车，然后想办法让他干副镇长。吴小妹和陈文章都相信陈富有的话，他有这个能耐。但是，自从水胆水晶的事情露馅后，吴小妹总是担心陈文章面子上不好看，万一陈文章在外头听到关于她和陈富有之间沸沸腾腾的议论，惹火了陈文章，事情就不好办了。可陈文章在这件事上很能沉得住气，没看出他有什么异常反应，这反倒让吴小妹不安了。不安归不安，吴小妹还是吴小妹，我行我素，她有一个习惯，就是每天都要在吃饭前打电话给陈文章，问他中午或晚上回不回来吃饭。陈文章每次都实话实说，要说不回来吃饭，那么外边就是有饭局，吴小妹就随便对付着吃点了，有时一份凉面就打发了自己的肚子。陈文章要说回来吃饭，她就想方设法到市场买点好菜，不怕费事地给他做顿可口的饭菜。

　　吴小妹刚才打过电话了，知道陈文章晚上回家。吴小妹便拐到了菜场。路上，她想好了，准备买半斤小米虾，炒青椒，再呛一个萝卜丝。

　　吴小妹刚到菜场，被王大街盯上了。

　　自从刘秃子刘老板出价五十万要买那块奇特的水胆水晶，王大街一夜没睡觉。五十万可不是小数目。可五十万是个多大的数目，他也没想过。他觉得，虽然赶不上陈富有那么牛，至少赶得上刘秃子了。他在被窝里算过账了，按照他现在的收入，如果他能活到一百岁，够他挣三辈子的，三辈子啊。因此他做梦都梦到了五十万。五十万向他发出了咯咯的笑声。王大街拒绝不了五十万的微笑，半夜爬起来，骑上自行车，到石英砂厂的大门口转一圈。他不知道那块水胆水晶是不是又让陈富有重新赠给了吴小妹，他一心想着如何再偷回水胆水晶。偷回水胆水晶，五十万就进他的腰包了，他就可以抽十五块钱一包的紫南京了，就可以到三红休闲屋去找小姐了，还可以到新世界大酒店去包房间，听说那里的小姐比三红休闲屋要贵一倍。王大街去过三红休闲屋，不过他只在三红休闲屋里泡过脚，捏过背，他很想跟那个小湖南做一回，可他没有钱，小湖南口气不小，跟他要一百块。王大街没有一百块钱，他只能多给小湖南十块钱。可十块钱，小湖南只给他摸两下。

要是拿到五十万，先把小湖南给拿下。王大街想，然后再到新世界大酒店去，好好牛他几天。

王大街神情亢奋着，在富有石英砂厂的门口徘徊。

王大街想过，水胆水晶如果不在吴小妹那里，只有在两个地方，一是陈富有的办公室，二是陈富有家的地下室。不过，不管哪种情况，吴小妹是应该知道水胆水晶在哪里的。

因此，王大街觉得他盯上吴小妹没错。

吴小妹买了菜，往菜场门口走，一抬眼，看到了王大街。王大街张着嘴，正跟自己笑。

吴小妹知道那笑不是什么好笑的。吴小妹冷着脸，从王大街身边走过去了。

王大街说："买菜呀小吴？"

吴小妹没理他，一直走到停车场了。吴小妹的电瓶车就停在那儿。

王大街又跟到停车场。吴小妹用眼睛的余光看到他了。吴小妹没有正眼看他。

王大街说："吴小妹你急着回家弄饭是不是？我也没啥话要说，我就是跟你说那个那个陈富有，我昨天在水晶大市场看到陈富有了，他身边还跟一个女的，我还以为……当然那个女的不是你，她跟你一样漂亮，我差一点认错人了。"

王大街说完，看吴小妹的反应。

吴小妹嘴巴一撇，说："人家比我漂亮多了。"

"不见得吧，那是谁啊？"

吴小妹显然不想跟王大街讨论那个大屁股女孩，她鼻子一酸，控制不住地想哭。吴小妹还是没哭，哭给王大街看，算什么啊。吴小妹开车跑了。

吴小妹知道那个大屁股女孩是谁，她不光屁股大，别的地方也特别大，就像是人造的一样。她是不久前刚刚进厂的化验师，姓任，是陈富有专门到人才市场高薪引进来的大学生，也有人说是派出所朱所长推荐的，听说是专门学宝石鉴定的。吴小妹知道陈富有的德性，他花那么多钱，哪里是引进人才啊，他就是引进一个大屁股。吴小妹很瞧不起这个小任，觉得她到处都是假的，如果吴小妹是天然水晶的话，那小任就是人造水晶了，因为她连头发，都染成了橘红色。男人真是怪了，都喜欢人造的。果然，小任一进厂就受到陈富有的宠爱，到哪里都带着，参加这个会那个活动的，俨然成了半个主人。吴小妹在厂里的地位本来就低，自然就受了冷落，她曾打电话责问过陈富有，被陈富有好好骂了一顿。吴小妹不甘心就这样让姓任的独占了好事，有一天快中午时，她去陈富有的办公室。吴小妹一进陈富有的办公室，就朝套间里瞅，她要看看小任在不在。她熟悉陈富有办公室的套间，她跟陈富有幽会时，有不少时候都是在套间里的。陈富有知道吴小妹来者不善，他先发制人地说："不好好上班，乱跑干什么啊？"吴小妹心眼直，不会拐弯抹角，她说："我就不能来看看你啊？你从前不是常让我来看你吗？我就是不来，你也不是常打电话叫我吗？你什么时候想了，打个电话我就来……你现在有小任了，就把我忘了……"吴小妹说着说着，哭了。陈富有最受不了女人来约束他，特别是用哭这种方式。陈富有皱着眉，声音不高，却是厉声地说："你看你成什么体统，哭哭啼啼的！"吴小妹也不让给他，说："你莫要把眉头皱跟卵皮一样，你还能吃了我？你别看姓任的比我年轻，别看她胸脯大，别看她屁股大，我看过她面相了，她心里不善！"陈富有说："我还让你教训我啦？你也不睁眼看看我是谁？你给我滚出去！"吴小妹就哭着走了。吴小妹想跟陈富有赌气一走了之，不在他厂里干了，可她心里舍不得走，还有陈文章的副镇长也没当上，只好干生气。好在事隔不久，陈富有又打电话让吴小妹陪他到温泉去洗澡。洗澡时，吴小妹学乖了，不提那个小任了，吴小妹也找回了从前的一些感觉。可陈富有老是不经意就说小任是如何的有文化，如何的有知识，还如何的心细、有教养。吴小妹真不能听陈富有夸小任。陈富有夸小任，不就是说吴小妹粗俗嘛，不就是说吴小妹没有教养嘛，不就是说吴小妹不如小任嘛。这还倒罢了，陈富有有一次还当着吴小妹的面在电话里跟小任调情，还撒谎说他在外地。小任盯陈富有这么紧，吴小妹真想把小任撕成烂布条，扎成拖把。但是吴小妹对陈富有，是恨也不是爱也不是，有时候恨得他咬牙切齿，恨不得把他也撕成烂布条，有时候又爱他心花怒放。有一次，陈富有睁着眼睛说谎。吴小妹明明看到陈富有上楼的，可吴小妹打电话给陈富有，陈富有居然说在路上。吴小妹忍住怨气，问他在哪个路上，他说在去南京的路上。吴小妹没有揭露他的谎言，而是到办公楼上找陈富有了。吴小妹嗅到了某种气味，陈富有一准和小任厮混在一起，吴小妹要去把他们找出来，弄他们难看。可吴小妹找遍了三层办公楼，都没有找到他们。吴小妹当然知道他们躲在哪里了，不是陈富有办公室的套间里，就是三楼几间休息室里的某一间，可那些房间都上了锁，小任的办公室倒是开着门，屋里又并没有小任，这就更说明问题了。吴小妹楼上楼下跑了好几趟，心里光是恨，却也不敢声张。

吴小妹骑着车，想着心事，差点和人撞了一下。想想，都是王大街惹的，他真是个丧门星！

五、跟踪

可这个丧门心星又一直跟到吴小妹家了。

吴小妹回到家里，心里还想着王大街的话。王大街无缘无故提小任这个骚丫头干什么呢？这不是故意惹她心里发堵吗？吴小妹以为，她不过碰巧在菜场门口误打误撞上王大街的，王大街可能听到陈富有和小任的事了。王大街是那种死皮赖脸的人，他什么事都想打听，什么事都喜欢搅和，他要是搅和搅和陈富有和小任的事，也是吴小妹非常畅快的。可吴小妹又不愿意跟王大街多说什么,怕跟他粘糊上了,让街上人笑话。

可吴小妹正在厨房炒菜时,王大街跟踪着来了。

吴小妹家住平房,有一个红砖小院,厨房的南山头连着院墙,窗户也对着街道。吴小妹感觉窗口有张脸,正恐怖地笑。吴小妹被吓一跳,看是王大街时,她有些气恼了,她用勺子敲敲玻璃,说:"鬼鬼祟祟干什么你!"

"你开开门。"

"干什么?"

"你开开门么,我还能吃了你!"

吴小妹没有出去开院门,而是把厨房的窗户打开了,说:"我在弄饭,你有话快说!"

"嘿嘿嘿嘿,是这样子的……这些天……都这些天了,我也没向你道歉……我是来向你道歉的……"

"道什么道歉,我可担当不起。"吴小妹真没想到他会说这种话,谁让他道歉啦,这不是没话找话嘛。吴小妹气恼地把玻璃窗又关上了。

王大街站在窗户外边,嘴里嘟嘟囔囔不知说些什么,手还跟吴小妹比划着,一会儿握着拳头,一会儿伸一根手指,还做出轮子的造型。吴小妹只当没看到他。不过吴小妹从王大街的嘴型上,听出来他好像在说水胆水晶。吴小妹果然听到他说水胆水晶了。

"水胆水晶,卖给我啊?"

吴小妹一听,真来了气。还说是来道歉的,这不是故意来惹她吗?

王大街比划了一会儿,说了一会儿,猜想吴小妹不会再理他了,只好讪讪地走了。

吴小妹从窗户里看他一眼背影,这才觉得这个王大街有些反常。总觉得,王大街的出现,不是什么好兆头。

六、陈文章

陈文章每次回家，身上都有难闻的汽油味。

吴小妹有洁癖，闻不得他身上汽油的臭味。闻了就头晕。从前，吴小妹在陈文章一进家门时，就让他赶快脱了外套，然后把外套塞进洗衣机里，或者挂到卫生间。发展到后来，一进家门就脱衣洗脸，成了陈文章的习惯，要不是发生水胆水晶这个轰动吴顶镇的丑闻，陈文章已经给吴小妹改造成一个整洁、利索的人了。丑闻发生后，吴小妹自觉心底发虚，对陈文章说话就没有那么狠了，也不叫他脱外套了。渐渐的，陈文章就又和汽油味一起回家了。

这天傍晚，陈文章哼哼地哼着歌，从街上一直哼进院子，又从院子一直哼到屋里，陈文章看到桌子上摆着青椒白米虾，嗅嗅鼻子，说："好菜啊。"陈文章朝椅子上一坐，跟吴小妹要酒喝。陈文章平时酒量不大，在家很少喝酒，在外边，虽然顿顿喝，其实只是做做样子，也不敢喝，因为，他手里有方向盘，身边坐着镇领导。

吴小妹说："你天天喝酒，还没喝够啊？"

吴小妹说着，不由自主拿手扇扇风，习惯性地驱赶陈文章带进来的汽油味。

"我看你炒了小白米虾，还有冷呛萝卜丝，都是我爱吃的小菜，不喝口酒对不起你的手艺，也亏了我的胃——反正今晚也不出车。"陈文章边说边拿起筷子，夹一只小白虾送到嘴里，咂咂嘴，说，"好吃。"

"好吃吧？"

"好吃。"陈文章说着，又回到院子里，把外套脱了，挂到晾衣绳上。

陈文章这个细小的动作，没有逃过吴小妹的眼睛。

"你说不出车，那可不一定，要是镇长晚上有事呢？"吴小妹说。

"镇长晚上没事。"

吴小妹笑一下，屁颠颠地到酒柜里给陈文章找一瓶绿汤沟。

陈文章说："我不喝绿汤沟，我喝红汤沟。"

"都是酒，还两样啊？"

"你不懂。"

吴小妹懂。绿汤沟的绿字，就是绿帽子的绿，陈文章是触景生情。吴小妹就不露声色地又给他换一瓶红汤沟。

陈文章喝完酒，坐在沙发上看电视，突然对洗脸的吴小妹说："我想跟你要块水晶。"

吴小妹半天没反应过来，她看着陈文章，嗫嚅着："什么……么……"

陈文章冷笑道："我想跟你要块水晶，你怎么吓成那样？"

"我不懂……"

"你别装跟大马队（傻瓜）一样，谁不知道你有块水胆水晶？"

吴小妹不知道他葫芦里卖的是什么药，他是真要水晶呢？还是故意找碴？吴小妹心里转了十八个弯，草草地洗了脸，环顾左右而言他地说："我给你找找看……"

陈文章说："什么找找看？我有个朋友，想要……你知道是哪块水晶……他出大价钱。"

吴小妹看陈文章不像是找她的碴，也不像是开玩笑。陈文章的眼睛鼓鼓着，脸上有一副憧憬的表情。吴小妹觉得陈文章是说真话，说不定真有人对那块水胆水晶感兴趣。陈文章在镇上开车，接触人多，信息量大，那些有钱人什么点子都有，什么事情都能发生。想到这里，吴小妹心里稍稍踏实些，便说："一块水晶，能值什么钱，说不定是人家逗你玩玩的。"

"不是，靠得住的朋友，"陈文章神秘地伸过头来，"咱们要发大财了。"

"可是，那是陈富有的水晶，我还他啦！"

陈文章看着吴小妹。吴小妹的表情深不可测，不是他陈文章就能看出来的。陈文章可不知道吴小妹的话是真是假。

"你别看我，我又不知道那东西值钱。"

"说你笨吧……你笨死了，陈富有的东西，能不值钱？他能收藏不值钱的东西？我说你啊……真的还给他啦？"

吴小妹心里还在转着弯儿，说："就是没还给他，咱也不能卖别人的东西啊。"

陈文章听吴小妹这句话，觉得有门道，赶紧问："到底还没还给他？"

"还他了，王大街亲自送给他的，你又不是没听说，装什么蒜你！"

陈文章被吴小妹将一军，想了想，又说："其实，现在是个难得的好机会，我话都说了，那块水胆水晶，可是值大钱的，你想想看，能不能再把它搞出来。"

"我可是没有把握，陈富有那个人，拿水晶当宝贝，你又不是不晓得。"

陈文章像在思考什么，突然笑了。陈文章的笑，有些怪异。

"你笑什么。"吴小妹心里有些发虚，其实她知道他笑什么。他不过是觉得她不向着他了，胳膊往外拐了，"你没要那样笑，你凭什么打人家水晶的主意？你要是那样笑，我就跟你说，我搞不来什么水晶，值多少钱都搞不来。"

陈文章脸上更是浮现出怪怪的笑意了。

吴小妹受不了陈文章的样子，正想跟他使性子，陈文章的手机响了。

陈文章接了电话，是镇长找他有事。陈文章说："镇长叫我去接他。今天这话，只当我没说，你也只当没听。你晓得我意思吧？"

吴小妹什么都没说。吴小妹呆呆的，觉得今天吃了陈文章的下风。

她想不起来问题出在哪里。难道那块水胆水晶真的值钱啦？莫怪王大街一直跟着她，也打听水胆水晶。

七、杨娟

王大街趴在杨娟的柜台上，跟杨娟手舞足蹈地说话。

正是四月末的天气，草啊，树啊，都在生长，花儿也在竞相开放，王大街心思和花儿草儿一样，除了不停地疯长，还生出许多枝枝蔓蔓来。他在水晶大市场里转了几圈，像鱼儿一样游来游去的，没有任何收获，就来找杨娟说话了，顺便再买包烟。

王大街本来只想买包烟说说话，就再去市场转悠的，可他趴在杨娟的柜台上就起不来了。他看到柜台里的杨娟，坐在凳子上，低着头在穿项链，王大街一眼就看到杨娟的乳房了，虽然只是从领口里看到上半部分，已经足以让王大街心旌摇荡了。王大街临时改了主意，不买烟了，他说："小杨杨娟，穿项项链啊？帮谁家加工呢？"杨娟头都不抬，说："还有谁家？刘秃子家，刘秃子小气死了，穿一根项链，只肯付一毛五分钱，反正我也没事，带着挣点，日见分文，强比坐吃山空。"杨娟是在拐着腔说王大街，其实，她也不是有意要说王大街，就这么一带，话就带出来了。王大街听不出杨娟含沙射影的话，倒是杨娟说到刘秃子刘老板，让王大街想起了五十万块钱。王大街眼睛盯着杨娟洁白的胸，跟杨娟说着说着就牛了起来，说着说着，就好像五十万已经揣进他的腰包了。王大街掂掂脚尖，睁直了眼，试图再看到别样的风光。可杨娟领口里的风景依旧，依然是坡是坡沟是沟，他的眼睛沿着山坡往上爬，想看看山顶的景致，可那片风景的面积并没有扩大。王大街就流起了口水。王大街说："五一节要到了，我昨晚去新世界大酒店洗桑拿，那里的小姐像拦路的蚂蚁一样多，绊在脚下到处都是。"杨娟不相信地一笑："你洗桑拿啦？你绊了几个小姐？"王大街嘿嘿道："也没意思，三天两头洗桑拿，不新鲜了。我考虑着，五一节一到，咱吴顶镇就要热闹了，旅游人也多了，我想盘个门面，大一点的门面，要做就做大生意，小来小去没意思。"杨娟穿好了一根项链，抬起头来，吃惊地说："你说什么？你要盘间门脸子？发财啦大街？是不是挖到了水晶？我知道大街，你这个街划子就别瞒我了，你看你口水都流下来了，你看你眼里都放绿光了，你家那份老宅子上，还没人挖过，你是不是天天夜里偷偷在挖啊？大街你笑了，大街你一准是挖到了，大街别小气啊，我要吃你发财的喜面啊。"王大街只是嘿嘿地，似笑非笑。王大街掏出一张五十的票子，说："来包金南京。我不抽黄一品梅了，不抽绿南京了，也不抽紫南京了，我都抽金南京了，不过三十块钱一包，也不是抽不起。"杨娟把嘴都张圆了，她抽着气说："我亲妈妈呀，王大街划子你狗日真发财啦！"

　　杨娟站起来拿烟找钱时，让王大街好好后悔了一下——她胸窝里的风景，随着她站起来而消失了，就像看电视时突然停电一样。杨娟把一包金南京递到王大街的手里，她另一只手里捏着一张二十的票子。可她并没有把二十块钱搁在柜台上，而是又放到钱箱里了。"大街啊，我早就说过，咱吴顶这地方，谁都不能笑谁穷，不知道什么地方有水晶，说不定跌倒都能捡块水晶，街西的二驴鳖，不就是撒泡尿尿出来一块茶晶？眨眼发了财，能气死你！大街啊，你跟妹妹实话实说，是不是挖到啦？"王大街弹出一根金南京，叼在嘴里，心里还惦记着二十块钱没找。可话说到这个份上，要是伸手要二十块钱，也显得太小气了，何况眼前这个杨娟，也还有些风致，要是跟杨娟搞上一腿，那才叫有名气啊。王大街狠狠吸一口烟，说："你家加贵挖这些天，不会空手吧？"杨娟咦一声，说："你怎么说他啊，大半年了，都快一年了，除了几块死石蛋（质量次的水晶），卖三百五百的，连水晶尾巴都没见着。我家那口子啊，说出来不怕你笑话，他是夜里做一个梦，说有一道白光，从我家院子里蜿蜒到床底，白光变成一汪水。就这个，他就认定我们家院子里有条水晶龙,那汪水就是水晶,他就白天在铜器厂上班,晚上挖水晶了。"王大街说:"也不能说你家加贵就不对,我们吴顶的水晶你又不是不晓得,像鸡窝一样,这里一窝那里一窝,你咋就知道你家院子里没有一窝?要是能挖到水晶,也能卖个五十万。"杨娟肥嘟嘟的嘴再次张圆了,她夸张地乖一声,说:"五十万啊,五十万,我亲妈妈,怪不得你大街敢抽三十块钱一包金南京嘛。大街,你要多来看看我啊,多照顾你妹妹生意啊。"王大街:"好说,我闲也闲,没事常来就是了。"王大街说着,伸出手来了。王大街的手骨节粗大,黑乎乎粗拉拉的,他犹豫着却是迅速地逮住了杨娟放在柜台上那只白嫩的手。让王大街特别惊喜的是,杨娟不但不躲着他,还把手向前送送,让他逮好。王大街心里就嘭嘭嘭地跳了,像擂起了一面鼓。王大街说:"杨娟你你你手真白……"杨娟鼻子里哼一声,娇气地说:"还真白哩。"王大街的手里不像是握着一只白嫩的手,他不相信杨娟的手会是这样软,这样滑,还这样凉爽,王大街心里的那面鼓越来越急,他含混不清地说:"我我我今晚还要去新世界洗洗桑拿,晚上就在新世界住下了,请你也也也过去……我我我王大街讲朋友,不会对你不不不好,好好不好?晚上你你你打我手机。"杨娟抿着唇,羞涩地笑着,说:"我晓得。"王大街说:"你晓得我手机号啵?"杨娟说:"我晓得,记在这里了。"杨娟拿另一只手在胸窝里轻轻拍一下。王大街看着,心里麻煞煞的,他也想在那里拍拍。杨娟像是知道他的心思,把胸脯向前送送,可王大街还没长那颗胆。杨娟脸突然就红了,她说:"大街你要是也能弄一块有造型的水晶给我玩玩就好了。"王大街心领神会:"你是说像陈富有送给吴小妹的那种?我身上有。"杨娟轻轻地骂道:"要死了你这臭街划子,你非说出来呀!"

八、借钱

王大街到街西的二驴鳖家借钱。

街西的二驴鳖家住一幢二层小楼房，还有一个院子，院墙有三米高，三米高啊，就算是大名鼎鼎的陈富有，他家的院墙也不过三米高，他二驴鳖狂死了，敢跟陈富有叫板。不过他还是没有陈富有牛。陈富有住三层高的楼，院子也比二驴鳖家大三四倍。王大街在街上转了几个来回，才决定到二驴鳖家借钱的。他想来想去，恐怕没有人肯借钱给他，只有二驴鳖，说不定还能通融一下。但是，二驴鳖鼻子一歪，说："我不晓得哪个借些钱给我才好了。我穷得擦腚眼都用石头蛋子。"王大街觉得二驴鳖不地道，想当初，二驴鳖还是光棍汉的时候，常跟王大街要根烟抽。后来二驴鳖在后岭一个废弃的坑塘里，一泡尿呲出来一块十八点五公斤重的茶晶（又说紫晶），那是早年间挖水晶遗留的坑塘，这样的坑塘，在后岭还有很多，大大小小深浅不一，这些坑塘都出过水晶，都有一段光辉的历史，现在藏在北京国家地质博物馆的中国水晶大王，就出自后岭的某一个坑塘里。后岭的那些大大小小的坑塘，是历年遗留下来的，有的都有上百年历史，平时是没人去的，谁还能想到在多少只手翻找过的地方还能有水晶？二驴鳖在后岭刨石英石，一时尿急，跳到坑塘里撒尿，居然让他捡了个大宝贝。凭着这块水晶，二驴鳖不但盖了楼房，还娶了状元巷人见人爱的钱寡妇，人模狗样过起了小日子，从糠箩一步跳到米箩去了，不但和王大街拉开了十万八千里的距离，竟敢和陈富有平起平坐了。王大街没想到二驴鳖是条翻眼狗，不恋旧情，还拿话损他，拿话阴他。王大街没有办法，跟二驴鳖翻翻眼珠子，说："二驴鳖你不借钱给我也不能这么说话，你能尿泡尿呲出来一块茶晶，我就不能拉屎拉出来一块水胆水晶？不就是二百块钱嘛，哪天你要是知道我有五十万了，你不要吓出一腔屎来！"二驴鳖要说也是见过世面的人，一听王大街话里有话，心里虚一下，不过他马上又觉得，王大街不像是个有五十万的人，王大街张嘴才跟他借二百块钱，王大街要是敢借两万三万，算他王大街腰粗。二驴鳖心里有了数，他笑笑说："你发你的财，我二驴鳖喝西北风也不跟你借钱花！"

话说到这里就算说绝了。

王大街离开二驴鳖家的高墙深院时，还听到二驴鳖跟钱寡妇说："这个小街划子也不像有五十万的人，才借两百块钱，他要敢借两万三万，我还相信他一时缺钱来跟我转把手。"

王大街听了二驴鳖的话，觉得他的话是屁。

王大街走在街上，像一条挨饿的流浪狗，一时没了着落。眼看着太阳就要被西边的屋顶挡住了，两手还是空空的。

王大街现在特别需要钱。王大街早上口袋里还有一百五十块钱，没想到一包烟花了五十。本来他只想抽黄一品梅，最多抽五块钱一包的绿南京，可一不小心，买了包三十块钱的金南京，按说应该找回二十块钱的，可杨娟没找。杨娟没找也不能跟杨娟要啊。要是再跟杨娟讲究二十块钱，那还是人吗？现在，王大街口袋里只有一百块钱。一百块钱，显然不够到新世界大酒店去潇洒的，洗一个桑拿，要三十块钱，如果要加上搓背，还要多花十块。搓背就免了吧。可开一间最次的房也要五十块啊。除了这两笔花销，身上还有二十块钱。二十块钱，怎么好跟杨娟交代？也许杨娟一分钱不要他的。可杨娟是那样的人吗？买烟时应该找回的零头都不找，要是睡她一下，至少也不能比新世界的小姐少啊。再说，夜宵总归要吃的吧，一碗虾婆汤还七块钱了，两碗虾婆汤就十四块钱，要是请杨娟吃虾婆汤，就是杨娟同意吃了，他王大街也丢不起这个人，至少也要炒两个小菜啊，两个小菜可不是十块八块钱。王大街想来想去，觉得一百块钱实在是匀不开，觉得至少还要有二百块钱，哪怕就是再有一百，加上口袋里的一百，也能放心潇洒一把。可跟谁借钱呢？他脑子里一个一个出现的都是吴顶镇有钱的大老板，当刘秃子出现的时候，王大街对自己说，对，就是这个刘秃子，到刘秃子那里想想办法吧，就算先从五十万里预支二百，刘秃子也不会小气到二百块钱也不拿吧。

他决定先给刘秃子打个电话。

刘秃子的电话一下就拨通了。

"刘老板你好我是王大街。"

对方的声音突然小了："搞到啦大街？"

"还没……快了……我想跟你支二百块钱吃烟……"

"哎呀真不巧大街，我现在在路上，是这样，我今晚要到城里去请客，你看你，要是早点给我打电话，我捎你一起来喝酒多好……明天吧，明天再说。"

刘秃子连再见都没说，就挂断电话了。

王大街一听就知道刘秃子在撒谎。王大街只能在心里狠狠地骂刘秃子：刘秃子两头秃，大头秃来小头子秃！刘秃子两头秃，大头秃来小头子秃……王大街反复地骂着。刘秃子比王大街大不了几岁，小时候王大街就这样骂过他。现在再骂，感觉没有小时候那么解恨了。

王大街走在吴顶镇的街道上，黄昏的太阳照在他身上，他就像秋霜里的丝瓜，就像咸菜坛里的腌茄子。王大街不觉就走到了上泉路，从上泉路拐过去，就是下泉路了，陈富有的富有石英砂厂就在下泉路上。王大街熟悉那里。王大街知道那里有一间磅房，他在磅房里偷过一块造型奇特的水胆水晶。现在，这块水胆水晶不知在磅房里，还是在陈富有办公室的保险柜里，抑或在他家地下室的水晶陈列室里。总之，这块水晶在陈富有手里已经是铁定了。王大街的脑子里，一会儿想着水胆水晶，一会儿想着陈富有，一会儿想着吴小妹，一会儿想着杨娟，还有刘秃子，还有五十万块钱。王大街的脑子里比较乱，他想把思路理清楚，可他理不清楚了，越是理不清楚，王大街越着急，他骂自己的脑壳子里进水了，又随即否定是进了水，简直是一脑壳子大便。后来他还是把思路理清楚了——先从陈富有那里弄来水胆水晶，然后把水胆水晶交给刘秃子，从刘秃子那里弄来五十万块钱，再然后，就能和杨娟想干什么就干什么了。对，这就是基本程序。理清了程序，王大街反而更着急了，因为眼面前的事实是，她必须再有二百块钱，至少一百块钱，才能应付今天晚上和杨娟的好事。

要命的是，想到杨娟，杨娟就发来了一条短信：晚上在哪见？

王大街犹豫着，还是给杨娟回了一条：等一会听我电话。

这句话比较含糊，既回答了对方，又等于什么话都没说，回旋的余地较大。不过，说内心话，王大街可不想错过这个千载难逢的机会。

在街灯亮了的时候，王大街已经来到新世界大酒店门口了。在新世界大酒店闪闪烁烁的灯光里，王大街作出了平生最大的一个决定，他决定深夜潜入陈富有的办公室里，偷走那块他见过眼的水胆水晶。他记得，当初他把水胆水晶送还给陈富有时，陈富有先把水晶放在办公桌上，然后，瞄一眼墙角那个保险柜的。根据王大街的经验，水胆水晶就在那个淡绿色的保险柜里。现在，他只要能进入陈富有的办公室，就能得手。想到这里，王大街不但没有害怕，反而热血沸腾起来。

"大街，什么事这样高兴？"

有人在跟王大街说话。

王大街回头一看，竟然是陈文章。陈文章和吴顶镇上那些不三不四的小青年一样，摇肩晃脑地过来了。王大街这才看到，不远处，停着镇里的小轿车。

这陈文章王大街熟悉，不过一个给镇长开车的小屁孩，也老资老位叫他大街了。不过他老婆吴小妹可是陈富有的情人。因为这层关系，王大街觉得陈文章这时候出现，也是挺有意思的，跟他借钱，这个傻逼未必不上当。王大街便多了一个心眼，说："高兴的事情多了。"

"发财啦大街？"

"也算不上发财，"王大街胸有成竹又有些自鸣得意："不过快了，发财是迟早的事。"

"哟，那咱得早点巴结巴结大街啊。"陈文章有陈文章的心思，他觉得王大街一定是知道陈富有那块水胆水晶藏匿何处，他也早就注意到王大街在街上晃来晃去了，他请王大街吃饭，可以说是蓄谋好一会了，

"大街，镇长在里面摆了两桌，陪县里来的客人了，我一个人在下边吃工作餐也没意思，我请你喝两杯？来来来，别客气，都不是外人。"

王大街巴不得有人请他喝酒，这样，他就有借口不跟杨娟见面了。再者，如果他借钱成功，还可以按原计划行事，打电话让杨娟到新世界大酒店来，好好享受享受。王大街便说："我本来不准备喝酒的，我天天喝都喝残废了，尿尿都一股酒精味，不过你文章请我，我也不能打你面子是不是？喝就陪你喝两杯！"

陈文章和王大街走进新世界大酒店的大堂，小姐们非常熟悉陈文章，一直把他俩引进一个包间。坐定以后，陈文章叫服务员拿两包烟，紫南京的。王大街从口袋里掏出只吸了两根的金南京，不露声色地牛道："拿什么烟啊，不用了，我有！"

"哟喂，感情大街真的发财啦，金南京抽起来啦？不拿紫南京了，拿两包金南京的，看来，不提高档次是不行了。"

烟酒菜很快上来了。陈文章给王大街满上酒，说："大街你自己喝，我要开车，滴酒不能沾的。"

"开车也没意思，太少喝酒了，要是我，宁愿做领导，也不愿意开车。"

王大街的话不知什么逻辑，陈文章一时没弄明白。不过他也不想弄明白。他请王大街喝酒，是要套他的话。陈文章看着王大街几杯酒下去了，觉得火候差不多了，才开口说："大街这酒还不错吧，我就喜欢喝红汤沟，味道正。"

"那你该来一杯。"

"我哪里不想来一杯啊，我要不是开车，我都喝得烂醉。"陈文章说到这里，有些伤感地叹息一声，说，"一醉解千愁啊。"

"你陈文章给镇长开车，吃香的喝辣的，有什么好愁的。"

陈文章苦笑笑，又点上一支烟，摸一下梳理整齐抹上发乳的头发，说："你王大街是不知道啊，谁家没有难念的经啊……算了，不说了。"

王大街知道陈文章为什么伤感，他一定是想起头上的绿帽子了。王大街也不知道怎么安慰他，他端起酒杯，说："我敬你小兄弟一杯，你小兄弟也不容易，这事，摊在谁头上都不好受。"

王大街不等陈文章端茶杯，便一饮而尽，哈哈一笑，又摇摇头。

陈文章也摇摇头，"听说还整出个什么……算了，不说了……我都没脸再说了……就是什么水胆水晶。"

王大街再次哈哈大笑了："你不过听说说，我是亲眼见到那个……哈哈宝贝了，不过你家媳妇也没拿那东西当宝贝……现在可是……可是能够值大钱的……"

"那东西能值什么大钱？"陈文章吃了一惊，莫非王大街也知道那块水胆水晶出价五十万？

"呃……嗯……值钱也不值什么钱，我就是瞎说说。"王大街讳莫如深地笑着，又倒一杯酒，觉得是时候了，这时候跟陈文章借钱，不怕他不借。王大街吸取在二驴鳖那里的教训，说，"我最近要弄个门脸子，花了一大笔钱，现在手头有些紧，你那边能借我万儿八千就好了……先给我千儿八百也行，我过不了三五天就还你——三五天之后，我就有钱了！"

"我身上没带那么多钱，"陈文章掏出钱包，说，"只有五百来块钱，是人家托我办结婚证的，你先拿去花。"

王大街接过钱，心里砰砰地跳……

九、办公室

吴小妹坐在磅房里上班，她透过磅房的窗户，能看到富有石英砂厂的厂况，左边是水塘，在水塘的边上，在一棵棵老柳树中间，堆积着像山头一样的石英石，许多工人在那里砸石头；另一边是打好的洁白的石英砂粉，也跟堆山头一样。在石英砂粉的后边，是轰轰作响的粉碎机房。从早到晚，吴小妹不是听到机房的轰轰声，就是听到砸石头的噼噼声，其实这两种声音一直交织在一起，在吴小妹的心里横冲直撞，让她心里纷乱如麻。在粉碎机房的后边，是装潢一新的办公楼，厂长陈富有就在楼上上班，还有化验师小任也在楼上上班。吴小妹心里有事，起因当然是那个小任了。小任让吴小妹在陈富有那里失去了宠爱。小任让吴小妹心里窝火。小任让吴小妹成天泡在醋坛子里。可这也不能全怪小任，是陈富有把她挖来的。化验师遍地都是，男的女的都有。陈富有谁都看不好，专挑小任，还不是看好人家的大乳房和大屁股？可最近一两天，吴小妹又有新的心事，她觉得陈文章的反常，不仅是他突然打听那块水胆水晶和那块水胆水晶值多少钱。是他语言中含沙射影地提到了她和陈富有的那层关系，他是什么意思呢？不过，吴小妹把陈文章的反常和王大街的反常联系了起来。本来这两人是不相干的两股道上的人，可因为这种特定的机缘，整体地看，居然在同一个平面上。因为王大街也跟她提过水胆水晶。王大街张大着嘴，又说又比划地说水胆水晶，绝不只是想骂她，肯定还有别的意思。从陈文章、王大街两人的行为和语言上判断，这块水胆水晶再次成了焦点。莫非是这块水胆水晶出了事？失盗了吗？这是完全有可能的，王大街就偷过嘛。或者值了大钱。对，一准是值大钱了。吴小妹的心事忽上忽下的，联想到陈文章和王大街的鬼鬼祟祟，一同对水胆水晶感兴趣，绝不是空穴来风。吴小妹想到这里，决定去问问陈富有，问问水胆水晶究竟出了什么事，顺便也探探陈富有的口风。

　　吴小妹吸取以往的教训，她一边走一边酝酿情绪，最后是心平气和甚至是笑容可掬地走进了陈富有宽敞的办公室。

　　陈富有的桌子上摆着好几块大小不一的水晶。陈富有埋首在桌子上，左手托着一块不规则的石头，右手拿着放大镜，在台灯下细看。陈富有可能是太专心了，居然没有发现吴小妹走了进来。吴小妹看只有陈富有一人，也没有马上打扰他的思路，而是停下来，不远不近地看着陈富有。陈富有头发刚剪过，人倒是精神，不过那几根稀疏的胡须和山羊一样的黄眼珠，依然给人阴风啸啸的感觉。吴小妹早已习惯陈富有的样子了。吴小妹看陈富有放下那块石头，正欲上前打招呼，陈富有身后的套间里突然传出嘻嘻的笑声。当然是女人的笑声了。笑声持续不断，跌跌撞撞。吴小妹听到笑声，酝酿已久的好心情突然消散得一干二净。吴小妹正想表示点什么，那笑声像洪水决堤一样冲出来。随着笑声一起冲出来的，是一个穿红色裙装的女孩，她就是小任了，吴小妹见过她好多次，远近都见过，说不上来她是漂亮还是丑，首先她皮肤就很特别，浅粟色的，很紧，有光泽，五官怎么看也算不上美丽，嘴巴阔而大，眼梢都伸到眉骨里了，可放眼看去，又不难看，似乎还很有味道。至于她的身材，就不用说了，胸脯和屁股都特别的肥大，又是蜂腰，就更突出了臀和胸。小任颤抖着笑出来，把贴在自己耳朵上的手机送到陈富有的耳朵上。陈富有还没来得及听，一抬眼看到了吴小妹。

小任也看到了吴小妹，她脸红一下，轻声道："我走了。"

吴小妹感觉一阵花香从身边飘过，她斜着眼看小任的屁股，鼻子里不屑地抽一声。

"又脱岗了不是？"陈富有重新拿起一块水晶，煞有介事地说，"什么事？"

"没有事我就不能来玩玩啊。"吴小妹憋着火气，不知怎么心头一软，突然伤心起来，眼泪唰一下就涌出来了，"你把人家忘了不是？人家文章还指望你帮一把哩，总不能开一辈子车啊。"

陈富有对突然而来的吴小妹十分反感，他计划发点脾气给她看看的，可当他听到她的声音里带着哭腔，眼泪也顺着腮帮流下来，便不好发作了。他说："事情要慢慢来，你放心，我说过的话，是要兑现的，要不了两年，也就年把左右吧，我让陈文章换岗，就是不当副镇长，也要当个助理员。"

吴小妹听了陈富有的话，心里就更委屈了，她说："也不光是文章的事,还有我哩,小任她有什么好的,你别上了她的当,她是大学生,能在你这里干一辈子?还不知安了什么心了,哪天脚一踏,拐骗了你的东西,跑了你都不晓得,哪有我牢靠把实,什么时候都在你眼皮底下,你想做什么,还不是一句话?"

陈富有觉得吴小妹说的也是,可他也不想让吴小妹太骄傲,便说:"你哪能拿这种眼睛看人呢?我跟你说过了,小任是有学问的人,我带她出去,能增加富有石英砂厂的品位,就说前几天,销售科的朱科长带她去签合同,本来只签一年的合同,人家看在小任的面子上,硬是签了三年。"

"你就替小任吹吧,我看到天上一头牛在飞,原来是你在地上吹,你把小任都吹成什么样子了,她胸脯那么大,都是你吹的吧?"

陈富有笑了。陈富有诡秘地笑着,嘴角上的胡须一眨一眨的。陈富有一边笑一边看着吴小妹的胸脯。陈富有说:"那你的……怎么不大?"

吴小妹知道陈富有的意思,也忍不住噗哧笑了。

话说到这种份上,也就没什么可遮可拦的了。

吴小妹说:"今晚你要请我吃饭。"

"那还不好说,你想吃什么?"

"吃你!"

吴小妹一语双关的话,让两人都乐了。

"到新世界吧,"陈富有说,"那里新来一个厨子,会烧驴鞭。"

"我不到新世界,到那里会碰到陈文章,还有镇里的干部,我不想看那些人。"

"行,那就到沙河口小鸡店,吃小草鸡。"

"这都什么店名啊,难听死了……行啊,我听你摆布还不成?"吴小妹走到陈富有桌子前,"……你又弄不少水晶啊?对了,我还想玩玩那块水晶。"

"什么水晶?噢,那块啊,我都不敢给你玩了。"

"王大街被你开了,没有人再偷了,我玩玩还不行?"

陈富有哈哈地笑道:"不行了,我收起来了。"

"不会吧?是送给小任了吧?"

"我才不会了,我的水晶谁都不送了,不要说不送,就是看,也不是谁都能看到的。"

"不行,我就是要玩玩。"吴小妹抓起一块水晶,在陈富有头上比划一下,说,"你要是不给我玩玩,我就砸碎你脑壳子!"

陈富有把她的手拿下来,抱过她的腰,让她坐在腿上,说:"玩玩真的吧。"

吴小妹说:"大白天的……你是不是跟小任常这样玩啊?"

吴小妹还想说什么的,陈富有的手就像鲢鱼一样钻进吴小妹的衣服里了。吴小妹"妈呀"一声,人就软了,她回过头,扭过身,两条胳膊像麻花一样圈住了陈富有……

陈富有抱着吴小妹走进了套间,用脚后跟踢上了门。

"门没关。"

"关死了。"

"大门没关。"

"没事,你又不是没来过。"

"要是有人来了……"吴小妹马上不说了。其实她担心的,就是小任根本没走,小任说不定就在办公室门口窥听屋里的一举一动。吴小妹心想,让这个小骚丫头听到了更好,看看陈富有到底是谁的,气死她!

但是很快的,吴小妹不但没有气死小任,反倒被小任气死了。吴小妹发现屋里不对劲,发现屋里到处都是小任的痕迹和气味,比如扎头发用的皮筋,绣花的手机套,眉笔和口红随意地扔在枕头旁边,甚至还有一条浅蓝色的纱巾,像精灵一样落在沙发上,这是小任在春天刚进厂时围过的纱巾,当时吴小妹还笑话过这种颜色的纱巾,和小任的肤色正好匹配。吴小妹看在眼里,兴致大减。

吴小妹草草了事地收拾好自己，随手摸起身底的一张揉皱的广告，上面是几个腥红色大字：夜色撩人，情牵女人香。还有几行小字，流浪欲望都市，挣扎寂寞长夜，玩味身体物语，感受缠绵激情。移动用户拨打……联通用户拨打……吴小妹想起刚进门时，小任一边听着手机一边欢笑着跑出来，把手机送到陈富有的耳朵上，一定是受这种小广告的指点，听到什么声音了。吴小妹的妒意和怒火又燃烧起来了，她踢一脚陈富有。陈富有说："好……"吴小妹又踢他一脚，"什么好啊，你把水胆水晶送给小任了吧你？"陈富有说："你别打我好不好？我要生气啦你再这样……你怎么也对那块破水晶感兴趣啊？小任问了我好半天，我都没理她，你又来问啦？你们这是怎么啦？我放在保险柜里好好的，谁都别想弄走它……"

　　吴小妹突然不打了，她听到外间有声音，像是椅子被拖带一下。吴小妹随即就笑了，一定是小任在偷听。

十、手镯

　　就在吴小妹到陈富有办公室的那段时间里，王大街怀里也正搂着杨娟。杨娟细细地喘息着，就像细细的鼾声。可王大街略微有些紧张，他从陈文章那里借来的五百块钱，那天在新世界大酒店花了二百多，剩下的全给杨娟了。一眨眼，王大街又成穷光蛋了。想起在新世界大酒店，王大街真是平生第一次认真、仔细地欣赏女人的身体，他觉得，杨娟和那些小姐太不一样了，那些小姐是拿了钱就走人，而杨娟，就像自家女人那样，服侍你好好的。王大街今天本来不是要和杨娟亲热一把的，他是习惯性地来水晶大市场转转，看看能不能碰上生意，弄点小钱花花。他在杨娟的烟店里喝口水，随便说说话，说着说着心里就热起来了，说着说着，杨娟就把他拉到货架后边。烟店货架后边有一张小床，两人迫不及待就亲热起来。王大街一边亲热一边紧张，他怕杨娟跟他要钱。杨娟越是急火急撩的，王大街越是往后缩。王大街感觉杨娟对他太好了，这种好让他生了疑心，女人的口袋都是无底洞，有多少钱都装不满，因此他就先发制人道：

"我今天没去银行提款，身上没什么现金，不然我会带你去吃特色菜，胡二狗肉啊，沙河口小草鸡啊，趟趟窑红烧驴鞭啊，随你挑，想吃什么吃什么，可今天我口袋里没钱，改天吧，改天我一定请你好好吃一顿。"

"你这个街划子太狗眼看人低了，你口口声声提钱干什么啊，你以为我是跟你要钱的啊，你充其量也不过有五十万。你以为我见钱眼开啊？我是看你王大街能处朋友，是不是大街？吃点喝点倒无所谓，你王大街又不是吃不起！"

"那是，我……我狗眼看人低了。"王大街心底里涌起一股豪情，"不过我王大街是不会亏待朋友的，改天……"

杨娟伸手捂住王大街的嘴。

果然，有人在敲柜台。

"谁啊？"杨娟问。

"买包烟。"

"来啦。"杨娟的手在王大街的脸上带一把，出去卖烟了。

王大街以为杨娟卖完烟还会进来的。可杨娟没有再进来，而是隔着货架跟他说话。杨娟说："天真短，一眨眼，天就要黑了，一天真不经过，你说是不是好日子过的，把天都过短啦？"

"是哩。"王大街说，心里犯着嘀咕，猜不透杨娟又要说什么。

"你看夏天说到就要到了，我这手脖子上光露露的，难看死了，大街你要是去城里，给我弄副手镯来玩玩，不要太贵的，便宜一些就行了，不过便宜也不能是金子银子的，金子银子我太多了，玩腻了，不好玩了，要别的料子的，好不好大街？"

王大街头皮发麻了，金子银子还嫌便宜，那要什么东西啊？这五十万还没到手，路上就铺钱了。王大街觉得不能再等了，事不宜迟，夜长梦多，要想从刘秃子那里拿到五十万，必须要从陈富有那里搞到水胆水晶。没有水胆水晶就没有五十万，没有五十万连跟杨娟说话的资本都没有，没有五十万，新世界大酒店的门都不能进。

杨娟把手伸出来，在王大街的眼前晃晃，说："你看看，什么都没有，我不嫌丢人，你还丢不起人了，人家要问起来，我还能说大街没给我送？我不能这样说吧大街？"

王大街故作轻松地说："你要这样说，不是作害我王大街吗？我在考虑送什么料子的，还有式样也重要，这手镯是戴在你手上的，要不送像样子的，人家会笑话我王大街没品位。"

杨娟说："那就看你了，我真无所谓。"

杨娟说着，就关了烟酒店的门，把王大街也关在了店里。王大街知道杨娟是什么意思，他的血又热了。

十一、后岭

王大街从杨娟的烟店出来，穿过水晶大市场东门，走到大街上。

王大街走在夜色中的大街上，心里直犯嘀咕，觉得有些对不住杨娟，他在离开杨娟时，看出来杨娟的神色有些失望。当时，王大街的手不由得在口袋里摸索一会儿，最终什么都没有摸出来。王大街觉得自己真没本事，在吴顶这个遍地都是钱的地方，硬是捡不到钱，混成这个样子，实在是说不过去了，不但对不起自己，还对不起杨娟。

王大街就像霜打的茄子，走路没一点精神，人似乎矮了半截。更让他受不了的，是杨娟那怨忧和失望的神情不时地在他脑子里走来走去，而且越来越模糊，如果他再不弄到钱，估计杨娟下一次不就会理他了。

吴顶的街面上，天一黑就没了人，天一黑就全是柔和的街灯，何况夜色已经很晚了呢，因此，王大街有些形单影只。王大街一边走一边谋划着心事，一边走一边坚定着信心，他觉得今天夜里的行动势在必行，富有石英砂厂的办公楼他非常熟悉，陈富有的办公室他也熟悉，那块水胆水晶就在办公室的保险柜里也基本得到了确认，他进出办公楼不成问题，问题是如何打开保险柜。王大街想到手提电钻，把保险柜的锁钻开来。这个办法他在好几天前就想好了，迟迟没有行动，是想找电钻试验一下。王大街把目标锁定在街西赵记装潢店里，他观察过了，赵记装潢店里有两把电钻，一大一小，设法偷一把出来就行了。王大街决定，先去偷电钻，然后去陈富有的办公室钻保险柜，钻开保险柜，就能偷出水胆水晶了。

但是王大街还没走到街西赵记装潢店门口就改变了主意。

王大街临时改变主意是他看到了二驴鳖。王大街看到电线杆的影子，突然变成了一个人。本来王大街没有认出来那个人是二驴鳖，他个子矮矮的，走路飞快，像驾着灯光在飞。王大街因为要去做贼，就特别留心街上的一举一动。王大街在心里问，这家伙是谁啊？直到对方在电线杆上撒泡尿，四处乱望时，才让王大街给认出来。王大街一发现是二驴鳖，就觉得二驴鳖不对劲，就觉得二驴鳖有问题，王大街立马就想到，他一泡尿能呲出来一块紫晶，成了暴发户，这会儿是不是又发现了什么宝贝？这是完全有可能的，水晶这个东西就是奇怪，有的人找了一辈子也找不到一块像样的水晶，有的人随便踢块土，随便尿泡尿，就能发大财，而且水晶也是救富不救穷，简单说，就是越有越有，越没有越没有，这种规律，在吴顶这个地方早就被验证过了，所以，这时候，二驴鳖鬼鬼祟祟的，一定有事，一定发现了宝贝。王大街觉得跟踪二驴鳖，跟在二驴鳖屁股后边发财，比去偷水胆水晶要保险和实在多了。

二驴鳖从大街上钻进了三营巷。王大街也跟着钻进了三营巷。二驴鳖从三营巷拐上了石子路，往后岭方向去了。王大街紧紧跟在二驴鳖的身后。二驴鳖手里有一把手电，亮一下，熄了，过了好长时间，又亮一下，又熄了。所以，虽然天黑，虽然二驴鳖叫黑暗吃进了肚子里，也变成了黑暗。但是,因为那不时一闪的手电,王大街还没有丢了目标。只是,路越来越难走了,脚下都是坑塘和土堆,还有乱石和杂草,王大街有好几次差点被绊倒。

但是,走着走着,看不到二驴鳖时断时闪的手电了。王大街一愣神,停了下来,睁大眼睛四下里望,又竖起耳朵听。王大街什么都听不到,耳朵里全是黑暗的喘息声。

王大街失去了目标,乱了神,跟着就紧张起来,就像丢了钱。因为王大街已经确认,二驴鳖的手电不敢一直亮着,是怕人发现他找到了宝贝。二驴鳖是趁着夜深人静,取宝来了。这种事情经常发生,挖到大水晶的人,都不敢明目张胆拿回家,一来怕别人眼红,恐有不测;二来怕人分走一份。吴顶有一个不成文的风俗,叫见眼有一份。所以,许多人在白天发现水晶,都是夜里来取,这叫吃独食。

王大街发现二驴鳖失踪后,正在为失去发财的机会懊悔,突然,两条腿被什么东西缠住了,王大街还没反应过来,就被掀翻在一个坑塘里。王大街知道这是二驴鳖干的,王大街一边高喊"见眼有一份",一边挣扎着爬起来,可他身上接连挨了几块石头蛋子,有一块砸在他的腮帮上,很疼。王大街大喊道:"二驴鳖,你不够朋友!"但是,换来的,是更猛烈的沙土和碎石的袭击。王大街十分恼怒,他连滚带爬地爬起来,对着一个黑影扑去,一头把对方撞飞了起来。王大街只听嘭的一声,便没了动静。王大街牛哄哄地说:"二驴鳖,本来我不想跟你来真的,你不够意思……二驴鳖,二驴鳖……你别装孙子二驴鳖,我不怕你作妖。"王大街感觉二驴鳖不对劲,试着摸向二驴鳖。王大街没有摸到二驴鳖,却摸到一把手电。

王大街把手电照在二驴鳖的脸上,看到二驴鳖正躺在另一个坑塘里呼呼大睡。王大街上去踢他一脚,说:"二驴鳖你装死我也不怕……二驴鳖,二驴鳖……你可别真死啊!"

然而,任凭王大街如何喊,如何踢,如何摇,二驴鳖再也没有声音了。

二驴鳖不是在睡觉,他真的死了。

王大街非常气恼,好好的一个二驴鳖,就这么不经死,说死就是死了。但是,紧接着,王大街就害怕了。死人的事可不是小事,是要尝命的。王大街躺在二驴鳖的身边,越想越怕,越怕越恨二驴鳖。想到最后,王大街觉得只有埋了二驴鳖才放心。

十二、发案

首先在吴顶镇传开来的,不是二驴鳖死了,而是陈富有死了!

这可是一个天大的新闻。

王大街正掉魂一样地趴在杨娟的柜台上,有一句没一句地跟杨娟说话,心里还想着昨天晚上发生在后岭的事,想着二驴鳖一双半睁半闭的眼,心里半漂半浮的,担心有人会提起二驴鳖。杨娟的话,每一句都是模凌两可的暖昧,实际上就是调情,可他听了上半句忘了下半句,哼哼哈哈,答非所问,比如杨娟又说起手镯的事,他却说水晶,杨娟说水晶的价格又涨了,他却说新世界大酒店的小姐。几句话下来,杨娟有些烦了。杨娟在他胳膊上拧一下,说:"你天一句地一句想什么啊?昨晚没干好事吧?是不是到新世界大酒店啦?"

王大街说:"哪里啊,我昨晚上睡……睡一个好觉。"

就是这时候,突然有人跑过来,说:"你们晓得不?陈富有死了,给人用一块水晶,砸死在办公室里,公安局的人正在查,有一百辆警车停在富有石英砂厂里……我要骗你是狗……狗日的!"

"你别嚼蛆了,陈富有能死?吴顶镇就是死绝了,也死不到陈富有!"杨娟说。

"你看错了吧?不会是别人?"王大街也说。

王大街心里像开手扶拖拉机,轰咄轰咄的,怕是别人看错了,怕是别人把二驴鳖当成陈富有了。

"我能看错？你不信现在就去富有石英砂厂看看。"

王大街摇摇头，说："我怕死人……"

"我操，活人我都不怕，还怕死人！别装跟娘们似的！"

那边也有人哈哈笑了，接着就是大声的喧哗，口口声声都是关于陈富有的死。不知为什么，他们说起陈富有的死，就像说一件快乐的事。王大街这回相信陈富有真的死了。

这个消息，太让王大街吃惊了。二驴鳖死了，王大街是知道的，二驴鳖是死有应得！他不该装神弄鬼。陈富有死了，他事先一点都没有想到。怎么突然就死了呢？这不是等于把他的财路给断了吗？王大街马上想到五十万泡汤了。王大街也马上想到，陈富有的死，一定和水胆水晶有关，一定也是因为五十万。王大街还马上想到陈文章。陈文章那天不是跟他打听过水胆水晶吗？

果然，不到中午，又有话传来了，陈文章被抓了。到了中午，陆续的消息更让人振奋，吴小妹被抓了，小任被抓了，刘秃子被抓了。

听刘秃子被抓，王大街才开始真正紧张。王大街觉得，接下来，就该抓他了。

王大街没有心思跟杨娟打牙撂嘴了，他说："杨娟，公安局要抓我你信不信？"

杨娟瞟他一眼，不屑地说："你？我不信，你还不够格！"

话音刚落，派出所朱所长骑着摩托车来了。

朱所长把摩托车一直骑到杨娟的烟店门前。朱所长不是来买烟的。朱所长一下摩托车，就在王大街的屁股上踢一脚。朱所长威风凛凛地说："知道我为什么踢你？"

王大街说："我可没杀陈富有……"

"谁说你杀陈富有啦？刘秃子被抓起来你晓得不晓得？走，跟我到所里去一趟！"

不到一小时,王大街又坐一辆摩托车从派出所回到杨娟的烟店了。

杨娟哈哈地笑了:"我就知道你王大街没有杀人那颗胆嘛,快说说,朱所长问你什么?"

"还能问什么,他问我昨天晚上干什么去了。我还能干什么,在家睡大觉了,问我有谁证明,我一个人吃饱全家不饿,谁证明啊?不相信拉倒,反正我没杀陈富有。"

杨娟失望地说:"抓那么多人,就没有一个是凶手?"

"哪里是抓人啊,抓人是要戴铐的,这叫传讯,懂不懂,传讯,传讯就是问话。"王大街抱怨地说,"刘秃子他出卖我,太不地道了,他出五十万,让我把陈富有的水胆水晶弄出来,他又出五十万,把这笔买卖让给……好在我们都聪明,都没听刘秃子的,要不,这回都被圈进去了,真悬!"

杨娟在王大街说到一半的时候,脸就冷下来了。杨娟说:"你没有五十万你冒充什么大马队啊,你哄我小糖饼吃啊?你王大街这回算死定了!"

王大街嘻嘻地笑着,说:"我哪里是哄你啊,这不是差一点就弄五十万嘛。"

杨娟撇着嘴,抽着鼻子,脸上一阵青一阵白,像是吃了天大的亏。

王大街说:"你莫急杨娟,十年河东十年河西,我王大街也不是没人保佑,财神爷附在我身上哩,二驴鳖还能撒泡尿呲出来一块水晶……"

"别来这一套了,我耳朵都听出感冒来了。"

"那就说陈富有吧,他昨天还人五人六的,开着小车,喝着小酒,搂着小姐,转眼间呢,死了,人财两空!还有陈文章,我刚才看到他了,这家伙居然一点也没笑,有人把他仇人给干掉了,他居然不笑,他又不是吴小妹。可惜我没看到吴小妹,她比我先出来,派出所也狗急了,连吴小妹都抓,谁杀陈富有,吴小妹也不会杀啊。"

说话间，刘秃子在水晶市场出现了，他身边迅速围上去一圈人，跟他打听陈富有的死因。刘秃子说："我要能把案子破了，公安局那帮人不是吃了屎吗？"

王大街知道刘秃子是故意出来亮亮相的，意在告诉人们，他刘秃子平安无事，派出所也会乱点鸳鸯谱。

王大街看刘秃子有些来气。王大街认定陈富有的死还是因为那块水胆水晶，刘秃子肯定不止委托王大街、陈文章两人，肯定还有人知道那块水胆水晶的价值，否则陈富有不会迟不死早不死，偏偏在这时候死。据说陈富有死的时候，桌子上放了一堆大大小小的水晶。还据说，那块怪异的价值连城的水胆水晶失踪了，竟然在保险柜里失踪的。在清理陈富有的财物时，什么东西都没少，就是少了那块造型奇特的水胆水晶。

王大街看杨娟有些不阴不阳的，知道没有五十万，是换不回杨娟的心了。王大街不敢再在杨娟的烟店前磨蹭了，他咳嗽两声，往水晶市场的里边去了。他听到身后杨娟嘟囔道："破街划子，别想吃我小糖饼了！"

此后的几天里，王大街在水晶市场里混，也没混出什么名堂来。其间，派出所又传他去一次，朱所长亲自跟他了解那块水胆水晶。王大街把他见过的水胆水晶一五一十地说了一遍。朱所长又问他后来见没见过。王大街说他把水晶还给陈富有了，后来就再也没见过。朱所长敲敲王大街的脑壳子，说要是想起来重要线索，要即时跟派出所汇报，争取立功。王大街哈着腰，利索地答应着。王大街还被关照近期不许出远门。王大街也老实地答应了。

王大街心里踏实地又在大街上晃了。

王大街有理由踏实，他去了两次派出所，都没有人跟他提二驴鳖，说明还没有人知道二驴鳖已经死了。王大街彻底把心放到了肚子里，他走在街上，甚至还哼起了流行歌曲，甚至还从二驴鳖家门口走过。王大街想，钱寡妇又成寡妇了。

这天王大街在水晶市场里晃荡，突然听人说，二驴鳖失踪了，派出所正全力追查二驴鳖，说是二驴鳖杀了陈富有，带着水晶逃走了。还说本来派出所不会怀疑二驴鳖的，是他老婆钱寡妇到派出所报案，说她家二驴鳖半夜上后岭去取什么宝，后来就失踪了。一调查，居然就是在陈富有死的那天夜里失踪的。这话传起来比传染病还快，整个吴顶镇都在传说。王大街听到之后，心里打起了小鼓鼓，后悔当时匆忙埋了二驴鳖，没在他身上翻翻。王大街恍惚记得，二驴鳖身上背着一个包。二驴鳖背一个包，带着短柄铁锨，深夜往后岭跑，不是去取宝的，而是去埋宝的，他包里，说不定就有水胆水晶。王大街心里咚咚跳了，他既兴奋又害怕，兴奋的是，他可以到后岭去，找到那个掩埋二驴鳖的坑塘，挖出二驴鳖，拿到水胆水晶；害怕的是，是他亲手杀死二驴鳖，万一事情败露，就彻底完蛋了。还有一点让王大街担心，他要是拿到水胆水晶，刘秃子还愿出五十万吗？就是刘秃子不出五十万，他也能卖出好价。关键是，先找到水胆水晶再说。

王大街是在中午时分来到后岭的，他的计划是，先找到埋葬二驴鳖的坑塘，然后夜里来起尸。

让王大街感到绝望的是，后岭大大小小的坑塘太多了，多到数都数不过来——他找不到埋葬二驴鳖的那个坑塘了。王大街在后岭一直转到太阳西坠，也没有确定哪个坑塘埋葬着二驴鳖，他觉得所有的坑塘都像，所有的坑塘都不像。王大街真后悔当初把事情做得那么仔细，那么干净。

王大街在后岭一连转了几天，引起了朱所长的注意。朱所长又把他传了去。朱所长问："你魂掉啦，天天到后岭去转，说，找什么去的？"王大街说："逃犯二驴鳖能撒泡尿呲一块水晶出来，我也想去碰碰运气。"朱所长觉得王大街这种人，说出这种话，一点也不奇怪，就在他屁股上踢一脚，放他走了。

十三、水晶茶杯

五一节过去了，夏天跟着就来了。王大街在夏天里喜欢把衣服卷到肚脐眼上，露出一截汗渍渍的肚皮。他手里还拿着一把怪异的纸扇，这里拍一下，那里打一下，在水晶大市场里转悠，混到钱那天，就过一天好日子，混不到钱那天，就买块大饼充饥。杨娟对他照例是爱瞅不瞅的，他在走过杨娟烟店门口，有时候勾着嘴调戏杨娟，杨娟就骂他是街划子。街划子这个词，有时候是爱称，有时候，就变成骂人的话了。

"王大街划子"，杨娟招着手咧着嘴叫道，"过来过来，说你哩大街，过来。"

这是某一个下午，王大街突然得到的礼遇。王大街觉得太阳从西边出了，他将信将疑地走到杨娟跟前。杨娟隔着柜台的手就摸到了王大街的手上。

王大街说："什么事这样笑啊？是不是你家加贵挖到好水晶啦？"

"哪里事啊，人家不少天没跟你说说话了，你讨厌不讨厌啊，有事没事的，提什么加贵啊。"杨娟的手在王大街的手上轻摩着，"你什么时候带我去吃沙河口小草鸡啊？"

"我又没有多少钱，怕请不动你啊。"

"那我请你啊。"

王大街觉得，如果不是好运气又来了，就是杨娟又要打他什么主意了。不管怎么说，王大街心里还是开了一朵花。王大街看到他心里的花开到了杨娟的脸上，他就兴奋地在杨娟的脸上摸一下，说："快了，我王大街就要有钱了。"

"你别门缝看人，我又不缺钱，"杨娟嗲着声音说，"大街我跟你打听一件事，你见过世面，吴顶镇上的事没有你不晓得的。"

"你说。"

"听说我们吴顶,早年水晶不值钱时,有人弄一把水晶杯玩,不知失落在谁手里了,我想玩玩,你能不能给我打听打听?"

王大街一听,哈哈大笑了,他说:"我送给你好了!"

王大街的手从杨娟的脸上滑下来,途经她胸脯时,带了一把劲。

"真的呀,那东西真在你手里啊?说好了,你现在就去家拿,然后我带你去吃小草鸡!"

"好,我这就去拿。"

王大街骑着杨娟的助力车,回家拿那只水晶茶杯了。

王大街在半道上遇到了吴小妹。

吴小妹穿一条漂亮的裙子,亭亭地等在街边,就像是专门等王大街似的。王大街也一眼就看到了吴小妹,她越发的青春了,越发的健美了,就像怒放的牡丹,或者像十字路口的红灯,吸引很多人驻足观望。王大街不觉放慢了车速,忍不住多看她几眼。

吴小妹也看到王大街了,她满脸含笑地招呼道:"大街我正要找你啊——大街!"

王大街知道吴小妹已经不在富有石英砂厂工作了。富有石英砂厂被陈富有的弟弟陈富安接管了,富有石英砂厂也改名叫吴顶石英砂责任有限公司了。吴小妹现在是吴顶镇机关招待所的一名会计,是镇长安排这个好工作的。当然,陈文章的工作也变动了,是镇多种经营办公室的主任。据说,吴小妹很胜任招待所的工作,还常跟镇长一起出去喝酒。王大街不知道吴小妹怎么会有时间等在路边,也不知道喊他有什么事,便停车说:"你叫我啊?"

吴小妹说:"大街混出息啦,骑上了新车,别忘了我们从前还是同事啊。"

王大街嘿嘿笑道:"瞎混混,瞎混混。"

"干什么啊大街?春风满面的。"

"我回家一趟。"王大街没说水晶茶杯的事。

吴小妹说:"大街是有喜事吧?大街我跟你说,你那只水晶茶杯还在吧?就是从前你不当好东西,老拿着喝水的那个水晶杯啊?"

王大街一听吴小妹也关心自己的水晶杯了,才意识到这里面有了问题,说不定这把杯子值钱了,就像那块水胆水晶一样,也值个三十万五十万的。王大街暗想,果然轮到我王大街时来运转了,便说:"也没拿它当好东西,不知放到哪了,也许……能找到……什么事啊?"

"哎呀,你一定要找到,"吴小妹急切地说:"要不这样,我跟你一起到你家看看,顺便跟你谈谈水晶杯的事。"

"不不不……暂时我没空,改天再说吧……改天,我打你电话。"

"反正我也没事,不耽误你多长时间的。"

"一只破水晶茶杯算什么啊,料子也那么差,比起你那块水胆水晶不知差多远了。"王大街说,"对了,死鬼陈富有的水胆水晶丢了,两三个月了,案子也没破,不会在你手里吧?"

王大街看到吴小妹的脸一下子涨红了,同时伴着一点慌张。王大街还不知道,吴小妹已经不关心水胆水晶了,更不关心陈富有了,虽然她感觉到,水胆水晶被小任搞了去,但是她始终不说。她记得那天,她和陈富有在办公室幽会,听到外间一声响——那是小任偷听时发出的。小任是故意偷听,她知道了水胆水晶在保险柜里。小任再和陈富有云欢雨爱时,趁机下了手……吴小妹觉得她的推理不会有错,她不知道朱所长为什么想不到这一点。其实,吴小妹是个聪明人,她从朱所长的问话里,听出一些话外话来,再加上镇长对她好,她还关心一块水胆水晶和一个已经死去的人有多大意义呢?

"大街,这个话可不能乱说啊……我哪有福气得到水胆水晶啊……"吴小妹说,"大街,咱别提这些了好不好?你那只水晶杯……"

王大街打断道:"我找找看,找到就给你打电话。"

"一定要打电话啊!"吴小妹又说:"别声张知道吧?"

王大街回到家，在一只破纸盒里，找出了那只水晶杯。王大街像得到宝贝一样，又紧张又兴奋。王大街抚摸着笨重的水晶杯，决定先把杯子藏起来，然后再见机行事。可王大街不知把杯子藏到哪里，藏到哪里能安全呢？陈富有因为一块水胆水晶丢了性命，王大街可不想因为一只水晶茶杯而再惹出什么事非来。王大街环顾几间破房子，觉得哪里都不安全。

后来，鬼使神差的，王大街把水晶杯装到一只破皮包里，赶往刘秃子的厂里了。

王大街感觉到，一只不起眼的水晶茶杯突然吃香，一定和刘秃子有关。可刘秃子怎么不找他谈呢？看来，知道这把水晶杯下落的，只有吴小妹了。王大街可不是傻瓜，一把水晶杯，不会轻易撒手的，就看刘秃子肯出多少钱了。刘秃子现在更厉害了，陈富有死后，他生意似乎突然好起来，扩大了生产规模，还新招了二三十号工人，就连富有石英砂厂的小任，也跳槽到刘秃子的厂里了，还荣任了厂长助理。这个刘秃子，还是有两手的。

王大街在刘秃子的办公室没有找到刘秃子。王大街刚想大喊刘老板，可喊到嘴边又咽回去了。他怀里的皮包里装着水晶杯，要谨慎才对，先回去再计议。王大街都后悔把水晶杯带过来了，应该先探探口风，再谈谈价格，急什么急呢？

王大街本来要从二楼下去的，走到楼梯口时，犹豫片刻，拐上三楼了。王大街第一次到刘秃子的厂里来，突然的有些好奇，再加上小任也投奔刘秃子了，这里面说不定会有什么花头。王大街脚步便轻了，悄悄地走到三楼，走到三楼就闻到一股清香味，还看到一个"副厂长"的牌子。什么副厂长啊，还不是小任的办公室啊。王大街走到门口，看到门是半关起来的，便伸头望望。这一望，便望到小任了。王大街看到小任的胸部确实肥大，淡黄色的T恤都要被撑破了。王大街正欲缩回头，突然愣住了——天啦，王大街看到小任正在办公桌上玩一块水晶，那是什么水晶啊，那不是陈富有丢失的水胆水晶吗？陈富有丢失的水胆水晶在小任手里，王大街突然紧张了，王大街下意识地想溜，可他转身时，脚一滑，一个屁后墩跌坐到了地上。

"谁呀？"

王大街赶快爬起来，结巴地说："我我我我……我……"

小任已经跑到门口了。小任脸色潮红，喘气急促："你是谁？"

王大街反而平静了，眼睛在小任的脸上和胸脯上滑来滑去的。王大街咧着嘴，说："我，我来找刘老板，我有一块石头请他看看。"

小任松了一口气，说："噢，刘老板上城里去了，接上海来的客人，晚上才能回来，你的石头呢？拿出来，让我看看。"

"你？"王大街搂紧了包，有些不相信她。王大街说，"那那那我明天再来。"

王大街在刘秃子的水晶加工厂门口，意外地碰到了朱所长，王大街又开始紧张了，他不知道朱所长是来和小任约会的，他要是知道就不紧张了。王大街站在路边，说："朱……朱所长。"

朱所长疑惑地看一眼王大街。朱所长看王大街怀里抱一只破皮包，上去就给他一脚，说："偷什么啦？"

"我我我什么都没偷……我在后岭找块水晶，找找找刘老板看看的。"

"那你慌什么？"

王大街说；"对了朱朱所长，我正要去找你，我我看到三楼一个女的，就是陈富有原来那个厂里的，她有一块水胆水晶……是是这样的……"

王大街用手比划着水胆水晶的形状，心里还在犯嘀咕，不知道是不是自己看错了。

朱所长眼睛很逼人地盯着王大街。朱所长说："什么水胆水晶？你看错了吧？这案子已经结了，是二狗鳖作的案，你乱说什么？啊？王大街我警告你,你身上有不少事,你要是乱说,我把你铐起来,听到没有?我有空找你谈谈。还呆着干什么?找我踢你啊,滚!"

王大街赶快走了。他胆颤心惊的。他不知道朱所长要找他谈什么,不会谈二狗鳖吧?

王大街抱着水晶茶杯,觉得这个水晶茶杯也让他不安全了。王大街心里头七上八下的,想着二狗鳖,想着富有,想着水胆水晶,他想着想着,糊涂了。王大街一糊涂,把杨娟的助力车都丢了。

绳　子

1

尹树和绳子的故事，要从他九岁那年说起。

生产队的打谷场上，正在分麦草，许多人争争抢抢，在草垛的四周理开绳子，把绳子理成 U 型，然后把麦草抱到绳子上。

麦草是稀罕的草。鱼烂沟村盛产水稻，遍地都是稻草。稻草太普通了，除了烧火，实在派不上别的用场。而麦草就不同了，可以铺床，当成温暖的床垫子；可以揣枕头；可以编门帘；在没有饲料喂猪的时候，还可以磨成粉喂猪；就是烧火，也比稻草起火、经烧。所以，如果谁家门口有一个麦草垛，找儿媳妇都比别人家有优势。

少年尹树就是跟着父亲来分麦草的。尹树父亲走在前面，肩上扛着桑木扁担，扁担的梢头，圈着一团绳子。尹树的父亲高大而结实，脚下虎虎生风。尹树跟在后边，几乎是一路小跑了。尹树小跑着，对父亲特别的崇拜，因为父亲扁担上的绳子，既不掉到地上，也不滑到肩上，就这么一团，却团出了梅花的形状。

女孩桃子从尹树的身边跑过去了。桃子腰一虾，又从尹树父亲的身边跑过去了。桃子跑过去之后，突然慢下来，回头看一眼尹树父亲的扁担，看一眼他扁担梢头的绳子。尹树看到，桃子头发稀黄，脸色发灰，鼻子上挂着两行鼻涕。尹树看到她时，她正好把鼻涕吸上去，滋溜一声，声音很响。尹树还看到，桃子的手上，拿着一根或者两根细细的黑黑的绳子，绳子被她团在手里，看起来很短，长度也就相当于尹树的裤腰带吧。尹树想，桃子也是去分草的么？她手里的绳子是那么的细而短，说不定还烂了，能捆多少草呢？

桃子对她的绳子好像一点也不担心，一猫腰，更快地向打谷场跑去了。

2

打谷场上已经有许多人抢草了，虽然每人五十斤，是定量供应，但大家知道，分不到麦草的人家是年年都有的，因此，人们在草垛四周挤成一团。

尹树父亲把绳子一理，屁股左歪右挤，杀开一条路，冲了上去。尹树看到，硕大的麦草垛就像一块饼屑，四周围着的人就像啃饼屑的蚂蚁。尹树知道自己插不上手，他呆呆地望上几眼，便跑到牛屋门口，看尹老瞎搓绳子。

绳子在尹老瞎的屁股后边一圈一圈地摞着。尹老瞎有一把搓绳子的好手艺。绳子从他手上往屁股后边吐，匀称、光滑、结实，圆滚滚的，就像青梢蛇，就像少女的细腰。每年秋忙结束了，尹老瞎都要被生产队请去搓几天绳子（冬天水利工地上要用很多绳子）。尹树喜欢看尹老瞎搓绳子，也喜欢尹老瞎的绳子。尹树把尹老瞎的绳子摸在手里，心里有一种快乐的感受，觉得那不是绳子，觉得那就是一根蜡树条，硬邦邦的，有筋道。

怎么不去抢草？尹老瞎头也不抬地对尹树说。

尹树嗫嚅了一会儿，说，我想要一根绳子，一小截也行。

尹老瞎两手停下来，喘一口气，说，你要绳子做么？

玩。

瞎，玩，绳子有什么好玩？你想让队长扣我工分啊小狗日的？一边玩去！

尹树鼓着腮帮，用手比划着搓了两下，又搓两下。尹树学着尹老瞎，往手心吐一口唾沫，模拟着搓几下，忍不住说，我也会搓。

尹树知道自己吹牛了，禁不住红了脸。

你也会搓？你还小，没手劲，别瞎忙。

要有劲才行么？尹树望一眼抢草的人。尹树没有望到父亲。

当然。尹老瞎说，不过你父亲不行，他有劲也不会搓。你父亲是个没用处的人。

尹树这是第一次听人说他父亲没用处。尹树不知道尹老瞎为什么说他父亲没用处。尹树只是想，他要做一个有用处的人，等长两岁，就是再过两年，最多三年，一定要会搓绳子，做一个有用的人。

尹老瞎别过光秃的脑门，蛰一眼尹树，说，好吧，我死前，一定教会你搓绳。我还教你搓细麻绳，编蓑衣用的那种。将来，也能帮你媳妇搓纳鞋底的麻线。

听了尹老瞎的话，尹树心里有些激动，但还是不踏实，他不知道尹老瞎哪天才能教他搓绳子。死前是个什么概念呢？死前的日子太长了，尹老瞎要是一百岁不死，要是一千岁不死，他什么时候才能教他？尹树蹲在地上，两只手托住下巴，细长的眼睛眯瞪着，看尹老瞎的绳子从他屁股底下一截一截地吐出来。尹老瞎搓几把，屁股一欠，绳子就往后吐一截。有时候他没看到尹老瞎欠屁股，甚至手上都没有停顿，绳子就从屁眼里吐出来了。

尹树就这么静静地看着。

尹老瞎终于叹口气,说,学什么不好哩,这孩子。

尹老瞎把手里的绳子放下来,捡几根细麻,说,尹树,给你几根细麻,你搓给我看看。

这是尹树第一次搓绳子,他心里忐忑着,既兴奋,又紧张。尹树当然是搓不成像样的绳子了,那两股黄麻,互相像有仇似的,稀松地绞在一起,而且,结头处的麻刺很长,或粗或细,或弯或拐,像一根带着许多枝杈的小树枝。尹树对自己的绳子很不满意,也很心急,心里一油,突然想哭。尹树没有哭出声来,他父亲喊他了。他父亲挑着比他还高的两捆草,喊他回家。他故意听不见他父亲的喊,把头埋进裆里,继续搓绳子。尹树的眼泪流下来,滴在他搓的绳子上。他没想到搓绳子这么难。

打谷场上嘈杂的人声渐渐消失了,那个巨大的草垛也随着消失的人声而无影无踪。这时候,一个女孩嘤嘤的哭声突然响起。尹树抬眼看去,他看到了桃子。

桃子孤独地站在空旷的打谷场上。她的四周是蹦跳的麻雀。她的脚下只有一把麦草,又潮又黑,成了草饼子,严格地说,那都不是麦草了,那是草垛底部的一堆草肥。

桃子的哭声好像还没有开始,就被哇啦哇啦的狗叫声盖了下去。

尹树知道那不是狗叫,那是寡妇张娥的叫声。

寡妇张娥出现在桥头,她顺着桥坡一路奔跑着,齐耳的短发轻飘地抖起来。其实,她跑得很累。她怀里抱着她第三个女儿杏子,她的二女儿梅子被她紧紧地拽在手里,一路连滚带爬地跟着她。

张娥骂着,跑着,梅子几乎被她拎在半空。梅子只比桃子小两岁,而比杏子大五岁。梅子一直想挣脱张娥的手,可张娥把梅子死死地钳着。梅子只能越跑越跟跄了。而杏子的小脑袋也在张娥的胳膊上颠簸着。

尹树听不清张娥在叫什么。她的叫声焦急而歇斯底里,就像哭,就像笑，或者哭也不是笑也不是，就像无数条狗一起乱叫。张娥在快到桃子跟前时，丢掉手上的梅子，又紧跑两步，拾起地上的绳子，劈头盖脸就往桃子的身上抽。

桃子没有跑，绳子抽在她身上时，她跳起来。张娥抽一下，她跳一下。张娥转着圈子抽，桃子就转着圈子跳。张娥一边抽一边骂，你个死没用的！你个死没用的！桃子脚下就像装了弹簧一样，在她的抽打和骂声中，不停地跳动。

突然的，哭声大作了。

哭声让张娥住了手。不过那不是桃子的哭，而是张娥胳膊上的杏子在哭。杏子显然没见过眼前的阵势。只有一岁多的杏子被吓得哇哇大哭。张娥颠着杏子，腾出一只手，从衣服里拎出一只油瓶一样的奶子，草草了事地把奶头塞进杏子的嘴里。杏子并不领情，她吐出黑色的奶头，继续哇哇地哭着，同时，小手还拼命地捞着空气，像什么东西没有得到一样。

队长丁干成从什么地方突然出现了。

丁干成的出现，吓了张娥一跳，连不远处的尹树都感到奇怪，丁干成是从哪里冒出来的呢？他总不会藏在地底下吧？他总不会从天而降吧？

哪有你这样打孩子的！丁干成批评她了。

丁干成肩上扛着一杆大秤，身上还粘有不少草屑。丁干成拿烟袋戳她一下，说，不能这样打孩子，会把孩子打伤的。

我气死了，张娥说，我上药房去给梅子打针，指望桃子来称草，她连一根草都没抢着！

明年补给你。丁干成说，我把这事也忘了。

明年？张娥拿手臂擦一下嘴角的白沫，说，你说得轻巧，明年？今年怎么过？床上一根铺草都没有，杏子的窝篮也没草塞，锅门口更是没一根草屑了！你一马放到明年，我操你一家子丁干成，等到明年，我一家四口早就饿死两对了!

你家过这叫什么日子。丁干成把烟袋往嘴里一塞,气鼓鼓地走了。

张娥扭过头,看着队长矮小的背景,在那片刻,她有些发呆。突然刮来一阵风,卷起地上的草屑。张娥在飞起的草屑里没有站稳。她挪一下步子,大声嚷道,你说我过什么日子?我一个妇道人家,还有三个没断奶的屁丫头,你说我过什么日子!你队长要是没眼瞎,你怎么迟不分草,早不分草,你趁我上药店你分草啊?

丁干成像没听到她的话一样,迈着一双短腿,咚咚咚地赶紧走着,生怕他短了理,让张娥揪住小辫子。张娥果然揪住他小辫子了。张娥丢开桃子,拎起梅子,小跑几步,把梅子也丢了。张娥追上丁干成,说,我等不到明年,你是队长,你要把短我的麦草分给我!

丁干成是个没本事的队长,他知道分出去的草,就像泼出去的水,收不回来了。

二百斤,少一斤都不行!张娥嚷着。

丁干成在前边紧紧地走,张娥在后边紧紧地追。张娥还不知道,她说的话都是废话,丁干成连一句都听不进去,因为生产队的麦草已经分完了,丁干成就是想分,也无能为力了。

张娥扯了丁干成一把,说,你是死人啊,你就不能吭一声!

丁干成站住了。丁干成再次用烟袋戳一下张娥鼓鼓胀胀的油瓶奶子,裂开嘴,露出黄牙,说,再说一遍,明年补给你家。

丁干成和张娥的身影被村头高高矮矮的杂树丛遮住了,张娥喋喋不休的声音也消失了,孤独的桃子这才哭一声。她的一声哭好像还没有开始,就戛然而止,因为她看到打谷场上还有两个人,一个是正在搓绳子的尹老瞎,另一个是也在搓绳子的尹树。桃子咬了咬嘴唇,似乎把哭给咽了下去,然后,弯下腰,提起她脚边的一个草捆,又用脚踢散了另一堆黑色的烂草饼,往尹树这边走来。桃子走得慢,草捆打着她的膝盖,她看上去歪歪扭扭的。

我抢到草了。我绳子短,只抢到这一小捆……一小捆,太小了。我另一根绳子更短。桃子走到尹树和尹老瞎跟前,吸一下鼻涕,说,你们俩搓绳子?

尹树看到她拎着的小草捆,还没有一只枕头大,忍不住想笑。

尹树没有笑,他说,你刚才哭一声,我都听到了,你怎么不哭?

有什么好哭的,我不想哭,你要是不看我,我兴许就哭了。

你怎么不跑?你要是跑,你妈的绳子就抽不到你了。

废话,我当然知道,可我妈打不到我,她会更难受的。

啊?是这样啊,那你不疼吗?

你才不疼了。

我当然不疼,我又没挨打。

哈哈,疼。桃子笑了,她的牙齿是白色的。

我妈要是打我,我就跑。我妈一次也打不到我。

你妈是校长,她也会打人?

我妈打人可疼了,生疼。

尹树不知道这有什么好炫耀的,他觉得,这样说,会减轻桃子的疼痛。

桃子对疼痛显然没有多少感知,也不想纠缠这些话,她看着尹老瞎屁股下的绳子,说,我要是有绳子,我也能抢很多草,我绳子有多长,就能捆多长的草。

尹树觉得尹老瞎不会把绳子割一截给桃子的,因此,他就代表尹老瞎说,这是生产队的绳子,不能给你。

谁要啦?我又没要。

桃子嘴上说不要,她心里还是特别想要。桃子看看她捆草的绳子。这根绳子确实太短了。她本来是抱了好几抱草的,可她的绳子根本捆不住这么多草。她捆不住草,再去抱草时,绳子上的草就被别人抢去了。桃子还是不停地抱草。她抱的草都是为别人抱的。后来她发现了,只好先把草捆起来。她也不知道绳子怎么会这么短，只能捆一个小草把。后来她就抢不到草了，因为草垛越来越小，她根本就挤不上去。

你把草拿回家吧，还能凑顿火。尹老瞎说。尹老瞎是为她好，他怕她那点可怜的草丢了。

尹老瞎抬起眼睛，看着桃子。其实，尹老瞎看不到桃子，尹老瞎天生青光眼，只能看到桃子的影子。

这是麦草，舍不得烧火，要给杏子塞窝篮用。桃子说着，挪挪脚，没有走，她看到尹树屁股下新搓的绳子了。尹树搓的绳子太丑了，被她看得不好意思。尹树把腿并拢起来，不想让她看到丑陋无比的绳子。但是桃子对他这根新搓的绳子特别感兴趣，又绕到他身后看了。尹树的绳子粗粗细细，歪歪扭扭，松松垮垮，不像是一根绳子。尹树只恨自己屁股太小，遮不住绳子。

桃子还是走了。

桃子拎着枕头大小的一个小草捆，走在村街上。小草捆打在她的腿胯上，不时地掉下一根草。

3

尹树也回村了。

风越刮越大，打谷场上的草屑被旋起来。被旋起来的还有尘土，不时地迷人眼睛。尹树在风里走，他看上去是个精瘦的孩子，脑门窄得有些过分，像是下巴长到了头脑上。尹树走到村头的石板桥上，回过头看一眼打谷场上的尹老瞎。

他有那么多绳子。尹树想。

尹树心里念叨着绳子。

尹树的心里盘根错节的全是绳子。

尹树走到村头的老榆树下，老榆树上挂一口钟，那是一块木轮牛车的车瓦，吊在旁出来的树枝上，是用铁丝吊着的。在吊着铁丝的树枝上，尹树意外地发现一根绳子，确切地说，那不过是一根绳头。尹树想起来了，吊着车瓦的，原来不是铁丝，原来就是这根绳子。绳子可能烂了，在被铁丝换下来之后，没有人把它解下来，因此，它一直吊在那里，就像谁随手甩上去似的。现在，绳子进入尹树的视线，仿佛尹树心里的绳子延伸到了树上。看着在风里荡漾的绳子，尹树的心也摇曳起来，并有些激动，这根绳子，比桃子捆草用的那根绳子还长，桃子怎么会没有看到它呢？桃子要是看到了，爬到树上，把它解下来，两根绳子结在一起，就可以捆更多的草了。尹树的心里有一种冲动，他想爬到树上，把它解下来。

你在干嘛？

尹树被吓了一跳。尹树看到桃子什么时候也站到树下了。

你想干嘛？桃子又说。

尹树不想把心里的秘密告诉她，他说，我什么也不干，我看……钟。

桃子盯着锈迹斑斑的车瓦看一眼，说，有什么好看的。

桃子拖着耙子耙草去了。桃子的耙子是竹耙，被烟熏黑了，还少了三根齿，只能是将就着耙草。路上散落着零零星星的麦草，被风旋到了路边。

你搓的绳子呢？桃子歪着脑袋，她又问尹树了。

尹树把手伸进衣服里。不过他没有立即从衣服里拿出绳子，而是说，在这里啊，你要不要？

你搓的绳子那么好，你舍得呀？

居然有人夸他绳子好。尹树不好意思起来。尹树说，有什么舍不得的，我再搓。

尹树从衣服里掏出绳子，送给了桃子。

桃子很开心，放在鼻子上闻闻，又理开来，用胳膊量了量。桃子又笑了，这是她第二次笑，从心底里荡起的笑，太开心了，把眼睛都笑眯了。桃子的眼睛细细长长的，都要伸到鬓角的头发里。桃子仿佛在说，要是再分草，我就有绳子了，我就不会挨打了。

那根绳子你可不能动，桃子仰起脸，看着树枝上飘动的绳子，说，丁二秀就是吊死在这棵树上的，就是这根绳子，丁二秀的脖子就套在这根绳子里，你可不能动它啊，动了你就晦气了。

尹树心里一惊。他也知道丁二秀是吊死的，可他不知道就是这根绳子。尹树为刚才的想法脸红了。他脑子里出现了丁二秀的影子。可丁二秀的模样他却记不得了，他只记得丁二秀有着和桃子一样细长的眼睛。他还记得，丁二秀的死，和小王庄的知青有关，那个姓刘的南京知青，让丁二秀怀孕并且打掉一个孩子。

尹树又看一眼那根断绳，他想告诉桃子，丁二秀的眼睛和她的眼睛很像。尹树到底没敢说，他心里发虚，心里咚咚地跳，转身跑了。

尹树就是从这时候喜欢绳子的。尹树清楚地记得这一年，秋天已经结束，冬天好像还没有到来的时候，尹树特别地喜欢上绳子了。尹树走在村街上。尹树走在放学的路上。尹树在下湖拾草或看露天电影的时候，脑子里都会紧绷一根绳子。尹树不管走在哪里。尹树不管在干什么，他都会看到一根绳子，不管绳子是挂在门旁边的橛子上，还是扯在路边的树上。绳子，成为尹树前眼最先出现的东西。除此而外，尹树还会随便用什么东西搓绳子，几根草，几根蒲，几根烂布条，尹树都能把它搓成绳子。即便是没有东西让他搓，他也要比划着，做着搓的手势。

尹树的行为，引起他母亲的注意。

尹树的母亲汤校长，曾经像抓小偷一样，抓过几次正在搓绳子的尹树。汤校长当然不想让儿子做这些毫无意义的劳动。但是，汤校长的话显然不起作用，尹树照样我行我素。汤校长是个一心扑在事业上的校长，她不可能像别的母亲那样随时把儿子收拢在视线之内。这样，日久天长，尹树搓绳子的技艺大有长进。没过多久，他就能搓一手有模有样的绳子了。

4

四年以后，或者四年半以后，尹树已经是一个瘦高的少年了，他的脸上，出现了第一颗粉刺。粉刺是在暑假开始那天迁居到他脸上的，对这个不速之客，他躲在门后边，照着镜子看了半天。他胆怯地用手碰一下，感觉有点疼，也有点痒。他很想将这个不速之客赶走，为此，整整一天，他心里都有些不安。

现在，暑假已经开始一个星期了，他脸上的粉刺，像雨后的草芽，在他脸的大地上规模化地生长，尹树拿它们毫无办法。

这天，尹树在河里戽鱼。

按说，还不是戽鱼的季节。可他父亲想吃鱼。一大早，他父亲就说，尹树，你今年怎么不戽鱼？

尹树就来戽鱼了。

小河里的水太深了，尹树戽了一会儿，水还一点不见少，他就不想戽了。尹树不想戽的另一个原因，是他看到河水里和河两岸的水关草了。水关草又叫水关，或关子，可以用来织蓑衣，也可以用来搓绳子。尹树决定不戽了，满满的一河清水，就是戽干了，也不见得有鱼。

尹树拿来镰刀，割水关草。

尹树割了许多水关草，整齐地摆在向阳的河滩上。尹树知道，照两个太阳，水关草就晒干了，然后，再在水里浸泡一天，晾干，存放在阴凉处，就可以搓绳子了。他想搓一根很长很长的绳子，这根绳子，可以足够串一张软床。

今天早上，桃子家的软床坏了。桃子家软床的绳网，本来就断了一根筋，一夜过来，居然断了八九十来根，整个绳网塌了一个大洞，不能睡在上面乘凉了。不要说睡一个人，就是桃子、梅子、杏子姐妹三人都睡上去，也会不客气地一起漏下来。

　　桃子对她家软床突然坏得如此严重没有一点思想准备，她在吃惊之余，显然被吓坏了，她怕她母亲张娥赖她弄坏了软床。她拿眼睛看一眼张娥。她只看到张娥的一个背影。张娥正在喂猪，她手里拿着猪食瓢，喽喽喽喽地唤着猪。另一边，杏子正在缠着梅子跟她玩"翻单被"，这种游戏也和绳子有关，一根细长的绳子，分别绕在两只手的手指上，撑出一个造型，叫作"单被"（床单），单被可以变换出不同的造型，一方翻完，变换到另一方手上，另一方翻完，再换回头，可以翻成筷子，可以翻成虾，也可以翻成猪食槽。梅子不想跟杏子玩。梅子长得又高又大，比她大姐桃子还高，看起来，她就是大姐。梅子不想玩，又赖不过杏子，她只好很不情愿地跟杏子玩了。在梅子和杏子旁边，还有几只鸡，不声不响地走来走去。桃子家的早晨很平静，看上去没有一点异常的迹象。桃子突然想起来，软床昨天晚上不是放在这里的。软床昨天晚上是放在过道里的，对，是在过道里，她到屋里睡觉时，看到张娥和杏子还躺在软床上。张娥摇着芭蕉扇，给杏子讲"公也常"的故事。现在，软床已经在大门口的枣树下了，那么，就是说，张娥一大清早就发现软床坏了，是她把软床从过道搬到枣树下的。张娥发现软床坏了而没有发脾气，肯定不是别人弄坏了软床，肯定是她自己。张娥经常自己弄坏东西。她自己弄坏东西，她就不声不响了。如果是别人，比如桃子，或者梅子，她都要大吼一通，甚至把她们狠揍一顿。可她自己弄坏了东西，为什么就相安无事呢？桃子心里的火苗噌噌就上来了。桃子看着坏了一个大洞的软床，学着张娥的口气哇啦一声，然后嚷道，谁呀，谁弄坏了软床！

　　梅子和杏子跑过来了，她们看着软床的大洞，看着断了的一根根绳头，脸都吓白了。

　　梅子说，不是我。

　　杏子说，不是我。

那是谁呀，谁呀？谁呀？桃子的声音尖厉而刺耳，一声比一声高。

喂猪的张娥转过头来，她面色赤红地看一眼桃子，又慌张地扭回去了。

张娥怪异的眼神和慌张的样子没有逃过桃子的眼睛。桃子已经是个很有心机的女孩子了，她天生的一双狐狸眼，越来越媚，越来越好看了，如果她走在村街上，许多男人的眼睛都会跟着她走，看着她的小蛮腰，有些老婆婆会吃惊地问，这是谁家的闺女？是的，桃子确实变了，她越来越像她年轻时的母亲了，就连说话的口气和容易动怒的脾气，也和张娥十分地相像。此时，桃子看着母亲肥硕的腰肢和宽大的屁股，感觉软床就是让她睡断的。桃子的这个念头一经冒出，心里就咯噔一声，像是有东西断裂一样——她想起夜里刮起的一阵风，一阵呼呼的风。桃子竖起耳朵听，呼呼的风声又消失了，听不见了。夜里异常的燥热，桃子翻着身，睡不着，扇子也摇不动，煽两下就累了。桃子又累又困，隐隐的呼呼的风声时断时续地传来。

想起夜里呼呼的风声，桃子心里突然开了窍，脸上火突突的。那不是风声，那是把软床弄断时发出的声音。

桃子觉得，她们家发生了不好的事情，这不好的事情和软床有关，和软床的网绳断了有关。桃子有点不好意思，有点难为情，她憎恶地看一眼母亲的大屁股。

张娥从猪圈那里走过来了，她手里拿着猪食瓢，用猪食瓢戳一下软床的网绳，无所谓地说，断就断了，反正也要断了。

桃子白她一眼，嘟囔道，说得轻巧，拿什么乘凉。

张娥没有再理桃子，她从桃子的身边走过去了。

尹树把这一切看在眼里。

尹树原来很害怕，很担心，担心桃子和她母亲争吵起来。尹树站在他家的矮墙边，看着桃子家关于软床的风波，没想到一场似乎是很激烈的风波，居然悄悄停息了。尹树松一口气，他开始更多地把目光盯在那张软床上。软床的确已经坏得不像样子了，一点利用的价值都没有了。漫长的夏天才刚刚开始，没有软床，一个夏天该怎么过呢？家家都是有一张软床。软床似乎是女人的专用品，因为男人们是无所谓的，男人们可以扔一张席，在树下乘凉，可以爬到猪圈顶上，光着背睡在石板上。而女人们都是睡软床的。张娥家全是女人，她家最应该有一张软床。可她家唯一的软床居然坏了，说坏就坏了。

  站在矮墙边的尹树，本来是不想让桃子看到的。尹树家虽然和桃子家是一墙之隔的邻居，但两家来往并不多，尹树的母亲是村小学校的校长，尹树的父亲是校工，虽然在生产队记工分，吃生产队里的平均口粮，但并不在生产队里干活。这样的人家，虽然同住在一个村子里，和真正的村民是有隔膜的。不过，尹树和桃子还是有些话说，比如，桃子要是挑水去了，尹树也会去挑水，在井台上，尹树说，挑水呀桃子？桃子说，嗯哩，挑水，你也挑水呀？尹树说，嗯哩，我也挑水。桃子要是去撵鸡，尹树家门口的鸡也总是碍事，尹树也要把鸡撵走。桃子要是去割猪菜，尹树也要去割猪菜，虽然他家没有猪。但是，尹树偷偷地站在矮墙边，偷偷看桃子家的事，总之是不好。既然桃子看到尹树了，尹树就双手一撑，坐到他家矮墙上。尹树晃着腿，说，我给你搓一根绳子，把软床编好。

  尹树本来是好心，说好话，可桃子并不领情，她狠狠地挖一眼尹树，说，不要你管！

  尹树知道他的偷看惹麻烦了，桃子生他的气了。桃子生起气来，是谁也不理的。

  桃子又挖他一眼。

  尹树以为桃子会骂他，至少也扭身回屋里不理他。可桃子并没有骂他，也没有扭身回屋里，而是向尹树家的矮墙走来。尹树心里又收缩一下，不知道桃子是不是要来揍他。桃子很凶，尹树又不是没有领教过。就在不久前，桃子在过道里洗澡。桃子把过道门紧紧关着，过道里的抄水声从门缝挤出来,有些神秘。尹树不知道桃子在洗澡。尹树没有看到桃子,就在桃子家的门口东张西望。桃子洗完澡,放开过道门,出来泼水。桃子的头发湿漉漉的,胸前和胸后的圆领小衫上各湿了一块。桃子累累巴巴地端着大木盆,把水泼在枣树下。黄昏暗紫色的阳光洒下来,温柔而和谐,桃子就在这样的阳光里,双手捧水,这里泼一点,那里泼一点,水泼在地上腾起一点点烟。桃子脸上很干净,圆领小衫松松垮垮的,里面的小乳房似见非见。尹树看着,心里发紧,嗓子发麻,忍不住咳嗽一声。桃子捧水的手抖一下——她看到尹树了,尹树就在那丛平条花的后边,露出半张脸。桃子的脸就像晚霞一样红,她直起腰,看看四周没人,在喉咙里发着狠道,你要死啊!你吓死我了!桃子两步蹿过来,两手并用,连抓带挠地冲向尹树,尹树毫无防备,肩膀上胳膊上就被她挠上一道道白的、红的印痕了。

现在,桃子又向他走来了。他从矮墙上跳下来,结结巴巴地说,我,我什么都没……没看到。

尹树觉得不对,又赶紧补充道,我看到你家软床了,你家软床不能用了,我……我会搓绳子……你知道的,我搓一根绳子,把你家软床修好,你就能在过道里乘凉了。过道里的穿堂风很凉快。

桃子紧紧地抿着嘴,眼睛看着自己的脚尖,半天才说,你少管!

桃子走了以后,尹树又坐到墙头上。尹树的两只脚,耷拉着,晃来晃去的。尹树有心事了。尹树不时地瞟一眼另一个院子。那是桃子家的院子。桃子家的院子结构合理,前边有三间过道,后边有三间堂屋,还有三间厢房。平时里,桃子家的过道都是关着的。桃子家院子里的事情,没有人知道。只有梅子和杏子打架了,叽哩哇啦的声音才会传出来。杏子比她两个姐姐还能闹。不过,梅子可不像桃子那样,让着这个小妹妹。梅子通常都要把杏子打哭。院子里,只听到杏子的哭闹声,而听不到梅子的半点声音。就是桃子和梅子闹别扭也是这样,总能听到桃子的声音,而梅子始终一声不吭。尹树对于院子里的一窝女孩深感好奇，他经常伸头张望，经常地想入非非，心里会突然地迷惘，突然像猫抓一样地慌乱。

尹树的父亲从外面回来了。尹树的父亲不住在家里。尹树的父亲住在学校里。放暑假了，学校里只住着尹树的父亲一个人。假期里，尹树的父亲都要在学校里看门。这是一项讨巧的工作，所谓看门，不过就是把身体睡在学校的某间教室里。

尹树的父亲看到无所事事的尹树，大声说，尹树，你没事不要到墙头上坐着。

尹树对父亲的话，已经不像从前那样言听计从了，他甚至敢顶撞这个身材高大的木纳而腼腆的男人了。尹树学着他母亲的样子，看都不看他父亲，说，你少管我！

尹树的父亲是个要面子的人，对尹树的不懂礼貌，他不想呵斥他，不想让邻居们看他家笑话。尹树的父亲说，墙头上不是个好地方，你老蹲在这上面，有什么好玩的？你没事去捉知了，再不就去戽鱼，对了，你去戽鱼，我都好久没吃鱼了，河里有那么多水，有水就有鱼，你去戽鱼吧。

尹树不想去戽鱼，可他怕自己的心思被父亲看出来。尹树就从墙头上跳下来，端着盆，端着筐，下湖了。

你知道，尹树并没有戽鱼，她割许多水关草。水关草是搓绳子的好材料，它虽然比不上苘和麻，但是比菖蒲强多了。

5

三天后，黄昏时分，尹树把水关草捆成一个小捆，抱来家了。

尹树一到家里，就听到母亲在屋里说话。

尹树的母亲汤校长，是个能干的校长，暑假开始后，她就到县里的校长学习班进修去了，时间是半个月，中间休息两天。

尹树知道母亲回来了,很高兴。但是,母亲把门紧紧地关着,说话的声音压在喉咙里。母亲跟谁说话呢?为什么要关紧了门?

尹树把水关草放下来,悄悄地趴到门缝上。尹树看到,母亲在跟父亲说话。

让尹树感到惊奇的是,父亲跪在当门地上,直直的。在他面前,站着矮小、瘦弱的汤校长。汤校长手里拿一只布鞋,她面色苍白,嘴唇发青,手还微微地颤抖。尹树看到,母亲说一句什么,父亲就点一下头。母亲对父亲点头似乎很不满意,她用鞋底在父亲的脸上狠狠地抽一下,父亲的头就歪过去了,母亲又抽一下,把他的头又正过来。父亲的脸已经肿起来了,高大而威猛的父亲有些支持不住,把脑袋耷拉了下来。母亲说,抬起头来!父亲乖乖地抬起了头。母亲接着说,我可以再原谅你一次。父亲说,我一定不了。父亲的声音几乎听不出来。母亲的鞋底又抽上去了,啪,清脆而嘹亮。母亲说,这是你保证的。父亲说,是,我保证。母亲再抽一鞋底,说,事不过三。父亲说,事不过三。母亲的鞋底抽在父亲的脸上,就像抽在一扇挂着的猪肉上,而父亲的感觉,仿佛那鞋底和自己无关似的,就像抽在别人的脸上。母亲没有摆休,她用鞋底往里间一指,说,走,上床!父亲从地上爬起来,把母亲放倒在胳膊弯里,托着母亲的屁股,把母亲抱进了里间。片刻之后,屋里响起杂沓的纷乱的声音。再之后,又响起鞋底和皮肉碰撞的噼叭声。噼叭声中,是母亲连哭带叫的声音,你本事呢……你对我怎么就没本事……

尹树没有惊动父亲和母亲。

尹树已经大了,知道一些事了。

尹树从自家的门口走到桃子家门口。尹树的脚步很沉,心也往下沉,他不知道父亲为什么那么软弱,同时他又很佩服父亲,他那么吃打。尹树不知道,那鞋底要抽在自己脸上,能一动不动吗?还有母亲,平时那么的斯文,那么的温文尔雅,却透着那样的狠。她和张娥的脾气完全不同,张娥声音大动静大,可张娥下手似乎很有分寸。也许张娥只是打她的孩子们吧。张娥没有男人，她男人几年前就死了，是被雷劈死的。张娥打过男人吗？尹树能记得的，都是张娥被男人打得鬼哭狼嚎的样子。

尹树看着桃子家的软床。桃子家的软床靠在枣树上，只剩下床框了，断裂的绳子不知拆到哪里了。尹树心里尺量着，这要多少绳子啊。尹树不怕搓绳子，搓多少他都不怕，他只是不知道，编织软床的绳子究竟需要多长。

丁干成站到尹树身后了。丁干成已经不当队长了。前年，土地开始一家一户承包，不需要队长了。不当队长的丁干成，在家种烟叶子卖。

嘿，嘿嘿，嘿……丁干成干笑着，他嘴里含着烟袋，咬字不清地说，尹树你看什么呢？

尹树对丁干成的笑很反感，他的笑怎么听都不像笑，都像是一种嘲弄。尹树看看比自己要矮半个头的丁干成，不知道他是从哪里冒出来的。丁干成给人的感觉就是这样，突然会出现在某个地方，他仿佛有隐身的法术一样，或者他就是传说中的"土地佬"，能在地下行走如飞。

嘿嘿嘿嘿……丁干成继续笑着，他把烟袋在软床框上磕磕，说，看懂什么啦？

丁干成撂下一句话，脸上藏着奸滑的样子，走了。

尹树也走了。尹树不知道丁干成的话是什么意思，一张软床，有什么看不懂呢？

尹树觉得丁干成越来越讨厌了。

尹树并不想跟着丁干成，可丁干成一直都在他眼前。尹树换一个方向，毫无目的地继续晃着肩膀。奇怪的是，丁干成也改变方向，像影子一样走在他前边。他就像尹树的瞄准器。尹树摆脱不了他，便向尹老瞎家拐去。

尹老瞎住在一间丁头舍里，两年前，他的手变成了鸡爪手，不能搓绳子了。尹老瞎搓一手多么漂亮的绳子啊，可惜他不能搓了。不能搓绳子的尹老瞎，腿也不行了，不能走路了，他天天卧在床上，跟老伴拌嘴吵架。幸亏他嘴还没坏，还能用吵架来取乐。

尹老瞎感到屋里暗一下，他问，谁在门口？

尹树说，二老爹，我是尹树。

是汤校长家好孩子尹树。二老奶也说，尹树你进来，小要饭才把门站，要吃干饭我不干，给你一个大鸡蛋。

二老奶是个乐观的老太太，她说话像唱歌一样好听。

尹树你来啦？你二老爹不行了，不能搓绳子了，你看看你二老爹这手，你看看，你看看。尹老瞎把一双手举在眼前，我这哪里是手啊！

尹树看到，他的手比鸡爪子还难看，又黑又瘦，每根手指就像干树枝，歪歪扭扭，不在一个方向上。尹树真不能想像，这双手，曾经搓过那么多绳子。尹老瞎搓的绳子，在附近村庄是那么的有名气。尹树说，二老爹，四股绳子我就是搓不好。

我不能搓绳子了。尹老瞎说。

尹树问你四股绳子怎么搓？二老奶说，你告诉孩子，四股绳……

你嚷什么，我耳朵也没聋，四股绳就是结实……你要搓四股绳？尹老瞎歪歪头，说，四股绳有两种搓法，一种是先搓一根三股绳子，搓完后再续一股。还有一种搓法……已经没有人会搓了，可惜了，我操他妈妈的……

尹树让你教他，你跟尹树说说。二老奶坐到尹老瞎的身边，说，尹树喜欢搓绳子，跟你小时候一样。

干什么不好，搓那玩意。尹老瞎叹着气，说，我连上吊绳子都没有了，尹树，你对二老爹好，你送根绳子给二老爹，让二老爹好上吊，二老爹我不想活了，连根上吊绳子都不能搓，活着没意思。你二老奶对我不好，老东西把绳子都藏起来，她想活活憋死我，要是有根绳子，往脖子里一套，多利索……享福啊我日你二老奶奶！

二老奶对尹老瞎的言不达意无可奈何，她对尹树说，老东西不认真了,一嘴胡话。我再帮你说说看,老不死的,尹树好孩子是来学搓绳子的,你教教他搓三股绳。

四股绳。尹老瞎说。

老不死一点也不糊涂,二老奶说,你不是想用绳子上吊吗?哪天我拔根鸟毛给你。可你现在不能死,现在你得教教尹树搓四股绳。

我不是正在教嘛,你看我这手。

尹老瞎的手指乱七八糟的,举在脸前,一动也不动,可他却说,看看,看到了吧,就是这样,就是这样……

折腾了半天,尹树什么都没有学到。

二老奶柱着棍,把尹树送到门口,替尹老瞎说情道,你二老爹不是不想教,他是个要死的人了。

尹树说,我会了,二老爹已经教我了。

二老奶说,到底是校长家的儿子,就是聪明。

6

尹树想搓四股绳子。四股绳子结实。要是用四股绳子编软床,能用好多年。尹树不会搓四股绳子。尹老瞎手坏了,腿坏了,脑子也差不多坏了,不能教他了,那就搓三股绳子吧。

尹树开始在门口搓绳子了。

汤校长明天就要回县里了,她参加的校长进修班,还有一个星期才结束。

汤校长在门口收衣服。汤校长面色清秀,模样俊俏,说话也是慢声细语、和和气气的,在村里很有人缘。汤校长在收衣服的时候,跟丁干成说话,他们隔着晾衣绳,已经说了好一会儿了,最后,汤校长小声说,这事,你多帮我留心点,捉奸捉双,我会好好感谢你。

丁干成是笑笑哈哈地离开的。

丁干成走后，汤校长走到尹树身边，说，尹树，我和干成说的话，叫你听到了吧？

谁爱听？尹树头都不抬。

汤校长眉头皱一皱，她对这个不争气的儿子毫无办法，有事没事的，搓什么绳子呢？汤校长一心想让儿子好好读书，可这个独生子对学习一点兴趣也没有，不但成绩一塌糊涂，课外书也一本不看。汤校长给尹树不知买了多少本课外书，从中国古典名著，到外国经典小说，从少儿读物，到成人杂志，家里已经塞了好几箱了，尹树一眼都不瞄，汤校长苦口婆心地说过，也恨铁不成钢地骂过，尹树就像一个木头人，一句也听不进去。

汤校长在尹树的身边蹲下来，她憋了好久的怒气，还是忍了忍，没有发作，反而心平气和地说，尹树啊，搓这么多啦？搓这绳子，有用啊？

有用。

干什么用啊，跟妈说说。

不干什么用。

尹树这是软抵抗。汤校长学过教育心理学，知道儿子这种心态，这种逆反心理惹不得，越惹越厉害，需要适时引导。现在显然不是引导的最佳时候。再说，自己也被烦心事纠缠得心力交瘁。因此，汤校长便拍拍尹树的肩，说，好好搓，儿子越来越会搓绳子了，儿子的绳子越搓越好了，将来能做绳网厂的厂长，也不错。

母亲夸奖的口气，让尹树想起她拿着鞋底抽父亲时的场景。尹树担心，母亲柔声的夸奖，会不会紧跟着就是一顿毒打呢？尹树有一种芒刺在背的感觉，他搓绳子的手抖动一下。好在，母亲的心，并没有用在尹树身上。

第二天一早，汤校长又骑着她那辆大桥牌二六式女车回县城了。

尹树搓了两天绳子。现在，尹树也终于有机会把心里话跟桃子说说了,他说他搓的绳子,是给她家编软床用的。让尹树深感奇怪的是,桃子不许他说软床的事。而且,她强调,她家的软床,再也不编了。尹树纳闷地问她,为什么呀,有软床多好啊,乘凉多方便啊。

桃子在她家枣树下,远远地跟尹树说,让你别说你还说!

尹树突然觉得,他搓的绳子派不上用场了。他搓的绳子,专门为编软床搓的,有小拇指那么粗,均匀、光滑。如果桃子家的软床不编了,他搓绳子还有什么用处?尹树的心里非常失落。尹树看桃子一眼。桃子穿一件好看的桃红色衬衫,蓝裤子,方口鞋,正是黄昏时分,树的影子拉得很长。桃子就坐在树影里,一针一针地纳鞋底。

你都搓了两天了。桃子也望一眼尹树,她是笑笑着望过来的。

那我还搓么?

我怎么知道,我也没叫你搓,你要不搓就不搓呗。桃子说,你看看,看看我纳的鞋底。

尹树站起来,走到桃子身边。桃子把纳了一半的鞋底举给尹树看。尹树只看到针脚很细密,别的没看出什么。

你看这麻线,桃子说,是我搓的。

尹树知道了,桃子是让他看她搓的麻线的。纳鞋底用的细麻绳,又叫麻线,和别的绳子搓法不一样。纳鞋底的麻绳很细,靠两只手是没法搓的,必须放在腿上搓。尹树拿手捱一下,说,唔,你搓的?不错。

桃子说,什么不错呀,一点也不匀,难看死了,你看你,都搓两天了,你搓那一堆绳子有什么用?你要是帮我搓麻线,还能纳纳鞋底,还能做鞋子。

尹树想,是啊,如果不编软床,那堆绳子的确没有什么用处。

然而,让尹树万万没有想到的是,他搓的绳子竟是为他父亲准备的。他父亲吊死在猪圈里了。

就在这天夜里,毫无预兆的,汤校长回家了。谁都知道,汤校长是在县里进修的,她在半夜时分突然回到家里,肯定会让许多人感到吃惊，但尹树并不吃惊。尹树只感到母亲回来了。尹树在睡意朦胧中，听母亲说，尹树，你还没醒啊？没醒你就好好睡吧，我还有几天，该死的进修才结束，该死的进修……妈回来拿点衣服。妈这就走了。尹树，妈走了……妈有话跟你说，你要睡就睡吧……你爸不是人尹树，他不是人，他是叛徒，他尽做坏事，是坏人，他是活腻了，他要是去死，你千万不要拦他，他早死早好……

尹树还是睡着了，迷迷糊糊中，尹树听到推动自行车的声音。

再接着，尹树感觉父亲又回来了。

父亲摇醒了尹树，说，你妈呢？

尹树这回真的醒了。尹树坐起来，说，走了。

尹树的父亲愣一会神，让尹树睡下，说，她没说什么？

没……

你妈没说什么？

说了，妈说你是叛徒，做坏事，是坏人，妈让你去死。爸你不死是吧？

不死……

尹树的父亲还帮尹树打两下扇子。尹树的父亲还摸摸尹树的肩，摸摸尹树的勒巴骨。尹树感到父亲的手凉沁沁的，很冷。尹树的父亲说，尹树你看你瘦的。

尹树觉得父亲有些黏乎，他翻了个身，又睡了。

尹树的父亲又在尹树的床头坐一会儿，他抱着头，就这么坐着，突然说，尹树，你睡吧，我还要到学校里看门。

其实，尹树的父亲并没有到学校看门。尹树的父亲把尹树搓的绳子，从床底拖出来，剪了一截，出门了。尹树的父亲没有走远，他走到自家废弃的猪圈边，站到猪圈墙上，把绳子系在旁伸过来的树枝上，仔细地做了个结，把头伸进了绳套里，双脚一点，重心离开了墙头，人就挂起来了。

7

　　这年秋天，尹树用水关草搓的绳子，被汤校长送给了丁干成。

　　尹树已经忘了那堆绳子了。尹树在放学的路上，偷丁干成家烟叶。丁干成把烟叶编在绳子上，拉在门口的两棵树中间。丁干成编烟叶的绳子，就是尹树搓的，尹树还不知道，那是汤校长"感谢"丁干成的"礼物"。

　　尹树已经学会抽烟了。

　　尹树的班主任宋老师拉着尹树跟汤校长告状，说不得了了，你家尹树抽这么长一根大烟。宋老师用两只手比划一下。在她的比划下，那根烟有一米多长。宋老师显然是夸张了。但那支烟也的确不短，没有一米长，也有一尺长，尹树是用毛笔做模具，卷成一个喇叭形的纸筒，把烟丝灌进纸筒里的。尹树正是抽着这根被宋老师称作大烟的烟时，被抓了个现行。

　　汤校长当着许多老师的面，批评了尹树。本来，汤校长只是想说说尹树，说说抽烟的害处，但是，话撵话的，说到了尹树的父亲。汤校长说，我们家没有人抽烟，你爸也不抽烟。你爸一辈子，一口烟都没抽过……汤校长就是说到这里时，说不下去了。汤校长想到了丈夫的死。汤校长鼻子一酸，眼泪汪在眼里了。

　　尹树衣服上的口袋，还有书包，被翻了个底朝天。尹树的烟丝叫汤校长没收了。

　　尹树不怕没有烟抽，他还可以到丁干成家门口去偷。

　　丁干成种的烟叶又肥又大，他对尹树偷他烟叶心知肚明。尹树到他家偷烟叶也理直气壮。因为尹树看出来，丁干成害怕汤校长，有愧于汤校长。还是在尹树的父亲死后不久，有那么几次，丁干成到汤校长家去，汤校长都不理他。汤校长甚至还骂了他一回。后来，丁干成跟汤校长要绳子，汤校长触景生情，哭了。那一次，汤校长哭得很伤心，就是在丈夫的丧事上，她也没有那样哭过。汤校长哭过之后，找出那堆绳子，扔给了丁干成，说，拿去，这是我送给你的礼物了，你还要让我怎么感谢你？滚走吧你，不要让我再见到你！

放学的路上，尹树追上了桃子。桃子已经不背书包了，她把几本书夹在腋下，很像一个有成就的学生。其实，她成绩和尹树一样，一塌糊涂，连二元一次方程都不会解。

尹树在离桃子三步远的地方，停止了追赶，和桃子保持相对匀速的速度。尹树看着桃子在他前边走路的样子，很像一只小兔子。尹树不知道怎么会有这一种念头，桃子家养了一窝兔子，小兔子会从院子里跑出来，杏子追小兔子的时候，小兔子不急不躁，好像没有人在它后边追。在杏子就要抱到小白兔的时候，它从容地又蹿一步。尹树在心里说，小兔子小兔子。尹树看到他的小兔子穿一双洗白了的解放鞋。解放鞋原来是黄的，要费多少心思才能把它洗白啊。桃子的小白鞋走在路上踏踏的，踏踏的，声音很好听。桃子身上还飘着雪花膏的香味。桃子的衣服紧紧地绷在身上，绷得屁股圆圆的。桃子的小辫子，在肩膀上不安地甩来甩去。所有这些都让尹树感到紧张，感到喘不过气来，感到心里揣着一只小兔子。尹树张开嘴，哎了一声。尹树是喊桃子的。可尹树的喊声没有发出实在的声音。他的喊声，只不过是一声气流。就是这声气流，居然让桃子感觉到了。桃子往路旁挪一步，侧着身，说，我看到宋老师把你揪到办公室了。桃子的目光让尹树晕了一下。桃子的目光扫过来，把庄稼、树木都切断了。桃子的目光太有杀伤力了，尹树越来越怕她的目光了。桃子还想说什么。但桃子没说，她把手里的一个纸包，朝尹树的胸前一送，说，给你的。

桃子跑了。桃子在尹树接过纸包后，突然跑了。

尹树打开纸包，里面竟是两根金黄色的烟叶。

桃子送给尹树两根烟叶。这让尹树不知所措，一方面，他感觉到两根烟叶的温暖，这是桃子专门为他偷的呀。另一方面，母亲泪水涟涟的目光，又在她眼前晃动起来。

尹树的母亲汤校长一心扑在工作上，连做饭的工夫都没有了。学校有小食堂，汤校长都在学校吃。自从丈夫死后，她更是以学校为家了。她也让尹树在学校吃。可尹树不在学校吃，他喜欢拗着母亲。汤校长对尹树的固执毫无办法，她只好每天早上在锅里做了一锅饭，中午让尹树回来自己热一下。

尹树在锅屋热饭的时候，感到窗口有人影一闪。尹树以为是桃子，跑出去看看。

尹树没有看到桃子，他看到了丁干成。丁干成鬼鬼祟祟的，伸着头从门缝里向张娥家过道里望。丁干成的姿势很下流，他把屁股撅得很高，恨不得把头捏扁了钻进去。尹树真想上去踢他一脚。尹树没有去踢他，张娥家那只大红公鸡看他不顺眼，抖着翎，从枣树下斜冲过去，啄他的屁股了。丁干成差点被啄一个屁后坐，他在转身吆喝大红公鸡的时候，看到了尹树。丁干成撵跑了公鸡，朝尹树咧嘴一笑，对着张娥家的过道门嚷道，张娥，张娥。

张娥家的过道门放开了，出来的不是张娥，也不是别的什么人，就连她家养的一窝兔子，也没有一只跑出来。跑出来的，是一盆水，哗，一盆水，劈头盖脸正好泼到丁干成的身上，水里还有几根米粒和菜叶子，挂在丁干成的身上，花花绿绿的。

丁干成身上淋着刷锅水，说，张娥，你泼我干什么，我有事找你。

张娥这才走出来。张娥手里拎着红瓦盆，说，我家有什么事让你找？你找错门了，寡妇门前多事非，你不知道啊？

丁干成嘿地笑一声，说，我也不是来闹事非的——那是以前的事了，不过，尹……他都上吊死了……你就不记得以前……我一点点好处？我们……以前多好啊，都是他……他活该，他气（妻）管炎（严），没本事吃腥……不过……不过你别生气，我今天不是来说这个话的，我来下什么的？你看我这记性，来来来干什么的？操，说忘就忘了……

张娥冷笑笑，说，说瞎话了吧？你以为不报应啊？你干得好事，通风报信……你是惹事不怕事大……人都死了，唉……我也真想死了算了。

你死什么呀，还有我……

你？你算一坏屎啊？你将来连上吊的绳子都没有！张娥说。

我哪里知道他会上吊啊，我哪里知道做校长的会那么毒啊，是她逼死她男人的。她男人不过和你睡觉，多大罪呀？怎么说也不够一死啊？不过我跟校长一样，也不能看你跟别的男人睡……我还是想跟你睡……

丁干成有点死皮赖脸地往前凑一步，伸出手臂，想捞她一下。

张娥把手里的盆一举，说，打住，舌头嚼完了吧？没话了吧？没话赶紧走。

张娥退回去，咣当一声，把门关上了。

丁干成勾着脑袋，在地上转一圈，自言自语地说，我一肚子的理，到她家门口就忘了，这个狐狸精，施了什么法术。

丁干成怕自己孬样子被尹树看到了。丁干成拿眼睛去找尹树时，早就没了尹树的踪影。

尹树跑到哪里了？尹树爬到树上了。尹树嗖嗖蹿到他家门口的榆树上。尹树看到，丁干成心有不甘地离开了张娥家的门口，那只大红公鸡，跟着他又追去了。丁干成边跑边骂道，什么人家养什么鸟，连只鸡都跟别人家不一样，我操！

丁干成跑去不远，一拍脑门，哇呀一声，想起来了。丁干成一个急刹车，转回去，啪啪拍响张娥家过道门，大声嚷道，喂，喂，开门，我想起来了，你家桃子和梅子，偷我烟叶……你家女儿也不吃烟，她们偷烟叶做么？开开门……

张娥家一点动静都没有。

丁干成喊了一会儿，自觉没趣，嘟嘟囔囔地走了。

丁干成刚走，张娥家就像翻了锅一样地吵起来，声音都是张娥的，张娥的声音忽高忽低，忽粗忽细，叽哩哇啦，不明就里的人，还以为好几个人在吵架，实则就是张娥的独角戏。吵声中，还伴随着摔摔打打的声音。

桃子又挨打了，树上的尹树想，桃子偷了烟叶，还伙梅子一起偷，这都是丁干成告状引起的。丁干成真是个祸害！尹树仔细辨别着声音，啾，啪，咔，吱，嘭，咣，咯，嚓，声音很怪，尹树辨不清张娥使用了什么工具，是推磨棍，还是绳子，还是鞋底，还是树条，亦或是菜刀？反正张娥手里是不缺这些凶器的，什么东西到她手里，都可以变成可手的凶器。尹树辨不清凶器，也辨不清这些凶器打在桃子的什么地方。桃子的大腿上，屁股上，肚子上，头上，不管打在桃子的什么地方，桃子都能挨得住打，桃子从小就经常挨打，习惯了。

张娥家的过道门哗啦放开来了，桃子像泼水一样冲出来。桃子的手里拿着几本书，脚下带着劲，几乎是跑着，往学校方向去了。由于只是一闪而过，尹树没有看清桃子身上受伤没有，这让他心里特别的发堵。

尹树从树上滑下来，他决定逃学。

尹树找出一把剪刀，他要把丁干成家拉烟叶的绳子绞断，让烟叶散落一地。

但是，一个下午，尹树都无法下手。丁干成就像知道尹树要对他的烟叶下手似的，一直在门口转大魂，他一会儿理理绳子上的烟叶，一会端出两个柳匾，倒腾柳匾里的小乱烟。尹树要是下不了手，他一个下午的逃学就白逃了，他就无法替桃子报仇了。尹树心里真是急啊，他一会儿爬到树上望望，他望到的，都是该死的丁干成。他一会儿从张娥家门口跑过，跑到丁干成家的笆帐边，伸出脑袋望望，望到的，还是丁干成。有一次，他终于望不到丁干成了，可他的哑巴老婆，又在门口代替了他。

当尹树再一次从张娥家门口跑过时，被过道里的张娥喊住了，张娥说，尹树，你从我家门口跑好几趟了，你跑来跑去，干什么呀？疯跑，也不去上学，汤校长能不批评你？

尹树惊讶地看到，张娥的头了扎了一圈，像电影里受伤的女交通员，眼角还有两道划痕，划痕里渗出的血珠珠都干结了。张娥的胳膊，甚至也用一根绳子吊起来，这是一根花花绿绿的绳子，各种颜色的布条和乱苘混合在一起搓的，实际上这不是绳子，是张娥的裤腰带。张娥的身上多处受伤，这让尹树从内心里高兴。

看什么啊？受伤了你也没看过？

尹树说，你这是……

张娥说，十年河东十年河西，我败给梅子了，梅子敢反击了，她比她姐厉害，她姐从来不敢还手。梅子，哈，这个二丫头，终于长大了，敢打我了，我也……唉，放心了。

张娥的对手不是桃子，是梅子。尹树松一口气，脸上出现了笑容。

你笑什么尹树？尹树我告诉你一句话，你将来要是讨老婆，千万别找梅子，这丫头太凶了，我被她三下两下就治服了。你别看梅子平时不说话，一棍都砸不出半个屁来，可她下手真重，真敢下手，你瞧我，这伤，这伤，说出来没人信，竟是梅子打的！尹树呀，你要是找老婆，就找桃子……这样的，桃子的脾气越来越好了。

尹树没想到张娥会说这种话，他羞死了，脸上直冒火星。尹树说，你打不过梅子？我还以为你跟桃子打架了呢？

尹树红着脸，离开张娥家门口。尹树脑子里糊里糊涂，一时不知要干什么。

这年的秋天，尹树人大心也大了。

8

这年的秋天还发生了许多事情，尹树有的记得，有的记不得了。尹树只知道他逃学的频率越来越高，母亲对他越来越失望了。

这年秋天,还发生一件大事——对儿子失望的汤校长,终于调走了。

汤校长调到三十几里外的一所中学当校长了。

尹树家,只有尹树一个人了。

翻过年,又过几个月,尹树初中毕业了。

和他一起毕业的,还有桃子。

尹树成了一个小大人了,成了一个人的一家之主。在夏天到来的时候,尹树做的重要一件事,就是搓了一根绳子,编了一张软床。这是尹树家的软床。夏天里,尹树经常拖着软床,到门口去乘凉。

9

桃子坐在过道里搓麻线。搓纳鞋底的细麻线,和搓别的绳子是不一样的,搓别的绳子是把绳子坐在屁股底下,两只手搓,搓纳鞋底的细麻线,必须借助腿。桃子的腿丰满、结实,又白又嫩。她坐着的姿势很好看,一条腿撇着,又开来,另一条腿弓在胸下,细麻线就是在这条腿的小腿上搓的。她左手捏着线头,右手一踏。那一踏,是要有技巧的,劲要稳,不能急,不能快,不能慢,劲道要掌握得恰到好处。桃子认真地搓着麻线,完全没有注意一双眼睛在偷看她。桃子是在续麻的时候,一抬眼,看到那双眼睛的。

丁干成的胆子很大,他直视着桃子的眼睛,笑一声,现出了全身,站在过道门上,嘻嘻两声,说,我找张娥。

不在家。桃子说,其实桃子并不想理他。可桃子已经不是两年前的桃子了。桃子变得文静了,光洁了,水灵了,懂得礼貌了,内心里,也能存得下事了。女大十八变,可能就是说桃子的。桃子不温不火地说完,继续搓着麻线。

我知道……不在家,是啊,不在家……我来借根绳子。丁干成说,他的眼睛看着桃子，从桃子的脸上往下走，途经好多地方，最后，不转珠子盯在桃子的腿上。

桃子的腿上，就像叮着一只蚂蟥。桃子把裙片拉一拉，盖住了膝盖。

我来借根绳子。丁干成又说。

你要纳鞋底么？桃子有些讥诮地说。

不不不，不是你纳鞋底的麻线，我借一根挑绳。丁干成笑着说，你这麻线太细了，只能纳纳鞋底，捆不住一头猪，我找根捆猪的绳子，我要把圈里的大肥猪捆到镇上卖了，它吃食太多了，它一顿能吃两盆食，两盆食啊，专吃米糠，还要兑些剩饭，还要兑些菜叶，我吃不住它吃，我要把它卖了。

桃子听出来，丁干成是没话找话。桃子勾着头，继续搓麻线。

可丁干成却不走了。丁干成不走也不说话，他还是那样地看着桃子。

桃子知道他在看她。桃子也不好撵他走。桃子心里想，你不走，我要走啦。你还不走，怎么还不走啊，气死我了。

丁干成手里拿着长年不离手的小烟袋，蹲在地上装烟丝了。

桃子站起来，把搓了一半的细麻线，还有几根白麻，拿在手里，走了。桃子从过道的后门走进院子里，走进自己的西厢房，拿了正在纳的鞋底，又返身出来。桃子准备到尹树家。桃子没有立即走，而是到堂屋里，看看睡午觉的张娥。张娥近年来的身体不好，得了一种奇怪的头晕病，有事没事的，头就晕，头一晕，什么事都不能做，晕得厉害了，就不想活了，又要投河又要上吊，搞得家里鸡犬不宁，像得了精神病，连杏子的同学和老师，都知道她妈妈是个疯女人。桃子看到母亲还没有睡醒，就没有惊动她，悄悄退了出来。

桃子手拿鞋底路过过道时，丁干成坐在了桃子坐过的板凳上，正滋滋咂咂地抽烟。桃子感到这家伙很怪，都告诉他了，张娥不在家，可他还不走。难道他是要等张娥回来？是的，他就是要等张娥回来。桃子讨厌他，想再说一遍，意思就是撵他走。桃子想一想，算了。桃子看都不看他，准备从他身边快速地走过去。可是，鬼使神差的，桃子鞋底上的细麻线，居然套在了丁干成的烟袋上。丁干成哎哎着，说你套住我……套住我了。桃子知道是丁干成故意搞鬼，故意弄出这样的小插曲，可桃子也不好意思发脾气，便红着脸，带着气，拿开绳子，跑着离开了。

桃子的裙片打在小腿肚上，一路跑到尹树家门口。

尹树不在家。尹树又放鹅去了。桃子只需看一眼尹树家门口的网圈，看到网圈里空空的，就知道他放鹅去了。尹树养了一百多只鹅。尹树的母亲汤校长，流着泪，劝尹树去念书，汤校长有办法让他去读高中，可尹树不去。汤校长一连说了两年，尹树都无动于衷。尹树跟母亲说，你别叫我念书了，我干什么都不想念书，你叫我去念书，还不如让我去死算了。你给我点钱，我搞家庭养殖，我要做个养鹅专业户，也像平明的滕洪山那样，做个远近闻名的万元户。汤校长尽管对尹树不放心，尽管她认为，一个连书都念不好的人，还能干得成别的事吗？但，只有这条路可以一试了。汤校长便给了尹树一笔钱。尹树拿着钱，到东海农场买了一百多只雏鹅，几个月之后，这些鹅已经长得又肥又壮了。

尹树不在家。桃子知道尹树家的钥匙在哪里，她可以掏出尹树藏在门洞里的钥匙。但是，桃子没有去开尹树家的门，她就站在尹树家门口，站在大榆树下，一针一针地纳鞋底，这是一双大鞋底，四十三码的，是专门给尹树做的。这二三年，桃子做好多双鞋子了，她的手艺越来越好，在村子里都是数得着的。桃子给张娥做过鞋，给梅子、杏子也做过，她还第一次给尹树做。微风吹来了，村子里有一些动静，鸡鸣，狗吠，一声两声的，还有驴叫，还有孩子的哭闹声，还有口琴声，都是隐约的，像风里的尘埃，若隐若现。鹅圈里有一些臭味，鹅粪的臭味，挺好闻。桃子的身边，就是尹树结的绳网，这些绳网的绳子，也是尹树一手一手搓出来的。绳子也不是什么好绳，水关草搓的。尹树干别的不行，搓绳子有一手，雏鹅还在育雏阶段时，尹树就连天带夜地搓绳子了。按说，做鹅圈用的网绳，马虎点也行，但尹树不是马虎的人，他把绳子搓得结实而精美，就像帮桃子搓的细麻线一样。

仿佛一阵风吹，一群鹅，在巷口露出来了，它们摇摇摆摆，快速地拥到尹树家门口，争先恐后跑进鹅圈了。这时候，尹树才悠悠哉哉地从后边晃过来。

尹树看到鹅圈边的桃子了。

桃子低着头，她在微微地笑。桃子穿一条国旗红连衣裙，玉树临风的，就像一团火，烧进尹树的身体里。尹树每一次看到她，都是这种感觉。尹树感到身上热起来。

你放鹅也不戴草帽？桃子说，不怕晒啊？

戴啦，这不是？尹树说。

瞎说，我怎么没看到。

哈，你根本就没看。尹树已经走到桃子跟前了，他看着桃子绯红的脸，看着她闪闪烁烁的笑眼，差不多要晕了。

桃子这才看尹树一眼。桃子更不好意思了，因为尹树的确戴了草帽，还是宽边的大草帽，是桃子在四月十八庙会上给尹树买的。桃子买两顶草帽，一顶自己戴，一顶送给尹树了。桃子看着尹树的草帽，总觉得哪里不对劲。桃子还是看出来了，洁白的草帽带子，居然被他换成一根绳子了。桃子又好气又好笑，说，草帽带子呢？怎么用起了绳子，多难看啊！

不难看。尹树老实地笑笑，说，夏天汗多，把草帽带都煮黑了。还是绳子好，白麻绳，不怕汗煮，也舒服。

你呀，煮黑了，我来给你洗么，水也不值钱。

犯不着，这样就好。

什么好呀，还是带子好，白的，看起来干净。

天天放鹅，干净不起来。尹树嘻嘻地笑着。

好吧，反正戴在你头上。桃子亮一下手里的鞋底，说，我就要纳好了，还差两针。别也舍不得穿啊！

桃子说的两针，其实是两根麻线。再纳两根麻线，一双鞋底就纳好了。再做好鞋帮，把鞋帮装到鞋底上，一双好看的布鞋就完成了。

我多会穿过这么好的鞋子啊，还真舍不得啊，我把它挂起来。

鞋子是穿的，又不是看的。

我就是要看，天天看，我早上起来看，中午看，晚上看，夜里也要起来看几眼。

桃子说，我不管你了，随你。

尹树胜利了，开心了，他说，我给你搓的麻线呢？

还说，让你搓细一点么，又不是搓绳子。

我说么，尹树咂一下嘴，说，你说怪呀，我搓别的绳子能搓那么好，为什么帮你搓麻线就搓不好呢，就细不下来呢，就那么硬呢？

我怎么晓得，你肯定不专心，你肯定想别的了，你说你是不是想别的啦？你说。

尹树笑得挺开心。尹树把鹅圈挡好了，还在笑。他是从心里往外笑。桃子多好啊，尹树不光这时候笑，夜里都笑，睡着了都会笑醒。

干什么啊，桃子顿一脚，哼一声，说，你笑我，我不理你，我走了。

桃子说走就走，尹树拦都拦不住。尹树不敢动手拉她，从她左边跳到右边，从她右边跳到左边，只是跳，下不了手。

但是，桃子自己站住了。她突然想起来，这时候不能回家，丁干成还在她家。该死的丁干成赖在她家不走，她怎么能回家呢？桃子脸色一下子就难看了，心里也跟着别扭起来。

桃子说，想得美，我才不走了，我可没那么容易就让你赶走。你想我走是不是？你不想看到我是不是？哼。

桃子一扭身，就把屁股给了尹树。

桃子神情不好看，眉尖还皱一皱，眼睛不由得向自家的院子瞟一眼。

尹树以为真的得罪桃子了,便不知所措地说,桃子你错怪我了,我真的不是……我这回要好好搓,把麻线给你搓好。你忘啦?去年,我们初中刚毕业,我给你搓的那根麻线,你不是夸我手劲好嘛。

尹树说了一大堆好听话。桃子也只是听着。桃子也想开开心的,也想一直和尹树呆在一起。既然家里让她不想回去,不想看到讨厌的丁干成,和尹树在一起也是最好的选择了。可一个十六七岁的女孩是不能天天和一个同样十六七岁的男孩呆在一起的。村里眼杂,嘴多,流言比风还快,什么话都能说出来。虽然村里已经有人跟她母亲开玩笑了,说张娥,什么时候把女婿招回家啊。张娥会看着桃子,说,快了快了。可毕竟事情还没有一撇,毕竟,他们还小。再说了,家里现在真的让她很烦。她看到丁干成心里就发堵。她觉得丁干成真是一只披着羊皮的狼(她没有更好的形容了),可她母亲张娥并不是这样想的。

10

桃子黯然地离开尹树,在村街上走了一会儿,走到桥口,走到超市,她装作有事的样子,在小超市里转了一会儿,买了口香糖,还有发卡,然后,又转到村街上。桃子的鞋底一直没有离手,一直不停地纳鞋底。有人看到桃子抱那么大的一只鞋底纳,明知道是怎么回事,还是要开玩笑地说,桃子,纳这么大鞋底啊,谁穿的呀?桃子不回答,假装生气。对方也善意地笑笑。

快中午了,桃子在回家的路上,看到了梅子。这个比桃子小一岁半的少女,比桃子又高又胖,难怪张娥都打不过她。梅子不光劲大,女孩子的特征也比桃子更为夸张,那对大胸脯尤其惹眼。

梅子和同学一起匆匆走在回家的路上,书包在她滚圆的屁股上颠荡。

桃子是带着一种喜悦的心情，跟在梅子的身后的。当梅子走到那棵高大的白果树下时，桃子看到梅子从同学手里接过一截像绳子一样的电话线。梅子把电话线团起来，装进了书包里了。桃子觉得，梅子怎么像男孩子一样，什么都玩呀。

桃子在快到家门口时，追上了梅子。

梅子很惊喜地搂住桃子的肩膀，说，姐呀，纳鞋底啊？还没纳好啊？这么慢啊？又不是绣花，要不要我帮帮你呀？

桃子说，你是想从我这里学手艺的吧？也想做一双是不是？

梅子说，去吧去吧，谁爱做鞋啊。

姐妹俩嘻嘻哈哈，一路说笑着。可快到家门口时，梅子突然变了脸，神色忧郁起来。梅子说，姐，我不想回家了，你回吧姐，我到别的地方玩玩去。

原来梅子和桃子有着同样的感受。

11

今年的第一场雷雨来势凶猛，让人有些猝不及防，雷和闪，风和雨，在天将黑未黑的时候突然而至，撞击着屋顶和门窗，从四面八方掩盖而来，好像让你无处躲藏似的。随之而来的黑暗伴随着无边的恐惧笼罩在桃子的心头。

桃子早早就躺下了。本来，桃子想突击一下，把尹树的鞋子做出来。是的，她已经做好一只了，只需再加把劲，另一只也完成了。可惊天动地的雨声、雷声、风声，让她害怕。她不知从何处得到的信息，说打雷天开着电灯危险，容易被雷击。桃子知道雷击的厉害，太知道了，若干年前，她年轻的父亲就是被雷电击死的。父亲死的时候，脖子上有一圈黑，就像一根黑色的绳子勒在脖子里。她依稀记得，母亲张娥拼命地推搡着父亲，拍打着父亲，两只手抚摸着父亲脖子里的黑圈，试图把它解下来。但是，那不是绳子，解不下来了。即便是绳子，即便能解下来，父亲早已没有气息了。桃子记得那一幕。桃子害怕那一幕。桃子早早熄了灯，借着黑暗，宽了衣服，钻进了被子里。桃子的耳边，还是雷声，风声，雨声。桃子脑子里胡思乱想着，怕意渐渐就淡了，渐渐就不怕了。桃子心里盘算着，剩下不多了，只剩下一只鞋的后跟了，明天一早，雨过天晴，彩虹出在东边，她就可以趁着早凉，把鞋子做好，然后去找尹树，把鞋子送给他。当然，刚下过雨，地上都是稀泥和积水，尹树是不能穿新鞋子去放鹅的。桃子想着尹树穿上她做的新鞋子时的样子，在似睡非睡中笑了。桃子就是在笑着的时候，进入了梦里。如果这时候有人看到桃子，她必定是笑着的。她笑着，在一个四周都是黑的地方，把鞋子给了尹树。尹树也在笑。可尹树笑着笑着就不笑了，尹树抓住了她的手，尹树的手抚摸在她的颈上。尹树的手从她的肩窝里往下走。桃子紧张了。桃子屏住呼吸，胸口像揣着小兔子，那个跳啊，那个蹦啊。桃子说尹树……桃子说不出来了。她几乎没有气息了。她两手死死地抓住尹树的手。她的手和尹树的手纠缠着，一起游到她的胸脯上，在胸脯上停留的那片刻啊，那是她梦里都体验不到的感觉……她无法控制地引领着那双手继续向下游，向下游，要到了，到了，可还没到……终于还是到了，她被触动了，她窒息了……一条虫子游进她的体内，她想拒绝，又想吸纳……她感觉一种雷霆万钧、山崩地裂的撞击从天而降，并伴随着剧烈的刺痛……桃子从梦中醒来。桃子惊恐万状。当她知道身上有人压迫她时，她已经推不开那个人了。她挣扎着，扭动着，可是，她由不得自己了，也毫无力气了。一道闪电划过，令人恐怖的蓝色的闪电，桃子看到一张面目狰狞的绿脸，看到这张脸很像丁干成。

桃子完全清醒了。

桃子撕咬着，试图赶走他。

好了，不用她赶了，丁干成心满意足地从她身上滚下来，在又一声炸雷中，丁干成连滚带爬地钻进了狂风暴雨中。

桃子像木头人一样，躺在，一动不动。

风雨声更凶更猛了。桃子想不起来事情是如何发生的。她一点印象都没有。她脑子里既清醒又糊涂。她只有眼泪汹涌地流出来。桃子的眼泪毫无节制，她根本无法不让它流。桃子除了流不尽的眼泪，她还能干什么呢？她希望闪电把她击碎，希望雷公把她劈成两半，希望自己迅速消失。是的，桃子想到死。桃子想到死时没有一点恐慌感，相反，觉得是天经地义的事。桃子想到死便想到绳子，这是最简练、最实用的办法。

又一道闪电划过，闪电中，她再次看到那张狰狞的绿脸。桃子一个激灵坐起来。在雷电不停的闪亮中，她看到自己的身体。她的身体也是绿色的，也是那样的狰狞。这让她非常的耻辱。她胡乱地捞一把，抓到一件不知什么衣服，试图遮住自己。但是她知道，那已经毫无意义了，她盖住的，只是身体本身而已，她的内心，是什么衣服也掩盖不了的。

时间不知过了多久，也许很短，也许很长。桃子已经穿整齐了。桃子在自己的屋里没有找到一根像样的绳子。不，除了纳鞋底的麻线，她屋里根本就没有绳子。她要绳子干什么呢？平时可是用不着的呀。桃子放开门，走进了雨中。在桃子的记忆里，还从来没有这么大的雨，雨水就像桶里的水，迎头浇下。她感到雨水的力量，也感到一种快意。桃子走进了锅屋。桃子的印象里，锅屋墙上的一根橛子上，挂着一把绳子，这是桃子家主要一根用绳。桃子没有开灯，她轻易就摸到这根绳子了。桃子把绳子拿在手里。绳子没有什么特别的，不过是一根普通的绳子。不过，桃子想到母亲张娥，张娥对这根绳子非常地珍视，轻易舍不得使用它。有一次，丁干成帮桃子家拉稻谷，一板车稻谷足有一千多斤，丁干成拉起来吃力，张娥就找根绳子拉"边挂"。可张娥舍不得用它，舍不得用这么好的绳子拉边挂。张娥就让丁干成给她另找一根。丁干成也找不到，最后只好是张娥在后边帮他推车了。还有一次，梅子和杏子去抬水，梅子想用它做打水的绳子，被张娥看到了。张娥勃然大怒，抽出扁担，横着扫过去，梅子的屁股上重重挨了一扁担，人像羽毛一样飞出去。张娥骂道，要死了你，这是打水的绳子啊，真是败家子！梅子趴在地上，半天爬不起来。张娥气不忿地说，就这一根绳子，你还想败坏它。可见这根绳子在家里的地位，在张娥心里的地位。桃子想到这里，把绳子又挂回去了。桃子不想浪费这根绳子，她要是用这根绳子上吊，她要是吊死在这根绳子上，这根绳子就派不上别的用场了，就是一根废绳子了，母亲会生气的。母亲这辈子也不容易，况且母亲身体又不好。桃子不想让母亲生气。桃子在锅屋里又摸摸，她试图找到一根不太有用的绳子，短短的，或者即将腐烂的，或者别的什么绳子都行，能上吊就可以了。桃子在地上摸，她摸到了锅门口的草，摸到了一根烧火棍，摸到了架筐，摸到了三条腿的小板凳，就是没摸到可以上吊的绳子。桃子并不失望，她重新走进雨里。雨似乎小一些了，雷声远去了，闪电也远去了，地上的积水很深。桃子小心地趟着水，走进过道。桃子在过道里也没有找到绳子。桃子没想到，找一根合适的绳子，会那么困难。桃子走进堂屋。母亲、梅子和杏子住在堂屋里。三间堂屋两头房，母亲住东房，梅子和杏子住西房，妹妹们睡在一张床上，在她们的床头就是电灯开关，桃子本不想开灯，她怕惊动母亲和妹妹们。为了顺利地找到绳子，她还是开灯了。灯光晃了一下桃子的眼睛。桃子先看一眼东房的母亲。母亲的床上并没有母亲，桃子心里收缩一下，随即就想到了什么。桃子又走到西房，看到梅子和杏子了，梅子和杏子横在床上，沉沉地睡了。桃子怀着决别的心情看着梅子，在心里说，梅子，家里靠你了，杏子还小，妈妈身体也不好……梅子，再见了。梅子仿佛听到桃子的话似的，她翻一个身，嘴里嘟囔一句，把腿叠在杏子的腿上。桃子惊讶地看到，梅子翻身的时候，把枕头带动了，枕头底下压着一把刀。这是她们家废弃的菜刀，平时就扔在巷口的阴沟里，梅子不知什么时候捡来了，把它磨得雪亮。和那把刀放在一起的，还有一根电话线，白色的双股电话线，有规律地折叠着。桃子心里提一下，再看睡觉也穿戴整齐的梅子,心里又提一下。

桃子没有找到适合的绳子。桃子决定到尹树家去。尹树喜欢绳子,他家应该到处都有绳子,应该这里扔一团,那里扔一根。可事实并不是这样,尹树家的绳子,似乎就那么几根,考究而庄重地挂在墙上。这些绳子,尹树能舍得让她拿去上吊用吗?桃子心里也拿不定主意。更让桃子拿不定主意的,是她该不该这时候出门。桃子的担心是有道理的,因为过道外的大门口,那间空了一年多的猪圈里,隐藏着她们家的秘密,或者说,隐藏着张娥的秘密。桃子不止一次地看到过,张娥从猪圈里出来。清晨,或者深夜,鬼魅一样出入猪圈的,还有丁干成……

桃子真希望自己隐匿在黑夜里,变成黑的一部分。

12

尹树听到一阵哭泣声。雷声已经远去了,风也小多了,只有雨,还在下。哭声让尹树怀疑自己的耳朵。他听到的,都是雷声,还有雨声,怎么会有哭声呢?但那哭声是真切的,存在的。尹树从床上坐起来了,短促而凄凉的哭声更清晰了。尹树没有开灯,也没有穿鞋,悄悄地走到门边。尹树听了听哭声,她听不出来是谁在哭。村上流传的故事是,吊死鬼喜欢在深夜哭门,来诉说自己的冤屈。尹树怕了,他压低嗓音,问,谁?

哭声就像拉闸停电一样,突然停了。

尹树以为哭声还会响起的,可等了一会儿,没有继续,尹树心里的怕意便浓起来。在这样的雨夜,哪里会有哭声呢?莫非真是吊死鬼?或自己的耳朵出了岔?尹树摇摇头,把眼睛贴到门缝里,向外望去。尹树什么都看不见。

就在尹树准备回到床上的时候,尹树听到有人喊他了,尹树……尹树……

这不是桃子么？尹树心里狂跳起来，又惊又喜又紧张。尹树放开门，说，桃子……

门空里有一个更黑的黑影。尹树说，桃子，进来啊。

桃子说，太……晚了。

尹树说，不晚不晚。

尹树伸出去的手，到底没有拉她。

尹树赶快开了灯。

桃子朝屋里走一步了。灯光里的桃子，水淋淋的，全湿透了，头发散落在额头，散落在脸上，衣服紧紧地贴在身上，贴身的小衣服隐约可见。

风把雨甩进来，甩到桃子的脸上，也甩到尹树的脸上。尹树又把门关上了。尹树紧张地关上门，有些不知所措。尹树的眼睛不敢看桃子。桃子就像熟透的桃子，身体的轮廓清晰可见，散发出诱人的鬼魅般的魔力。

桃子你看，你看你这时候来……尹树有点急促地说，桃子你……你你你你来啦桃子？桃子你冷吧桃子？桃子你把这衣服穿上桃子……穿上就不冷了桃子……这鬼天……

桃子把尹树递过来的一件衬衫拿在手里，扬起头，轻轻抹一下脸上的水。桃子看到尹树家墙上挂着的一团绳子了。这真是好绳子，亮堂；这真是好绳子，匀称；这真是好绳子，结实。这真是好绳子啊，都是尹树一手一手搓出来的。桃子不敢看这么好看的绳子，她把眼睛又躲开了。桃子看着自己的脚尖，对脚尖说，尹树，我想跟你要一样东西，你肯给我么？

你说，是绳子吧？都拿去。

尹树走过去，脚尖一踮，拿下绳子说，喽。

我不要这么多。

不要紧，又不是好东西，我家多了，拿着吧，你要想要，这些都是你的。尹树又拿一团绳子，堆在桃子的怀里。

桃子的怀里抱着两团绳子。桃子感觉绳子在她怀里沉甸甸的。桃子还是不敢看尹树。桃子说，尹树，我走了。

尹树说，这就走啊？

尹树也有点纳闷，不知桃子这时候来，仅仅是要绳子吗？但是，尹树毕竟太年轻了，他什么也不知道，他看不出桃子压抑在内心的情绪，他看不出桃子脸上被雨水冲过的泪痕。他对桃子说，你怎么不打一把伞呢？这样会得病的。桃子你把我雨衣穿上吧。

尹树去找雨衣。尹树的雨衣不知放在哪里了。尹树像没头苍蝇一样这里摸摸那里找找。等尹树从什么地方拎出一件天蓝色塑料雨衣时，桃子已经不见了踪影。

桃子！尹树喊一声，追出去了。

雨又密集起来。

尹树追上了桃子。尹树说，穿上雨衣啊桃子……桃子你是怎么啦？

桃子这才啊地一声哭了。桃子猛地扑到尹树怀里。可桃子只哭一声，就再也哭不出来了。桃子使劲地哭啊哭啊，可就是哭不出来。桃子不停地抽气，不停地抽气，发出绝望的咯咯声。桃子顺着尹树的身体软软地滑下来了。尹树慌张起来。尹树不知道桃子怎么了。尹树试图扶起桃子。可桃子太沉了。桃子已经无力控制自己了。

桃子是被尹树抱回屋里的。

夜又平静了。不知什么时候，夜开始平静了。

而尹树，是一会儿平静，一会儿不平静。尹树的怀里紧紧地搂着桃子。桃子身上的湿衣服，都叫尹树焐干了。现在，桃子睡着了。桃子圈在尹树的怀里，就像一条小猫，安静地睡了。桃子是太累了。尹树不时地看着桃子的睡相。尹树也很想睡，他的眼睛又酸又涩。可他刚要睡，又忍不住看桃子。有几小缕细发，遮在桃子的脸上，尹树伸出手，轻轻掠下她的头发。尹树看到，桃子脂玉一样光滑的鼻尖上，有一些浅浅的细小的雀斑，尹树平时并没有看出来。这些小雀斑，在此时的灯影里，是那样的迷人。尹树用手指碰一碰。尹树又碰一碰她的唇。尹树的手碰在她小小的尖挺的乳房上了。尹树的手抚摸着，他感到呼吸困难……尹树突然狠狠地抱住了桃子……

13

村上传来吹吹打打的声音。吹吹打打的声音已经响了一天了，在黄昏时分格外的嘹亮。

尹老瞎死了。

尹老瞎一直要死，一直又死不了。尹老瞎手边没有绳子。尹老瞎手边就是有绳子，他也吊不死自己。因为他的手成了鸡爪，他连筷子都不能拿。二老奶知道老头子一时半会死不了，因此，对他一直叫着要死要死也就没上心。可二老奶只是到超市去买袋盐，尹老瞎居然就把自己吊死了。二老奶回来以后，喊了两声死老头子，没有人应，便去看看。她看到尹老瞎坐在地上，靠在床腿上，样子很安详。二老奶刚要骂他，看到他脖子上勒着一根布条，布条的另一头系在床头上。二老奶说，死老头子啊，你本事不小啊，真的吊死啦。二老奶说完，嘀嘀笑着，去抱尹老瞎。

连二老奶都不能理解，尹老瞎失去功能的手，怎么能自己上吊呢？

吹手的乐器在村上咿咿呀呀响起的时候，尹树正在后洼里放鹅。尹树的一群鹅，越来越喜人了。尹树让鹅群在池塘里吃水浮萍，他在池塘边的柳树下搓绳子，远远近近的知了在一声声地叫着夏天。

尹树是帮桃子搓绳子的。你知道，尹树搓的绳子叫细麻线，专门纳鞋底用的。桃子要给尹树做第二双鞋。尹树已经搓了几天的麻线了。尹树搓的麻线，足够纳一双鞋底了。但尹树还在搓。这几天，尹树对搓麻线乐此不疲。桃子也对他搓的麻线赞不绝口。但是，尹老瞎的死，让尹树老是怀疑自己搓不好绳子。尹老瞎搓了一辈子绳子，最近几年不能搓了，手也便坏了。尹老瞎连上吊的绳子都没有，尹树每念及此，心里就伤感，就像做错了什么事，愧对了尹老瞎。

尹树撵着鹅，走在回村的路上。

有人从稻田里撒药回来，故意追上尹树，故意说，尹树，怎么就你一个人啊？那个谁呢？

尹树知道对方说的那个谁，指的就是桃子。桃子经常跟尹树一起放鹅。桃子跟尹树一起放鹅的时候，村上人便会指指点点，便会互相咬耳朵。

张娥对桃子的不检点，也是有人前没人后的管教。有一次，张娥还在村口，大声地喊桃子回家，还骂桃子太不要脸。村里人都知道尹树和桃子已经要好的不得了了。他们都想看尹树和桃子的笑话。有些刚过门的小媳妇，还专门盯桃子的肚皮看。

尹树不理对方。

对方也知道尹树长大了，不好套弄了，就不尴不尬地说，晚上去看吹鼓手啊，尹老瞎的丧事办大了，两个女儿请了两班吹手，今晚肯定要有好戏看。

尹树在心里瞧不起地说，你们就喜欢看好戏。

尹树是把鹅往鹅圈里撵的时候，看到张娥的。张娥脸色铁青地从尹树家出来，她看都不看尹树一眼，怨气冲天地走了。

尹树回到屋里，看到纳鞋底的桃子眼睛红红的，腮帮上还挂着泪痕。尹树知道桃子又和她母亲张娥干一架了。尹树也不知道如何劝桃子。尹树怜悯地说，桃子，咱们晚上去看吹鼓手吧，尹老瞎的丧事上有两班吹手，晚上亮完花圈，要玩手彩的，一定有好戏看。

尹树一回来，桃子心里就亮堂了。尹树说什么她都开心的。尹树说看吹鼓手，说看玩手彩（小魔术），桃子就忘记了所有的烦恼，笑了。桃子说，我要看看玩手彩，碗里的小球球怎么会不见了呢？一根绳子怎么剪来剪去就是剪不断？还有鼻孔里插着两支香烟，一边抽烟一边吹唢呐，真是好玩。

尹树本来不喜欢这些热闹，可桃子喜欢。再说了，这是尹老瞎的丧事。是尹老瞎教会他搓绳子。尹老瞎走了，他去送一程也是理所应当的。

两班吹鼓手就像两台戏，尹老瞎家门口搭了戏台，东边一台，西边一台，两盏碘乌灯把门口照得如同白昼。两台戏的周围，分别围着两圈人，每一圈都里三层外三层的。尹树和桃子来晚了，他们站在人圈的最外层。桃子人矮，看不见，踮着脚尖也看不见。桃子急了。桃子拉着尹树的胳膊，一纵一纵的。尹树要抱着桃子看。桃子让尹树抱一下，就不肯让他抱了，四周都是本村的人，她怕被人看见。她怕人家不看吹鼓手而看他们。就这样，桃子和尹树断断续续地看一会儿，周围不时响起哄堂的大笑。桃子要是看不见，就急急地问，笑什么笑什么？尹树会告诉她什么什么的。桃子听了，也会跟着笑。吹鼓手们玩了一会儿手彩，开始唱歌了，先是唱民间小调，什么《十二月花红》啊，《十劝郎》啊，还唱更黄的《十八摸》，摸到小肚子下边的时候，桃子的手心就出汗了。桃子的手一直被尹树握着，她的手上汗泠泠的。

尹树看到张娥也在人群里。

张娥伸着脖子，挤在前排。

尹树怕张娥看到他们。尹树拉拉桃子的手。桃子也没说什么，就跟着尹树走了。

桃子和尹树没有往村里走，而是走向了村外。桃子和尹树走到蔷薇河边，走进了河边的树林里。他们找一个地方坐下来，相互依傍着，拥抱着，听远远传来的吹鼓手的声音。露水很浓，夜也很浓。桃子和尹树都有一种幸福的感觉。

吹手停了，人也散了，尹树和桃子回村了。

尹树和桃子走在村里，村上响起人家关门的声音，也有吆喝孩子回家的声音。桃子是在家门口和尹树分手的。桃子当然不想和尹树分开，她想和尹树一起回尹树家。桃子知道这是不可能的。张娥盯得太紧了，说不定，她已经在某一个地方等着桃子了。所以，桃子悄悄地推开过道门，悄悄隐进过道里。桃子轻车熟路，急急地走过过道后门的时候，一头扎到一个人的身上了。桃子被撞得疼一下。桃子啊呀一声。可面前的人并不走开，又贴着桃子站住了。一股很浓的烟叶味扑进桃子的鼻息。桃子马上猜到对方是谁了。是的，他一定是丁干成了。桃子厌恶地扭头就走。桃子的前面又出现了张娥。

张娥手里拿着一把发出黄光的手电，在桃子的脸上晃一下，说，你死到哪里的呀，我都找你半夜了！

我哪里都没去，我看吹鼓手了。

瞎话，我也看吹鼓手了，连你鬼影子都没见着。你小小年纪，就不能给我挣点面子啊？

桃子拿手挡住手电发黄的光亮。桃子不想跟母亲多说什么。桃子早就不跟她争执了。桃子最厉害的武器就是沉默。

张娥那么凶，可在桃子沉默面前，也是无能为力。张娥晃着手电，恨铁不成钢地叹息一声。张娥把手电移开了。张娥的手电又晃了一下，那束黄光就从桃子的肩头照过去。桃子听到张娥突然怪叫一声。张娥只是怪叫一声，听不清是啊还是哇，只觉得，她的怪叫还没有叫完似的，声音就被她咬断了，或者，被她吸了回去。那股倒吸的气流大约太强烈了，连桃子都似乎晃动一下。桃子正纳闷着，那手电突然就掉落到地上，跟着是噗咚一声，那是张娥掉在地上的声音。

桃子预感到在她身后发生了什么事。桃子从地上捡起手电。桃子把手电照过去。桃子看到，门空里的丁干成长高了。长高的丁干成会把张娥吓成这样吗？桃子的手电也晃一下。桃子看到丁干成鲜红的舌头伸出有一尺长。桃子也被吓得退后一步。桃子惊讶地看到，丁干成不是长高了，他是吊在门空里了。丁干成上吊了。丁干成没有在自家上吊，他跑到张娥家上吊来了。他把自己吊死在张娥家过道的后门上,后门上方的橛子是冬天用来吊草帘的,还是丁干成前年帮助钉上去的,没想到这根橛子是为他自己准备的。但是,好好的丁干成为什么要上吊呢?桃子还没来得及想,桃子就更加惊讶地看到,丁干成上吊用的绳子,不是一根绳子,而是一根白色的双股电话线。天啦!桃子脑子大了一下,这不是梅子压在枕头底下的电话线吗?梅子她……

14

秋天,尹树的鹅卖了好价钱。尹树身上揣一叠钞票。尹树就要离开鱼烂沟村了。尹树的母亲汤校长,给尹树找了份工作。尹树这一次听从母亲的安排,他决定到县城的教育福利厂上班,这是一家生产粉笔的小工厂。尹树对即将上班的工厂充满好奇。可是,当尹树把这个让他兴奋的消息告诉桃子的时候,桃子只高兴了片刻,脸就沉下来了,桃子就不说话了。桃子不说话,好像还有好多话。桃子不知要从哪里说。桃子憋了半天,才说,你就要……走了……

尹树正在割水关草。后洼的水关草又瘦又高,是搓绳子的好材料。尹树听了桃子的话,突然丢下手里的草,说,是啊,我都要走了,还割水关草干什么呢?鹅圈的拦网绳不用搓了,也用不着拦网了。尹树说着,把手里的镰刀也丢到了地上。

对于还沉浸在兴奋中的尹树,桃子知道,说什么也没用了。桃子的眼睛潮湿了。桃子把眼睛望着远方,她看到那条彩虹,远方的彩虹,像一根长长的绳子,从一方,牵到另一方。桃子捡起地上的镰刀,她一根一根地割水关草。

尹树说,桃子,别割了,不搓绳子了。

桃子说,不,我要搓绳子,我要养鹅。

尹树还跟桃子说话。尹树说好多话,说县城里的事,说县城的电影院，说县城的百货大楼，说粉笔厂还生产彩色粉笔。桃子都爱睬不睬的。尹树还没有看到，桃子一边割水关草，一边悄悄流泪。桃子预感到，尹树这一去，能不能回来，就难说了。

天还没有黑透的时候，尹树挑着水关草回村了。

桃子和尹树一起走在回村的路上。

桃子拉在尹树的后边。她的腿肚子很沉。她和尹树越拉越远，越拉越远了。

尹树迎面碰上一个人，她头发很长，脸上花花绿绿的很脏，腰上勒着好几根绳子，肩上也交叉斜挎着绳子，这些绳子，有草绳、麻绳，粗的，细的，深深浅浅，什么颜色都有，细心的人会发现，其实有些根本就不是绳子，有的是塑料线，有的是电线，有的甚至是别人扔掉的裤腰带。只要是像绳子的东西，她都一无例外地披挂到身上。尹树想躲着她。可尹树躲不开她了，她是见人就拦的，见人就要伸出手，要绳子。她眼神直直地看着尹树，和以往一样，伸出脏手，嘴里反复不停地说着什么。尹树听不清她说什么。每一次，尹树都认真地听一会儿，可他真的听不出来。尹树急走几步，甩开了她。尹树走到池塘边，等桃子。那个疯女人又拦住桃子了，跟桃子嘟嘟囔囔说了一通。尹树看到，桃子把手里的一根水关草给了她。疯女人看一眼水关草，看它不像绳子，扔了，冲桃子的背影哇哇叫两声。

尹树在桃子走近他的时候，突然悟出了什么，他悟出疯女人的话了，疯女人一直说不清楚的话，其实很简单，她说她要上吊。是的，她就是说要上吊。这么简单的话，尹树听了好几个月才听出来。

桃子走到尹树跟前了。尹树拉了拉桃子的手，说，桃子，我听到你妈说什么了，你妈说她要上吊。

桃子只是回头望望张娥。

疯女人张娥的身影，已经和天色一样模糊了。

桃子对尹树的话并不感兴趣，她往尹树的身上贴一贴，又离开了一点,当她再次把身体贴上去的时候,桃子把尹树的手拿到小肚子上了,桃子小声说,我有了。

尹树没有听清桃子的话。尹树感觉桃子的话很远,像是在天边外,也很轻,像是在嘴唇上飘。尹树说,你说什么?

桃子不想重复一遍。桃子趴到尹树的怀里,搂着尹树,越搂越紧……

尹树也搂住了桃子。尹树感觉桃子的肩膀在耸动。尹树在她耳边,轻声说,桃子,桃子……

疯女人突然从什么地方冒出来,她围着尹树和桃子转圈子,她一边跳着,一边转圈子,嘴里念念有词。

尹树已经听懂她的话了,她说,绿绳子,红绳子,搓根花绳子,都是上吊的绳子……

疯女人快乐地叫着。

15

尹树到县城的粉笔厂上班了,这是桃子挡不住的。

桃子割来一大堆水关草,开始搓绳子了。她要搓长长的绳子,把鹅圈补好。来年,桃子也要去东海农场,买来一批雏鹅,像尹树那样养鹅。

桃子挡不住尹树去县城的工厂里上班,但桃子知道尹树终究会回来的。桃子偷偷摸着自己的肚皮,悄悄地想,这里有他的孩子。他还是鱼烂沟村的人。因此,桃子要把鹅养好,等着尹树回来。

一个星期过去了,尹树没有回来。

尹树在临走那天的头一个晚上,跟桃子许下诺言,说头一个星期天一定回来,而且,每个星期天都要回来。

可尹树失言了。

桃子一直等到深夜，也不见尹树的踪影。后来，桃子睡着了。桃子是和衣倒在床上睡着的。桃子就睡在尹树家，就睡在尹树的床上。自从尹树到县城的粉笔厂上班，桃子就一直睡在尹树家。桃子帮尹树看着这个家。桃子把尹树的家，当成自己的家了。

有人在村上遇见桃子，说，桃子，尹树回来啦？

没有。桃子假装快乐地说，这个星期天有事，尹树不回来了。

又过一个星期，桃子在门口的阳光里搓绳子。桃子的心悬起来，一直悬着。

有人问，桃子，尹树呢？怎么是你搓绳子啊？

桃子说，尹树加班了，他下个星期回来。

到了下个星期六，刚过中午，桃子就开始向村后张望。村后有一条路，通往镇子上，镇上有一条路，通往县城。镇子到县城，每天还有一趟班车。如果不出意外，尹树不会坐班车回来，他会骑自行车回来。县城到镇子上有四十来里，镇子上到村里，不到二十里，总共六十来里路，尹树用不了几个小时，就能回来了。可是，桃子从中午，望到傍晚，村后的公路上依然不见尹树的影子。

桃子的心不仅是悬起来，她还慌了。她站在家后的树下，手摸着肚皮，她感觉那里已经鼓起来了。

桃子想，如果尹树再不回来，她就要去找他。她总不能挺着一个肚子，在村里走来走去啊。

梅子走到桃子身边了。梅子说，姐，我去找他。

桃子说，不用你去，你还要看着家呢。

梅子说，姐，你去一趟县城吧。

桃子心里想去，可嘴上却说，我不去，他肯定有难处。

你傻呀姐……梅子狠狠地白她一眼。

桃子喃喃地说，他会回来的，他会回来的……

直到秋风萧杀，寒流袭来，都没有尹树的半点消息。尹树就像一个水做的人，在这年的秋冬之际，蒸发了。

桃子的心里埋下了不祥的种子。

桃子的肚皮真的鼓了起来。桃子穿着臃肿的棉袄，依然遮不住吹气一样不断膨胀的肚皮。桃子不敢在村里走动了，她也不敢看村里的任何人了。她觉得村里的任何人，都在盯着她的肚子看。她觉得村里的任何人都在看她的笑话。

桃子天天躲在屋里，万不得已的出门，也是勾着头——她真的是哪里都不想走了。

终于有一天，村里来了一位不速之客。让许多人吃惊的是，她竟然是久不露面的汤校长。

汤校长看到桃子把这里当成自己的家，并没有生气，反而和颜悦色地说，桃子，你喜欢这三间堂屋，我就送给你了。其实这不是我的意见，这是尹树的意见。尹树你还记得吧？他不在粉笔厂了，他调到一个更好的单位了，天天和他的女朋友……对了，他的女朋友是教育局长的女儿，也是厂里的会计，他们上班在一起，下班看电影也在一起，没时间来鱼烂沟村了。我本来也没时间来——我也调到县城了——我这次是路过，下次，我也许不会再来了……

桃子没有听清汤校长后边的话。桃子的脑子里成了一团浆糊。

汤校长怎么走的。汤校长还说了什么话，她是一句也想不起来了。

汤校长走了以后，天上就飘起了雪花，到了傍晚，雪花越飘越大，夜里更是下起了多年来罕见的鹅毛大雪。

桃子瑟瑟地躲在床上，听着窗外雪落的声音。其实她什么也没听到，她脑子里像雪一样白——尹树不会回来了，尹树有女朋友了，尹树不在粉笔厂了。桃子摸着隆起的肚皮，感觉自己的身体被一种无形的魔兽吞噬着，一口一口地把过去的生活吃光，一口一口地把未来的日子吃光。夜深了，雪已经压塌了树枝。桃子悄悄地下床，她怕是惊动了什么，小心而谨慎地从床底摸出一根绳子……

少年愁

1

我在码头嘴上看乱飞的蜻蜓。

我家门口的池塘里,疯长着水葫芦和马苋菜。水葫芦和马苋菜翠绿的叶子上,停着一只只紫红色的蜻蜓,还有无数只蜻蜓在池塘上空飞舞。我想拿一只扫帚,拍一只蜻蜓,也像唐小会那样,把蜻蜓的两只翅膀含在嘴里,再去拍另一只。唐小会在一个下午,能拍好多只蜻蜓,她的嘴巴里咬着红蜻蜓蓝蜻蜓,就像一朵盛开的花。可我家门口的蜻蜓,好像故意跟我作对,全都飞到池塘上空了。我就是拿来扫帚,怕是也拍不到蜻蜓了,它们就像唐跃进那样,箭一般地飞来飞去。

我看到唐跃进从我家门口飞跑过去了。

唐跃进又跑回来了。唐跃进跑到我跟前,拔出腰里的驳壳枪,在我眼前晃一下,说,二十响的快机盒子,我能不能毙了你?

我笑了,我说你这是假枪,木头的。

唐跃进把木头枪别进裤腰里,又从屁股后边拔出一枝铁家伙,这是一枝链条枪，能打火柴棒。唐跃进把链条枪指着我的脑门，说，我能把你脸上打一个洞！

我缩一下脖子，还后退一步。

哈哈，怕了吧？唐跃进说，我有二十支枪，再弄十支，就够装备一个加强排了。

唐跃进把链条枪对准池塘，嘴里发出啾啾声，那是子弹飞行的声音，他对着池塘连发五枪，然后，腰一弓，跑了。

唐跃进有很多枪，我知道，木头的，铁丝的，树条的，他在家里造枪，屁股都叫他父亲踢肿了。他的枪，至少被他父亲砸烂一百支，但是，他还是不停地造，他把枪藏在草垛肚子里，除了他，没有人能发现得了。

我以为唐跃进跑去找李志刚玩的，可他又呼啸着跑回来了。他忘了一句话，一句重要的话。他说，陈勇，你在码头嘴干什么？

我突然紧张地说：玩……

唐跃进果然哈哈大笑了。唐跃进说，你这叫什么玩啊，你这也叫玩啊……玩屁星子啊哈哈哈哈……还陈勇，勇敢的勇，你应该叫陈熊，狗熊的熊，陈狗熊！

唐跃进和他的笑声还有脚步声像雪花一样纷纷扬扬，渐行渐远。

一会儿，唐跃进、唐文明、李志刚、李长银、唐春生他们聚到了一起。我看到他们从小会家猪圈旁边跑到那棵白果树下，然后从李长银家门口拐过来，如果他们再往前跑，就是我家码头嘴了。我知道他们马上就要跑过来了。他们都是来笑话我的。我已经听到他们哗啦哗啦的脚步声了。我不想让他们笑话我，我从码头嘴上跳进了池塘。我拉过几把水葫芦盖在头上。他们就是有火眼金睛，也发现不了我。

我听到唐跃进说，刚刚还在的，眨眼就没了。

李志刚说，算了，不找他了，他不会跟我们去的。

放屁还添风，算上他，我们就是六个人了。李长银说。

他不会玩。唐跃进一锤定音地说，他是傻逼！

我知道他们又要到河东去打仗了，河东有二十多人，我们河西，算上我，也不过六七个人，真砍实杀，根本不是他们对手。何况我还不敢跟他们去打仗呢。他们都知道我不会玩，是的，我不跟他们玩打仗，我只跟我自己玩，简单说吧，我有更好玩的东西。

唐跃进说，我们撒泡尿吧。

于是，他们在码头嘴上站成一排，一起往池塘里撒尿。在我周围，响起凌乱的哗哗声。有一股热尿，正好浇在我的脑门上。

2

我来到春梅家门口。

李春梅的父亲是我们村有名的木匠，会做风箱。我悄无声息地来到她家门口，是想跟她父亲要一块木板，做一块乒乓球拍的。李春梅的父亲一天到晚咬牙切齿，我很小的时候就怕他。我们村的孩子都怕他，都说李木匠会打人。不过我从来没看他打过人。倒是他女儿李春梅，经常打人，只有她，敢把唐跃进的枪缴械了，唐跃进本领再大，也不是李春梅的对手，有一次，唐跃进在唐文明、唐春生、李长银、李志刚面前吹牛，说他一巴掌把李春梅的嘴巴煽歪了，唐文明他们听了都很快乐，就好像自己煽了李春梅。李春梅听说后，冲进他们的队伍里，一把揪住唐跃进，在唐跃进脸上煽了一掌，说，谁嘴巴歪啦？唐跃进捂着脸，嗷嗷叫着，狼狈逃窜了。

李春梅在她家草垛边上踢鸡毛毽，一数一个一，一数一个二，一数一个三……

李春梅一边踢，一边数，她狐狸一样的眼睛盯着上下飞舞的鸡毛毽，那鸡毛毽就像粘在她脚上似的。她两只胳膊张开来，和略有些肥大的小花衫一起上下抖动。李春梅没有看到我已经躲到她家笆杖边了。李春梅要是知道，会把鸡毽一脚踢到我跟前，说，会踢啊？你什么都不会，你就会望呆。

李春梅也说我不会玩。其实，她错了，我马上就要有东西玩了。我只要找到一块可巧的木板，我就能做一块乒乓球拍，就能像白老师那样，在小树林里打乒乓球。我不玩他们玩的那些东西，枪儿棒儿的，我玩乒乓球，他们要是知道我会玩乒乓球，非把他们吓死不可。

我们学校的院子里有一片几十棵松树组成的松树林，在小树林的中间，空了一块场地，场地上有两张水泥乒乓球桌。一张塌在地上，另一张也塌在地上，多年了，没有人管它。白晓虹来到我们学校当老师以后，他就把两张水泥乒乓球桌拼凑到一起，变成一张完整的球台了。白晓虹是南京的下放知青，梳着分头，喜欢把白衬衫勒在裤腰里，自从他把乒乓球桌支好以后，我就看到他经常和学校的尹老师打乒乓球了。

那天下午，白老师一个人在小树林里颠球，他手里拿着一块乒乓球板，把一只白色的乒乓球颠起来。白老师颠一会儿乒乓球，就望一眼小树林那边的平房。小树林那一边的几间平房里，住着汤校长一家。汤校长一家都是老师，她丈夫是贾庙小学的老师，她女儿是水园小学的老师。贾庙小学在我们村的东边，离我们鱼烂沟村有三里路。水园小学在我们村北边，离我们村有四里路。汤老师的女儿也姓汤，叫汤海玲，我常听汤校长喊道，海玲，吃饭啦。海玲，你刚当老师，不要迟到了。海玲，把衣服收进屋里。汤海玲也会打乒乓球，有一天，我看到她和尹老师打球了。还有一天，我看到她和白老师打球了。我知道白老师不时地朝汤校长家望，是等汤海玲打乒乓球的。可汤海玲到现在还没有回家，她去哪里了呢？刚放了暑假，她不会还到水园小学上课吧。汤老师迟迟不来，连我都着急。

白老师看到我了。

白老师跟我招一下手，说，陈勇，你过来。

我就跑到白老师跟前了。

白老师说，你会不会打乒乓球？

不会。

你搞一块板子，我教你。

我搞不来板子。

就一块木板，你跟李木匠要一块，我给你画个样，让李木匠照着样子锯下来，就是一块球板了，你看，我这也是木板做的。白老师又望一眼汤校长家，说，打乒乓球很简单，你快攻，我推挡……来，你把我球拍拿着，我去汤校长家借块拍子，我教你。

白老师果然就到汤校长家借块拍子来了。

我和白老师打乒乓球了。

白老师说打乒乓球很简单，可我看太难了。白老师打过来的球，我一次都接不住。白老师真有耐心了，他一板一板地教我。我终于能接住球了，可球被我拍子一碰，就飞到别处了。白老师说，别着急，慢慢学。

后来，汤海玲回来了。汤海玲很漂亮。我在心里选择这样一个词。我感觉，这个词与我是那么的生疏，它像躲在某一个极其隐蔽的地方，只有在汤海玲出现的时候，我的心里才咯噔一下，就像一扇窗户被打开。我看到，汤海玲戴一顶宽边的草帽，草帽上漆着红色大字：广阔天地大有作为。汤海玲看我打球的样子，咯咯地笑了。汤海玲穿一条白色的裙子，脸上红扑扑的，她连蹦带跳地跑过来，大声说，我看电影了，反特故事片，《黑三角》！

啊？你到县城啦？白老师说。

是啊，我们教师进修班离电影院只有半里路。汤海玲快乐地说，来，我跟你打一盘。

我自觉把球拍放在台子上，退到一边了。

白老师就和汤海玲打乒乓球了。白老师打过去的球，汤海玲能舒服地打过来；汤海玲打过来的球，白老师又很舒服地接过去。

打乒乓球必须要有一块拍子。我要是也有一块拍子，就能像白老师那样打乒乓球了。我要是有块拍子打乒乓球，唐跃进就不会说我不会玩了。唐跃进有好多枪，唐文明有一筐玻璃弹子，李长银有一抽屉小人书，李志刚有一千只烟盒。我要是有一块乒乓球板，再有一只白色的乒乓球，我就能和他们不相上下了。对，我还能和李春梅打乒乓球。不过李春梅太胖了，她不像汤海玲，一点都不像。那就和唐小会打吧，唐小会……那个叫"漂亮"的词，伴随着唐小会，又从我脑子里跳出来，我莫名其妙地紧张起来。

我站在李木匠家的笆杖边，我听到李木匠锯木头的声音。但是，我要是到李木匠家，就要从笆杖这边拐过去。我拐过去，就会让李春梅发现。

一数一个七，一数一个八……

突然，鸡毛毽像麻雀一样飞过来，飞过爬满牵牛花的笆杖，落在我的脚前。我还没来得及逃走，李春梅跟着就跑过来了。

李春梅显然被我吓呆了，我看到她脸色瞬间的变化，由青而白而红而怒……李春梅最后几乎是哭着说，你躲在这里干什么呀，你想吓死我呀……

李春梅没有踢我一脚，没有咬我一口，也没有伸出锋利的手指把我脸上抓出一道血痕。因为我在她责问我的时候跑了。

3

唐跃进脸上有一道口子，血已经干痂在脸上了，像用圆珠笔随便划一下。唐文明把胳膊吊在胸前，他比唐跃进更像一个伤兵。李志刚的眼睛青了。李长银的腿瘸了。看起来毫发未损的唐春生一直在哭，他泪流不止，左顾右盼，哭得三心二意。

这时候，我已经被他们绑在树上了。我被他们五花大绑地绑在一棵柿树上。

唐跃进手里抖着一根皮鞭,他在南沟的脏水里沾上水,把鞭子甩在空中,鞭子发出嗖嗖的尖叫声。我头顶上的青柿子,被他一鞭子抽下来一个,砸到我头上。唐跃进说,小皮鞭沾凉水,一打一翘腿!

李志刚在擦枪。这是一枝链条枪。李志刚在链条枪里装上一根火柴,对着我举起了枪。李志刚右手握枪,斜侧着身,他刚要瞄准我,便哎呀一声。他的左眼青了一圈。他在瞄准我时,必须闭上左眼。他青肿的左眼闭一下大概很疼。李志刚哎呀着,放下枪,把枪换到了左手,继续向我瞄准。他闭上了右眼,用青肿的左眼向我瞄准。我知道链条枪的厉害。如果李志刚朝我脸上放一枪,火柴棒就会飞到我的脸上,我的脸就成了一堵墙,火柴棒就成了墙上的钉子。

李志刚扣动了扳机。

我以为我脸上会被马蜂咬一口的。可那根火柴棒没有打在我的脸上,它射进了一枚青柿子的肚子里。

李长银手里拿一把刀,对着空气比划着,他吭哧吭哧,试图把空气戳一个洞。我没看过他有这把刀,很可能是从河东缴获的战利品——虽然他们打了败仗。

李长银呼呼喘着气,对唐春生说,哭,哭,就知道哭,谁没负伤啊!

唐春生还在哭,连我都看不下去了。唐春生呼呼的哭声,似乎打乱了唐跃进他们的计划。

李长银走到唐跃进跟前,说,动手吧。

唐跃进又抖动一下皮鞭。皮鞭惊叫一声。我还不习惯皮鞭的惊叫。我不知道什么时候皮鞭会抽在我身上。我知道,他们说动手,就是要对我下毒手了。

唐跃进走到我面前,伸出一根手指,挑起我的下巴。唐跃进说,你这个叛徒!

我想告诉他我不是叛徒。可他手指用力很大，我的后脑瓜已经抵在树上，让我张嘴很困难。但我还是说了，我说我不是叛徒。

你们听听，这个叛徒说话了，你们谁听到他说什么啦？他嘴里像含了猪鸡巴。

于是，他们轰地笑了，就连哭哭啼啼的唐春生也咧开了嘴。

再说一遍，你是不是叛徒？

我不是叛徒。我说。

他们又笑了。

但是，他们显然不满意我的回答。唐跃进放下他的手，另一只手里的皮鞭又抖一下，他说，你说，你是叛徒。

我是叛徒。

他们这回都没有笑。因为他们都很清楚地听到我的话了。

是你出卖我们的吗？

不是。我说。

错了！

是。我说。

接下来，他们不知道如何审讯我了。唐跃进转过头去，向李志刚他们求援。李志刚望着唐文明，唐文明又望向唐春生，最后，唐春生望着李长银。李长银在他那把刀的刀口上吹口气，恶狠狠地说，宰了这小子！

要留活口。唐跃进若无其事地说，要不，就割了他的舌头。

李长银对割下我的舌头太过兴奋了，他上蹿下跳跳到我跟前，李长银说，伸出舌头！

我咬紧牙。

李长银转过头对唐跃进说，他不伸舌头。

唐跃进一把拨开李长银。唐跃进想起了什么，他说，你这个叛徒，本来我想一枪毙了你，我现在给你一个立功的机会，你明天跟我们去玩，行吗？

我不跟你们玩，我要打乒乓球。

你说什么？

我明天要打乒乓球球！

我的话把他们吓住了。他们目瞪口呆地看着我。

让我也目瞪口呆的是，河东李二叫和李三叫兄弟带着队伍包围上来了。

唐跃进他们撒腿就跑。李长银跑了几步，把刀子扔下了。

李二叫赤着脚，腰上扎着武装带，头上戴着柳树枝编的帽子，他比唐跃进要威武多了，他雄赳赳从队伍里走出来，说，跑了和尚跑不了庙，这里还有一个……这个家伙被绑起来了，这不是陈勇吗？哈哈是你小子，你终于落在我手里了，过来，朝他身上撒尿！

在李二叫和李三叫的带领下，十几个人把我围在中间，一起朝我身上撒尿。他们有的尿在我脚上，有的尿在我裤子上，有的尿在我肚皮上，有一股尿，尿到我下巴上，差点尿到我嘴里了。他们的笑声和哗哗的尿声像一支乐队演奏的大型交响曲。我看到李二叫的队伍里，有一半是我们班上的同学，包括李二叫和李三叫这对双胞胎兄弟。

我成了一只落汤鸡。

4

李春梅和唐小会双双拦住了我。

这已经是又一天的傍晚了，黄昏即将来临，村上的树影又斜又长，有狗吠鹅鸣，还有孩子的哭声，知了也是一个劲地叫。我在我家码头嘴旁的枣树下，看树上的知了。我一眼就看到枣树茂密的枝叶间有好几只知了，它们一个劲地叫。我猜想它们都叫一天了，也许叫好几天了，它们一直叫到死，这是村北的三瘸老爹对我说的。三瘸老爹能听懂鸟语，什么鸟的话他都能听懂。我去偷他家菜园里的香瓜时,被他抓住了。三瘸老爹告诉我,不能做贼,只要去偷东西,总会被发觉的,即使是发现不了,麻雀也会发现的,即使麻雀发现不了,知了也会发现的。接着,他就跟我讲知了的故事了。他说知了一生只会叫,如果它不叫了,就死了。我这时候想起三瘸老爹,是我想去偷李木匠家的木板。只要我有木板,我就可以做一块乒乓球球拍了。可是,我害怕被李木匠发现,被李木匠家别的人发现,要是被春梅发现了,她会把我的手指咬下来。就是我做得再妙,不被李木匠家的人发现,也会被知了或者麻雀发现。就在我听着知了的鸣唱、犹豫不决的时候,春梅和小会不知从哪里冒出来,在我家码头上拦住了我。

李春梅说,陈勇你在干什么?

我以为李春梅发现了我的心思,不觉有些紧张而语塞。

李春梅提醒我说,你是不是在玩啊?

我点点头。

李春梅说,那你昨天干什么去啦?

玩。

一旁的唐小会噗哧笑了,随即,又忍住了笑。她拿手掩住嘴,脸上还遗留着笑意。

在哪里玩的?李春梅没有笑,她严肃得像我们学校的汤校长。

我打乒乓球了,跟白老师。

说完,我心里砰砰地跳,不知道她们两人想干什么。

唐小会终于忍不住而大笑起来。唐小会扎着两根冲天的小辫子,小辫子在她的笑声中不停地颤抖。小会毫无掩饰的笑,让我无所适从。我还想跟她打乒乓球哩。

李春梅这回也忍不住笑了。李春梅咧着大嘴,我看到她一嘴黑色的蛀牙,在夕阳中闪闪发亮。李春梅说,你会打乒乓球?不会是乒乓球打你吧?

我觉得她们太小瞧我了，我要震震她们。我脱口而出道，你们知道《黑三角》吗？

什么呀？唐小会说，她把"呀"字拖得长长的，很好听。

乱七八糟的。李春梅说。

两个女孩欢笑着跑了。

我不知道打乒乓球有什么好笑的。我也不知道反特故事片《黑三角》为什么把她们吓跑。其实，我也不知道反特故事片《黑三角》的内容，它比《卖花姑娘》还好看吗？我把电影《黑三角》和李春梅嘴里的黑色蛀齿联系到一起了，它们都一样的黑。我知道这样的联想毫无道理，但她们不重视我去打乒乓球，那就不怪我随便联想了。我虽然还没有搞到乒乓球拍，更没有一只乒乓球，但是我知道，在县城进修的汤海玲还没有回来，尹老师放假回沭阳的老家了，学校只有下放知青白晓虹一个人。白老师一个人是不能打乒乓球的，他最多在小树林里颠球。如果白老师看到我了，他会像上次那样，教我打球。

我便来到学校的小树林里。

果然只有白老师一个人。白老师坐在球台上，两只脚荡来荡去。在他身后，有一块球拍，一只乒乓球就压在球拍的下边。

我在离白老师几步远的地方站住了。我说，白老师。

其实，白老师已经看到我了，他没有像上次那样要教我打球，而是一个人在发呆。白老师脸上的忧郁，就像他屁股下破旧的灰色乒乓球台一样，他听到我在叫他，眼睛眨巴一下，说，我让你弄一把拍子呢？

白老师的话，让我感到羞愧。我好像做错了什么事，对不起白老师，我说，还没弄来……

白老师说，去颠球吧。

白老师的手在屁股后边好像随便地摸一把，却准确地把球拍子抄到手上，那只乒乓球就滚到地上了，响起乒的一声。

我跑上去，捡起球，送给他。我的行为，更多的是讨好他，拍他的马屁。

去颠球吧。白老师没有接球,而是把拍子塞到我怀里。白老师说,颠球是打球的基础,你能一口气颠一百个球,你就会打球了,你要是一口气颠二百个球,汤海玲都打不过你,你要是一口气颠三百个球,我就不是你对手了。

我开始颠球了。不要说一百个,就连三个我都颠不了。我把球颠起来,再去接球的时候,球就不知道飞到哪里了。我听到球落地的声音才能找到球。其实,我只能颠两个。

拿来,你睁大眼睛,看好了,看我怎么颠的。

我把球拍送给白老师。白老师坐在球桌上,他屁股动都没动,坐在那里就开始颠球了。球和球拍接触后发出的声音,清脆而有节奏,当,当,当,当……白老师一边颠球一边说,看到了吧,动作的幅度不能太大,也不能太用力,心要跟着球走,就这样,一下一下的,好了,再去练吧。

我继续练球了。

这时候,西边天际溶溶的暗红色泅过来,小小的松树林里跳跃着一道道迷幻的霞光。

我的蹩脚的练球,并没有引起白老师的不满,相反,我听到白老师轻声哼起了歌,上山下乡好,上山下乡好喂,天高任鸟飞,海阔凭鱼跃喂,风雨育新人,田野长新苗喂……

在白老师的歌声中,我听到一阵哗哗的声音,那是自行车的哗哗声。汤海玲骑着一辆破旧的自行车,从操场那边过来了。白老师显然是透过松树林,看到汤海玲的。汤海玲还是戴着宽边的大草帽,她隔着小树林就喊道,白老师,你猜我碰到谁啦?

汤海玲把自行车一直骑到乒乓球台边。汤海玲从车上跳下来,她激动地说,我碰到你高中同学了,猜猜是谁?杨红梅,她跟我打听你的,她真漂亮……你在……在看什么呢?

汤海玲扭回头，顺着白老师的目光看过去，她看到她母亲汤校长站在她家厨房的门口，拿着芭蕉扇正拍打着腿上的蚊子。

刚到家，也不洗把脸，就知道疯！汤校长说。

汤海玲跟白老师伸一下舌头，推着车回家了。

我看出来，白老师此时非常地开心。

白老师说，我们俩颠球吧，谁先颠到一百，算谁赢，你从九十开始，我从零开始，你先来。

白老师在跟我说话的时候，眼睛还不时地朝汤校长家望。我知道汤校长的眼睛是找汤海玲的。

你颠到几啦？白老师心不在焉地问我。

我颠到九十二了。

你从九十二开始吧。

白老师拉开架子，在一棵松树上捣两拳，那棵松树就像害痒痒一样哈哈笑起来。

你颠到几啦？

我颠到九十四了。

白老师说，我再让你一把，你从九十四开始吧。

白老师向乒乓球桌急走两步，飞身跳到了乒乓球桌上，又飞身跳下来。白老师身手敏捷，动作迅猛。

你颠到几啦？

我颠到九十七了。

白老师吃惊地说，啊？你都到九十七啦？好，轮到我了。

白老师从我手里接过球和拍子，说，我从一开始，你记数啊？

白老师开始颠球了。我在心里默默地数着。白老师颠到十的时候，我已经很佩服他了。白老师颠到五十的时候，我开始紧张了。我不知道为什么紧张，我好像怕他颠不到一百似的。白老师到底没有颠到一百，他颠到七十的时候，从汤校长家那边传来了争吵声，起先很微弱，后来声音就大了，汤校长好像骂了汤海玲，后来，汤海玲哭了。白老师在汤海玲的哭声中，没有把球颠到一百。白老师说，陈勇，你回家吧，我们明天玩。

5

我没有回家。

我打定主意要到李木匠家偷块木板。我一定要搞一块乒乓球拍。我也要学会像白老师那样打乒乓球，也要像白老师那样颠球。春梅和小会要是看到我能一口气颠一百个球，会把她们馋疯了，她们不会再笑话我不会玩了。唐跃进他们要是看到我在和白老师打乒乓球，一定会被吓死。

天已经黑透了，村上响起各种声音，狗吠猫叫，婴儿的哭闹，刷锅洗碗的碰撞声，我还隐约听到狂呼乱叫的喊杀，这是唐跃进他们正在和河东那帮孩子打仗，他们的嘘张声势完全是在模仿电影上的冲杀。我走在村路上，走在这些声音里，我听到我耳朵里响起有节奏的乒乓声，是谁在黑夜里打乒乓球呢？这样的幻觉让我亢奋，也增添了我的勇气。我就像夜行的蝙蝠，灵敏地飞行在鱼烂沟村的空气里。我看到许多人都在门口或村道上乘凉，猪圈的臭味，茅坑的骚味，锅屋的烟火味以及人们身上的汗酸味，交织在一起，弥漫在夜色中的鱼烂沟村。

李木匠家的电灯还亮着。

我从李木匠家门口经过，看到李木匠光着背，在堂屋里干活，灯光把门口照亮了一片，在那片灯光里，有一张软床，李木匠肥胖的老婆穿着花裤头躺在软床里，有气无力地摇着芭蕉扇。她的三个女儿，一个在锅屋洗碗，一个在切猪菜，只有三女儿春梅无所事事地走来走去，走来走去，像热锅上的蚂蚁，最后，坐在她家的磨嘴上。

我不敢在李木匠家门口停留太久。在他们都没有发现我的时候，我像影子一样躲到她家笆杖的后边了。

蚊子太多了，它们把我当成了面包。

我看到李木匠家门两旁靠着一块块木板，大小厚薄都有，随便哪一块都能做一块球拍。在离门很近的那棵槐树下，堆着一堆木料，方的圆的长的短的，一直堆到伸展的树枝上。那堆木料对我用处不大，我不可能去扛一根笨重的圆木吧？那些靠在门两旁的木板，可是我的目标。只要我能偷来木板，我用刀，也要一刀一刀刻一块球拍。可我一直没有机会下手。白天，李木匠就在槐树下干活，我根本走不近目标，晚上，他们一家又都在门口乘凉。不过，他们总是要去睡觉的，我总是要偷一块的。

我逃离了蚊子对我的包围。

既然现在没机会下手，我就应该出去遛一圈。我不能在这里喂蚊子，按照三瘸老爹的话，蚊子会发现我的心思的。

我不想现在回家。我母亲一定又在灯下做针线了，她一年到头都有做不完的针线。还有我姐姐，她最讨厌了，除了管我，就是纳鞋垫。我知道她为谁纳鞋垫。她是为唐援朝纳的。唐跃进的哥哥唐援朝在遥远的新疆当一名炮兵，我看到姐姐为他纳的鞋垫上都绣着鸳鸯成双的图案。

我不知道要去哪里，河东我不想去，那里正在打仗，万一要被他们碰上了，不是误伤，就是被他们揍一顿。

我不知不觉又走到村南的小学校。我明知道学校操场边上的小树林里，不会有人打乒乓球——夜深了，又没有灯照明，有谁会在这时候打乒乓球呢？我也学着白老师矫健的样子，助跑，腾空，飞到了乒乓球桌上，我觉得我的姿势差不多像燕子。

我在乒乓球桌上躺下来。要是可能，在这里睡一觉也不错。

蚊子闻到我的气味了。我听到蚊子在我耳边的嗡嗡声。还有一种声音让我奇怪，不像是蚊子的声音，也不像是蛐蛐的声音，更不像青蛙的声音，是人在说话。

是的，我听到一男一女在说话。

女的说，杨红梅是谁？

男的说，你不是都知道啦？是我高中同学，和我一起下放的。

我听出来了，男的是白老师，女的是汤海玲。他们两人在离我不远处的树林里小声说话，他们的声音的确像蚊子的声音。

我不要你说这个，汤海玲哀怨地说，你们是不是很……那个。

哪里事啊，就你会瞎想，我们是一般的同学。

我看不是，她跟我打听你，问长问短的。汤海玲醋意大发，我们村又不是你一个知青，她怎么偏偏打听你？啊？你们是不是已经那个啦？你说呀说呀说呀……

我听到一阵拍打声，汤海玲的小拳头一定结实地打在白老师的身上。

我我我怎么知道……

你小点声好不好，你想让我妈赶你走啊？汤海玲说，我不能跟你说了，我要回去了，我妈已经怀疑上你了，万一被她发现，那我只好死了……明天你要给我交代清楚……干什么呀你……哎呀唔……

他们推推攘攘的，我感觉他们就像在打仗，后来又安静了。再后来，我才听到碎碎的脚步声。当碎碎的脚步声渐渐消失的时候，白老师打一个清脆的手指。

我真怕他们发现我。在白老师的响指中，我松一口气。

我后来没有偷成李木匠家的木板。

李木匠的胖老婆太让我生气了，她居然就睡在她家门口的软床上。

我不怕蚊子发现我，也不怕知了和麻雀发现我，我只怕被李木匠家的人发现。李木匠的老婆就像知道我要上她家偷木板似的，一连几个晚上，都睡在门口的软床里，她手里的芭蕉扇，一直都在摇晃，虽然是有气无力的，慢慢腾腾的，可一直没有停，我怀疑她是不是睡着了也在摇扇子。

6

李春梅对我从她家门口走来走去也产生了怀疑。有几次，我看到李春梅的目光盯着我。李春梅有着一双狐狸一样的眼睛，还有俊俏得也像狐狸一样尖尖的下巴。李春梅每次望我的时候，我心里都发毛，我都怕她突然冲上来，揭露我的贼心，然后，对我下毒手。

有一天，她在我家门口的码头嘴上把我逮住了。

李春梅说，陈勇你天天在码头嘴上干什么啊？

我知道李春梅想我说什么。但是，鬼使神差的，这回我话到嘴边，突然不说了。我知道，只要我说玩，她就会笑我。我不说了，看你怎么笑我。

李春梅说，你是哑巴啊？我跟你说话你没听到啊？

我知道你想我说什么。我胆怯地说出这句话，反而不紧张了。

李春梅说，你天天鬼鬼祟祟的，当我不知道？你说，你是不是想偷我家东西？

我心里一惊，心想，完了，让她知道了。

我找一块瓦片，扔到池塘里，竟然一个水漂都没打出来——我的掩饰毫无效果。

你想当小偷，李春梅说，你要是当小偷，有人会打折你的腿！

我不想听她教训我。我撒开腿跑了。我跑下去很远才回头望她。我看到她在码头嘴上搔首弄姿——她在梳理她的小辫子。她和小会一样，都梳着辫子，小会是冲天的小辫子，而她却是两根拖在腰上的粗辫子。她梳好了辫子，也在池塘边打水漂了。我看到小会从天而降，也出现在码头嘴上。大批的蜻蜓也飞到了码头附近和池塘的上空。小会和春梅又从哪里弄来一把扫帚，在池塘边上拍蜻蜓。

她们还玩拍蜻蜓。我在鼻子里笑一声，满心地瞧不起她俩。

突然一阵脚步声在我脑后响起。我还没有转过头来，唐跃进已经跑到我跟前了，他看都不看我一眼，从我身边跑了过去。

唐跃进在我前边一个急刹车，转过头说，白老师被打死了，快去看看！

唐跃进是飞毛腿，只要我看到他，他都是在跑。他的腿比他的嘴还快。当我意识到他的话对我的重要时，他已经跑了没踪影。

我也跑起来，跑到我们村废弃的祠堂。在祠堂门口，在那棵千年的白果树下，我看到几个上了年纪的人，正咬着耳朵说着什么。

祠堂里住着八个来自南京的下放知青，五男三女，其中就有白老师，他当了我们鱼烂沟小学的老师以后，还住在祠堂里。我听到为他们做饭的老疙瘩说，白老师这回被打得不轻。老疙瘩虽然压低着嗓门，其实他还是希望大家都能听到他的话。他说，白老师不该跟他们一起去偷鸡，小彭庄那地方，解放前就出土匪，人很凶的，你去偷他鸡吃，等于要他命，他没把你打死就算你家祖宗积德了。

到底怎么样啊？可不能出人命啊！

腿瘸了，一根扁担扫到了腿上，不碍事，年轻人吃得住打。老疙瘩轻描淡写地说。

这帮孩子，不好好呆在城里，要来我们鱼烂沟遭这个罪！

可不能乱说啊。老疙瘩说，毛主席让他们来的，谁个敢不来？

可毛主席没叫他们偷鸡啊，听说他们还到小彭庄偷过狗。老疙瘩你知道，他们偷来的东西都是你烧给他们吃的，他们偷了多少条狗？有一百条吧？

老疙瘩说，你们说瞎话也不怕烂舌头！

他们还到贾庙去偷过鹅和猫，猫肉吃不完都酸了，是不是老疙瘩？

老疙瘩说，猫肉又香又嫩，哪有吃不完的道理？你们别嚼舌头了，也不怕遭报应！

老疙瘩你肯定也吃了不少狗肉猫肉吧，要不你怎么向着知青？

这时候，大队书记和民兵营长从祠堂里出来了。大队书记对大家说，你们不安心搞生产，跑到这里干什么来啦？这有什么好看的，啊？小彭庄有人故意破坏毛主席无产阶级革命路线，破坏轰轰烈烈的上山下乡运动，我们鱼烂沟大队二千八百口革命群众一千个不答应，一万个不答应，我决定让民兵营长带几个基干民兵，到小彭庄，把隐藏在贫下中农队伍里的坏分子抓出来，解到公社去！

大队书记的话让我热血沸腾。但我同时也感到后怕。我幸亏没有偷李木匠家的木板，我要是偷木板被抓住，我也会被打瘸了腿。李木匠的斧头锋利无比，一根碗口粗的圆木，他抡起斧头，三下就砍断了，我这条细腿，吃不住他一斧头。李木匠的老婆有两吨重，她身大力不亏，要是把我抓起来，就像摇着扇子一样轻松。李春梅就不用说了，连唐跃进他们都被她打得鬼哭狼嚎，她要是真打起我来，我就是有三头六臂，也不是她的对手。至于她的两个姐姐，也是一个比一个厉害。想想吧，连下放知青白老师偷东西都被打了，我一个小屁孩算什么啊。让我感到失望和悲伤的是，我不能和白老师打乒乓球了，白老师受伤了，腿瘸了，说不定断了，他整个暑假都会在养伤吗？

7

汤海玲说，我认识你。

我叫陈勇。

我知道你叫陈勇，你是鱼烂沟小学四年级的学生。

我说不是，我念五年级，我已经不念四年级了。

我在四年级留了一级，我是成绩不好才留级的，虽然我们鱼烂沟小学和全国形势一样，一派大好，流行黄帅反潮流，不学 ABC，照样吃大米，但留级总不是光彩的事。

哦，我记错了。汤海玲说，你叫陈什么？

我就叫陈勇。

陈勇你会打乒乓球吗？我们打一盘乒乓球吧？

我还不会。

那你会颠球吗？对，你会颠球，我看到你那天和白老师颠球了。那我们颠球吧。

我没有说不会。我明知道我还不会颠球。或者不会颠很多球。我如果实话实说，汤海玲已经看到我那天和白老师颠球了，她以为我故意不跟她玩，我很可能就失去一次玩乒乓球的机会。因此，我变了个说法，说，你也让我从九十开始吗？

汤海玲说，白老师是让你从九十开始的吗？

我点点头。我说白老师他有病了。

我估计汤海玲一定关心白老师的病情。汤海玲听了我的话，果然就神色黯然了。汤海玲说，你知道白老师能不能下床走路？

我摇摇头，因为我没到祠堂里看过白老师。唐跃进说白老师死了，那是造谣。我尽我所能地一边猜想一边说道，白老师……他腿被打断了。白老师到小彭庄去偷鸡，其实……其实他没偷鸡，白老师是毛主席的好战士，他不偷鸡……

汤海玲说，我知道。他们还偷过狗，他们还偷过猫，他们还偷过鹅和羊。他们是毛主席的好战士，他们也会犯错误……白老师不知道什么时候才能打乒乓球……

我看到汤海玲眼圈红了，她咬咬嘴唇，把脸背过去了。我知道她是去擦泪的。

我到小树林里来，本来没准备碰到汤海玲。我是不由自主就走过来了，我知道白老师受伤了，可我还是希望在小树林里碰到他。我喜欢看白老师打乒乓球，他也乐意教我，他比唐跃进他们对我好，也比李春梅她们对我好。白老师不笑话我不会玩。我就是不会玩，他也会教我，带我玩。我想念白老师。我就来到学校了。没想到我刚来,就被小树林里的汤海玲叫过来了。汤海玲对白老师好我是知道的。他关心白老师,也是我能想到的。

汤海玲颠球了。汤海玲眼泡红肿。汤海玲颠球的功夫和白老师一样棒。汤海玲的球拍不是木板做的。汤海玲的球拍上贴着红色的胶皮,只有城里的百货公司才卖这样的球拍。汤海玲只把球颠了五个,就一把抓住了半空中的球。汤海玲说,你帮我送一本书给白老师好吗?你帮我送一本书给白老师,我这球和球拍就送给你了。

汤海玲的话太让我激动了。

汤海玲要把球和球拍送给我,只不过让我帮她送一本书,天下还有这样的好事吗?天下还真的有这样的好事,而且轮到我的头上了。我突然有些紧张。我不敢相信这是真的。我拧拧我的耳朵。这的确是真的。汤海玲已经把球拍和球送给我了。汤海玲跑着回到家里,迅速拿来一本书。汤海玲在跑去和跑回的时候,我看到她的裙子在她的小腿上欢呼雀跃,而她的眼里,却焦急异常。

这不过是一本普通的《金光大道》。我拿着《金光大道》,一路奔跑着,来到祠堂。

白老师躺在床上,他腿上缠着纱布,我看到他的腿又粗又长。他听说这是汤海玲让我送给他的书,格外高兴。他把书翻来覆去地看,抖了好几抖,才问我,是不是有东西让你拿丢啦?

我说没有。我说这球拍,还有球,是汤海玲送给我的。

白老师还是有点不相信,他继续在书里找。

我知道他要找什么。他以为汤海玲会给他写一封信。

他当然没有找到信。他也没有让我带什么东西给汤海玲。

我拿着球和球拍,从祠堂跑出来,从李春梅家门口走过时,特别想让李春梅看到我手里的球拍。可李春梅不在家里,她又和唐小会玩了,我不知道她和唐小会又玩什么去了。后来我在我家门口颠球。我爬在猪圈上颠球。我在码头嘴上颠球。我把球颠起来,看我能把球颠多高。我仰着脸看飞到天上的球,球小着上了天,又大着落下来。我还把球扇出去,看我能扇多远。我在把球一板一板打到墙上的时候,李春梅和唐小会来了。

李春梅大声地说,你哪里来的球拍?偷的吧?

唐小会说,小偷,我要告诉老师。

我不去理她们。我专心致志地打球。我已经能接打好几板球了。

我在墙壁上接打了一会,又开始颠球了。我已经能颠十几个球了。

李春梅和唐小会就站在我身边,她俩的眼睛不是盯着球,就是盯着球拍。

球滚到李春梅跟前了。李春梅迅速捡起球,唐小会跟着就凑过来。李春梅看着洁白的乒乓球,说,给我玩一会吧?

我正在玩,你没看见啊?

我们就玩一小会儿。唐小会拿手比划着,说,就一小会儿。

8

我和春梅、小会一起玩乒乓球了。

我们玩颠球。她们两人对我一人,一百为满。我让她们从五十开始,而我从零开始。她们两个人的技术太差了,唐小会只能颠一个球,而李春梅也不过颠两个球。我已经一口气颠三四十个了。我在颠球的时候,我看出来李春梅和唐小会对我的崇拜,就像我崇拜白老师和汤海玲一样。

李志刚跑来了,他看到我们在颠球,又撒腿跑了。一会儿,唐文明挥舞着大刀来了;唐春生来了,唐春生腰里别着弹弓;李长银来了,他腰上缠着七节鞭;唐跃进手持双枪最后一个跑来。他们看唐小会颠球。他们看李春梅颠球。唐小会和李春梅一次只能颠一两个球。轮到我颠球的时候,我一直颠到四十二个球。显然,他们被吓住了。他们先是目瞪口呆,后来,唐跃进就把手上的家伙收起来了。唐跃进还算知趣,他知道他那两把破枪算什么啊?谁还玩破枪啊,那是小屁孩们玩的。

唐跃进望一眼他的部下。他的部下们也望一眼他。唐跃进说,谁让你们玩乒乓球啦?

唐跃进的声音里缺少一种尖锐,他好像完全是在例行公事,完全是说给唐春生、唐文明、李志刚、李长银听的,好像不这样说一声,他就威风扫地似的。

有李春梅和唐小会给我壮胆,我就鼓起勇气说,乒乓球真好玩啊!哈哈……

为了表明我是一个玩乒乓的高手,我说,我早就不玩枪啊棒啊了,我跟白老师打乒乓球,白老师都不是我的对手,我跟尹老师打乒乓球,我让尹老师从九十开始,我跟汤海玲打乒乓球……算了,我不跟你说这些了,说了你们也不懂,你们去河东打仗吧哈哈……

唐跃进说,谁让你笑啦?谁让你玩乒乓球啦?上交!

唐跃进让我上交。唐跃进让我把乒乓球和球拍上交,我这才害怕起来。

唐跃进跟他的左右使一个眼色,说,把他的球拍缴械了!

李长银和李志刚一步步向我逼进。跟着他们向我逼进的,还有唐春生和唐文明。他们一边向我逼进,一边瞄向李春梅。我后悔我刚才说的那些狂妄的话了。我的话激怒了唐跃进,他要缴械我的乒乓球拍了。

你敢!

李春梅尖叫一声。

李长银站住了。李志刚站住了。唐春生站住了。唐文明站住了。他们呆若木鸡。

唐跃进嘴巴半张着,看着凶恶的李春梅,我看到他脸上的两颗青春痘跳一下,或是痉挛一下。真是一物降一物,唐跃进害怕了。唐跃进挥一下手,说,撤退!

9

躲过初一躲不过十五,你以为李春梅能保护你啊?靠一个女的保护算什么英雄好汉啊?狐狸再再再再再狡猾,也逃不过好猎手,你陈勇还不是落在我唐跃进手里?你这把乒乓球拍不是成了我唐跃进的战利品?哈哈……

我被他们绑在了柿树上。

我只听到笑声,看不清他们的脸——四面八方都是黑,无边的黑,他们不过是黑暗里的另一个黑。李志刚刮一下我的鼻子,说,羞不羞?唐春生刮一下我的鼻子,说,羞不羞?唐文明刮一下我的鼻子,说,羞不羞?李长银刮一下我的鼻子,说,羞不羞。我的鼻子都快被他们刮掉了,又酸又疼。他们的手指就像一根钢筋,坚硬无比。最后一个刮我鼻子的,是唐跃进,他刮一下我的鼻子,又刮一下我的鼻子,说,你怎么不说话?你是哑巴还是聋子?你跟女的一起玩,算什么英雄好汉?你羞还是不羞?你不说话是不是?你不服气是不是?你不说话就是不服气,你敢跟我不服气,好吧,今天我唐跃进不叫你服气我誓不为人!来人,找柴禾,点起火来!

在我面前一米多远的地方,他们点起了一堆火。我以为他们把我当成洪常青,要烧死我的。但是他们没有烧我,他们在火里烧一把锅铲。

一小撮火光映红了他们的脸。

唐春生趴在地上吹火,眼泪被烟火熏得哗哗淌。

唐文明又找来一把草,添到火苗上,把本来就不大的火苗砸小了。

李长银也添一把草,被唐春生一把扒拉到一边。唐春生骂道,你驴日的想熏死我啊!

李志钢手里拿着铁锅铲,他把锅铲拿出来看看,说,还没烧红。

李志钢又把锅铲送到火坑里。唐跃进说，等等。唐跃进凑下脸，对着锅铲吐一口唾液，锅铲上发出滋滋声。唐跃进说，再烧，烧红了，我要看看这小子皮有多厚，骨头有多硬！

他们要用烧红的锅铲烫我。我这回真的害怕了。他们要是再问我羞不羞，我就告诉他们，羞。我以前都是这样说的。我在唐跃进面前从来都不敢顽抗，就是顽抗也不敢顽抗到底。我从前玩什么东西都被他们抢走了，我玩什么他们抢什么，后来我干脆不玩了，我不玩他们又笑话我不会玩，我就真的就觉得我不会玩了。打乒乓球可不是玩——我们什么时候见过乒乓球啊。我原以为能镇住他们的。他们抢走了我的乒乓球拍，太让我不能忍受了。我不怕他们奚落我，不怕他们吐我口水。他们抢走我的球拍，就像抽了我的一根肋骨。现在，乒乓球拍就别在唐跃进的腰里，那是我的乒乓球拍。我费尽心机绞尽脑汁才得到这把乒乓球拍，却轻易就落到唐跃进手里了。我知道，从今后，乒乓球拍就姓唐了。我知道我顽抗也没有用了。我顽抗的结果就是，他们要用烧红的锅铲烫我了。

我发现我哭了。

火旺起来。这样的火，锅铲很快就会红的。

锅铲已经烧红了。唐跃进从李志刚手里接过红彤彤的锅铲。

唐跃进说，我要让这小子尝尝我的厉害！

唐跃进还没有站起来，突然暴跳如雷地叫道，谁，谁砸我？

我也听到乒的一声，紧接着又是乒的一声，像是有人向他们扔坷垃。他们肯定和我一样，又遭到河东纵队（他们称李二叫李三叫的队伍为河东纵队）的袭击了。但是，当发现扔下来的不是坷垃，而是一只只知了时，他们和我一样，都吃了一惊。知了怎么会突然从树上掉下来呢？而且是一只跟着一只噼噼叭叭地往下掉，掉到地上就趴着不动了，有的干脆就往火坑里栽。

唐跃进前后左右地抓知了。他左手抓住一只，右手抓住一只，他还想抓第三只时,被李志刚抓去了。李志刚已经抓了好几只,他们每人抓了好几只。奇怪的是,知了还从树上往下掉,更奇怪的是,远处的知了,一路鸣叫着冲过来,纷纷往火堆里钻。面对这么多知了,唐跃进说,我命令,战利品都要上交……烧知了吃。

唐跃进、唐文明、唐春生、李志刚、李长银争先恐后地把知了往火堆里扔,又争先恐后地从火坑里抢出知了,放在嘴上吹吹就吃了。知了太热,烫得他们咧着嘴,呼呼地出气。

我知道烧知了很好吃。可我吃不到了,我被他们绑在树上。清香味漂浮在露水浓浓的黑夜里。我嘴里生了很多口水。我不停地咽口水。可我的口水就像泉水一样涌出来。我的口水顺着嘴角往下淌……我下意识地摸一把嘴角——我被我的行为吓了一跳,他们绑我的绳索什么时候松了,我的两只手已经能够自由活动了。我弯腰把我腿上的绳索也解开来。

10

我知道他们在找我。我躲在家里不出来。

我躲在家里不出来也不是个办法。我想到外面去。我躲在码头嘴上。我的耳朵竖起来,听村上的蛛丝马迹。没有人告诉我,我就知道唐跃进他们干什么去了,他们到河东去打仗。他们颠乒乓球。他们在夜里点一堆火,吸引知了自投火坑。他们打了败仗或者打了胜仗。他们的一举一动我都知道。他们要是来码头嘴找我,我就跳到池塘里,拉一堆水葫芦盖在头上,躲过他们的搜查。

我躲过唐跃进,却没躲过李春梅。

李春梅一把揪住了我,说,球拍呢?

给给给……给唐跃进了。

被人家抢去的吧?李春梅鄙夷地说,没用处!

李春梅手上带一把劲,我就被她推到池塘里了。

当我水淋淋地从池塘里爬上来的时候,李春梅已经不见了踪影。

码头嘴也不安全,我干脆爬到树上。

祠堂门口的大白果树,高大而茂密,据说有一千多岁了。我现在就蹲在大白果树的枝丫里。我能看到大半个鱼烂沟村。我现在不需要竖着耳朵,不需要嗅着鼻子,我只要放眼望望,就能知道谁在干什么了。我能看到村南的小学校,能看到唐跃进家的枣树,能看到李春梅家的石磨,能看到唐小会在扑蜻蜓。我如果再往上爬爬,爬到最上边的那个枝丫里,我就能看到李二叫和李三叫他们了。我还可以谁都不看,我躺在粗壮的枝干上睡一觉。

我听到谁在颠球,颠乒乓球。不是在做梦吧?我俯视树下。我看到唐跃进在颠球。唐跃进拿着我的球拍在颠乒乓球,红色的胶皮一晃一晃的。唐跃进已经能够熟练地颠球了。他甚至能用红色胶皮的那面颠一下,再用绿色胶皮的那面颠一下。

唐跃进为什么跑到祠堂门口来颠球呢?祠堂里住着南京的下放知青。知青们都在生产队里干不同的活,有的喂猪,有的喂牛,有的看仓库,有的是大队的赤脚医生。他们都忙去了,天天呆在院子里的,只有柱着拐在家养伤的白老师。他是想找白老师打乒乓球吗?白老师要是看到汤海玲的球拍在唐跃进手里,白老师会想念汤海玲的。

李春梅突然出现在唐跃进面前。

是的,太突然了,连我都没有发现李春梅是怎么来的,就不要说颠球的唐跃进了。唐跃进慌手慌脚地让乒乓球落在地上,随意地滚到一边去。

唐跃进说,你想干啥?

你抢人家球拍!李春梅向唐跃进逼近一步。

唐跃进向后退一步。唐跃进说,我没抢。

你敢说没抢!

李春梅两条胳膊张开来，像青蛙一样蹦跳着扑向唐跃进。唐跃进躲闪不及，脸上被抓一下，也跟着摔倒在地。李春梅还想扑上去。唐跃进连滚带爬地跑了。李春梅虽然紧追而去。但是我知道，李春梅根本追不上唐跃进了。唐跃进带着球拍跑了，他把那只乒乓球留了下来。

11

　　现在轮到我找唐跃进了。我手里拎着粪勺，在村子上转了一个来回。我没有找到唐跃进他们。我在村上又转了一圈。
　　唐小会从我身后追上来，说，陈勇你站住，你偷我家粪勺做什么？
　　我不是偷，我是借用一回。我头都不回地说。
　　你借我家粪勺做什么？
　　我找唐跃进，我要把唐跃进脑壳子挖下来，挖出他的脑浆！
　　唐小会说，我知道你为什么要挖出唐跃进的脑浆了，他把你球拍子抢去了，你就要挖他脑浆，是不是？你要真挖唐跃进脑浆，唐跃进就怕你了，唐跃进就躲起来了，你就找不到唐跃进了。
　　我就是挖地三尺，也要把他找出来！
　　我把粪勺扛到肩膀上，大步流星向前走。
　　唐小会在我身后喊道，陈勇你等等我，我有话跟你说。
　　你不要拦我，你拦不住我，你拦我也没有用，我已经决定了，我就是要挖出唐跃进的脑浆！我把唐跃进的脑浆当大粪，挖出来浇菜园！
　　但我还是站住了。
　　唐小会从我身后赶上来，站到我面前。唐小会的脸红了，她瞟我一眼，声音细小地说，其实，其实……我要割草了。我都玩了不少天了，学校号召我们勤工俭学……到了秋天，种马场会来收干草，我二叔对我说了，今年种马场要收几千担干草，价格也要上涨，我明天就要割草了。我二叔让我们别疯了。

我知道唐小会的叔叔是种马场场长,她要割草她就去割,我可不管那一套,我要去挖唐跃进的脑浆,你唐小会凭什么拦我!你唐小会是想让我跟你一起割草吗?去你的吧,我也没有二叔在种马场当场长。

我从唐春生家门口走过。唐春生问我,陈勇你扛着粪勺干什么?

我要挖出唐跃进的脑浆!

唐春生哈哈笑着,跟在我身后。他大声地喊唐文明,唐文明,你出来,要有笑话看了。

唐文明跑出来了。唐文明说,陈勇你扛着粪勺干什么?

我要挖出唐跃进的脑浆!

唐文明和唐春生一起哈哈笑着,跟在我的身后。我走到李志刚家门口时,李志刚正要去挑水,他问唐春生,陈勇这是干什么啊?唐文明抢着说,陈勇要去挖唐跃进的脑浆。李志刚也笑了,他水都不挑了,也跟在我的身后了。李长银正在他家磨嘴上刻宝剑,他好奇地跟上我们,问李志刚,陈勇要干什么啊?李志刚笑着说,你问陈勇。李长银跑上来,问道,陈勇你有病吧?你扛着粪勺要去拾粪吗?

我不是去拾粪,我要挖出唐跃进的脑浆!

李长银也哈哈大笑了。李长银说,你不是去挖唐跃进的脑浆,你扛着粪勺是去找屎(死)!

我身后的所有人都笑了。

唐跃进站在他家门口。唐跃进威风凛凛的,他左边裤腰带里别着链条枪,右边裤腰带里别着乒乓球拍。唐跃进双手叉腰,有点像李向阳。唐跃进说,陈勇,听说你扛着粪勺,找了我好几趟,是来挖我脑浆的?好啊陈勇,我站着不动,等着你来挖哈哈哈哈……本来我想把我这枝链条枪送给你的,我不想玩链条枪了,想把它送给你玩——你还一辈子没玩过链条枪呢。不过现在我改变主意了,我不送给你了,我要把它砸成碎铁,扔到池塘里!

我看着唐跃进别在腰上的球拍,没有听到他说什么。

你还我球拍！我说。

球拍？这是你的球拍？你不是要挖出我的脑浆吗？你要是把我脑浆挖出来，这球拍就归你了。唐跃进拍拍他的脑壳，说，你来啊，来啊……

我看着唐跃进的脑壳。唐跃进的脑壳上明晃晃的，我一粪勺下去，他的脑壳就开出一朵花了。但是我发现我的手在抖，我心跳也在加快，越来越快……我看到李春梅像青蛙一样扑向唐跃进……我听到唐小会说，你要真挖唐跃进的脑壳，唐跃进就怕你了……我听到我啊啊地叫着，挥舞着粪勺向唐跃进扑去。

我是闭着眼冲向唐跃进的。当我睁开眼睛的时候，唐跃进正狂奔而去。

我听到唐小会说唱道，孬，败，黄瓜炒韭菜！孬，败，鼻涕当海带！孬，败，黄瓜炒韭菜……

12

我躲在大白果树上，像猫逼老鼠一样守候着唐跃进。我已经找了唐跃进一天了，这家伙不知躲到了哪里。我原来以为唐跃进真的是英雄好汉，真的把脑壳送给我，让我挖出他的脑浆。或者，他以为我不敢，以为我是虚张声势，没想到这家伙是纸老虎，我粪勺还没有碰到他，他就屁滚尿流夹着尾巴逃跑了。我真佩服唐小会，她其实早就知道这样的结果。我还第一次发觉，有人站在我这边，有人和我一条心——这当然也是唐小会了。

我躲在大白果树上，是因为我走在村路上时，一脚踢到了链条枪。虽然夜色已经降临，我还是感觉那是一枝枪。我捡起来一看，果然是枪，货真价实的链条枪。丢枪的地方正好在祠堂门口。是谁丢了链条枪呢？不用多想，我就知道是唐跃进了。这家伙居然把他视为宝贝的链条枪丢了，可见他多么狼狈，三瘸老爹就说过，好汉怕拼命的，拼命怕不要命的。我从前不理解三瘸老爹的话，现在我理解了，说白了，唐跃进就是一只纸老虎，他和美帝苏修一样。我太高兴了，不费吹灰之力，我就得到了链条枪，而且是唐跃进的链条枪！

我躲在大白果树上想着心事。我估计唐跃进一定会来找枪，或者他就在附近活动。这是显而易见的，只要他一露头，我的粪勺就长眼睛了，就会准确地落在他的脑壳上。我要跟他拼了。我不怕他。我不光有粪勺，我现在又多了一项武器。

夜色苍茫，这样的夜晚和从前的夜晚一样，到处都有一些声音，除了远远近近的知了声，我能听出来哪些是虫子在叫，哪些是花开的声音，哪些是树木在喘息，哪些是庄稼在生长。它们也和我一样，在静静地等待着什么吗？有脚步声响起，我听到脚步声凌乱而犹豫，是唐跃进吗？我蹲在粗壮的树枝上，屏息敛气，睁大双眼，密切注视着周围的动静。可我分辨不出脚步声了。脚步声被别的声音所淹没。脚步声在那些杂乱的声音里，时隐时现。好在，我看到人影了，一个时大时小的影子，由远而近。影子在大白果树下没有停留，而是划过一道更黑的影子消失了。我最初怀疑那是不是人影，是狗的影子吗？是猫的影子吗？我后悔没有在影子从大白果树下经过时朝他放一枪。我要是朝他放一枪，他立马就现原形了。

如果影子是唐跃进，那他是真怕我了。他连心爱的枪都不要了，不敢来找枪，还算什么英雄好汉？他就是一坯狗屎！可是，他如果不出现，我就拿不回我的球拍，我的球拍就归他所有了。一想起我的球拍，我的心里就像被唐跃进刨了一粪勺，揪揪地疼。没有球拍，我怎么能跟白老师打乒乓球呢？没有球拍，我也不能再跟汤海玲打乒乓球了。我喜欢跟白老师打乒乓球，我更喜欢跟汤海玲打乒乓球。汤海玲干净而明亮的脸上有一双楚楚的眼睛，她会羞涩地一笑，她脸上的表情生动而艳丽，她穿裙子，她穿白球鞋，有一双长长的腿，她走路时脚下一弹一弹的，腰也一扭一扭的，屁股也一晃一晃的。我拿李春梅和汤海玲比较过，也拿唐小会和汤海玲比较过，我猜想着，她俩长大了，也会像汤海玲那样笑吗？也会像汤海玲那样走路吗？我不知道，我迷茫地一笑，心里紧张地想，也许唐小会会吧？也许唐小会更像汤海玲。可要是乒乓球拍拿不回来，我如何再和汤海玲打球？如何再看到她生动的身影？我只有华山一条路，挖出唐跃进的脑浆，他就乖乖把乒乓球拍还给我了，我就能又和李春梅和唐小会玩乒乓球了。

我像虫子一样悄无声息地滑到树下。我认定那个影子就是唐跃进。不是他是谁呢？他晕了头，丢了枪，跑到祠堂里找枪了。我可以跟踪他到祠堂里，隐蔽到更黑的黑暗里，趁他不备，一粪勺下去，就解决问题了，就能拔出别在他腰上的球拍了。

祠堂破败的木板大门早已腐烂，扔在墙角里，直到知青来到我们鱼烂沟村，才被他们废物利用，在冬天里做了烤火的柴禾。现在，我一头钻进了黑咕隆咚的大门，试探着向院子里走去。祠堂的院子是一个四合院，院中间还有一片菜地，菜地中间是几丛平条花，平条花中间有一口水井，我们更小的时候，常往水井里撒尿。我想，只要我不漏进水井里，我随便找个地方就能躲起来，然后，我就能找到唐跃进了。是的，我就躲在平条花丛里，我能闻到类似于蜂蜜的香甜味。我抬起头来，四下里打量，许多窗口都黑灯瞎火，只有东面一间房里透出一星灯光。夜已经深了。我知道北面、东面、西面的房子里都住着知青，他们已经把这里当成了家。他们已经进入了梦乡。那么唐跃进呢？我看到他进来了呀？莫非不是他？这时候，我听到一只猫在叫，奇怪的是，猫只叫一声，就再也没有叫。

那间亮着灯光的屋里，走出一个人，腿略有点瘸。我一下就认出来他是白老师。他是出来赶猫的吗？

又有一个人影从黑暗中映现，像狐狸一样轻盈地扑向白老师。

天啊，那不是汤海玲吗？

我被我的发现吓了一跳。我不敢看他们。我低下头，按住咚咚乱跳的心。

奇怪的是，我又想看，特别想看看他们要干什么。

可我看不到他们了——门关起来了，白老师和汤海玲在我的眼前消失了。

我知道他们并没有消失。他们双双躲进了白老师的屋里。白老师屋里的灯光闪了几闪，窗户也好像闪了几闪。我担心灯会灭。还好，灯光在闪了几闪之后没有灭。屋里响起一阵嚓嚓哈哈的说话声和压抑的笑声。我想我如果是一只猫，我就能窜到窗台上，偷偷看看白老师和汤海玲。我还没有变成猫，一个黑影就迅速贴到窗口了。那黑影比猫敏捷多了，他就像幽灵，就像人的影子落在窗口上。那是谁啊？是唐跃进？

13

唐跃进向我走来了。

我发现唐跃进向我走来的时候，他其实已经走到我跟前了。我心里还是抖动一下，我怕他又要找我什么碴，揍我一顿，或者把我绑起来——我已经忘了我昨天还豪情满怀地要挖出他的脑浆的举动了。唐跃进说，你不要怕，我不是来抓你的。你不是扬言要挖出我的脑浆吗？我也不是送脑袋让你挖的，你没有那本事，你也没有那胆量，就是借一百个胆子给你你都不敢！我是还给你一样东西的。

唐跃进话音一落，从裤腰里拔出球拍，向我面前一送，说，拿去！

我不敢相信这是真的。我怕唐跃进又要玩弄什么阴谋。

拿去玩啊！

我还是没有伸手去接。唐跃进经常会玩这种游戏，要是我伸手去接了，他的球拍会闪电一般地打在我的手上，让我的手上火辣辣地疼。

唐跃进用鼻子笑一声，满脸瞧不起我的样子，手一松，球拍掉到了地上。

　　我还是没有上他的当。我要是弯腰捡球拍了，他的脚会迅速踩住我的手。他经常这样玩，不知有多少人上过他的当。但是，就在我发呆的时候，唐跃进跑了。

　　我捡起球拍，再找唐跃进时，他已经跑没了踪影。

　　唐跃进什么花招都没有玩，真是奇怪。我从口袋里摸出那只乒乓球。我又颠球了。

　　唐小会挑着架筐从我身边走过去了。唐小会走过去又走了回来。我知道她也想颠乒乓球。可她挑着架筐，看着我真颠了一会球，还是走了。

　　唉！我冲着唐小会的小辫子喊道。

　　唐小会听我喊她，又站住了，她回过头，问，做么？

　　给你玩玩。

　　你玩吧。当心叫他们抢去！我要去割草，今年种马场要收好多干青草，我二叔让我割一个大草垛卖给他们。

　　唐小会忙着割草了，不过她的话提醒了我，不定什么时候，唐跃进会再杀个回马枪，把我的球拍，连同乒乓球，再抢了去。我把乒乓球和球拍分别藏在裤袋里和裤腰上。我可不想让他们再抢走了。等唐小会割几天青草，她就跟我玩了。

　　我在李春梅家的笆杖边，看到唐跃进躲在那里。正在喂猪的李春梅并没有看到唐跃进躲在她家的笆杖边。李春梅要是知道，非要冲过来抓烂他的脸不可。

　　李春梅一边喂猪一边唱歌。她轻轻地唱道，太阳出来亮堂堂，我为革命养猪忙，养猪忙呀哎嗨呀嗨，干一行就爱一行……

　　突然，唐跃进向李春梅扔一块坷垃，正巧扔在李春梅面前的猎食桶里，花花绿绿的猪食喷在李春梅的脸上和身上。李春梅尖叫一声。李春梅看到唐跃进了，她又尖叫一声，挥舞着喂猪的铜勺，向唐跃进冲去。

唐跃进哈哈大笑着狂奔而去。

李春梅不再追他了。李春梅破口大骂道,你这个害瘟病的,你不到河东去打仗,你找死啊?你还抢了人家的球拍……

唐跃进抢着说,我不到河东去打仗了,谁还跟那些小屁孩子玩打仗啊,我也不玩球拍了,我要到县城看电影了,你去不去?我带你去吃一碗三鲜汤……

流氓!

啥?

流氓!

14

三年后,我初中毕业后考上高中,到三十里外的县城读书去了。又过一年,暑假里,我回鱼烂沟村。傍晚,我在我家门口池塘边的桑树下一边乘凉,一边看书。

我听到踏踏的脚步声,抬头一看,是收工回来的唐文明。

唐文明热情地跟我打招呼,他说,到我家玩玩啊!

我说不了。

唐文明肩膀上扛着铁锹,跟我笑笑,回家去了。

李志刚也从田里回来了,他老远就跟我叫道,陈勇你放暑假啦?李志刚走到我跟前,在我肩窝里捣一拳,说,吃颗烟。

我也跟他哈哈着,说不抽不抽。

李长银从后边跟上来了,说人家大学生不抽烟。

李志刚说什么大学生啊,再大的学生也是跟我们光屁股长大的,是不是陈勇?

我哈哈着说是是是。

唐春生养了一只羊，这时候也牵着羊回来了，他手里顺便拎着一小捆鲜嫩的青草。他走到我们跟前，一直笑着，他长了满脸的青春痘，青春痘在夕阳下闪闪发亮。

我说唐春生最会过日子了，弄了头小羊养着。

唐春生说，养着好玩。又说，年上回来杀羊肉吃，喝酒！

李志刚说，我们玩了这些年，还真的没在一起喝过酒哩。

唐春生说，我给唐跃进写信了，让他春节回来探亲，我们一起杀羊肉吃！

李志刚说，你外行了吧，当兵头一年不许探亲。

唐春生说，谁说的？

李志刚说，李春梅说的，唐跃进亲口告诉李春梅的，不信你问问李春梅，李春梅，过来过来。

李春梅把草帽拿在手上，正向我们这边张望，听到李志刚在喊她，便走到我们跟前了。李春梅还是胖，人高马大的，胸脯挺得又高又远，她已经是个大姑娘了。李春梅说，又嚼什么舌头根？谁说我坏话谁就烂舌头根！

你说唐跃进今年春节回不回来探亲？

我怎么晓得！

你还不晓得？你天天给唐跃进绣鞋垫，你以为我们不晓得？唐跃进临走时都跟我们坦白了，唐跃进儿年前就带你到城里吃过一回三鲜汤了，还看了一场电影，是不是？你就说唐跃进春节回不回来吧。

反正我不知道。李春梅脸红了。

李春梅从我们身边走过去了。我们看着她摇来摇去的粗壮的腰，还有晃来晃去的肥大的屁股，都笑了。

我们又说一会话，便各自回家了。

我没有回家。我向村头望去。我是望一个人的。我是望唐小会的。唐小会到种马场上班了,她的工作是喂马,一个月有二十九块钱工资。她叔叔跟她说过了,再过两年,最多三年,在她二十岁之前,一定要帮她转成国家正式工人。唐小会在说这话的时候,口气里是自豪的,充满神往的。唐小会在我们鱼烂沟村,一下子就变成一只金凤凰了。

唐小会骑着一辆凤凰牌二六式女车,从村东过来了,夕阳正好照在她的身上,她便融进一种暗紫色的色调里,她就像一只正在飞翔的凤凰,向我快速飞来。

我想喊她一声。或者,我就是不喊她,她也会拐过来,从我家门口骑过。可她并没有拐过来,我甚至发现她连望都没朝我望一眼。我有些紧张也有些落寞。

我母亲也收工回家了。我家锅屋的烟囱里冒出了炊烟。家家烟囱里冒出的炊烟和黄昏的暗紫色一起掩盖了我们鱼烂沟村。我蹲在池塘边的码头嘴上洗脸,池塘上空有许多乱飞的蜻蜓,三年前,小会能拍很多蜻蜓,而我一只都拍不到。那时候,他们都不带我玩,他们还笑话我不会玩。

突然一颗石子落在水里,我扭头看去,是唐小会。唐小会站在码头嘴上,正笑着。她的样子有点像当年的汤海玲。

我也笑着站起来。

我有些拘谨。

她也仿佛不知所措。

我们打球去吧。她说。

打球?

乒乓球啊。

唐小会的手上突然出现了两块乒乓球拍,她说,知道你要放暑假,我几天前就买了。走啊,打球去!

好……

我的话就像一股气流,连我自己都听不真切。奇怪的是,唐小会却听到了。

这时候,起风了,一丝丝风,或者一缕缕风,吹动了树梢,也吹动了池塘里的水,当然,我们心里的水也被吹皱了……

唐小会把乒乓球打的这么好,是我想不到的,我几次都落了下风,而且,她打球的动作,太像从前的汤海玲了,不,比汤海玲还优雅,还矫健。

茶香万里

章老板

春天里，晴朗的阳光一如既往地涌在城市的大街小巷。城东一条破败而繁忙的大街上，挨挨挤挤的店铺中，生茂茶庄粉墙黛瓦的建筑呈现出老宅的沧桑和衰败，即便是这个外貌平平，灰不拉叽的生茂茶庄，在城东一带的商号中，信誉之好，生意之兴隆，都是有口皆碑的。茶庄的老板姓章，山西人，一副精于生意的瘦俏模样。章老板名播四海的因素很多，比如做生意讲究内功等等，但综合起来大致有三条最重要：由一个挑小担的货郎奋斗成财霸一方的财东；一连娶了二房姨太太都没能给他添丁生子继承家业；两个如花似玉的女儿同读本市省立师范（至于后一条，人们多半是猎奇新事物）。另外还有一个人人皆知的嗜好，喜欢泡书院听小戏。

章老板的故事就是从泡书院听小戏开始的。

书院在老大街的尽头,实际上只是一户王姓人家的后院,从老大街拐下去,一条湿漉漉的石板小路直通王家。韵味悠长的琴声就是从这座泥巴院墙里溢漾出来的。每天从东南沿海一带赶来的小戏班社唱一段《楼台会》、《秦雪梅吊孝》、《穆柯寨招亲》等段子。按说章老板是大商号的老板,不屑于到这些三流场合来凑热闹。但是章老板真是喜欢这些细细呀呀的小戏,那些沿海一带过来的乡下小媳妇小姑娘人人一副好嗓子,唱戏人真入情,又不造作轻浮,章老板常常抽暇听一段。听完后也不叫好,丢下几个钱就走了。书院的王老板都要送到街口,大声地说章老板你走好。要是碰巧遇到熟人,王老板会主动说,我来送章老板的。口气里不乏炫耀和自豪。

这天午后,章老板慢慢地呷几口茶,拿着纸扇走出来。章老板喜欢穿一双圆口布鞋,一件烟灰色直贡呢长衫。章老板的装束在老大街绅士阶层中亲切而朴素,如果不是一副黑边金丝眼镜,人们还认为他和草市上掌大秤的经纪人差不多。老大街人喜欢章老板,喜欢他的为人,都说,这才是人家章老板。现在,章老板从茶庄后门进来,看掌柜和伙计们正在忙生意,脸上就有一种踏实的微笑。章老板在茶庄逡巡一回(这是他多年的习惯,每次出门之前,都要到店堂里停留片刻,吮吸几口弥漫在店堂的浓郁的茶香)。胡掌柜跟他说,章老板出门啊。章老板微微颔首,绕过高大的柏木柜台,从正门走上繁华的老大街。

一刻钟之后,章老板坐到了王家书院的藤椅里,这张藤椅是专门为章老板准备的,其他人或坐在长条凳上或蹲在墙角,他们大部分是老大街的普通百姓,少花几个钱来热闹热闹。

唱戏的戏班子一共五人,打洋琴的是一个三十来岁的年轻女人,脸上有几个浅麻子。弹三弦的老头干巴瘦小,六七十岁的模样。另外还有两个十几岁的女孩,一个三十来岁的年轻人,他们唱一出新戏,叫《房四姐》。章老板从前听过这出戏的开头部分,知道这是一部苦戏,讲的是少女房四姐被父亲强行嫁出去的悲惨遭遇。这戏很少有人唱,因为唱房四姐的难度大，很难把握人物性格。再有一个因为曲调哀婉，听戏人往往会浠浠哗哗地落泪，情绪控制不住。章老板知道，敢唱《房四姐》的戏班子，一定有好角儿才行。果然，唱房四姐的那个女孩，十七八岁，嗓音清冽婉转，把人物塑造得恰到好处。章老板听到动情处，心也被唱酸了。章老板端详着唱房四姐的女孩，这女孩脸盘儿俊秀，有一种冰清玉洁的水色儿，特别是那双灵活的眼睛，像一泓清水一样，低头时静若清泉，顾盼时千娇百媚。那身段也不一般，年轻女子常穿的蓝布大襟褂在她身上映出大家闺秀的样子，特别是那双又粗又长的辫子。章老板还没见过这么好的辫子。章老板脸上浮泛着失真的微笑，不同自主地摸了摸身边的茶杯。章老板听戏从不喝王家送来的白开水，他这一细小的动作恰巧被精明的王老板看在眼里。

　　小戏唱了一半，章老板看看怀表，差不多该回去了。章老板破例拿出两块现洋，跟打躬作揖的王老板小声说，戏好，角色也好。王老板收了钱，说章老板，你老看重了，哪敢收这么多钱呢。章老板浅笑一声，眼睛里隐藏着许多的深不可测，朝唱戏的女孩呶呶嘴，说，一半归她。王老板说照办照办。

　　章老板走到街口，王老板照例送到街口。王老板说，章老板您走好。章老板不像平常那样立马就走了，而是犹豫一下，说，这班子是哪里人？台面满不错的。王老板说是我老家阜宁来的顾家班，初来海州地，还望章老板奉场。章老板噢一声，是王老板老家人。王老板混街头多年，看今天章老板神态反常，就说，其实也算不上老家人，那个小姑娘，就是唱房四姐的叫殷五妹，是老顾头在路上捡来的，认作干女儿，章老板你看她唱腔、身段还蛮不错的吧？章老板说不错，蛮不错。

　　三姨太银燕号准章老板上了楼梯，突然号啕起来，亮着嗓门喊道，这日子不能过啦，这日子不能过啦，受老的欺，还要受小的气，这他妈什么日子。

　　章老板听出来，三姨太银燕又和他二女儿涵玫闹气了。章老板走过银燕的房间，问，怎么啦？

"问你的宝贝女儿吧。"银燕脸上没有任何泪迹和悲伤，却能用委曲的声音说，"这日子不能过了，这日子真的不能过了，什么人都来欺负我，骚腥浪气的丫头，她凭什么期负我！"

章老板皱了眉，慢怒地说："你到底说谁？有什么大不了的事？早就跟你说过，不要芝麻当西瓜，丁点的事也张张扬扬，谁欺负你啦？我不相信这家里还有谁敢欺负你。"

"什么？"银燕突然嗤嗤地笑一阵，"你说什么？你老东西心肝都叫狗吃啦？你家谁不敢欺负我？你家里谁都敢欺负我。"银燕又呜呜地哭起来。

章老板长叹一声，说："我还是不知道为些什么，你说谁欺负你啦？"

"还有谁？涵钥，涵钥那浪丫头她偷了我头巾。"

章老板松了口气，是涵钥，不是涵玫。章老板的二女儿涵玫生性刁蛮，嗓音尖厉，她似乎特别喜欢和银燕斗气。而涵玫的大姐涵钥则温柔善良，性格平和。章老板同时又感到奇怪，涵钥怎么会偷她的头巾呢？这是不可能的事。章老板说："一块头巾算什么，要回来不就得啦，也值得哭哭闹闹，你怕家里清静呀？"

"谁哭闹啦？我要等那骚丫头回来跟她算账！"

又来了，章老板口气也变得体贴一些，章老板说："涵钥真要是拿你的头巾，我跟她要回来。不过，孩子拿你一块头巾，也算不得什么，你又不是缺那几个钱，要买什么花样不行？在乎跟孩子计较？"

银燕说："我也不是存心要计划，涵钥要是看好想要，跟我讲一声不就得啦，我还不至于那样小气。"

章老板听罢，就更有些生气了，这不是有意胡搅蛮缠吗？但是章老板不好再说什么了，他不相信大女儿涵钥会拿她一块头巾。章老板就说，这事就这样了，这几天我要理理头绪，春茶再有一个月就要上市了，我要准备银票去南方购茶。

"我知道我又烦你了。"银燕又恼怒地说,"你忙你生意去吧,我被你家里人欺负死了活该!"

章老板拿她没办法,心烦,想起唱小戏的顾家班,想起那个唱房四姐的叫五妹的女孩。章老板心里有一种飞流直下的落差。只好端了茶壶踱出门外。章老板拐到东厢女儿的房间,看见涵玫在看书,就问:"涵钥呢?"

涵玫说:"我怎么知道。"涵玫眼睛没离开书,觉得唐突了,又说,"大姐在学校里,和刘师母说话,她让我先回家。"

章老板顿了顿,还是问了:"涵玫你知道涵钥拿了你姨娘的头巾?"

"她胡说。"涵玫说,"大姐稀罕她那条破头巾。"涵玫又说:"她说大姐那头巾是她的?这就怪了,大姐那件黄头巾怎么能是她的呢?她能有大姐就不能有?"

"这么说涵钥也有一块和你姨娘一样的黄头巾?"

"反正大姐那头巾不是她的。"涵玫从鼻孔里笑一声。

"你看到涵钥买的头巾?"

涵玫说:"爸,你今天怎么啦?告诉你吧,大姐那块头巾不是买的,是人家送的。"

涵玫估计那块漂亮的头巾一定是刘散之送给涵钥的定情物。刘散之是刘校长也就是刘师母的儿子,也在海州师范读书,比涵玫高一班。

章老板知道事情的原委,准备跟银燕说说。谁知银燕却先叫起来:"调查清楚啦?我可没说谎吧?告诉你,这事我没完!"

"你叫什么?再找找看。"章老板冷峻着脸说。

"我不用找,我一看那头巾就是我的。涵钥就是偷了我的黄头巾。"

"叫你找你就找找。"章老板提高了嗓音。

银燕嘴上说不用找,还是在箱子里柜子里翻了一阵。

章老板站在一边,突然看到银燕在柜子里翻出一件鹅黄色真丝头巾。银燕一把抓住头巾,愣了一会儿。

"这不是找到了吗?"章老板拉长了脸。

银燕突然把丝巾扔在地上,恼怒地说:"找到一块算什么,我是两块的,和这一模一样!"

章老板瞪银燕一眼,很少发脾气的章老板呵斥道:"不像话。"

银燕又哭喊道:"我就是两块的,涵钥就是偷了我的黄头巾。"

不像话!章老板甩了门,怒气冲冲地走了。身后传来银燕哭叫声,好啊,你们一家串通好来欺负我,好啊……

章老板走在老大街上的心情和原先大不一样,听殷五妹唱一段悲悲切切的《房四姐》,章老板除了同情命运悲惨的房四姐,更喜欢殷五妹那脆生生的嗓音,那姑娘天生一副好嗓子,有一种缭绕的磁音,仿佛不是唱出来的而是故意做出来的,姑娘人也标致、玲珑,眉不染而翠,唇不点而红,混杂着乡妹子的天真、纯情和城市姑娘的丰满、美丽。章老板把戏听了一半,离座时就有些后悔,章老板觉得应该再听一会儿,下午没有事情要办,不该放弃这么难得的机会。现在,章老板的后悔就像久旱逢雨的庄稼一样疯长。对于三姨太银燕的蛮横无理,章老板无可奈何。三姨太是章老板去年四月在浙江收购珠兰茶时,从宁波妓院里买来的。当时章老板刚死了二房太太胡氏。自己无一男丁,娶胡氏本想生个一男半子,没想到胡氏命短。章老板怀着失落和悲伤的心情来到宁波,和他老相好银燕在一起厮混半个多月,一时头昏,就把银燕娶回海州。虽闹了满城风雨,但海州的老百姓宽容大度,很能理解章老板的心情,觉得也没必要大惊小怪。谁知这三姨太不争气,肚里也没货色,脾气又暴躁蛮横,章老板越来越有既知现在何必当初的悲凉感慨。听小戏对于章老板来说,不光是爱好,还是一种消遣和打发时光的最好方式。这顾家班子更是了得,三弦弹得好,洋琴打得好,还有殷五妹独具特色的嗓音。如果不是中途回家,也许就不受三姨太的窝囊气了。章老板低着头,一边回想一边走路,老大街上的店铺大多到了打烊时间,生意不是很好,夕阳的余辉跳跃在光滑如镜的石板街道上。店铺里的生意人趴在柜台上百无聊赖地打量着人迹稀少的大街，或捧一壶茶水慢慢品评，或一两人说着悠长的闲话，嘴勤的人会大声问候章老板。章老板脸上做出热情的样子，哦哦啊啊应付着。章老板的和气温派在老大街抑或整个海州城有口皆碑，生意人的精练、信誉、气魄以及胆量、豪情在他身上都不温不火地体现，他初创生茂茶庄时，就拉开创名牌商号的架势，店堂不仅外观漂亮，室内陈设也独具特色。进门后，东西各有一面巨大的玻璃镜，相互映照，呈现顾客的许多身影，显得两侧非常深远，还有一座德国大座钟，带着一种时新的洋气，高大的木质柜台以及一只只特制的圆柱形茶桶，更显得气派。他每年都在新茶上市的时候，亲自带人去安徽、浙江等名茶产区，坐收毛峰、珠兰、龙井、大方等新茶，并聘请当地名师代为加工窨制，风味独特，质量上乘。每次新茶上柜，都由他亲自品尝，所以价格也公道合理。章老板常说，卖茶叶是君子生意，没有讨价还价的。可是喝茶人心中有数，哄不了人家的，漫天要价谁还来买你的茶叶？老大街人敬仰章老板，还把他的一些经营传统神秘化了，比如说这个店年代久远了，各种好茶的浓香都把店堂熏透了，孬茶从里过一下，也会变得好喝。又说茶叶容易串味，卖茶时伙计从来不把茶叶包递到顾客手中，而是将它放在柜台上由顾客亲自取。章老板生意做到这份上，自己也心满意足少有遗憾的，但是大太太邢氏天天打牌，三姨太银燕不讲道理，实在叫他难以忍受，所幸两个女儿在本地师范上学，还没给他添什么乱子，不然这茶庄可真内忧难继了。章老板的心病是他膝下无子，这谁都看出来。章老板五十一岁了，他还能怎么样呢？总不能空创这片家业啊！老大街每一块石板章老板都非常熟悉，街道上不知遗落他多少失望和希望。

　　章老板在黄昏时分来到王家书院是以前从未有过的事。

　　王家书院板凳断裂，锅碗的碎片撒满院落，洋琴、三弦以及板子、二胡等唱戏的用具也横陈在地，若大的院子一片狼藉，只从东边厢房里传出嘤嘤哭声。章老板心里咯噔一跳，出事了。章老板急步走到东厢房，看到王老板的家人和顾家班的人围在弹三弦的老顾身边。老顾满脸血迹，躺在床上，大口喘气。王老板看见章老板走进屋里，迎上来，突然像孩子一样地哭了，章老板啊。

章老板说，认得是谁吗？

王老板甩了把鼻涕，说一下子冲进来六七个人，见东西就砸，把顾大爷打了，把三妹骂了，我去和他们评理，腰上也被砸两棍，章老板，你说这世道，唉。

章老板愤然地说，到警察局告他们。

唉，王老板低着嗓音说，章老板，没用啊，那几个强盗，有一个我认识。

哦？

是白旅长的人。他们不是冲顾家班来的，是冲我来的，他们借口顾家班的人偷了他们老爷的东西，把老顾推倒在地，腰也跌伤了。

提到白旅长，章老板心里有数。白旅长就是驻军旅长白宝珊，这家伙权势倾城，在海州不但有店铺、盐号、澡堂，又集股新建一家戏院，叫新新舞台。章老板已在昨天接到白旅长的帖子，请他明天下午参加新新舞台的首场演出及揭幕典礼。白旅长派人来砸王家书院，无非是为他新开张的新新舞台争客源。

章老板声音低缓地说，王老板，你这书院往后是唱不下去了。

王老板伤人破财，只顾唉声叹气。

章老板走到老顾床边，问，老顾，还行吗？章老板说着，拿出身上的几块银元，说，这钱先拿着治病，有什么难处尽管找我。

老顾抬抬头，嘘嘘喘喘地不知说句什么，眼角上滚下两行浑浊的泪。

章老板看一眼五妹，五妹也正看着他，亮亮的眼睛里奔腾着七彩虹霞，含满疑惑和感激，五妹看章老板意味深长的目光，伶牙俐齿地说，多谢老爷。章老板说，不用了。章老板又说，你就是五妹？五妹轻轻应一声，说老爷有何吩咐？章老板笑一下，有些自语地说，真像涵玫。

- 227 -

王老板道，章老板过奖了，五妹哪敢和章老板家二小姐比？五妹还不快谢老爷。

多谢老爷夸奖。五妹的声音徐徐道来，章老板听来受用，目光在五妹身上停留片刻，脸上笑意朦胧。

章老板嘘寒问暖了一阵，抱拳跟众人说，我先回了。又跟王老板说，都不是外人，有用得着我的地方，尽管讲，我章某一定帮忙。章老板临走时，没忘和五妹告别。

第二天上午，章老板又来看了老顾和顾家班子，很关心地问了五妹一些情况，发现这女孩脑子非常灵便，很能迎合章老板的话，不像初闯江湖的乡下妹子，而且不知如何知道章老板家的许多事。说到章老板两个女儿，女孩口气里不乏羡慕和钦佩，然后竟说，不孝有三，无后为大，章老板富甲一方，人也聪明，当是早有计划了。章老板被她说得不敢抬头，心想这女孩不得了。章老板从王家出来，五妹和王老板一起相送。王老板破例也没把章老板送到街口。王老板立在院子里，说，章老板你走好，又跟五妹说，五妹你把章老板送关。章老板朝王老板一笑，说，不用了吧。五妹矜持秀口地说，能送章老板这样的贵人，五妹三生有幸呢。王老板也笑哈哈地说，瞧瞧五妹，多会说话。章老板也爽朗地笑了，他略等一下五妹，就跟王老板拱拳告别。五妹腰肢婀娜，步态轻盈地走在章老板身边。章老板说，五妹嗓子好，戏也好，跟谁学的呀？五妹说，章老板是夸我呀，五妹不敢当呢，戏是唱着玩的，小时候跟母亲学，母亲死后，就自己学呀。章老板说，五妹你这名字不好的，我给你改一个怎么样？五妹说，咱乡下穷孩子，哪能比得上章老板家的大小姐二小姐，一个叫涵钥，一个叫涵玫，一听也是书香门第的千金小姐，章老板叫俺五妹，俺喜欢听哩。章老板听五妹儒软的乡音，心里像有毛毛虫在爬。他看了眼五妹，五妹脸上氤氲着多情而媚人的笑意。章老板从未遇过这样清冽又善解人意的女孩。章老板心有所动，又难免的辽远而落寞。到了街口，五妹步子滑了下来，五妹说，章老板你慢走。章老板做了个手势，把双手背在身后，准备昂首阔步，突然又听到五妹说，章老板你慢走。章老板转过身来，颔首含笑。五妹把辫子拿在手里，眼里闪着泪花，脸上飘荡着茫茫无际的微笑。章老板心里咯噔一下，五妹又低低如诉地说，没有事了。五妹说完，扭身朝巷子里走去。

因为要到新新舞台去看大戏，三姨太银燕在梳妆台前仔细地化妆。章老板坐在书桌前看书，一本薄薄的线装书章老板很快就翻完了。章老板瞟了眼银燕，又把书从头翻起，读一两页，章老板实在忍不住了，咱们去听戏，又不是你去唱戏。

银燕冷笑一声，我知道你早就烦我了，有本事再去娶一房，我要管你的闲事我不是人！

章老板对银燕的抢白没有吭声，五妹那茫茫无际的微笑再一次飘忽在他眼前。

你哑巴啦，怎么不说话？说到你心尖上去了是不是？

好了好了，章老板把书朝桌子上重重一放，说，你要再不走我自己走了。

我知道你巴不得我不去。银燕推开一堆化妆品，好了，看看还行啊？不掉你面子吧？

化过妆的银燕光彩夺目，艳丽照人。银燕夸张地扭腰，走到章老板身边，挎住章老板臂膀，嗲声道，你真就那样烦我吗？

章老板笑在脸上，心里却无滋无味。

新新舞台前张灯结彩，两队穿灰军装的士兵在门前排开。白旅长一身戎装，站在门口迎接来宾。

章老板和三姨太走上前去，章老板拱拳祝贺道，白旅长财运高照财运高照啊。

白旅长啊哈一声，操着军人的浑厚嗓音说，章老板章太太大驾光临，敝人有失远迎。

章老板说，能荣幸一饱新新舞台的风彩，真乃三生有幸。章老板说着，递上红纸包，不成敬意，请白旅长笑纳。

客气客气！白旅长接过来，有勤务兵接过去转身送给八仙桌上的账房先生。

章老板和三姨太随着人流步入剧场。剧场其实只是一幢大屋，有一排排整齐的板凳。舞台也简陋，两只大汽灯吊在剧场上空。很快，客人就坐满了，白旅长走到台上，说了些感谢诸位光临以后还望多捧场的话，又简单地介绍了戏班子，说是北方挖来的名角，唱一出多本连台戏《飞龙传》，然后，宣布开演。场内爆发热烈掌声，三姨太更是神采飞扬，说《飞龙传》她从前听过，五十八本连台大戏（三姨太故意加重"大"的语气），就是一天演两本也要唱二十几天，过瘾。章老板不喜欢听京戏，更不懂什么叫《飞龙传》，演大半时了，他也没看懂什么玩意。三姨太却是神情专注，不断地叫好喝彩。

京戏结束时天已黑透了，回到茶庄的楼上，章老板说，没看懂，冬咚咚锵锵，什么东西！三姨太说，你真没品，就喜欢听那些咿咿呀呀烂小戏，乡下人！往后谁稀罕你陪？我自己去听戏，被人拐跑了你不后悔！

章老板牵挂顾家班子，牵挂五妹，一夜没睡踏实。章老板上午在茶庄和胡掌柜合计到南方购茶的事，不停地打瞌睡。胡掌柜说，老板你累了，休息休息吧。我再给南方老朋友拟几封信稿，下午请你过目。章老板答应着，却没走。章老板踟蹰了一阵，说胡掌柜，请你帮个忙。胡掌柜说，章老板的忙，我一定帮。章老板装着坦然的样子，说也不是什么大忙。章老板就把昨天发生在王家书院和顾家班的事说了。又说了新新舞台和白旅长。胡掌柜四十来岁，老谋深算，很能揣度人心。跟章老板多年，章老板言行主态，逃不出胡掌柜的眼光。胡掌柜道，我知道了，我马上去看望一下顾家班子，带些银两去慰问，如没有什么大问题，我下午请顾家班的一两个名角来给章老板唱一段。章老板会意地一笑，你去办吧。

章老板从后门来到后院，伸伸臂，扩扩胸，哼两句《房四姐》里的唱词，就上楼去了。现在，后院里除了楼下打杂的徐嫂，没有一个人，原配邢氏又到街对面祥记酱油店打牌去了，涵钥和涵玫在海师上学，三姨太银燕兴高采烈地去了新新舞台，那里新成立一个什么票友会，专门为名角喝彩。偌大的后院有些冷清，春日瑞丽的阳光照在砖地上，反弹上来，温暖了章老板的思绪。院子里的一棵槐树甩着鲜嫩的绿叶，爬山虎在朝阳的院墙上也尽现旺盛的风采。章老板不大喜欢花草树木，对园林方面的知识几乎一窍不通，院子里少有的几种绿色也是佣人伙计们陆续栽种的。章老板在走廊上踱着步，思忖着院子里应该栽种几株月季花，或者牡丹、勺药一类的名贵花草，不是更显生机活泼了吗？种几棵茶树也行，对了，这次到南方去，带几棵茶树回来，就栽在爬山虎的下面，有三棵差不多了，五棵也行。章老板思绪异常活跃，想到胡掌柜已经走到王家书院了，胡掌柜不会把事情办砸了吧？胡掌柜人聪明，那王老板也机智了得。章老板扶栏眺望，耳边响起儒雅抒情的南方小戏……

　　下午，五妹果然来了。和她一起来的，还有那个打洋琴的年轻女人。女人姓顾，叫顾大姐，是老顾的侄女。顾大姐没带洋琴来，而是带一把三弦。简单收拾一下，顾大姐扶弦，五妹执板，琴声、歌声就在客厅里飘扬了。

　　章老板深坐在红木太师椅上，八仙桌上泡一壶龙井茶，神情坦然而自在。听了《楼台会》后，章老板说，唱几个小曲吧。

　　五妹的小曲更是哀婉凄切，一曲《五更寒》把章老板心也唱酸了。章老板看五妹脸上也挂两行泪，又怜又爱的情绪油然而生。五妹年轻漂亮，波浪一样起伏有致的身段，是生儿子的料。章老板正想着，看到银燕在窗前一闪，知道京戏结束，天色已晚，待到一曲唱完，章老板说，今天就到这里了，明天下午再请二位来。

　　也许是在章老板家里吧，五妹略有拘束，举手投足轻巧而谨慎，始终没多说一句话。这叫章老板更钦佩她了，不狂不乱，稳健持重，一准能成大器，假如有这样的女孩跟在身边，走到哪里也增添身份。

此后，十几天里，生茂茶庄的楼上，每天下午都缭绕着琴声歌声，章老板沉浸在欢乐的享受中，越显红光满面，神采奕奕。一日雨后，章老板叫胡掌柜在客厅闲谈，章老板终于说出盘恒已久的心事，要娶五妹为妾。胡掌柜虔诚而讨好地说，老板有眼光，那五妹绝非一般乡下女子，相貌非凡，人品上佳，老板若娶过来，不但财运日新月异，定会喜得贵子，老板放心，这事由我去办。

多带些银钱，不要亏待家的人。章老板说，还有王老板。

一定办好，一定办好。

胡掌柜从客厅出来，非常鄙夷地嗯一声，三姨太是烟花女，这没过门的四姨太是个卖唱女，老板有钱没处花了，想儿子想疯了。胡掌柜突然想到这件事在银钱上他也许能漏点好处，脸上也漾着得意的笑。正巧在茶庄门口遇到从外面回来的三姨太，胡掌柜的笑就像水中涟漪一样一圈一圈地扩散。

什么喜事这样笑？三姨太用手中的伞柄敲了下胡掌柜，讨了小妾不成？

胡掌柜吓了一跳，想这女人真是神算子，就笑着说，还不一定呢。

三姨太突然大笑道，什么还不一定啊，瞧瞧你那样，配不配娶小？胡掌柜也学会跟我耍油了。

胡掌柜被三姨太的放肆弄得手足无措。胡掌柜闪烁的目光不敢在三姨太胸前多停留，胡掌柜说，三姨太听戏回来啦？

三姨太没理胡掌柜的话，兴奋地说，胡掌柜眼睛带刺，巴不得扎透一堵墙，臭屎眼少在我身上爬来爬去，你是三岁小孩，就让你吃一口。三姨太熟练地飞一个媚眼，又用伞柄敲了下胡掌柜。

胡掌柜看三姨太肥硕的屁股在楼梯上扭来扭去，弄得晕头转向，这女人怎么啦？谁知那三姨太还不饶他，走到楼梯口，又扭身朝胡掌柜妩媚地一笑。

三姨太在楼梯口的媚笑像烙铁熨过似的印在了胡掌柜的心上。胡掌柜搜索心中的记忆，三姨太从没有像今天这样放荡。她每次从茶庄进出，最多朝一侧镜子里打量自己丰满的倩影，尔后忸怩地走进或走出。其实，茶庄后院是有一座侧门的，落在洋桥巷里，章老板家的其他人一般都从侧门进出。先前只有章老板例外，后来才有了三姨太。三姨太喜欢从茶庄进出，胡掌柜判断其原因有三，一是茶庄临街，进出方便，茶庄的后门又紧挨楼梯；二是茶庄有两面镜子，三姨太可以欣赏一下自己的美貌或检点一下衣着化妆的得失；三是显示自己的身份区别于茶庄的其他人，和章老板平起平坐。但是，三姨太今天实在是突然而奇特了，胡掌柜因而多了一份心事。

胡掌柜和三姨太

胡掌柜没想到媒人如此地容易做，淹淹残喘的老顾头不但满口应承，还连连道谢。五妹更是一副平静如水的样子，长久地低眉沉思或双目凝视，谁也猜不透她想什么。

银燕坐不住了，她是在三天后知道的。银燕妒火满腔，怪不得这老狐狸个把月不粘不碰她，原来另有心事。银燕冲进客厅，跟章老板撒泼耍赖。银燕鼻涕眼泪还没有完，章老板拍案而起。章老板咬紧牙帮骨，声音像闷雷一样隆隆而过，你以为你是什么东西，我能像扔一只烂茄子一样把你扔出去。以后我家事情你最好装聋作哑！不要搞错了，这个茶庄，是我一手创下的，我说了算！

三姨太银燕还没见过这阵势，一下子愣在那里，好半天才号啕一声跑出客厅。

银燕到祥记酱园的楼上找打牌的邢氏，她不相信邢氏会袖手不问。谁知邢氏平静地说，这事我知道，老爷没错，你回家吧。

银燕像泄气的皮球一样走在老大街上，她突然觉得邢氏的平静十分虚假而做作，那里面含有许多无可奈何和任其自由的成分，甚至是蓄谋已久的阴谋。银燕冷笑一声，高跟鞋笃笃地踩在条石板上。

因为即将到南方收茶，章老板不想把喜事做大，只给五妹做几身衣服，请一台双人小轿，把五妹抬回茶庄后院，一挂鞭也没放。

五妹清楚地记得下轿的时候，院子里冷冷清清，只有缭绕的茶香。女佣徐嫂把她领到南厢的一间大房子里。五妹坐在富丽堂皇的新房进而黯然神伤，夺眶而出的泪水仿佛小溪一样悄然而流。女佣徐嫂问她，四太太大喜的日子，难免想家，过几天就好了。快不要再哭了，让老爷知道，他会不高兴的。五妹没有任何反应，表情依旧木然而呆滞。

三天后，章老板拎着一只藤箱牵着五妹的手搭乘一艘小火轮。当他们搭乘的小火轮离开码头的时候，五妹有一种莫名的兴奋，五妹面色潮红地依偎在章老板身边，眼睛眯离着，似醉非醉的样子，也许她想到以前的多次远足，也许她想到一个多月前坐船进城的情景，而这次远行的心情和以前是多么的不同啊。五妹把辫子搭在胸前，远眺渐远的城市，心潮起伏，她不由自主地握住章老板的胳膊。章老板心情也同样的非同寻常，他看着五妹高耸的乳房，喷薄而出的青春之美，溢彩流霞的少女风韵，思想着品评着人生又进入另一阶梯，章老板情火与热血在皮层下汩汩奔流……

这段时间茶庄的生意不太好做，茶客们都知道新茶即将上市，稍等些时日，就能喝到浓香四溢的春茶了。因而，胡掌柜和几个小伙计长时间地闲在柜台里，三个伙计在聊天闲谈，胡掌柜把算盘拨拉得哗哗响，把账目算得清清楚楚。这天午后，胡掌柜又在打算盘，三姨太银燕从后门进来了。银燕一别慵懒惺忪的样子，显然刚睡了午觉。胡掌柜见银燕倚在门框上，磕着瓜子，头发有些乱，旗袍却是碧崭的新鲜艳丽。胡掌柜，又盘账啊？

三姨太有何吩咐？

银燕熟练地吐着瓜子皮，不冷不热地说，我们能有什么大不了的事,听说胡掌柜本领蛮大,这回老爷娶的四房,是胡掌柜做的大媒。胡掌柜有这能耐,怎不把自己娶一房?

我哪敢呢,是,是……这个……

银燕冷冷地笑几声,胡掌柜要是有话说,不妨到楼上找我去。

胡掌柜"哎"字还没说出来,银燕已经扭身走了。胡掌柜被她搞得莫名其妙,他真不明白这女人葫芦里卖的什么药,这事要怪也怪不得我胡某人,章老板娶四姨太,找我有什么用?胡掌柜想了想,跟伙计交待几句,就上楼去了。

银燕的房间在客厅的隔壁,胡掌柜看客厅上挂着锁,知道三姨太不在。胡掌柜就走到三姨太卧房门口,轻声喊,三姨太。

噢,是胡掌柜啊,有事吗?

这一问,叫胡掌柜不好回答了,说没事,是你叫我上来的;说有事,又说些什么呢,就说做媒的事?胡掌柜可知道那老东西何时回来?现在茶庄就指望你了,茶叶可不要脱销了。

胡掌柜站在门外说,短则半月,长则一个月。

胡掌柜,进来啊,我正要找你呢。

胡掌柜走进三姨太的卧房,浓浓的脂粉香扑进胡掌柜鼻息,胡掌柜有一种晕眩的感觉。

胡掌柜这边坐。银燕在化妆台前化妆,示意胡掌柜坐在四仙桌旁的圆凳上。

胡掌柜。听说你做的媒。看不出胡掌柜还有份才情。

哪里呀,其实我只是遵命传个话什么的。

胡掌柜不要多说了,是也没有什么,不是也没有什么。我有些头疼,不想到新新舞台听那些烂戏了,比裹脚布还臭还长。五十多集的烂戏,乱七八糟的,好人也能听出毛病来,胡掌柜,你就陪我说说话。银燕化好妆,扭着彩走过来坐在胡掌柜的侧面,绣花绫袄挨挨挤挤地察着胡掌柜的蓝布长衫。胡掌柜仿佛感觉到三姨太腥红夹袄下丰满、涨盈的躯体。

胡掌柜没敢正眼看她，这女人今天变得矜持了，不像以往那么风骚张狂，灵动而风情的眼睛也黯然无光，一副疲倦无力的样子。

胡掌柜怎么不讲话啊？自己去泡杯茶吧。

胡掌柜大气不敢出，鼻子里扑满痒人的花粉香。不用了，胡掌柜站起来，说三姨太身体欠安，我改日再来，胡掌柜嘴里这样说，心里可不想走，他知道三姨太虚伪的平静，胡掌柜感觉到情感暴发前的窒息、冲动和紧张，空气里游荡的无粉条小虫，密密麻麻地扎进胡掌柜的血管里。

哪里话呀，胡掌柜你坐下，又不急着去约会。银燕拉着胡掌柜的衣袖，胡掌柜真是精明人，知道我身体不好，也不知怎么搞的，准是叫老东西气坏了。三姨太说着，凄楚一笑，突然嘤嘤地哭了。

胡掌柜深谙不战屈人之法，假意不知所措地说，三姨太你休息吧，我还有事要办。

银燕抓住胡掌柜又白又软的手，胡掌柜要是真疼我……银燕站起来，贴在胡掌柜身上。胡掌柜觉得银燕的手烫人，游移在空气中的小虫原来在银燕的手上。胡掌柜半搂着银燕，语不成句，三姨太，三姨太，不能这样，叫人看见不好。胡掌柜一边说一边把银燕搂紧。三姨太柔软得像面条一样，喉咙里有一种声音在滑动。我怕谁，我怕谁，我就是要叫人看见。银燕嘴上这样说，还是慢慢离开胡掌柜，银燕手在胡掌柜脸上抚摸着咻咻笑了，胡掌柜贵人多福，以后要多多照顾照顾我们女人，你不知道，我们女人苦呢。胡掌柜常到我这里喝杯茶，说说话，银燕我不会亏待你的。

女佣徐嫂大清早起来扫院子，累了，坐在廊下休息。徐嫂在章家做了十多年事，刚来时还不到三十岁，是个新寡少妇，有好几个相好的，一个杀猪匠，还一直跟到章家大院。也难怪，徐嫂死去的丈夫也是个杀猪的，把徐嫂养得白白胖胖，又有些风韵，又不会生养孩子，男人们找她不会有牵挂。徐嫂觉得这样下去总不是办法，就离开市郊那座繁华集镇到城里找事做。邢氏起初不愿意留她，嫌她年轻，这么白胖的女人，怕做不来事。徐嫂说她是穷人出身，能做事。邢氏问她想不想再嫁。徐嫂那时候还没有想到不嫁人，为了能有事做，还有章家的好东西吃，就说不嫁了，心早如死灰。邢氏这才把她留下来。徐嫂和那杀猪匠私通，还是被邢氏抓住了，天没亮被邢氏堵在屋里，徐嫂送走杀猪匠，回来看邢氏哭哭啼啼要寻死上吊。邢氏说，算了吧，你上吊了谁帮我干活？徐嫂看到邢氏原谅了她，就诅咒发誓说再也不敢了。再也不敢的徐嫂却又和章老板搞上了。那年一入夏，章老板在楼下的饭厅吃饭，看徐嫂丰腴可人，心有所动。待徐嫂送水去楼上的客厅，章老板就把她叫住了，两人在客厅里云来雨去，章老板甚是喜欢。邢氏火眼金睛，两人的好事很快就败露在邢氏的眼前。邢氏不要寻死上吊。邢氏说，你六根不净，还是回家嫁人吧。徐嫂死活不愿意，央求邢氏留下她，又要寻死上吊。邢氏想这等事情不能全怪徐嫂，就说再原谅你一回。同时也终于同意章老板娶妾纳小，省得再闹乱子。章老板相了几门亲终于相中了胡氏。谁知道二姨太胡氏是个药罐子，一直到临死也没少服一口药。徐嫂感激邢氏知遇之恩，渐渐就消了再嫁的念头，同时也巴望着病病歪歪的胡氏早死早好。这期间，她没少和章老板做腿脚，有时候就在徐嫂的屋里。徐嫂曾幻想着自己怀孕了，顶了二姨太的角色，每每这时候就恨自己的肚皮不争气。直到三姨太要进门，章老板才断了和徐嫂的往来。徐嫂这时候真的成徐嫂了，虽然才过四十岁，脸上却有了老态。每天早上徐嫂早起来几分钟，扫完院子天还没大亮，章家的人还酣睡中。大院里静静的，连树叶落地的声音都能听到。其实大院里没有什么树，只有这棵古槐，古槐上开了许多小白花。徐嫂盯着这些小白花看，就看到茶庄楼上的走廊里有一个人在走动。徐嫂定睛看，看清那是胡掌柜。出鬼了，胡掌起这么大早干啥？这么大清早，又上楼干什么去？徐嫂是过来人，她很快就琢磨出来了。第二天一早，天还没大亮，徐嫂又看到胡掌柜从三姨太房间里闪出身来，悄悄关好门，溜下楼梯，从后门钻进了茶庄。

三姨太银燕快乐像燕子一样，到新新舞台听长篇大戏《飞龙传》，和票友们聚在一起唱上一段，一招一式很上讲究。票友会会长是白旅长的五姨太，她当着众多票友对银燕道，章太太，明天上午缺一个角色，原先唱媚忍受的演员扭了脚，你去顶一下。她戏不多，很重要，要亮场几回的，唱腔也适合你。银燕早就听说许多大地方的名票友常常登台演出，没想到这回要轮到自己了，这可是出名的好机会啊。

银燕和另几个票友一路说笑拐上老大街。老大街川流不息的人流立刻注意到这群风度卓尔的男女，店铺的掌柜老板们都认识他们，称他们玩友，他们的打情骂俏成为老大街别致的一景。有些闲人常围在他们周围看热闹，这使得银燕他们更加肆无忌惮地动手动脚，说一些一语双关的话，街上流行的诸如"老马吃嫩草"、"三鲜豆腐"、"果子就馒头"、"泥鳅戏池塘"等都是他们发明初创的。

当他们一行走到大华南百货店左侧德丰巷时，就只剩银燕一人了。银燕一人也不寂寞，她习惯在大街上左顾右盼，见到熟人就热情地打招呼。银燕今天在大华南百货商店门口时，意外地见到了涵钥。她先是看到那个高大英俊的男青年后才看到涵钥的，涵钥紧挨在男青年身边，虽没挽着胳膊，但却常常有意无意地碰撞一下。他们两个人一起走进熙熙攘攘的南百货店。银燕毫不犹豫地跟进去，她要看个究竟，证实一下两人是啥关系。银燕尾随在涵钥和那个男青年身后，在各处柜台前绕来绕去，看他们亲密无间的样子，银燕无端地气愤和嫉妒，好啊，小小年纪就开始浪骚了，看我如何收拾你们。

银燕回到生茂茶庄，心情坏极了。她绕进柜台看见胡掌柜时，也不像往日那嗲声嗲声地说声累死了累死。她端起胡掌柜桌上的茶水，送到嘴边又砰地放下，这是什么茶水，一股子馊味。

胡掌柜瞄一眼柜台外买茶叶的顾客，小声道，三姨太，这可是好茶啊。

银燕自知说漏了嘴，噔噔地出了茶庄后门，木板楼梯嘶哑地咚咚声了随即敲击着胡掌柜的心。胡掌柜仿佛再一次看到银燕扭动的腰肢。银燕上下楼梯时大幅度扭动的腰肢的媚态长时间地叠印在胡掌柜心上。但银燕刚才的举止胡掌柜仍有些莫名其妙。胡掌柜略一思忖，就又微笑着轻轻摇摇头，要不了多长时间，这女人又会娇媚百态，风情万种，仿佛换一副面孔似的。胡掌柜吃透这样的女人，知道这样的女人最好对付。但，胡掌柜往深处一想，又不觉有些后怕，女人是祸水，自己可千万不要栽在三姨太手上啊！胡掌柜家住乡下，水路三十里，那里有他的房产，还有苦心购置的七十亩水田，这是他在茶庄近二十年的心血所得。如今，家里的田产有佃农租种，他自己每月回家一两次。看到日渐兴旺的家业，他一方面感激章老板，一方面下决心要讨得章老板的欢心和信任。如今和三姨太纠缠不清，胡掌柜明知是祸不是福，可他挡不住三姨太的诱惑，欢乐时候忘乎所以，闲下来又不敢细琢磨。一想到章老板，一想到邢氏鹰一样的眼睛，就惶惶惑惑心里不安。

果然不出胡掌柜所料，一杯茶功夫，银燕下楼的脚步声就浪漫地飘进胡掌柜的耳鼓。

银燕人还在门外声音就传进来了，胡掌你说这不是赶鸭子上架吗，明天上午我要上台唱戏了，连场大戏《飞龙传》，真他妈棒极了，真花轿都上了台，八个抬着满场转。胡掌柜，你说他们能认出是我吗？票友会的人肯定知道是我，他们还要给我捧场呢。我唱那角色是花旦，花旦你懂不懂？乖乖，有好两段唱词哩。

银燕一路说着走到胡掌桌前。胡掌柜恭维道，三姨太扮相、唱腔、做、练、打其实都不差的，上台一定会镇住他们。

哟，胡掌柜你又不是不知道，我一上台就心慌，唱砸了可难为情死了，非叫票友会那帮水货笑死不可。银燕的手在桌上缥来缥去，其实我以前唱过的，救场如救火，我从前在宁波的大世界，唱过崔莺莺，他们说大剧团的名角也不过如此。

三姨太什么世面没见过，明天唱戏，还不是小菜一碟。

我知道你胡掌柜就会添油。

三姨太这样说就冤枉我了。

我才不冤枉好人，你胡掌柜什么心事我还不懂。

胡掌柜只顾嘿嘿地笑，大庭广众之下，他还是收敛一点，怕说多了这女人收不住话头，闹出笑话出去，可不是玩的。

胡掌柜怎么光顾笑啦。银燕瞟了胡掌柜一眼，小声道，胡掌柜笑跟屁眼打闪一样。银燕讨几句便宜，心里舒畅许多。她在茶庄里转悠一圈，看看各种茶叶的成色，简单地问几句，胡掌柜就过来跟她一一解释。她从前不过问茶庄的事，她对茶庄的经营不感兴趣，对茶叶不感兴趣。

什么乱七八糟的东西。银燕笑着说，尖庄、毛峰、龙井、茉莉花，名字都不错，模样儿我看是爷俩比鸡巴，一样Ｘ样。

胡掌柜脸上有些红，他朝四周瞟一眼，屁股上被银燕拧一把。银燕脸上飘忽着捉摸不定的表情。

茶庄的木板楼梯在这时候就显得多余而讨厌，即使是胡掌柜这样脚步轻灵的人，也会把楼梯弄出低低的呻吟声。在夜幕中，虽然很小的一点声音，因为胡掌柜的激动和心虚，也会惊动了四周无数只亮丽的眼睛。胡掌柜走完最后一节台阶，头上已经冒出细汗，他长喘一口气，向大院里观察一眼。南楼的底层住着女佣徐嫂，邢氏在楼上，整座南楼黑灯瞎火，显然她们都休息了。胡掌柜敏捷地走到银燕门前，咿呀一声推开虚掩的门。屋里一点动静也没有，胡掌柜轻车熟路地朝三姨太床头摸去，脚被什么东西绊一下，差点摔一跤，银燕痴痴的笑声像山涧小溪一样动听而欢畅，小心前面，谁叫你来这么晚，罚你从桌底钻过来。胡掌柜伸手在前面试探，果然摸到一张圆四仙桌，胡掌柜也没犹豫就从桌底爬了过来。胡掌柜这才适应屋里昏暗的光线，那是月色透过大红窗帘使屋内朦胧而恍惚。胡掌柜看到床上晃动的影绰虚幻的白影，胡掌柜咽口唾沫润润干涩的喉咙……

每次胡掌柜都是三下五除二把事情做了，每次银燕都不满足，要死要活地缠胡掌柜再来一次。要说胡掌柜还真有能耐，银燕丰腴细腻的肌肤像丝缎一样柔软光滑，热情似火而从容不迫，一点也不显得慌乱无序，银燕丰厚的嘴唇在他的脸、耳根、胸脯直到全身亲吻着，在她投入的迎合和丰富的煽情下，胡掌柜的激情往往再次被点着，仿佛干柴烈火一般。

胡掌柜一觉醒来，摸索着穿衣。他再不敢天亮离开了，那天他等在门后一直到徐嫂扫完院子才抽空走脱，真是太险了。

银燕翻身抱住他，不让他穿衣，银燕说这就走啦，良心都叫狗吃啦，赶大集一样，要来就来，要走就走，我可不想你信马自在，我还要你再给我一回。

天要亮了，徐嫂扫完院子就不好走了。

我不听。银燕像面条一样缠住她。

银燕上午客串演出演砸了，黄了几次腔，台步也出了差错，观众几次喝倒彩，银燕发狠说下次再也不充这大头了。银燕演出后卸了妆就回茶庄，把胡掌柜臭骂一通。胡掌柜被骂得直乐，胡掌柜说我也不舒服呢，头晕目眩腿发软，你骂人，我也想骂人。

银燕不理胡掌柜，上楼睡觉去了，午饭也没有吃，一直到下午被歌声吵醒。

唱歌的是大小姐涵钥和二小姐涵玫以及几个女同学。银燕才知道今天是星期六了。函钥和涵玫住校（有时也回家住），只有到星期六才从师范学校回家。涵钥和涵玫往往住在东厢的楼上，主廊和银燕这边相连。银燕讨厌这帮女学生，更讨厌涵钥姐妹俩，姐妹俩截然不同的性格她都不喜欢，尤其是涵钥。涵钥虽然少跟她吵闹，但这女孩长得太漂亮了，那双沉静的随便飘过来的目光，银燕感觉那美丽的目光仿佛麦芒一样扎过来。相反涵玫虽然语言尖厉而刻毒，时常翻开脸皮和银燕吵架，但这女孩面目甜美,少有逼人之气。不管怎样,银燕都不喜欢章家姐妹。

银燕从窗户里看到涵钥、涵玫和女同学们说笑着跑下楼梯,身上倍感慵懒疲倦,她连倒杯水喝的力气都没有了。这家里应该多找几个女佣,这样下去我银燕迟早被逼死,要不就被逼疯,等老家伙收茶回来,看我还不跟他要个女佣就算他安生。银燕想到昨天和涵钥一起逛街的高个青年,又好奇又气愤,这骚丫能耐真不小,小小年纪就会玩这招了。

银燕悄悄来到走廊,看到涵钥涵玫门口的走廊里晾几件衣服,银燕看看院子里没有其他人,就过去把涵钥的一件白色上衣拿进屋里,塞进一只皮箱。只要涵钥找她的上衣,我就骂我丢了黄头巾,谁也管不了我。可是,到了晚上,涵钥和涵玫从外面回来,收衣服时发现少了一件白上衣,并没有着急寻找,涵钥甚至只是轻描淡写说一句,好像还有一件白色衬衫吧?涵钥在问涵玫,涵玫说谁知道你洗没洗衬衫,大姐你怎么也神经兮兮啦。

涵玫的这句话银燕听来很不受用,银燕心里说只要再提一句衬衫,我就骂我被偷的黄头巾。

可是姐妹俩仿佛知道银燕的心思,再不提白色衬衫了。银燕非常失望,想想这一天过得真窝囊晦气,上午唱戏唱砸了,这日子实在不鲜亮了。胡掌柜呢,也不知死哪去了,一天没露面。胡掌柜也不是东西!

大约半夜时分,银燕偎在胡掌柜的臂弯里正香香美美地打着鼾声,被突然炸响的敲门声震醒。胡掌柜在床上慌乱地摸衣服,银燕稍一镇静,心也像打鼓一样地跳。门不是被敲响的,像是用什么在砸。银燕说谁呀?银燕的声音颤颤抖抖,被砸门声盖下去了。门外响起邢氏的声音,徐嫂,把门撞开!

门哗啦一声开了,徐嫂挑着灯笼走在前面。邢氏冷笑着说,三姨太,你做的好事。人呢?你把姓胡的交出来,胡掌柜要是一块糖,你一口吞下去就算了,一个大活人,量你也藏不住。

坐在床沿上的银燕只披一件衣服，裸露的胴体在桔红色灯光的映照下透出一种迷离的色彩。银燕的裸体像琥雕成的神像一样，美丽绝伦，饮满挺拔的乳房跳跃着粉红色的光芒，平滑舒展的小腹以及丰满流畅的大腿像艺术品一样精致。银燕昂起头，藐视着邢氏，嘴角渐渐钩起一丝失真的浅笑。

银燕用脚后跟踢床下的胡掌柜，滚出来吧，瞧你那熊样，好汉敢作敢当。

胡掌柜颤栗着从床底下爬出来，胡掌柜不住地磕头求饶，被银燕从后面狠狠地踢一脚。

邢氏在桌前坐下来，俨然一个判官的样子，邢氏冷峻而严厉地说，徐嫂，剪！

徐嫂早已把灯笼放在地上，她先跳到银燕跟前，一把揪住银燕蓬乱的长发，剪刀在她头上嚓咔地剪动，叫你养汉，叫你养汉！剪完了银燕又去剪胡掌柜，胡掌柜抱着头不让剪，被徐嫂狠揍一记耳光，你个不要良心的东西，看老爷回来你怎么见他！徐嫂边骂边剪胡掌柜的头发，胡掌柜摇头晃脑不时地挨徐嫂的巴掌。

徐嫂对银燕嚷道，太太说了，要死要活，等老爷回来再说，你就呆在这里不要出门。

涵钥和涵玫

涵玫坐在自己的房间看书，17岁的涵玫和姐姐涵钥同读师范二年级。涵玫喜欢读课外书，缪综群的散文，林徽因的诗歌，以及《小说月报》《繁星》《文学周刊》等杂志。涵玫长一副聪明相，机灵的眼睛，挺秀的鼻梁，薄薄的嘴唇儿一看就是一张不饶人的嘴。她也不刻意打扮，常穿一身那个年代流行的学生装，说话时嘴角微微上翘，眼睛盯着你不放，单纯的叫你不敢正视。涵钥可不是这样，漂亮妩媚，高挑丰满，讲话温文尔雅，一副大家闺秀的样子，老大街人对茶庄姐妹两种截然不同的性格都非常羡慕喜欢，常常当作教育自己孩子的楷模。瞧人家茶庄姐妹，这句话几乎成了老大街人的口头禅。

小妹看什么书？涵钥走进涵玫的房间，翻一下书面，是叶圣陶的《倪焕之》。涵钥说，《教育杂志》连载过的，小妹不是读过了吗？

读的不全，我再看一遍。涵玫看一眼涵钥，唷，大姐穿这样漂亮，要到学校去啊。

我哪里也不去。涵钥在涵玫的身边坐下，忧心忡忡地说，小妹，爸什么时候能回来？

谁知道呢？大概快了吧，大姐，咱们才不去管家里的事。涵玫停一停，又说，她们活该，我瞧她们就来气。

你是说……

不是她还有谁，大姐你也不要叫她姨娘了。瞧他们昨晚那狼狈相，头发剪成那个样子，看怎么出门去。涵玫快嘴快舌，脸上流露出欢畅的神情。

涵钥没有说话，好半天又说，小妹你不要看书了。我看他们也可怜。

你还可怜他们？大姐真是软心肠啊，大姐，快成为救苦救难的观音菩萨了。

小妹，我可没得罪你。涵钥有些不悦地看涵玫眼，回自己房间了。

涵钥坐在床上，看着手里的自来水钢笔，神情有些呆滞，有些迷惘。

过了一会儿，涵玫突然跑过来，笑嘻嘻地说，大姐，你凭什么愁眉苦脸啊？现在到什么时候啦，恋爱自由，婚姻自主，跟他们是不一样的，大姐怎么会跟他们比呢？他们是狗男女，大姐是自由恋爱。大姐原来是为这个担忧啊，真是天下本无事，庸人自忧之。

小妹你不懂。

我什么不懂啊？涵玫停了停，吃惊地说，是不是刘散之甩了你？他要敢这样待你，看我不去撕他的脸。

涵钥突然笑了，小妹乱说什么呀。

晚上，涵钥躺在床上，辗转反侧不能入睡，眼前长久地飘着三姨太纷纷落下的头发，咔嚓咔嚓的剪刀声不停地在她耳边回荡。涵钥下意识地摸摸自己的秀发。涵钥的担忧和恐惧像泡沫一样在她心里膨胀。涵钥怀孕了，她在一个月前发现自己怀孕了。涵钥虽不能清楚她即将面对的是什么样的场面和结果，但是，惊悸、恐惧和心神不安、无地自容的情绪像春天的种子一样在她心里发芽生长，以往的花前月下，两情缱绻，现在想来是多么苍白无味啊。一向颇有主见的涵钥现在一下子没了主意了。

涵钥和涵玫匆匆走地街道上，她们手里各拿几本书。这是那个年代师范生们显示身份的特殊方式。清早的街道上行人不多，湿重的露水打湿铺着石板的街面。进城卖菜的乡下人挑着担子赶路，脚步声啪哒啪哒沉重而急促。大部分店铺还没有开门，一些小作坊的烟囱冒出股股浓烟。城市的清晨大致都是这样的，四季的更迭除了人们衣着变化以外，就是石板墙缝里冷丁生长的瘦黄的杂草和背阴处翠绿的青苔，偶尔有人家的矮墙上攀援旺盛的藤蔓，街道就顿显生机勃勃。茶庄章家姐妹每逢星期一的早晨都要走在这截街道上，沈家糟坊熏人的酒香在狭窄的长街上飘荡。沈家的公子小姐大都在师范学校读书，涵玫讨厌沈家兄弟趾高气扬的神态，讨厌沈家小姐叽叽喳喳无遮无拦的说笑。但是，沈家二公子沈铭在学校里组织的文学社团""真社""却很有吸引力和凝聚力，一些热爱文学的同学全都集中在他的周围。沈铭的大哥在上海念大学，经常寄一些上海的报刊杂志给沈铭。沈铭拿着这些报刊杂志散发给""真社""的社员阅读，涵玫即嫉妒又羡慕。涵玫是经她的好朋友介绍加入""真社""的。现在，涵玫手里拿着《倪焕之》和几本《教育杂志》就是沈铭借给她的。即使这样，涵玫也没有改变对沈铭的看法，她觉得他有些狂妄，太锋芒毕露了。相比之下她喜欢刘散之那样的人物，英俊洒脱，和蔼可亲，言谈举止里透出浓郁的书香博雅的气质。可是，涵玫弄不懂大姐涵钥为什么而心事茫茫。

走过前面扁担河的石桥，拐上一条街道，就是涵玫他们的学校了。本市的学生大都途经这座石桥，几股同学在这里会合，问候喧哗声不断。涵玫一眼就看到矮矮胖胖戴一副近视眼镜的沈铭，几名"真社"的骨干和沈铭手里都拿着一大叠书，显然是同学们还来的。涵玫不想在这种场合和沈铭打招呼，她挽着涵钥的胳膊走上石桥。但是沈铭却看到了她。

章涵玫，我正要找你。沈铭热情地说，你要找的《缘缘堂随笑》我给你找到了。

涵玫只好和涵钥一同走过去，涵玫微笑着说，谢谢你，这几本也看完了。

交流好书是"真社"的章程之一，不必客气。沈铭的说话声爽朗而悦耳。

走过石桥，涵钥说，那个沈铭真热情。

他对哪个都那样。他是我们社长，"真社"要是离了他，就搞不起来活动了，同学们都这样说。对了，我们还要编一本刊物，主编就是沈铭。大姐，你要不要加入？我介绍一下，参加我们一次活动就算会员了。

我行吗？我不大爱看那些乱七八糟的杂志。

也是，大姐身边有刘散之，才不愿跟我们混在一块呢。

涵钥的脸色又冷了下来。

师范学校是一所新兴的省立学校，院子很大，操场紧挨一条穿城而过的河流。暮春的夜色氤氲着温馨爽朗的校园，操场上有许多同学散步，有人在喁喁小谈，有人在高谈阔论，有一个操着标准国语的女生一首一首地背颂雪莱、拜伦的爱情诗。河边花丛的石凳上坐着涵钥和刘散之,涵钥在嘤嘤地哭泣,刘散之抚摸着涵钥浑圆的肩膀,不知如何安慰她。

你就一点办法也没有?涵钥的声音听起来惶恐不安,几近绝望。

刘散之的手停在涵钥的腰上,糟糕,糟糕透了。

你就会糟糕糟糕,你就不能想想还有没有别的办法。

我实在是没有办法了。要不,就告诉母亲吧,她老人家很喜欢你的。

你要敢告诉你家里人,我就跳河,反正这河里常漂过来淹死鬼,我去跟他们结伴,你也省心了。

涵钥,少说气话了,咱们慢慢想想,这事急不得。

你想过多少回啦?你最多还是那句话,糟糕糟糕糟糕透了,要不就上医院,要不就找坠胎药。上医院我可不跟你去,那是要传出去的,还不如去跳河。吃坠胎药倒是个好办法,可你又没能耐找来。涵钥怨艾地叹气,刘散之,我算认识你了,我迟早要死给你看。

我明天再去那几家药铺去问问,实在不行,就跳河吧,你跳下去,我跟着跳。刘散之声音也哽咽了,他把眼睛望向浩渺的天空。

涵钥想骂他个窝囊废,看他那情真切切的,又伏在他肩上哭了。涵钥哭一阵,抬起头来,我们谁也不去死,那多没名气,死后人家也指指戳戳。那些漂过来的浮尸,没有个还要东西。刘散之,你明天到各个药铺去打听坠胎药的事,花多少钱不在乎,我跟家里去要。他们要是问你买药干什么用的,你可千万比能讲真话,要想好了说。

刘散之应承着,他帮涵钥擦去脸上的泪又说一些安慰的话。其实,刘散之说不上什么话,他潇洒的外表下生性懦弱,只顾埋头读书,涵钥有时候骂他不干脆,是个懦夫,他也不恼不怒,甚至说,懦夫有什么不好。

从南方发过来的第一批春茶卸在码头上,生茂茶庄的伙计们从码头挑来茶叶立即上柜,茶庄的生意开始短暂的兴隆。不过很多人来茶庄还有另一个目的，打听一下不久前在茶庄的那起风流案，只是他们太多失望，茶庄一如以往一样繁忙，一样茶香四溢，唯一的变化就是胡掌柜不在，胡掌柜回老家去了。有人看到通往浦南的三十里水路上，突然出现的那个疯子，很像昔日的胡掌柜，只是人们不知道这个疯子何以把头发剪成花秃子。现在，茶庄的掌柜由刑氏的远侄代理，他在茶庄做了多年伙计，从章老板和胡掌柜身上学到不少东西，叫他代理掌柜，也不显生疏，茶庄生意照样做得有头有脸。只是刑氏有些放心不下，每天来茶庄坐阵，应酬一些场面上的事。

胡掌柜从南方带来口信，说他已从福建到了浙江，第二批春茶即日可到，他本人最多十天半月也可抵达。

只是人们关心的三姨太好久没有露面了，她在茶庄楼上干些什么呢？

涵玫在中午是看到涵钥一个人悄悄地走出校门。涵玫对姐姐涵钥近来的反常百思不解，姐姐一定让恋爱搞昏了头。涵玫没有过多的去理会涵钥，她要为石棚山诗会准备作品，"真社"已经决定于下个礼拜天在近郊的石棚山举行诗会，每个人都要朗颂自己的作品。

涵钥一个人来到郊外，一望无际的麦田令涵钥惊叹不已，轻风吹来，绿浪微微。小河边的依依垂柳，极目含黛的远山，都令涵钥百感交集，悲哀和惆怅伴随着担忧、恐慌又一点点从她心底浮起。

涵钥在田间小路上类似散步一样地走着。早春时节，和许多踏青男女一样，她和刘散之说笑嬉戏，说不尽的明媚春光。多少次日暮黄昏，他们依偎在河边享受青春，喟叹逝水年华，夜幕作帐，青纱作床，爱河里游荡着两颗火红的饿鲜奔活跳的心。现在，她看到什么呢？绿色耀眼，心却苍白，她明白什么叫脆弱，什么叫不可收拾。咔嚓咔嚓的剪刀声又想起，声音巨大而急促，涵钥满眼是飘散的黑色发丝。涵钥饮泣着，突然狂奔起来，尘土在脚下腾起，庄稼从身边一闪而过。遇到沟河渠坎，涵钥一跃而过。她跑啊跑啊，一直到跑不动了，所有的东西都变成黑色，只有听觉灵敏，咔嚓的剪刀声依旧，仿佛剪碎了她的心。她趴在一棵杨树上，大口大口地喘气。然后慢慢地躺在草地上，毛绒绒的杂草刺着脖颈、脸颊以及裸露的肌肤。小腹有点隐隐疼痛，涵钥用手按紧腹部，好了，好了。可是，该死的小腹只疼了一会就不疼了，其他地方也没有任何反应。涵钥喘息未定，爬起来继续在田野里狂奔。她跑一阵跳一阵，巨烈的运动身体，又折腾大半天，五脏六腑都要翻起来了，仍没有丝毫结果，除去筋骨酸疼，身心疲惫而外，就是手臂和小腿被刺棘划破几道血痕。涵钥检点着身上的伤痕，对着天空尖厉地哭了。

涵钥尖厉的哭声在旷野里持久不散。

回到校园已日暮黄昏，溶溶暗紫色弥漫在城市上空，残败的玉兰花依旧馨香缭绕。操场上的同学们散步、喁语、读书或高声说笑，没有人注意下午缺课的涵钥，没有人注意她苍白的脸，红肿的眼泡。涵钥搜寻着刘散之。平时涵钥感觉很好，她很多时候都能准确地判定出刘散之的去处。刘散之没有什么爱好，也不参加任何社团，除了喜欢和女同学扎在一起说几句笑话和格言，博得女同学廉价的笑声和泪水，此外他就喜欢去图书馆，翻翻外国杂志和报纸上的连载小说。他一般也不借书，偶尔看看张恨水的鸳鸯蝴蝶，也只挑精彩的部分读一段，强记下来，然后贩卖给女同学。女同学都喜欢刘散之，容易接近，风趣幽默，潇洒漂亮，又是校长的公子。涵钥喜欢刘散之不知是因为什么，最初也是讲讲笑话，或者因为她到刘师母那儿借绣花样谱的时候对他留下了好印象。总之涵钥是记不起来了。涵钥只记得他们相爱的过程很简单，约会、拥抱、接吻，然后就不能分开了，就怀孕了。后来涵钥回忆这些简单过程时，心里有一种博大无边的空虚。

涵钥找不到刘散之，她一个人坐在河边花丛旁的石凳上，河水微微澜澜，水面跳跃着黄昏的斑点，她又联想到上游经常漂过来的浮尸。有一具女尸面目朝上，全身水肿，判定不出确切年龄，但肯定是年轻女人，被划破的绿色旗袍露出两只白嫩的巨乳，有调皮的男生把石子投向女尸。涵钥想到浮尸心里一阵恶心。

刘散之的脚步声在天黑后从操场上传来。

涵钥听到刘散之的呼吸里隐藏一丝玉兰花般的欣喜。

刘散之小跑着过来，揽着涵钥的肩，激动地说，我知道你一定在这儿，涵钥，我打听到了。

涵钥抓住他的手，示意他小声点。

刘散之压低嗓音说，后河底有个产婆，什么事都难不住她。

她会打胎？

会呀。

咱们什么时候去？

现在就去。

两个年轻人悄悄地走过操场，走出校门，浓重的夜色裹着他们在街巷里疾行的身影。城市的夜晚宁静异常，只有三三两两打着灯笼的人在墙上照蝎子。两个年轻人的脚步显得急促而慌乱。

涵玫不知道涵钥的行踪，他现在正和"真社"的部分会员聚在一间男生宿舍里，涵玫心不在焉地听他们一首首地朗颂他们创作的诗歌。一个女会员一口气朗颂了十七首爱情诗。

章涵玫，轮到你了。主持人沈铭看涵玫神不守舍的样子，主动点她。

涵玫说，我写得不好，而且，而且……

重要在于参加，重要在于真情创作，用真情朗颂，这是我们"真社"的宗旨，相信章涵玫的诗一定像田园画一样美丽。

沈铭的表扬让涵玫脸红，涵玫打开一个精致的缎面笔记本，翻几页，念到：

　　端庄的午后
　　在一枚波斯银币照亮的

修长左侧,已经出发了
深抒情的咏叹处
轻声着吟唱
你是迷乱的皇后?

众多的星辰
安排在天上
你们,旧城的主人
围着荒废的花园舞蹈

星期天一个流淌着泉水的梦中
排练传统剧目的主人们
正面对着一本书籍叹气:
这一节轮到你出场。

你是一只天鹅
撞伤你高傲的长颈
晕眩吧,于是,他们同唱:
"最美丽的往往最容易隐藏祸端,
你躲着花香,
护着脸庞的一朵红。"
该你瞩目慌乱的章节了。

  其实涵攻能熟背这首诗,为了不隐藏情绪,她是照着笔记本念一遍的,涵攻念完,忘了说声谢谢,而社友们也表现迟钝,不像对别的社友话音刚落掌声起。在他们看来,涵攻清纯、开朗,诗歌也该和她的性格一样天真而淳朴,他们想像和现实的强烈反差,加上如此艺术的诗作,社友们一下子有种无所适从的感觉。沈铭也没想到涵玫不鸣则已一鸣惊人，在短暂的冷场后，沈铭带头鼓掌。

社友们持久而热烈的掌声令涵玫不知所措。涵玫瑰说大家过奖了，我做着玩儿的，哪能更大家比。

章涵玫不得了，做着玩儿也能做出此等佳片，我等以后不再妄作诗歌了。那个朗颂十七首爱情诗的女生嚷道，叫章涵玫讲讲诗的意思和创作动机，大家鼓掌欢迎。

涵玫连连摆手，平时一张不饶人的嘴，这会却拙口钝腮不会讲话了。哪有什么意思啊，我真的是做着玩的。

社友们不依不饶，又一阵掌声。

涵玫把眼睛望向沈铭，仿佛求助地说，你再不讲话，我可要退场了。沈铭像是看懂了涵玫的眼光，大声说，好了好了，天不早了，今天就到这里，星期天我们在石棚山诗会上再讨论。

涵玫急步朝宿舍走去，她要看看涵钥回来没有。在操场上，被沈铭从后面追上了。涵玫，你的诗好极了，真看不出你内心情感那么丰富。

沈铭你也这样说我了，我那叫什么诗啊，真是做着玩儿的，你们那么没遮没拦地表扬人，真叫人不知是真是假，我倒是羡慕他们的爱情诗呢，一口气能做十七首爱情诗，那才较真了得。我只不过觉得这世道有些乱糟糟的，就乱糟糟地胡写几句，也算是社友啊，应付差事罢了，免得人家说我们徒有其名。

涵玫。沈铭走前一步，扶住涵玫的肩，轻柔地说，涵玫。沈铭本想说，你真了不起，又觉得这话不着边际，改口道，我们再聊一会吧，瞧这夜色，多美。

享受夜色，那是诗人的事，我可没有闲情意趣。涵玫嘴上这样说，却站在那儿没动，只是稍稍侧一下肩，躲开沈铭的手。其实，她参加"真社"的原因，不是"真社"有多大吸引力，沈铭的活跃、精明强干和组织才能，她不光是瞧不起，涵玫说他那是狂妄。云沛介绍她加入

"真社"那天，她就想斗斗沈铭，但从借《教育杂志》到借《倪焕之》，涵玫又觉得沈家二公子还是有可敬的一面，至少他读了很多书。随着借书次数的增加，她觉得沈铭的博学、热情和刘散之的儒雅、斯文同样值得敬佩，拿他来年感人相比较，倒显出刘散之的软弱和做作。涵玫有此想法，着实把自己吓了一跳，她可不想像涵钥那样早早就恋爱，读书不好似很好？涵钥告戒道，小妹危险了，表白自己不想恋爱的事呢，其实早已经有恋爱动机了。夜色中沈铭，涵玫猜出他灼人的眼睛一定盯着自己。涵玫怦然心动，涵玫说，聊聊夜色也好，黑夜其实是很不错的，什么也看不见。

你讲话有点像哲学家了，哲学家讲话才是这样的。我们老师也是这样讲话的。沈铭想讲讲消化，或者幽默一下，却有些不适时宜。黑夜什么也看不见，可人的耳朵很灵敏，能辩出许多事事非非，真真伪伪。

涵玫饶有兴趣地觉得沈铭的话才真像个孩子，说这些大家都知道的话有什么意思？涵玫又任性道，女诗人多得是，你还是找别人聊聊吧，我要看看大姐去，她一个下午没露面了。

她会不会出什么事？

你怎么知道？笑话，大姐会出什么事，大姐才不会出什么事呢？

我是这样推测的。我也不知道。

谈话就这样不愉快了，沈铭有些始料不及，涵玫"明天再见"的告辞声和她的脚步声一样走远了。其实，涵玫走了以后就有些后悔了。

夜里下了场小雨，涵玫比同宿舍女生起得早。要是以往，她会大惊小怪地把下雨的消息告诉同学们。涵玫一夜没睡踏实，她不知道大姐是怎么回事，但是沈铭，博学而多才，就是狂了点。那么狂干什么呢？我可不喜欢狂妄的人。涵玫翻来覆去，很失望昨晚的唐突和无礼，可不要把沈铭给得罪了，他不会那么小气吧？涵玫早上一起来就坦然了，管他呢，什么沈铭不沈铭的，我又不想去谈恋爱，再说沈铭算什么？可是，涵玫心里，老像堵了什么东西，心头乱糟糟的。涵玫在小雨里站了一刻，花坛里百花竞相怒放，长青树墨绿新艳，有几只柳雀在花丛里跳跃。灰色涵玫没有回去找伞，小雨不大，露一样飘洒，她匆匆朝教师宿舍区走去。刘散之要是不在家，那肯定就和大姐在一块了，大姐也太那个了。涵玫正在石板小径拐弯处意外地遇到了刘散之，刘散之也没打伞，头发湿漉漉的，一脸倦色。刘散之一看到涵玫，就急促地说，章涵玫，出事了。涵玫只略略一愣，就说，我知道就出事了，说吧，大姐是死是活。

涵玫继继续续只听到刘散之说的坠胎……大出血……后河底……张产婆等话。刘散之在前，涵玫在后，几乎是小跑着穿梭在城市的街巷。涵玫心里踏实了，大姐果然出事了，这两天的预感得到证实，那种苍茫、焦灼、疲惫、渴望的复杂情感一扫而光，她仿佛看到面色苍白的涵钥躺在张产婆家简陋、肮脏的产床上，接受张产婆粗俗、愚笨的器械和想象丰富的灵巧自如的手。涵钥一声不吭，幸福和亢奋正从心底消色，生命也逐渐向了远无限的高空飞去。血泊中的涵钥仍然那么坦然而美丽。她看到眼前的红色光芒，耀眼的红色散发出爱情和玉兰花的甜蜜气息。灰色墙壁上溅满星星点点梅花样血迹，在那些血迹的背后叠印着刘散之多变的脸。涵钥伸出胳膊，大声地喊叫，屋里武器回荡着尖锐的咔嚓咔嚓剪刀声，以及飘飞的一丛丛乱发，三姨太银燕的笑声和剪刀交错回响……

石码头上少见的繁忙，河里泊着从南方来的各种船只，忙着装货卸货，使几只形状特殊的圆形木桶在码头的一角。这是生茂茶庄的茶叶，这些从南方运来的春茶卸在码头已经两天了，码头上的人催了几次还不见茶庄人来运货。

一艘南方常见的小火轮离开了码头，有人看见船上的一个年轻女子很像生茂茶庄的三姨太，要不是她头上戴一顶奇怪的草帽，码头上的人会一眼认出她是谁的。没有人去追究她是谁。当小火轮抛下城市冒着突突的浓烟平静地航行在河道上时，三姨太银燕独自坐在船梢，她脸上藏着会心的浅笑，汪在心底里的忐忑和不安被她像扔石子一样扔进了河里。她是在黎明时分悄然逃离茶庄的。除了随身携带的金银首饰，她什么也没要。茶庄对她已不存希望。扔下的东西就喂狗吧。银燕在这个时候更加相信了命，宁波春水楼的姐妹们一把鼻涕比把泪地送别她时，大约也是这个季节，姐妹们没有一个相信她能安心从良。银燕，我们等你回来，半年，最迟一年，你离不开我们姐妹。小姐妹们送给她许多礼物，其中有一条鹅黄色真丝纱巾。银燕说，我会想起你们的。银燕在航行途中围上了哀痛心爱的黄色纱巾，长长的纱巾在她的脖颈上随风飘荡。银燕笑了，这不是回来了吗？银燕在码头听到一个奇怪的消息，她拿一根金条买通船主后躲在后仓里听到这个消息的，那是邻船两个码头工人的对话。两个码头工人互相点烟，一个说，生茂茶庄的事情一茬接一茬，章涵钥死了，被河东的土匪抢去轮着干，十几个土匪硬是把章家大小姐干死了。另一个说，活该茶庄要败，前些时候章老板的三姨太被捉了奸，剪成花秃子，脚趾被剪去五个，手指也被剪去五个。码头工人话不足为信，银燕的手指一个也不少，但涵钥的死讯却让她震惊，进而畅快（虽然这条死讯值得怀疑）。现在她不是章家的人了，她没必要悲怜章家大小姐。生茂茶庄就是叫大火烧光了也活该。

小火轮驶入淮安进入宽阔的运河，一艘豪华客轮迎面驶来。银燕沉浸在曾经熟悉的生活氛围中，那种陌生、新鲜、机械的卖笑生涯对银燕具有那么大诱惑力，一年来的三姨太生涯没给她留下什么幸福的会议，只恍惚如梦。对面驶来的客轮渐近了，这种南方也少见的豪华客轮引起了银燕的注意。甲板上有三三两两的情侣喁喁丝语，三棵翠绿的茶树放在船梢，是那种南方山区常见的野茶树，叶子宽大，茎干笔直，栽在硕大的蓝色花盆里有些不伦不类。银燕看到身穿灰布长衫的章老板和五妹扶着船栏眺望岸上的风景，章老板说了句什么，五妹的笑像满天彩霞。

两船相错而过，银燕的目光始终兜住章老板和五妹。去年这时候，五妹现在站立的位置恰恰是她银燕。此刻，银燕双手绞在一块，心底升起一种苍茫、博大、深远无边的广袤情绪。

两天的码头少了往日的繁忙，码头上堆着零星货物，生茂茶庄的十几桶春茶仍孤零零地堆在偏僻的角落，不了解内情的人非常惊奇，生茂茶庄怎么啦？章老板怎么啦？茶庄的掌柜怎么啦？

这时候章老板和五妹乘坐的客船已过淮安，离家还有不到两天的航程。

堆在石码头的春茶散发出沁脾入肺的浓烈茶香，茶香被雨水煮沸，溶入空中，南下的季风里茶香扑面，嗅觉敏感的章老板居然对自己精心采购、包装、运送的春茶一无所知。

四个大嫂批林彪

一、排戏

鱼烂沟小学的林老师,是一个有着二十多年教龄的老教师了。二十多年啊,粉笔的灰尘,早已染白了他的两鬓。如今,他两鬓的白发也日渐稀少,和中间天窗一样透亮的秃顶形成呼应。

林老师家,就住在鱼烂沟村大白果树的前边。

住在大白果树后边的,是立春和立夏家。

林老师每天都比读初一的双胞胎姐妹立春和立夏早到学校。

但是,这几天,立春和立夏,比林老师要早到学校去了。

让她们早去的,是学校的音乐老师丁青春。丁青春是南京下放知青,去年才到鱼烂沟小学教音乐。最近,丁老师按照上级安排,正率领学校的无产阶级革命文艺宣传队,排演表演唱《四个大嫂批林彪》,立春和立夏,就是四个大嫂里的两个大嫂,另两个大嫂,一个是我姐姐大娥,一个是朱大宝的女儿朱小四。丁老师已经跟校长表过态了,表演唱《四个大嫂批林彪》,一定要在全县教育系统暑假文艺汇演中拿奖。至于拿什么奖，丁老师虽然口头上没有吹牛，但是内心里，他是瞄着一等奖去的。

林老师正在吃饭，看到立春和立夏从他家门口经过，立即就推了饭碗，说，我是不是迟到啦？

林老师的女儿林英刚买一块钟山牌半钢防震手表，是林老师托丁老师从南京走后门买来的。林英听了林老师的话，还不太习惯地抬腕看看，说，不到八点哩，吃你的饭！

林老师就放心地把一碗蕃瓜粥喝到肚子里了。

林老师自豪地说，有手表，方便多了。

林英一点也不领情，她嘀咕道，才半钢的，也不是三防的。

林老师脸上的神采就有些灰暗。他知道，在鱼烂沟村插队的知青们，戴的都是全钢、三防手表，有的是上海牌的，有的是钻石牌的，戴钟山牌半钢手表，已经不时髦了。林老师显然也意识到这一点。他对女儿许诺道，再过半年，我给你买辆凤凰牌自行车。

但是林英似乎还是不高兴。林英说，人家还不会骑自行车哩。

这倒是个问题，林英不会骑自行车，不是她不想学，是她学过好几次都没学会。

我就曾经在白果树上，看到村外打谷场上的林老师，扶着自行车，让他的宝贝女儿学骑的情景。我看到，有好几次，林英从自行车上摔下来。我还看到她坐在地上，抱着膝盖，肩膀不停地耸动。她可能是摔疼了，在哭。

不知是林英太笨，还是她太娇气，林英一直没有把自行车学会。

林老师本来是想送一辆凤凰牌自行车给女儿的，因为她一直没有把自行车学会，才给她买一块手表。

是我最先看到林英戴着一块手表的。

林英戴着手表，到井口去挑水，她把衣袖卷起来，露出一截白皙的胳膊，那块手表，在阳光下闪闪发亮。我发现林英戴着一块手表，她就很像我们村的知青了。我兴奋地对我姐姐大娥说,知道不知道,林英戴一块手表了。我姐姐看都不看我,说,你不是也戴着手表嘛。我姐姐说完,就开心地笑了。我姐姐是奚落我。我经常看到知青们戴着手表,他们抬腕看表的动作,他们说几点几分的口气,都让我对手表产生一种特别的感情。我常常想着,什么时候我也能戴一块手表啊。我就用地瓜干刻一块手表,悄悄戴在手腕上。这当然是我的秘密了。可是我的秘密让我姐姐大娥发现了。你知道我多讨厌大娥吧。我害怕她把我戴手表的事告诉小四。小四可是个刁钻和蛮横的女孩,她什么事都管。她要是知道我悄悄用地瓜干刻一块手表,美滋滋地戴在手上,她那张大嘴巴,肯定要说个不休了。

我在今天早上,在通往学校的小桥上,看到背着书包从我身边疯跑而过的小四。我想告诉小四,林英戴一块手表了。但是她不等我说话,身子一闪,就拐过那截断墙了。

林英能戴一块手表,在我们鱼烂沟村,可是个大新闻。我想对很多人说。

小四又从断墙后边跑回头,对我喊道,嗨。

她在跟我说话。

我说,你迟到了。

她又转身跑了。

小四的确是迟到了。丁老师看着手表,说,朱小四,你迟到了五分钟,四个大嫂批林彪,你还演不演啦?

朱小四说,我也没有手表,我怎么知道我迟到啦?

朱小四的话,听起来,是那么的合情合理。她说着,还朝丁老师的手腕上瞟一眼。

是啊,九点钟才上课,八点五十才打预备铃,现在是八点五分,是无产阶级革命文艺宣传队排节目的时间,小四怎么能知道自己迟到五分钟呢?她要是知道自己迟到五分钟,她一定会早早就到学校的。

好了，马上开始。丁老师抱起一架破旧的手风琴，说，我们先把昨天排的一部分练习一遍，来，一二三，开始。

丁老师的手风琴在他的怀里发出悠扬的旋律，在手风琴的音乐声中，四个大嫂走着舞步，从课桌的后边，依次上来了。排在最前边的，是我大姐大娥，中间是立春和立夏，小四在最后一个上场。我发现我大姐在四个大嫂当中鹤立鸡群，或者说格格不入，她太胖了，也比另三个大嫂高大。我发现我大姐越来越像鱼烂沟村的那些女人了，尽管她才十六岁。我觉得我大姐真不该再念书了，她应该像林英那样，到生产队去干活，去挣工分，虽然，林英要比她大三岁，但是看起来，她要比林英大三岁。

四个大嫂一上场是一段合唱，五月太阳哈哈笑，听说林秃子上了飞机要逃跑，乌云滚滚雷阵阵，林秃子不知道往哪里逃……

合唱的时候，四个大嫂每人肩上扛着锄头，扭着腰，甩着膀子，依次上场。轮到小四上场的时候，丁老师停止了音乐，他说，朱小四，跟你说过几回了，胳膊要甩起来，腰要直起来，胸要挺起来，你腰怎么就直不起来呢？

丁老师把手风琴放到课桌上，走过来纠正朱小四。丁老师一手扶着小四的肩，一手牵着小四的手，说，要这样，你看，这样，这样。

小四的胳膊，在丁老师的引导下，大幅度地前后摆动。

小四的脸红了。小四是个丰满的女孩，她发育太早了，她脖子细长，屁股肥大，胸脯也高高的，她一点也不像十四五岁的女孩。我母亲就说过，小四这孩子，长成大姑娘了。

丁老师的眼睛，在小四的胸脯上滑过去，说，你到一边站着，让大娥和立春立夏表演一遍给你看看。

丁老师又拉起手风琴，我姐姐大娥和立春立夏就在音乐声中扭上来了。

丁老师说，看到了吧，来，再一起排一遍，朱小四，一定要掌握要领。

再重来一遍的时候，小四的胳膊甩起来了，腰也直起来了，可样子看起来很疆硬。丁老师显然还不满意。丁老师说，朱小四，你要动起来，腰要动起来，像大娥那样，大娥，你再走一遍。朱小四你看好了。

我姐姐大娥又一次扭起她粗壮的腰。

但是，任凭丁老师如何教，任凭我姐姐大娥还有立春立夏如何示范，小四就是达不到丁老师的要求。

丁老师不耐烦了，他恨铁不成钢地说，朱小四啊朱小四，我以为你会很不错的，你怎么就这样……

丁老师没好意思说她笨。丁老师突然找到了问题的根源，他厉声地说，不许你再迟到了，从明天开始，你要是再迟到，我就换人了，我换贾翠翠来跳。

贾翠翠是我们班的大傻丫，腿短脖子粗。这句话，无疑刺激了小四，她哭了。

丁老师还是不依不饶，他说，你能不能保证不再迟到啦？

小四说能。

小四哽咽着，说能的时候，没有一点底气。小四的母亲长年有病，父亲身体也不好。小四每天早上都要起来推磨，然后，要烙好多煎饼。她早上的时间，都用来推磨和烙煎饼了。

小四要是有手表就好了。她要是有手表，她就能掌握时间，就不会迟到了。

可是小四没有手表，我们鱼烂沟村，除了知青，就是林英戴一块钟山表了。林英的手表，戴在她手上，一点用都没有，要是借给小四戴几天，那就好了。

二、手表

我看到林英的手表放在她家的磨顶上。

我是在白果树上看到的。

我上午第三节课没有上课。我逃学了。我爬在大白果树上，躲在茂密的树叶里。从树叶的缝隙间，我的目光越过林老师家的屋顶，可以清楚地看到他家院子里的情景。我看到林英走进院子，她是随着收工的人一起走进村子，然后她拐下村路，走进自家的小院。林英刚到院子里，就到水缸边打水洗脸了。林英从她的手腕上摘下手表，把手表放在了磨顶上。

林英的手表，在磨顶上，在正午的阳光里，像一面闪闪发亮的小镜子，闪着耀眼的光芒。

林英端着脸盆，在磨嘴上洗脸洗手，这样，她离手表就很近了，她能听到秒针的嘀哒声。

林英伸长脖子，看一眼磨顶上的手表，又下意识地朝院门口望望，然后，掀起花衬衫，把毛巾伸到衣服里擦洗。她身上一定是出汗了。

掀起衣服扇扇风，或者在洗脸时，顺手把毛巾伸到衣服里擦拭汗水，是鱼烂沟村女人们的一个习惯，我母亲就经常这样。

我第一次爬到白果树上，就看到林英一截白白的肚皮了。这让我既感到意外，又非常紧张。我发现她的白肚皮和磨顶上的手表一样闪闪发光。我想，小四的肚皮肯定也是这样白。但是小四现在有难了，丁老师盯着她迟到不放，还说她表演唱的舞蹈跳得不好，还威胁她，要让大痴丫贾翠翠取代她。我原来对丁老师非常崇拜，他会拉手风琴，还会在操场上打篮球，他和知青们一起散步，甚至，他一嘴的普通话，都让我钦佩的不得了。但是，他拉着小四的胳膊，摸着小四的肩膀，盯着小四的胸脯，批评小四的胳膊摆不起来，腰扭不起来，还批评小四老是迟到，就让我恼怒了。如果不是丁老师，如果换成别的人，比如林老师，或者村里的哪个人，我一定会把他家的瓜秧连根拔了，我会拿出小刀，在他家的树上刻上深深的口子，让风一刮就断了，我会在他家的茄子上撒泡尿，我会把他家的尿罐砸碎，总之，我要替小四报仇。丁老师就不同了，他一个人住在鱼烂沟村，他和知青一起住在排灌站几间废弃的瓦屋里，他们没有尿罐，也没有菜园，我要想收拾丁老师，只有在他从学校回排灌站的路上，挖一个陷阱，陷阱里再插上竹签，把他脚上扎几个洞，让他呆在知青点里出不了门。或者用弹弓，把他头脑上打一个血包，让他见不了人。要不就用绳套，套住他的脚，让他来个猪啃地。但是，现在还不是时候，小四要是不迟到，小四要是把舞蹈跳好，丁老师就没有借口对小四不好了。我相信小四能跳好，连我姐姐大娥都能把腰扭起来，她小四怎么就不能呢？

什么时候，我要跟林英借她的手表，让她把手表借给小四戴几天。当然，这是不可能的。林英不会把手表借给小四戴，我也不会跟林英借的。有一个办法，倒是完全行得通。这就是，趁着林英不注意，把她的手表偷来，让小四戴几天，掌握时间，然后，再趁着林英不注意，把手表送回去。

我被我的想法激动了。林英的手表就放在磨顶上，要是在她眼皮底下偷走手表，比登天还难。除非她洗完脸，没有及时把手表戴到手腕上，就到锅屋做饭去了。手表可是她的命根子，她能把手表忘在磨顶上吗？

林英洗完脸，果然钻进锅屋做饭了。

我感到我的心都要蹦出嗓子眼了。这时候，林英家的院子里没有一个人，连一只鸡一只狗一只猫都没有。林英的母亲前年生病去世了，林老师还没有放学，我如果能在这时候潜伏进林英家，很轻易就能偷走她的手表了。

林英刚钻进锅屋又钻了出来。林英直奔她家石磨，从磨顶上取走了手表。林英一边往锅屋走，一边又把手表戴到了手腕上。

林英的警惕性真是太高了。

我在大白果树上有些失望。我看着学校放学的孩子们欢呼雀跃着奔走在村路上。

立春和立夏从大白果树下走过了，我也看到我姐姐大娥绕过我家门口的大池塘回家了。但是我没有看到小四。

我的眼睛望向鱼烂沟村小学校的门口，那里已经没有孩子了。我在大白果树上看不到小四家。但是我知道小四家的情况，她母亲长年生病，卧在床上，他父亲身体也不好，只能在生产队里干些编筐之类的轻快活；她大姐是傻子，经常在村上找鸡屎吃；她二姐和三姐相继淹死在我家门口的池塘里。现在，她是家里唯一的劳动力。

可已经放学了，她不回家做饭，她在干什么呢？

当我再次拨开稠密的树叶，望向村小的大门口时，我看到小四冲出校门，向村上狂奔而来。

小四最后一个跑出学校，我猜想，她肯定又挨丁老师的批评了。她说不定已经哭了。我能想像出小四那无助的悲哀的表情。她在挨丁老师批评的时候，还要想着中午做什么饭，还要想着，水缸里有水吗？锅门口有草吗？鸡喂了吗？家里的饼还够吃的吗？

我心里有一点点悲伤。在我感觉悲伤的时候，悲伤迅速扩大，充满我整个心间，我觉得我不再替小四做点什么，实在是说不过去了。

我姐姐大娥大声地喊我回家吃饭了。

就在我准备从大白果树上下来的时候，我看到丁老师和林老师一前一后走进了林老师家的小院。

林老师对正在做饭的林英说，小英，我请丁老师来我家吃饭，你给丁老师炒几个鸡蛋，我再到园里摘几个茄子，我要陪丁老师好好喝两杯。

林老师到门口菜园里摘茄子了。

丁老师站在院子里，他看到林英蹲在锅门口，姿势很轻盈。林英习惯地拉拉小花衫的后襟，客气地说，丁老师到屋里坐啊。

丁老师说，行，我就在这儿站站，看看你怎么做饭。

做饭有什么好看啊。林英的话里，有些不悦。

丁老师想了片刻，说，你那块手表准不准时？要是误差十秒以内，就不算误差，要是误差超过半分钟，我想办法帮你调一块。

林英在锅屋里说，不误差。

丁老师说，这种女式手表，式样都很好看，还有更好看的，一点点，有指甲盖大，你没见过吧？

林英说没见过。林英说，那么小啊，掉到地上都找不见了。

丁老师说，戴在手腕上啊，平时不摘下来的。

林英说，平时不摘下来，要是洗衣洗脸，也不摘下来啊？沾上水怎么办？

三防，买一块三防的全钢手表……对了，你那块表，不是三防的，小心别碰上水了，也别摔了。

林英说，我知道。林英想问他，三防，防水，防震，还防什么啊？防火吗？林英不知道会不会说错，她没好意思说。

丁老师说，我这块表，摔了好几回了，硬是很准。洗衣服也不怕碰水，就是跳到池塘里洗澡，我都戴着手表。

林英夸张地说，呀，你的手表真好。

手表的话题没有继续讨论下去。林老师把茄子摘来了。林老师把茄子放在水缸边的石台上，就拉着丁老师到屋里抽烟喝茶去了。

林老师请丁老师喝酒，一来是感谢他给林英带块手表回来，二来，他准备再请丁老师给林英买一辆凤凰牌二六式女车。林老师觉得，自己就这么一个独生女儿，又年纪轻轻就失去了母亲，他是要好好娇惯娇惯的。

喝酒时，关于自行车的话倒是没说多少。林英还不会骑自行车，林老师怕说多了，女儿不高兴。因此，话题自然就是手表了。丁老师炫耀地说，我同学的爸爸是南京手表厂的工程师，我哪天给你搞一块全钢三防的女式手表。

林英听了此话，心里热热的，她不由得用感激的目光看一眼丁老师。丁老师也正看着她。在他们的目光想撞的那一刻,她脸红了。

三、洗衣

我是在码头嘴上看到小四的,她正在洗衣。

小四在码头嘴上一边洗衣一边哭。小四的两条胳膊撑起来,噗滋,噗滋……小四的眼泪不停地往外涌,从脸上淌下来,滴在手臂上,滴在衣服上。小四已经洗一大堆衣服了。小四的胳膊细瘦细瘦的,她拖着一件一件的衣服,在青石板上搓揉,在池塘里甩来甩去。那衣服好像很沉,其实不过是些单薄的夏装。小四洗了一盆的衣服,她把衣服端回家,晾晒在她家门口的晾衣绳上,从屋里又端一盆衣服来洗了。小四的母亲长年卧床不起,屎尿都在床上,要洗的衣服真是太多了。

小四把衣服泡在盆里,走到水边。小四很累,她想歇一会儿再洗。她坐在码头嘴上,把脚伸到水里,轻轻地荡着水,让水抚摸她的肌肤。池塘里有几只鸭子,鸭子附近是几棵莆草和几棵芦苇。小四把水撩起来,像雨一样落在水面上,落在草莆和芦苇的叶子上,有蜻蜓飞起来了。

小四玩着水,很快就忘记很多烦人的事。

小四哼起了歌,她不由自主地轻声唱起了《四个大嫂批林彪》。小四唱着唱着,就从水里抽回脚,在码头嘴上跳起舞来。小四的右手做一个扛锨的动作,左胳膊大幅度地摆动着,走着半圆形的舞步。小四的舞步轻盈、利索,腰肢也自然地扭动,像盐河边上的杨柳随风摇曳,并不像丁老师说的那样僵硬。

就在小四兴致勃勃跳舞歌唱的时候,她傻大姐悄悄跑来了。

傻大姐不是来跳舞的,她是来搞破坏的。

小四没有发现傻大姐的到来,她还在唱,还在跳。

傻大姐对着小四冲过来了。傻大姐什么都不能干,力气却很大,她一下就把小四推到了池塘里。

小四的二姐和三姐都是在池塘里淹死的，所以小四在很小的时候就学会游泳了。

小四从池塘里游上来。傻大姐已经跑没了踪影。她是哈哈大笑着跑走的。

小四拧着身上的衣服，让身上的水哗哗淌到脚面上。小四大声地骂着傻大姐，发誓要扒了她的皮。小四不再唱歌，也不再跳舞，她又开始洗衣服了。小四身上的衣服湿湿的，贴在身上，一定不舒服，可她已经没有衣服换了。小四看着一大盆的衣服，又开始犯愁了。她已经洗了一盆了，再洗一盆，她就累死了。但是没有办法，她还得洗。

在下午放学以后、太阳还没有落山的这段时间里，许多孩子都下湖割猪菜了，只有小四在干繁重的体力劳动。小四洗好了两盆衣服，应该歇歇了。但是她没有歇。她把第二盆衣服晾起来的时候，又拿出来自己的一双解放鞋。这是一双黄帆布鞋帮的解放鞋，小四一次还没有穿过，她已经刷洗好几遍了。黄色的帆布鞋帮已经被她洗成了白色。鱼烂沟村的女知青们都有自己的白球鞋，就连林英都有一双。这种白球鞋只能在县城才能买到，而且比解放鞋要贵好多。小四的父亲买不起白球鞋，也没有想买一双白球鞋给小四的意思。但是这难不倒小四，她不停地洗刷，就能使一双黄色的解放鞋变成一双小白鞋了。显然，洗这双并不脏的解放鞋，是小四最乐意干的。洗两盆衣服的时候，让小四落下了不少泪，洗一双解放鞋，却让她十分地开心。按照小四的意思，最多再洗两次，或者三次，就跟女知青们的白球鞋不差上下了。

小四的解放鞋还没有洗好，立春就跑来了。

立春气喘吁吁地说，朱小四，丁老师叫你到学校去了。我也去。陈大娥也去。立夏去喊陈大娥了。丁老师叫我们去排戏。

小四只是草草了事地刷几下解放鞋，就和立春一起往小学校走去了。

我没有去看她们排戏。我知道太阳已经挂在运盐河边的柳树梢上了，过不了多久，太阳就会落到运盐河里，黄昏跟着就来到鱼烂沟村，林英也就和黄昏一起从田里收工回来了。

我再一次爬上了大白果树。

当溶溶暗紫色从西边天际缓缓掩来的时候，林英也走进了她家的院子。

林英没有像往日那样从水缸里打水洗脸，而是匆匆地钻进堂屋里，一会儿，她又匆匆出来了。她换了一身衣服。她让我惊讶地穿了一条裙子。她手里端着盆，盆里显然是她换下来的衣服。我知道了，她也是洗衣服的。

林英果然开始洗衣服了。

我真的替林英担心，她怎么不把手表拿下来？她手表不是防水的。她手表要是碰上水，那就麻烦了，就完蛋了。

我听到林英短促而吃惊地叫一声。我看到她跳起来，不停地甩手，然后，急慌慌张张地从手腕上摘手表。但是她没有摘下手表，她可能太心急了。

啊，她真的把手表和手一起按到水里了。她真是太粗心了。她的钟山牌手表，一定是进水了。

我最担心的事情发生了。

在我看来，这块钟山表，虽然戴在林英的手腕上，但并不完全是林英的，它马上就会戴到小四的手腕上了。小四戴上钟山牌手表，就能掌握时间，就不会迟到，就不会挨丁老师批评了。可该死的林英，怎么会这么粗心呢？她怎么不把手表拿下来，就洗衣服呢？难道她不知道她的钟山牌手表不是三防的？她的钟山牌手表，一定叫水淹死了，就像小四的二姐和三姐一样，淹死了，就是让老水牛驼着从黄昏走到天亮，都救不活了。

我正在抱怨她的时候，林英已经冲出院门了。

在菜园里除草的林老师，说，小英你跑啥哈？

林英没有搭理她父亲。林英奔跑在黄昏时分的村道上。她的裙子飘起来了，她的头发飘起来了。没有人看到她如此奔跑过，就是在她母亲去世的时候，她也不过躲在树下偷偷地哭。

林英跑过小桥，跑进了鱼烂沟村小学校。

林英大声地喊着丁老师。

丁老师，丁老师……

由于她跑得太急，她虽然是大声地用力地喊着，发出的声音却是沙哑的，细微的，不小心，还以为她不过是在跟谁小声地说话。但是，从她的表情看，她内心是何等的焦急和不安啊。

幸好，丁老师还是听到她的喊声了。

丁老师从一间教室里伸出头。他看到林英了。丁老师跟她招着手，说，林英，林英。

林英向丁老师跑去。她脸都红了，脸上汗水涔涔。林英跑到窗户前，举起手腕说，进水了，手表进水了，我手表进水了。

丁老师没有拿手表，而是拿起林英送过来的手。丁老师看到，林英的手腕上，那根黑色的手表带，已经湿透了，紧紧地贴在皮肤上。手表里已经上起了一层雾。丁老师又重新拿拿林英的手，把林英的手拿牢在自己的手心里，对林英说，你这块表，正式进水了，你是不是洗衣服没有拿下手表？你看看表堂里，已经起了一层雾，已经看不到时针、分针和秒针了，如果不及时处理，你这块手表就完了。

林英说，那怎么办啊？

林英看到我姐姐大娥、小四，还有立春和立夏都伸过头来看，她脸红了。她想把手抽回来。但是，丁老师一双白嫩的大手把她的手牢牢抓住了。她试图抽一下，毫无效果，相反，还换来了丁老师的进一步的用力。丁老师亲自动手，打开手表带的金属搭扣，把手表从林英的手腕上摘下来。

丁老师说，林英你进来，我慢慢给你修。

林英第一次走进了教室。教室里的桌凳都被搬到两边了，中间的空场是用来排戏的。刚才她们已经排到第三组动作了，是两个大嫂的对唱，她们是一边选良种一边批林彪。对唱的两个大嫂，一个是大娥，一个是小四，立春和立夏在一边伴舞。林英走进来，当然没有看到她们刚才的节目，但是她还是看到了表演《四个大嫂批林彪》的四个大嫂了。她们还没有换上戏装。她们只穿平时的衣服，所以看起来她们还不像大嫂。她们对林英的突然到来，也表现出足够的好奇。

四个大嫂和林英，都惊奇地看到了丁老师是如何修手表的。

丁老师把手表的表面放在裤腿上，在裤子上飞快地摩擦。

丁老师摩擦了一会儿，看一眼外面渐渐黑暗的天，说，你们都回家吧，明天八点钟准时到校，不许再迟到了，朱小四，你能不能准时到校？

小四说能。

小四和另三个大嫂就离开教室回家了。

丁老师还是把手表放在裤腿上飞快地摩擦。林英有点怀疑丁老师这种修理方式，但她不好意思问他。丁老师也看出来林英怀疑的目光了，他说，通过摩擦增加热量，就能把表堂里的水汽烘干，只要及时烘干表堂里的水汽，手表就修好了。没问题，我同学的父亲是南京手表厂的工程师，他都是这样烘手表的。

屋里是越来越暗了。丁老师把手表放在眼上看。丁老师看了一会儿，说，你看看，是不是亮堂多啦？都看到秒针了，要不了几分钟，就好了。

林英把脑袋伸过去，由于太暗，她什么都没有看见。她的头发，都触到丁老师的脸上了。

教室外的天，实际上完全黑了。

林英说，丁老师，你慢慢帮我修，我要回去了。

丁老师说，这就好了。看看，好了，来，我帮你戴上。

丁老师没有给林英戴手表，而是把林英搂到了怀里，还把林英的衣服掀起来……

林英是被林老师喊回家的。

林英重新在院子里洗衣服。她一边洗衣服，一边掉眼泪。天黑，林老师没看到女儿落泪，他坐在磨嘴上，说，我要是不喊你，你就不回来啦？

林英说，你喊我，我已经回来了，我手表修好就回来了。丁老师真神了，我手表进水了，他都能修好。

林老师的手里就拿着丁老师修好的手表。林老师把手表放在耳朵上。林老师听到有节奏的嘀嗒声。林老师笑了。

林英忍着，没有发出哽咽声。林英只是让盆里的衣服，发出一声声凄厉的呜咽。她让丁老师摸过了，还让丁老师亲了嘴。她怎么好意思说呢？

四、电影

在三天前就有传说，流动电影队要来鱼烂沟村放电影了。

鱼烂沟村的孩子们，早就摩拳擦掌，奔走相告。

当白色的银幕，在打谷场上拉起来的时候，打谷场上已经摆上了许多石块、棍棒和板凳，那是孩子们各自占领的有利地段。

我当然是在电影机前占了一块最好的地方了。我不知道小四占没占地方。小四也许没有占到好地方，也许压根就没来占地方。今天早上，小四家发生了一件重大的事，她父亲的羊角风（癫痫）又犯了。小四是在天没亮就起来推磨的。小四在天亮时，推下来一盆煎饼糊糊，她在鏊堂里放下鏊子，准备烙煎饼的时候，迟迟没有等来抱草的父亲。她大声地喊了几声，都没有听到朱大宝的应声。小四就从鏊堂里爬起来，到门口的草垛跟前看看,她看到朱大宝口嚼白沫,直挺挺地躺在地上了。小四知道父亲又犯了老毛病,但她还是非常害怕和紧张。她知道,这种病,如果没有及时发现,采取一些措施,也会导致生命危险。小四就费力地把父亲拖起来,把他拖到草垛前,扶着他让他靠到草垛上。渐渐地,朱大宝恢复了常态。

由于照顾父亲,耽误了时间,小四紧赶慢赶把一盆小麦糊糊烙成一叠煎饼后,她排戏还是迟到了,整整迟到了半个小时。丁老师这回没有原谅她,没有让她和另三个大嫂把戏排下去,而是罚了她的站。今天早上的戏,对小四来说非常重要,是小四的一大段独唱,小四愤怒地控诉林彪妄图谋害伟大领袖毛主席,并且怒骂林彪是个林秃子。小四的这段独唱是整个表演唱的高潮。在这段独唱之后,整个表演唱在四个大嫂的合唱中结束了。让小四独唱,丁老师就是看好小四的嗓音好,看好她扮相好,才让她唱关键的独唱的,可是她却辜负了丁老师的期望,经常迟到,影响了排戏过程。丁老师就临时决定,让我姐姐大娥担任独唱。这可是大娥梦寐以求的。小四在余下的半个小时里,站在一排课桌的前边,悄悄地流泪。排戏结束后,丁老师还是照例地问她,下次会不会迟到啦?小四保证,不再迟到了。丁老师在小四瘦弱的肩膀上拍拍,说,好,我再信任你一回。

当大娥兴奋地告诉我,她有一段非常高亢嘹亮的独唱时,我知道她是从小四那里抢走的,我不屑地呸了她一口。

大娥争辩说,是丁老师要我唱的。

丁老师是狗屎!

你敢骂丁老师,我告诉丁老师把你耳朵拧下来!

丁老师喜欢拧男生的耳朵,我们都很害怕。但是我不怕,我已经想好要收拾他了,我要为小四报仇。

电影场上的人渐渐多起来了,我还没有看到小四。她大概又要给她母亲倒尿盆了,又要在码头嘴上洗好多衣服了。

小四来不来看电影，我其实已经不太关心了。我关心的是，只要丁老师来看电影就行了。只要丁老师来看电影，我就可以实施我的计划。我就可以在丁老师必经的一步桥上，下一个套子。我在冬天的茅草地里扣过野兔，我还在我外婆家的盐池上扣过海鸥，我知道套子怎么下，怎么才能套住丁老师的脚脖子。我想像着，电影散场了，丁老师昏昏沉沉、低一脚浅一脚地走上了险峻的一步桥，一脚踩进绳套子里，把他绊了个倒栽葱，让他一头栽进河里。就是淹不死他，也要灌他一肚子水。我唯一的担心，就是中了我圈套的不是丁老师，而是知青点另外的知青。

黄昏还没有来临，电影自然还没有开演。我在电影场里最终没有看到小四。我看到了林英。林英高高地挽起袖子，露出她手腕上的手表。林英是和生产队长的女儿一起走来的。她们都穿上了白球鞋，做了精心的打扮。

电影场的人渐渐多起来了，天也跟着暗了下来。在电影开演前的骚动中，住在排灌站知青点的知青们，才悠闲地晃过来，他们差不多有十个人，至少有八个人。具体人数我没数，我才懒得数他们了。我一眼就看到了人群里的丁老师，他正跟一个女知青打情骂俏。

我的担心是有道理的，这么多知青，哪能正巧套住丁老师呢？

知青们分散地站在放映机附近。而丁老师站着的地方，离林英很近，只隔一两个人。如果在人缝里伸出手，她就能摸到林英的辫子了。

丁老师摸没摸林英的辫子，我不得而知。我知道的是，片头《农业学大寨》刚刚放完，林英就不见了。她是觉得电影不好看回家了呢？还是转移到别处看啦？我没有在电影场里寻找林英。我是在没有找到丁老师的时候，发现林英也不知去向的。

丁老师肯定是和林英一起走的。

自从林英修手表时被丁老师抱过之后，自从林英的乳房被丁老师摸过之后，丁老师连续两个晚上都到林英家去了。第一个晚上，林老师热情地招待他吃了晚饭，感谢他为林英修好了手表。第二个晚上，林老师就不太爱睬丁老师了。只让丁老师在院子里坐着。林老师坐在磨嘴上陪丁老师抽烟，而且，林英躲在屋里一直没有出来，连晚饭都没有做。我以为丁老师还会到林英家的。但是丁老师在第三天晚上没有去。我在大白果树上，听到林老师和林英在小声吵架，他们正在为什么事而争论不休，他们声音太小，我听不清楚。但是我感觉到，他们的吵架，一定和丁老师有关。

由于上述原因，我没有及时偷到林英的手表。我把这些罪过统统加在丁老师头上了。

丁老师和林英，在看电影时双双溜走，他们能溜到哪里呢？我知道他们去哪里了，排灌站知青点前边是生产队一片竹林。这片十多亩的竹林，自从知青来了以后，就成了他们的乐园。他们在竹林里搭起了石桌石凳，在石桌石凳上下棋、打牌；他们在竹林里架起了秋千，在秋千上荡来荡去；他们还把生产队废弃的木轮牛车的车辘轳架起来，在上面纳凉。丁老师和林英，说不定就溜到竹林里了。

是的，他们肯定溜到了竹林里。他们要是到竹林里去，必须经过水关河上的一步桥，我只要在一步桥上下好扣子，就能扣住丁老师了。即便是扣不到丁老师，扣到林英也好啊，林英要是栽到河里，丁老师肯定会下河去救她的。真是太好了，太有趣了。丁老师不会游泳，他在河里挣扎，河水会灌饱他一肚子，河水会把他淹了半死。就是淹死了，也活该！不过我知道他不会淹死的，水关河水只有齐腰深，淹不死人。

我也溜出了电影场。

我很快就跑到了一步桥。一步桥，是一座只有一步宽的石板桥，两边没有栏杆，两个桥墩，三块丈把长的石板搭在桥墩上。

我从腰上解下两根细麻绳和别在腰里的两根木销。这是我早就准备好的麻绳和木销，麻绳非常结实。我把细麻绳做成两个套子，安放在石板和石板的连接处，又用木销把套子固定在桥墩的缝隙里。

我胆颤心惊地又跑回了电影场。

放什么电影我是一点也看不下去了。我借用银幕上的光亮和清清的月色，不停地在电影场里搜寻，在确认没有丁老师和林英后，我稍稍放了心。我知道我的套子不会白下了，我知道我就要为小四报仇了。

但是我万万没有想到，我在石板桥上套住的，不是丁老师，也不是林英，而是林英的父亲林老师。

林老师被套住了，我是第二天才知道的。林老师的光头上被桥墩碰破了，流了血，还晕了头，掉到河里喝了不少水。还好，林老师并没有声张，他只是非常生气。他在第二天早上责问林英道，是不是丁老师干的？

林英还不知道她父亲头上为什么擦破了一块皮，她正想问问林老师。但是由于这几天父女俩关系紧张，林英还没有问，就听到父亲的责问了。林英莫名其妙地看着林老师，说，你说什么呀？我怎么知道！

林老师冷笑笑，却是狠狠地说，算我瞎狗眼了！

林老师在愤怒中，上学校去了。

五、批斗

我们都没有想到，林老师竟是林彪反党集团的成员。

林老师是被丁老师揪出来的。丁老师是在教师政治学习中（这种学习每周三次），毫不留情地揪出了林老师。

丁老师说，我是南京的下放知青，响应伟大领袖毛主席的号召，到农村广阔的天地里，与天斗，与地斗，与帝修反斗，但是，我差一点犯下一个天大的错误，我竟然和反革命分子林……老师一起教书。我们无产阶级革命知青一千个不答应，一万个不答应。幸亏我们无产阶级革命知青心明眼亮，及时发现了这个隐藏很深的阴险毒辣罪大恶极的人民公敌林老师。

丁老师大喝一声，林老师，站起来！

林老师早就脸色发青、浑身哆嗦了。

丁老师一个箭步冲过去，揪起林老师的衣领，把他拎了起来。

丁老师说，你，为什么姓林？

林老师两眼睛呆呆地望着丁老师，嘴唇颤动着，没说出话来。

你和林彪是什么关系？

林老师也只是张了张嘴。

罪恶滔天的林彪姓林，你也姓林，你为什么姓林？

林老师从没有想过这些问题，一向小聪明的林老师，突然变成了傻瓜。

丁老师动情地说，各位亲爱的老师，革命战友们，他姓林，胆敢追随林彪，胆敢和林彪姓一个姓，也就罢了，你们看看，他竟然和林彪一样，是个秃子，他追随他的主子，已经达到惟妙惟肖的地步了！打倒林秃子！

丁老师突然的振臂高呼，把在场的老师们吓了一跳。他们不由得也举起手，也跟着喊打倒林秃子，但是却是稀稀落落的。

丁老师最后决定，他将联络鱼烂沟村全体下放知青和革命群众，和鱼烂沟小学全体红小兵一起，批斗林老师，直到把他批倒批臭。

一场批斗林老师的声势浩大的群众运动，在鱼烂沟小学轰轰烈烈地开展了。为了配合批斗林老师，学校无产阶级革命文艺宣传队决定临时排一个节目。丁老师主动承担了这个节目。这个节目就是简单易学的"三句半"，由《四个大嫂批林彪》的演员来演。

说干就干，丁老师用一节课时间赶写了剧本。由于斗争形势的需要，我姐姐大娥、立春立夏姐妹和小四，全天没有上课，他们躲在学校的厨房里，在丁老师的带领下赶排节目。经过一天的努力，节目排出来了。

大娥：东风万里红旗飘，

立春：鱼烂沟小学形势好，

立夏：我们揪出林秃了，

小四：好！

大娥：林秃子要作妖，

立春：胆敢把革命形势操，

立夏：我们一脚踏上去，

小四：打倒！

大娥：林秃子要作怪，

立春：半夜要学猪八戒，

立夏：春雷一声震天响，

小四：屎淌！

……

丁老师对这个短平快的"三句半"很满意，他决定把这个节目插在《四个大嫂批林彪》的表演唱里，并且把表演唱的题目改成《四个大嫂批林秃》。

"三句半"在早操上就要表演了，丁老师对大娥、立春立夏和小四说，你们对反革命分子林秃子要狠一点，批斗他的时候，可以用脚踢，可以吐唾沫星，还可以煽他耳光。

我姐姐大娥是个舔屁虫，她听了丁老师的话，点点头。立春和立夏看大娥点头了，也点点头。小四本来是不想点头的。但是，她要是不点头，丁老师会说她表现不积极，小四也就跟着点一下下巴。

批斗会开始了，全校师生都集中在操场上。林老师站在前边，由于准备不充分，林老师没有挂黑牌，也没有戴高帽。为了表示林老师在接受批斗，丁老师灵机一动，从学校矮墙上拆下一块砖头，让林老师抱在怀里。丁老师在宣布林老师是个反革命分子以后，四个大嫂上台表演"三句半"了。四个大嫂人人义愤填膺，开始还能按照事先排好的动作有秩序地进行，可演着演着，有些乱了，四个大嫂上蹿下跳的，抢台词的现象时有发生,还不时引来学生们的哄笑。

　　大娥在表演中,抽空在林老师的屁股上踢一脚。立春不甘落后,在林老师的脸上啐一口。立夏更是好样的,跳起来,在林老师的脸上煽一巴掌,啪,声音清脆而悦耳。小四从地上捡起一块瓦片,灌进了林老师的衣领里。

　　四个大嫂的"三句半"表演,持续了十多分钟。

　　最快乐的是学生们。批斗会结束后,同学们争先恐后地去啐林老师,去踢林老师的屁股和腿,去扇林老师的耳光。林老师抱着砖头,被同学们推搡着,承受着同学们来自四面八方的击打。鱼烂沟小学是一所编制奇特的学校,小学和初中混在一起,那些围攻林老师的,不是高年级的学生,也不是低年级的学生,都是些四五年级的男生,也有个别女生。他们对林老师下手,主要是觉得太好玩了。是校长跟林老师递眼神,递了好几个眼神,林老师才如梦初醒般挤开学生跑了。

六、小四

　　丁老师为了把"三句半"有机地融进《四个大嫂批林彪》里,费了不少心思。首先,他要修改、精炼剧本,不能像原来那样拖踏、冗长,其次,还要如何和表演唱合拍。为此,丁老师又推倒原先基本排好的表演唱,重头再来。排戏时间从早上八点到九点不变,又增加了下午放学后的时间,并且经常拖到天黑。丁老师不知从哪里借来一盏汽灯,就是天黑了,汽灯也会把教室里照得雪亮,就跟白天一样。

　　这可苦了小四。小四家里事情多,小四家里离不开她,她不可能像我姐姐大娥那样,嘴里成天唱唱呕呕,呆在学校里不归家,也不会像立春和立夏那样如影相随快快乐乐。我好多次看到小四急慌慌地奔走在村路上。小四的脸色,有时候像大人一样严峻,有时候也像大人一样心事重重,她要在家里忙,她家里有忙不完的事情,然后再到学校去排节目,还要不时地防备她傻大姐的突然袭击。她傻大姐经常在小四不注意的时候,从什么地方突然窜出来,打小四一下,就哈哈大笑着跑了。小四卧床不起的母亲,就多次唉声叹气说她们是前世的仇人,今世还要在一个屋檐下作对。

　　我觉得我很对不起小四,我到现在都没有偷到林英的手表。林英的手表,还戴在林英的手腕上。我发现手表戴在林英的手上,根本不起什么作用。如果能戴在小四的手腕上,她就能准确掌握时间,就不用常在村路上奔跑了。她的奔跑,都是因为一件事,害怕迟到。但是大多数时候,小四的奔跑都是无效用功,因为她跑到教室里的时候,往往只有大娥一个人,不是丁老师还没到,就是立春和立夏还在家里吃饭,甚至有一次,教室里一个人都没有。小四正后悔没有在家里洗一盆衣服时,她傻大姐从桌肚子里钻出来,啊呜怪叫着,向小四扑来,没头没脸搂住小四,在小四的脸上狂吻着,嘴里还不停地说,亲你亲你……然后,她在小四的肩膀上狠狠地咬一口,跑了。

　　我感觉对不起小四的原因还有一个,就是该死的丁老师没有得到应有的惩罚。我费尽心机想用绳套子套他,想让他落进河里,淹他个半死不活,可被套住的,不是丁老师,而是林老师。既然丁老师逃过了绳套,就让他暂时逃过吧,我是不会饶过他的,总有一天,我要收拾他。

　　在重新排戏的这几天里,或者说在批斗林老师的这几天里,我只能悄悄地保护小四。在学校里,只要有人敢跟小四作对,我就在他们的书包里,塞进一只蛤蟆或者臭虫,就连我姐姐大娥,我都没有放过。那天,我姐姐大娥,很霸道地要走了小四的发卡。那根粉红色的发卡,大娥说是她丢的。小四也没有跟她争辩,就乖乖地把发卡给她了。第二天,我就让那根粉红色的漂亮的发卡躺在了我家门口的池塘里,跟那些鸭粪、鱼虾混在一起了。但是,小四似乎并不知道我在暗地里保护她,也对我的保护不领情。有一次,一个恶作剧的男生,玩吃小鸡的游戏,就是在每个男生的腿裆,象征性地抓一把,说,揪小鸡吃吃。这个男生一不小心抓了小四一把。虽然事后他发现抓错了人，红着脸逃走了，我还是追上去，伸腿把他别倒在地上。我以为小四会跑过去踢他一脚的，可我分明听到小四嘟囔着说，多管闲事。

但是我还是切实地帮过小四一次。那是她在排戏回来的路上。天已经很晚了。我在学校门口的小桥底下等着小四。

在这之前，我曾经悄悄地走近那间教室。我从窗户里看到，亮如白昼的灯光下，四个大嫂在丁老师手风琴的伴奏下，一边翩翩起舞，一边放声歌唱，她们整齐划一的舞姿，她们嘹亮的歌喉，让丁老师非常满意。丁老师一如既往地站着，一条腿略微前弓，跟着音乐打着节拍。在四个大嫂中，我没有看我姐姐大娥，我也没有看立春立夏，我一直在看小四。小四身穿一件瘦瘦的小花衫，那是她去年穿过的，显然是不合身了，几乎是勒在了身上。小花衫让她的乳房夸张地突现出来，也让她的腰肢显得很细，还让她的屁股显得很大。我不知道小四怎么穿这件衣服。我一点也不喜欢小四穿这件开满紫云英的小花衫。也许她自己也不喜欢穿。但是，我看到她脸上是微笑的，一种平静的笑。她舞姿完全舒展开来了。她的歌声虽然混在她们的歌声一起，我还是能够听到小四的声音。紧接着四个大嫂的合唱，是临时加进去的"三句半"。在表演"三句半"的时候，丁老师几次中断了排练，他一会儿纠正大娥的声音太抒情，一会儿纠正立春的声音不够狠，一会儿又让小四说那半句时，一定要动作夸张，并且，最好要有身体动作，比如跺一下脚，或者跳起来。为了让小四能够充分领会，丁老师还示范了好几遍。还好，小四已经不是开始时的小四了，她完全能够领会丁老师的精神，并且表现得恰到好处。

我估计她们排练差不多要结束的时候，我离开了教室，躲到了小桥下。

我在小桥下，等着她们。这时候，我看到一个人，当然只是一个人影，在朦胧的月色中，此人哧溜哧溜就蹿上了桥头的榆树。我知道这是谁，除了傻大姐，还有谁呢？她又是来偷袭她妹妹小四的，她把对她妹妹的袭击，当成她最大的乐趣了。我可不想再让小四受到这样的惊吓了。我找几块石子，以桥身作为掩体，向大榆树砸去。我知道在大榆树的某一个枝杈里，在浓密的树叶的遮掩下，有一个讨厌的傻大姐，我要用密集的石子，把她砸跑。在我一阵袭击下，傻大姐藏不住了，又哧溜哧溜从树下滑下来，狼狈逃去。

我真的很快乐。我能为小四做一点事情，我都觉得是快乐的。

但是，紧接着，我就发现我根本保护不了小四。

当我看到大娥、立春和立夏哼哼着《四个大嫂批林彪》的曲调，走出小学校的破门，走上小桥的时候，我并没有看到小四跟她们一起出来。我又等了一会儿，还是没有小四的影子。我竖起耳朵，我听到手风琴声再次响起。莫非丁老师把小四留下来补课？这是完全有可能的。立春和立夏就曾经被留下来补过一次课，我姐姐大娥还补过三次，或者四次，我都记不清了。而缺课最多的，实际上最需要补课的小四，反而没有补过一次课，那么小四被留下来补课也就不奇怪了。

我悄悄地跑进了学校。

手风琴美妙的琴声在我耳边渐渐清晰起来，我同时也看到教室的窗口里透出洁白的灯光。

我向教室接近。我对丁老师并不信任。他不是对林英下手了吗？他不是和林英一起，连电影都不看而去约会吗？林老师正是因为去寻找他们才叫绳套套住的。叫绳套套住的林老师，想阻止他女儿跟丁老师约会，结果如何？结果是丁老师组织四个大嫂用"三句半"狠狠地批斗了林老师。

琴声突然停了。和突然停止的琴声相呼应的是，汽灯也灭了。与此同时响起了小四的哭闹声。小四说我要回家，我要回家……

一个人影冲出了教室。

又一个人影冲出了教室。

跑在前边的小个子一定是小四了,而后边的追赶者就是丁老师。

正在我不知所措的时候,从墙报栏后边突然冲出来一个人,哇哇叫着扑向丁老师。

我听出来,她是傻大姐,她才是傻大姐了,可大榆树上是谁呢?

傻大姐说咬死你咬死你咬死你……

在寂静的乡村小学校附近,傻大姐的声音显得空旷而寥落。

我知道,傻大姐把丁老师缠住了。

我在我家门口的池塘边上,追上了小四。其实我可以早一点追上她。我怕她再次受到惊吓,才不远不近地跟着她的。

我追上了小四。我说小四是我。

你在这里干什么?小四没好气地说。

我说我在等你。

你等我干什么?你有毛病啊?小四又快步走开了。

我说我怕你害怕。

鬼话,我怕什么,我有什么好怕的,你离我远点!

都这么晚了……我像一个受气的小弟弟,跟在小四的身后。

有多晚啊,你又没有手表!你知道瞎屁!

小四咚咚地走了。

小四说我没有手表,其实,她就是在说她自己没有手表。她的话,就像一把刀子,削去了我的脑壳。

如前所述,小四非常勤劳,也很刁蛮和任性,她对我一向都很狠。真是奇怪,她越对我这样,我却越喜欢她。她让我心里常常犯疼。她让我想入非非地想很多很多。我知道她也爱美,爱漂亮,却不像我姐姐大娥那样摆显。她是在悄悄地美。我喜欢她生气时的眉眼,那稍稍皱起的眉头,那微微上翘的嘴角,那团团的有意思的鼻子,都让我心跳不止。她几乎是在我喜欢她的同时,对我横眉冷对的。她去年,或者前年,还是我姐姐大娥好朋友的时候,她对我都是笑脸相迎。她经常到我家去找大娥玩,我会跟她开玩笑,我甚至会打她一下,她也打我一下。她哈哈地对我笑着。我看着她洁白的牙齿,还有鲜嫩的口舌,我也哈哈对她大笑着。但是,就在我悄悄喜欢上她的时候,她却讨厌起我来了。我真是不明白,我心里常常非常非常地难受。

我看着小四走在池塘边的码头嘴上,从我家的草垛边上绕过去,从我家的屋山头向村后走去。

小四家住在鱼烂沟村的最后边。

小四的身影渐渐被黑暗吞没了。我对着吞没了小四的黑暗说,等着吧,我会给你弄块手表的。

七、跟踪

批斗林老师的运动在鱼烂沟小学如火如荼地进行着,但是,热度只维持个把星期。

林老师是个很乖的接受批斗者,每次他都主动地抱着一块砖头,站在早操会上。早操会,就是早操前的会,虽然只有几分钟时间,却因为林老师抱一块砖头而增加了看点。林老师身材瘦弱,本来就有些虾的腰,因为要抱一块砖头,因为要做低头认罪的姿态,而显得更虾了。在早操会和整个早操期间,林老师都是心平气和地站着,他光秃秃的脑门上,在早晨的阳光里闪闪发亮,他的瘦长的刀条脸,加上鹰勾鼻和吊眼稍,越看越像是林彪的兄弟。林老师知道自己的长相和处境,他也没有什么好说的。但是,由于批斗林老师也批斗不出新花样,四个大嫂也不再表演"三句半",加上丁老师醉翁之意不在酒,林老师实际上,成了一个摆设。同学们都看到了,林老师在早操结束的时候,他也跟着老师们一起,回到办公室。路上,偶尔也和老师交流几句,说两句笑话。甚至,有一次,他急着要上厕所,还让丁老师把他的砖头带回办公室。

林老师对目前的处境,不但习惯,还处之坦然,就像他日常生活的一部分。

　　林老师可能还没有注意到，就在他天天抱着砖头站早操会的时候，他女儿林英的手表，已经不是那块曾经进水的半钢钟山表了，她的手表，是一块钻石牌全钢三防女式手表。这块手表，是不久前从南京寄过来的。后来它就戴到林英的手腕上了。

　　说真话，我爬在大白果树上，我以为我总有机会偷走她的手表的。她不是收工到家，要洗脸、要洗衣、要做饭吗？干这些活，都是不能戴手表的。她都要把手表摘下来，放在磨嘴上。只要她经常把手表放在磨顶上或者磨嘴上，我就有机会偷走她的手表。有一次，我都要得逞了。林英终于一不小心把她的手表遗忘在了石磨上。这也是黄昏来临的时候，林英匆匆来到家，摘下手表，打水洗脸，然后又钻进锅屋烧饭。那块手表，那块让我魂牵梦萦的手表，就孤零零地呆在石磨上了。我想，我该动手了。如果错过这次机会，我可能再也没有这个机会了。我发觉我的心跳逐渐加快，然后，它好像就不是我的心脏，越跳越让我控制不住了。

　　天啊，就在我准备滑下大白果树的时候，林英又从锅屋钻出来了。

　　还好，她没有到石磨那儿去拿手表，她跑到了院门口，到草垛那儿抱了一抱草，又钻进锅屋了。

　　我迅速从大白果树上下来，向林英家逼近。

　　但是，意外的事情发生了，林老师从学校回来了，而且他已经发现了我。他大声地喊道，大富，干什么啊？想偷我家葱吃啊？

　　我从他家菜园边上直起腰，说，我找知了猴，林老师。

　　林老师说噢噢，你找你找，别把我菜园踩烂了。

　　我还是没有偷成那块手表。

　　我怏怏不乐地重新爬上大白果树。我看到那块手表不在了，肯定是林老师提醒林英，把手表又戴到手腕上了。

　　我在大白果树上看到最后走出校门的大娥、立春立夏和小四她们。

她们的《四个大嫂批林彪》已经排得差不多了，已经进入了联排阶段，要不了几天，就要参加全县汇演了。我姐姐大娥，已经多次兴奋地说，她就要去县城了。

可能是表演唱的排戏已经接近尾声，所以她们不再加班了，教室里的汽灯，已经两三晚不再亮了。这让小四能有点时间多干些家务，她奔跑在村路上的身影已经少了很多。

天刚黑下来，我姐姐大娥又大声喊我了。她喊我我也不理她，我已经烦透了大娥。我要一直呆在大白果树上，伺机而动。因而我就看到吃完饭的林英，悄悄地走出了家门。林老师也跟着林英走出来，不过林老师只是在院子里站着，目送着林英走进了远处的黑暗里。

林英在这时候走出家门干什么呢？我知道了，她一定是和丁老师约会去了。

但是我在好几个地方都没有找到他们。

我跑出了村外。我从一步桥上跑过去。我在竹林里没有找到林英，也没有找到丁老师。竹林太大了，加上竹林里又非常黑暗，也许他们就躲在某一个地方，也许我从他们身边走过去都不会发现他们。我又到排灌站的知青点去。我没有走进排灌站的院子。那里灯火通明，不会有林英，而且我敢断定，丁老师也不在。我闻到了知青点里飘出的狗肉香，我知道知青们又杀狗吃了。他们经常到邻村去偷狗，把狗勒死，剥了皮，煮狗肉吃。

我吞咽几口唾液，离开了排灌站。

我在生产队的打谷场上也没有找到他们。

后来我又来到学校。我在来到学校之前，从林英家门口路过。我看到林老师，站在他家院门口。他嘴里的烟一闪一灭。显然，他对女儿的迟迟不归也忧心如焚。

真没想到，我在学校找到了他们俩。

真是太兴奋了，原来他们就躲在那间用来排戏的教室里。

林英说，听听，它声音也不一样。

怎么不一样？这是丁老师的声音。

钟山表的声音嚓嚓的，又沙又哑，钻石表的声音哒哒的，脆脆的，像敲小铜锣。

那当然，要不就是全钢三防了，丁老师说，我同学的爸爸，是个手表专家，他听听声音，就能知道手表是哪个国家的了，瑞士的，劳力士的，我同学的爸爸什么都懂，不过你也快成专家了，不到一个月时间，你就戴了两块手表了，你都能听出两块手表不一样的声音了。

你不是夸我吧？林英说，就是不一样么。

随着林英的说话声，传来了一阵嘻嘻的笑闹和拍打。

我知道不一样。丁老师说。

那这块钟山表给谁呢？林英说。

当然我要带给我南京的同学了，一块换一块。丁老师说。

我想给我爸……

你是说给林老师？好吧……我再考虑考虑……

林英还想说什么，丁老师却说，小声点，那个家伙会不会跟踪过来？

他们说谁会跟踪呢？他们是说我吗？我吓死了。我突然地有些不知所措。我下意识地头一缩，蹭到墙报栏那儿，贴着墙根跑出学校大门了。我一路狂奔，一路担忧地想着，叫他们看到了，他们知道我在跟踪。只有特务才会跟踪，他们把我当成特务了。他们会怎么报复我呢？

过去了一天，又过去了一天……每一天我都若有所思，每一天我都绞尽脑汁，可我就是绞尽脑汁，也无法弄到林英的手表了。

当我再次爬上大白果树，再看到林英回家时，我惊奇地发现，她已经不把手表从手腕上摘下来了。她不管是洗脸，还是洗衣服，还是洗菜淘米，她都把手表戴在手腕上，直接插到水里了。是啊，她那块手表是钻石牌全钢三防手表，不怕进水了。

林老师居然还不知道林英的手表已经鸟枪换了炮。他有一天晚上回家，看到林英戴着手表洗衣服，他勃然大怒，说，你怎么能戴着手表洗衣呢？啊？手表要是进了水怎么办？啊？你那块表又不是三防手表，你是存心想糟蹋这块表啊？你你你……你把手表还给我！

林英没有理他。林英端起洗衣盆，钻进自己屋里了。

林老师生气地站在黄昏的院子里。他的身影看上去是那么的佝偻、孤独和无助。林老师双手卡着腰，对不听话的女儿一筹莫展。

我也一筹莫展。我对林英的手表一筹莫展。现在，林英的手表天天戴在手腕上了。我猜她就连睡觉时都戴着。我一度幻想着。林英夜里睡觉，她也戴着手表吗？如果她不戴手表，那她手表会放在哪里呢？放在枕头边？还是放在桌子上？仰或放在抽屉里？只要她不是戴着手表睡觉的，只要她把手表放在某一个地方，只要她在夜里上厕所，我就有可能趁她上厕所的短暂时间，溜进她的屋里，偷走她的手表。

我被我的想法激动了。

但是林英每天晚上都要出去。我知道她是去和丁老师约会的。我眼睁睁地看着她，走出家门，消失在村路上。林老师大约也是知道女儿干什么去的，林老师也只能眼睁睁地看着女儿走出院门。我既不能阻止她去约会，也不能在树上等她一夜。这时候我发觉我真是个没用处的人。难怪我姐姐大娥常常鄙夷地说我是痴子，说我天天痴心妄想，说我跟小四的傻大姐差不多。我真不知道大娥怎么会猜中我的心思。

一天晚上，在我跟踪了半夜都一无所获的时候，我只好疲惫地在我家门口的池塘里洗脚。池塘边的码头嘴上，白天的热气已经散尽，夜风吹来了池塘里好闻的泥腥味，萤火虫也被池塘的泥腥味所吸引，在池塘的水面上闪闪烁烁。我有些泄气。我知道我不能为小四做一点事了。因为她们的《四个大嫂批林彪》已经排完，小四对时间的掌握，已经不是那么迫切和重要。但是，且慢，他们这个表演唱不是要到县城参加汇演吗？到县城里去，更应该需要手表来掌握时间啊。况且，手表，是什么时候都需要的。这么说，这个夏天，手表真是我心里的最大心事了。

我在池塘边的码头嘴上没有急着回家。

我在想着白天的事。

白天时，我在操场边上，听丁老师跟校长说，这个长达一个小时的表演唱，在到县里参加汇演之前，还要在我们鱼烂沟小学的全体师生大会上正式试演一次。丁老师说这话时，显得非常得意，他胸有成竹，根本不把校长看在眼里。而在我看来，最让丁老师得意的是，他能够结合表演唱，把林老师收拾得服服帖帖。

丁老师果然没有放过林老师，他说，表演《四个大嫂批林秃》（他没有说批林彪，而是说批林秃）的时候，林老师一定要站在课桌上陪斗。

校长唯唯诺诺地说，对的，对的，你决定英明，照你的英明决定办。

我也有一个英明的决定。

现在，我在池塘边的码头嘴上，决定让她们的演出失败。我要让我姐姐大娥，不能参加《四个大嫂批林彪》的演出。我有办法不让她参加演出。我可以让大娥伤了腿，她瘸着腿总不能上台演出吧？我可以让大娥拉肚子，她要是一边演出、一边上厕所，那就太好玩了。我可以让大娥喉咙嘶哑……不行啊，如果他们的《四个大嫂批林彪》不能正常排演，那小四怎么办？小四是那么喜欢演戏，小四是那么热爱唱歌……

就在我不知所衷的时候，突然池塘里响了一声。像有人投入一个石子，又像是鱼在起跳。

我迅速潜伏到临水的码头嘴上，看着池塘，也看着池塘四周。

我看到一个人影，飞似的从我家的笆杖边飞过。

当我从码头嘴上直起腰，寻找一闪而过的人影时，哪有什么人影啊？我揉揉眼，仔细回忆着刚才的情形，那声音，虽然像一阵风，却是真切的，嚓嚓嚓嚓，像贴着水皮在奔跑。是谁在奔跑呢？

八、池塘

人人都没有想到，下放知青丁老师死了。

太突然了。丁老师忙了二十多天的《四个大嫂批林彪》，就要带着我姐姐大娥、立春立夏姐妹和小四到县里去参加汇演了。可这家伙一点都不争气，说死就死了，不声不响的。而且，竟然死在我家门口的池塘里。

丁老师是在失踪了三天以后，才在我家门口的池塘里漂起来的。

丁老师就像一头胀死的猪，翻着白肚皮，发出难闻的腐臭味。

第一个发现丁老师尸体的，是我姐姐大娥。

那天，大娥的小白鞋已经准备好了。她不知道从哪里弄来钱，买一双白球鞋。我一直没有发现她的白球鞋。她可能知道我要对她下毒手吧，她可能知道我要设法阻止她去演出吧，所以她处处提防我。她对小四说，你围裙准备好没有？

围裙，也是丁老师安排的，每人必须要准备一条蓝布白花的小围裙，还要准备一双白球鞋。丁老师真是细心，他还安排我姐姐大娥和小四，要弄一条包头用的红色方巾，立春和立夏是绿色方巾，这样配起来，加上统一的蓝布小围裙和小白鞋，就很好看了。

小四看来早就准备好了。小四说，我有围裙，我方巾也买了。小四没说她的小白鞋，她的鞋子，不是白球鞋，是黄帮鞋洗出来的，她没好意思说。

大娥说，怪了，我们什么都准备齐了，丁老师又死没有了。丁老师这两天，死哪去了啊？

小四也抱怨地说，说好明天就要在学校演出了，再过两天，就要到县里汇演了。

大娥说，他不会回南京吧？

小四说，谁知道啊。

大娥说，真是急死人。

什么地方传来脆亮的歌声，一听就是立春和立夏姐妹唱的，她俩在大声地唱《四个大嫂批林彪》。

大娥和小四向着歌声望去。她们只望见那棵高高的大白果树。

大娥望着不远处的大白果树，也情不自禁地哼起来。

小四说，我不跟你玩了，我要回家洗衣了。

大娥说，又洗衣服啊，别洗了，你闻闻，什么味啊，这样臭。

小四说，我闻不出来。

大娥说，你再闻闻，真的，多臭啊。

大娥说着，就往池塘里望去。大娥感觉到，奇臭味，就是从池塘里发出的。池塘里有高瓜、草莆，还有芦苇，一丛丛，一簇簇的，在高瓜、草莆和芦苇间，漂着水葫芦、水白菜和菱角，有几只灰色的水鸡，在那里悠闲地晒着黄昏的太阳。越过那些芦苇和草莆，在我家门口的那片水域里，是几只笨拙的鸭子和白鹅，再往那边，就是码头嘴了，我母亲正在码头嘴上洗山芋。大娥的目光继续在池塘里搜索，她没有发现臭源来自何方。但是大娥还是不死心，她嘀咕道，我昨天就闻到臭味的。大娥再次把目光投向池塘里那一簇簇一丛丛的高瓜和芦苇。大娥突然惊叫道，看，那是什么？

小四也看到了，在离岸边不远的地方，有一些水葫芦和水白菜凸出水面，像是被什么东西顶起来了。

大娥说，是不是一头猪？看看水白菜下边，白白的，像不像猪肚皮？

在大娥的惊动下，有人拿来粪叉，系上绳子，把那沉沉的庞然大物拖到岸边了。

他们大吃一惊了，泡在池塘里的，不是什么猪，也不是别的什么，而是三天没有到校的丁老师！

原来是丁老师淹死在池塘里！

下放知青淹死在鱼烂沟村的池塘里，很快惊动了各级政府。公安机关也在第一时间里介入，并把此案定性为谋杀。因为在丁老师的脚脖子上，发现了绳套。

而我也注意到，丁老师水肿的、蛆虫蠕动的手腕上，那只手表不见了。丁老师可是一天到晚带着手表的。他淹死在池塘里，手表怎么不见了呢？这是我心中一个大大的问号。

林老师在当天夜里就被抓了起来。

他是最大的嫌疑犯。

其实，谁都能想到，作案者就是林老师，这是不言而喻的。就连他女儿林英，都想到了自己的父亲。可林老师死活不承认。不承认也没有用，林老师还是被戴上了锃亮的手铐，带到了县城，投进了监狱。

在很长一段时间里，人们经常听到林英的哭声。在林英家的小院子里，林英的哭声显得瘆落而冷寂。她是哭她父亲林老师吗？如果在田里干活，有人会问林英，几点啦？林英会看一眼手表，告诉对方几点钟了，然后，眼圈就红了，进而，就默默地滚下两行热泪。她是在睹物思人，哭丁老师吗？更多的时候，林英会坐在自家的磨嘴上，长久地望着某一个地方，黯然神伤，泪流两行……

我姐姐大娥经常莫名其妙地骂天骂地，她骂丁老师真是没用处，这么不经死，要死，就不能等我们演出结束后死？日他妈妈的，我们的表演唱白排了！她也骂林老师，骂林老师千刀万剐的，杀人都不会选时间，等我们进城演出之后再杀了丁老师也不迟啊。她有时候的海骂，云山雾罩的，不知是骂丁老师还是在骂林老师。反正，我姐姐对没能当成演员，非常恼怒，她都要气疯了，她经常感到天眩地转。有一天，她竟把精心准备的蓝布白花的小围裙，撕成了布条。

小四对没当成演员也很遗憾，不过她没像我姐姐大娥那样怒不可遏。小四在干家务活的时候（比如在码头嘴上洗衣服），或者在上学放学的路上，会跳起《四个大嫂批林彪》的舞步，也会唱着表演唱里的歌曲。小四的舞步，已经非常圆熟和优美了，她夸张的手臂，柔软的腰肢，圆润的屁股，我敢说，她比我姐姐大娥强多了。

立春和立夏反倒不以为然了。

我听到性格内向的立春，阴着脸，咬牙切齿地说，死了活该，丁老师活该死！

立夏也说，不演了拉倒！本来我就不想演了！

没想到，她们对这场演出的态度，也是截然不同。

在很快就到来的暑假里，我经常在我家门口的池塘边踽踽独行或寂寞远眺。我已经找不到别的借口来帮小四什么了，她还和从前一样，对我不加理睬。就算我主动跟她打招呼，她也目中无人地哼一声，从我身边悄然走过。

有一天，小四正在码头嘴上洗衣。我想去跟她打招呼。我也找了几件衣服去洗。小四瞟了我一眼，说，你怎么不到池塘里去洗澡？

我想告诉她，自从丁老师淹死之后，没有人再到池塘里洗澡了。但是我没有说。我说，我在盐河里洗过了。

小四还想说什么的。她就被冲过来的傻大姐扑进池塘了。

傻大姐哈哈大笑着，狂奔而去。

我以为小四会很生气的。可没想到小四很开心，她居然在池塘里游泳，还在池塘里扎猛子。小四的水性很好，她能憋在水里好长时间。小四还邀请我也下去游泳。我心里痒痒的，也想跳进池塘。

我还没有跳下去，小四就兴奋地举起手，说，看，我摸到了什么？

我看到，小四的手里举着一块手表！

是一块手表，真是太神奇了！

我们没有再游泳。我们在码头嘴上摆弄着手表。我们给手表上劲，我看到那根带着红点的秒针走动了。小四把手表放在耳朵上，听听，又把手表放在我的耳朵上，我听到清脆的嘀哒声了。它跟我的心跳一样急促。

小四说，见眼有一份，先给你玩几天，你要是玩够了，再给我玩几天。说好了，我们谁也不告诉，行不行？

我说行。

于是，我和小四，就有了一个共同的秘密。

我们共同保守着秘密，生活变得有趣和多姿起来。

暑假结束后，又到秋天了，在冬天来临之前，林老师回来了。

林老师被关了半年，无罪释放，回来了。看来，林老师确实没有杀死丁老师。

那丁老师是怎么死的呢？鱼烂沟村的老百姓，一直都没弄明白。

倒是在林老师被释放之后，又一件事情引起了鱼烂沟村的巨大震动，其影响，不亚于丁老师的死，这就是，小四的傻大姐居然怀了身孕，看起来已经六七个月了。天啦，鱼烂沟村的老百姓纷纷猜测，是谁干的呢？谁这么缺德？

小四又面色忧郁了。她大姐挺着肚子在鱼烂沟村晃来晃去，仿佛是她干了什么亏心事一样，让她在鱼烂沟村抬不起头来。

九、尾声

表演唱《四个大嫂批林彪》一直没有公开演出过。鱼烂沟小学的同学们和老师们看过的，只是中途被硬夹进去的"三句半"。

只有我，偷偷看过她们排戏的部分片断。

大 鱼

一、唐成

唐成在院子里晒钱。

早上的阳光白花花的,似乎比别处的阳光毒。那些遭了水湿的钱,一见到阳光就跑了水汽,就卷了角,就恢复成钱的原来面目了,挺诱人的。

唐成把钱晒在簸箕里。钱都是大钱,一百和五十的。唐成喜欢把零钱换成整钱。换成整钱了,似乎这钱才有钱的价值。所以,唐成身上的钱,都是大钱。唐成晒钱,怕钱见到风。他知道钱这东西有灵性,容易"见风跑",他也知道"钱难挣,屎难吃"的俚语,以及俚语里的哲学,更是牢记"钱钱命相连"的古训。因此,唐成坐在丝瓜架下,眼睛不转珠地盯着钱。风倒是没有,静静的,麻雀倒是来了。一只灰麻雀,不知道簸箕里晒得是什么,一头扎下来,吓了唐成一跳。唐成条件反射地蹦起来,撵跑了麻雀。唐成觉得这是个不祥的预兆,觉得麻雀不像是麻雀,不会是什么妖精吧?唐成找来一根竹竿,系上一只红塑料袋,插在石台上，吓唬麻雀。这一招果然灵，麻雀不再来了。但是，唐成心里还是悼悼的，巴望着阳光再毒一些，快点把钱晒干，否则，麻雀就算不来，要是来人呢？比如尹娥。是的，尹娥到小翠超市去看小牌，必走他家门口。尹娥要是来跟他打听大鱼的事，就看到他晒钱了。晒钱的事总归是私秘的，不是可以张扬的。再说了，钱怎么会湿呢？要不是翻身掉进湖水里，钱是湿不了的。为什么会掉进水里？这就是问题了，要是叫尹娥抓住这个问题，唐成说不准就会说漏了嘴，惹上麻烦。

怕谁来谁，尹娥在门口打门了。

"唐成，唐成，大白天闩什么门？开开！"

唐成两手划拉着，一手抓一把钱，不知道往哪里放。他光着背，大裤衩上又没口袋，只好往裤裆里塞了。唐成左一把右一把，藏好了钱，按着裤裆，才去开门。

门空里站着光鲜水滑的尹娥。尹娥瘦高，削肩，眼梢翘翘的，下巴尖尖的，长一张狐狸脸，样子也像狐狸一样狡猾。尹娥穿了一条绿裙子，一件水红色衬衫。尹娥喜欢穿衣服，衣服都是带牌子的好衣服。不过尹娥太瘦，胸脯太秀气，再好看的衣服也撑不起来，给人的感觉，那些好衣服就像不是她的，就像是偷来的。因此。尹娥的美丽就有些虚假的味道。尹娥正虚假地笑着，说："我望到你了，什么东西往裤裆里塞啊？有点像钱啊。"

"瞎说。"唐成把手从裤裆拿开来，说，"进来进来。"

尹娥闪身进来了。尹娥走到石台边，看看空了的簸箕，说："你家有多少钱，要在簸箕里晒啊？不得了啊唐成，发财啦？"

"我发什么财啊，不生意不买卖的。"唐成的手又按住了裤裆，走一步顿一下的，显得特别小心，生怕裤子里的钱掉下来。唐成粗粗壮壮的，大头大脸，鼻子看起来比脸还宽，眼皮像嘴唇一样厚，人很憨，像一条大憨猪，其实他心细如麻。唐成可不想在钱上多说话，他赶快改了话题，说，"没跟小翠她们看小牌？"

"就你惦记着小翠。不想看，天天看小牌，没意思。"尹娥的眼睛盯着唐成的手，她要不是亲眼看到他往裤裆里塞钱，她肯定要笑话他手怎么离不开那地方。尹娥知道他裤裆里都是钱，还是调侃道，"唐成你手离不开裤裆啦？是不是叫小翠忙伤啦？"

唐成叹一声，说："都是你乱加的帽子，我和小翠要是真有什么事，那就好了。"

"你也笨，条件要自己去创造。我看小翠对你就蛮好，该出手时就出手。你呀，就是太小气，把钱当成命，你要有小翠那么大方，小翠未必不跟你好。"

"算了，我这副穷鬼，混混日子，不想那些小糖饼了，人家小翠又不是没有男人。"

"有男人也等于没有啊，一年也不回家一次，算什么男人啊。你就这点出息啊？小翠闲着也闲着……算了算了，我教你这些干什么呀，你也不是不懂。"尹娥有些恨铁不成钢地挖了他一眼，又说，"我来跟你说个事，我听小翠说的，说前湖里有大鱼，成精了……我就不信，你常在前湖里混，见过大鱼没有？听说，大鱼连人都吃。"

果然是来打听大鱼的。前天，还有大前天，唐成跟许文翠说，前湖里有大鱼，比一间屋还大，湖面上漂的野鸭，一口能吃下一百只，有人亲眼看到。就是一条小船，大鱼也能喀嚓咬下半边。唐成知道小翠那张嘴，比笆斗还大，没影子的事能说出十个影子；也知道尹娥，对什么都好奇，对什么都要打听个底朝天。这不是？大鱼都能吃人了，再传下去，不知传成什么样了。唐成心里得意，却故意惊讶道："真有大鱼啊？天啦，怪不得！"

"什么怪不得？你遇到啦？讲讲！"尹娥眼里放光了，她推一把唐成，"快讲呀！"

"那天还真玄，我在湖边起龙虾，有一群大鸟从我头顶飞过去，我也没上心，一会儿，大鸟一阵惨叫，我一眼望去，看到湖面上有一个大旋窝，几十只大鸟被旋窝吸进去了。乖乖，从天上吸下来，那要多大劲啊，我当时吓的呀，腿都抖了。"

"天啦，怎么没听你说呀，那就是大鱼作怪啊！"尹娥张圆了嘴，吸一口气，说，"你胆子大啊，怎么还敢去逮龙虾？不怕大鱼吃了你？"

"我不怕，大鱼又不是天天出来，它躲在水晶洞里，吃一顿饱一年，睡觉养精神，哪能顾得上我？再说了，我是在湖边，水浅，大鱼过不来。要说怕，也是丁春景怕，他在前湖搞网箱养鱼，投资大，效益也大，要是叫大鱼祸害一回，损失不要太大了。"

"好好的，说丁春景干什么。"尹娥的脸就寒下来了。

唐成知道说漏了嘴，说丁春景，等于是揭尹娥的疮疤嘛。四年前，就是这个丁春景，把尹娥强奸了。丁春景还去坐了三年牢，去年刚出来，在湖心岛上承包一块地，又在湖里搞网箱养鱼，也算是稍有起色。

唐成说话时，看到尹娥的眼睛老是盯他的手看。唐成的手按在裤裆上，样子既滑稽又不雅，可又不能拿开来。尹树往后退两步，想坐到丝瓜架下的板凳上。就在尹树退两步的时候，一张钱，从裤洞里掉下来了。那是一张一百的大票子。

尹娥咯咯笑了。尹娥说："唐成你真让我瞧不起，我也不抢你钱，不借你钱，你哩，也不欠我的，你看到我就把钱往裤裆里塞干什么啊？你想笑死我啊？"

唐成说："不是……是……这么回事……"

唐成结巴了半天，也没说出个下文。

尹娥更是要笑晕了，她说："你不会是下钱吧？乖乖你狗日的不得了啊，别人肚子里是屎，你肚子里是钱，谁还敢跟你玩牌。"

唐成脸就更红了。唐成说不出话来，坐着不动，手里捏着那张百元大票。

尹娥在他面前扭扭腰，说："看牌去啊，小翠超市里有牌局，三缺一，去不去？"

"不去，我要弄弄虾筒。"唐成说。本来，唐成还是喜欢看牌的，特别是跟这些小女人一起看牌，说说笑笑，打打闹闹，浑话粗话都不计较，也还好玩，可是，尹娥发现他晒钱的秘密了，又看到他把钱藏在裤裆里了，这让他心里不舒服，就干脆利落地回绝了她。

"哟，吃什么药啦，学好啦？不赌小牌啦，不赌拉倒，我走啦。"尹娥嘟嘟囔囔着，边走边说，"一个人吃饱全家不饿，也这么死苦，能带到棺材里呀？幸亏王萍跟人跑了！"

尹娥这后一句话，是故意激跳唐成的。王萍是唐成的老婆，是没拿结婚证就结婚的那种。几年前，一直在上海打工的王萍，回来后带走了六岁的女儿，一去再无音讯。唐成去找过几回，连人影都没有看到。人家都跟他说，你老婆是跟人跑了。唐成没能力反驳——他就算浑身是嘴，也说不清楚。唐成只好认下这壶苦酒，在村里混日子。村子东边是白石岭，西边是黑石岭，鱼烂沟村就夹在两岭中间，前边就是苏北第二大人工水库，村里人习惯叫前湖。鱼烂沟村背岭面湖，有地位优势。唐成靠湖吃湖，在湖边的河岔里或浅水里捞点小鱼小虾，也用一种芦苇编的"V"形渔具逮龙虾和靠山红（一种野生小螃蟹，没有肉，不好吃），日积月累，也赚了一点钱，但，他喜欢看纸牌，赢少输多，实际上日子并不宽裕，更不要说拿出多少钱去娶个老婆了。唐成想想自己才三十多岁，日子还早了，没有钱怎么能行呢？他就想到湖心里的那些网箱，想到网箱里的一条条鱼。可那些鱼都是丁春景的，他也只能看着眼馋。要想弄到那些鱼，除了偷，没有别的路了。因此，他随口就散布了大鱼的谣言。唐成昨天夜里就去偷鱼了。偷鱼先得偷船。他偷拴在码头嘴上的一条小水泥船时，被一条大狗发现了，大狗从岸上扑过来，吓得他掉到了湖水里。岸上上不去了，因为有人在唤狗，唐成只好潜下水，从别处爬上了岸。唐成口袋里的一卷钱，叫水泡了。

唐成虽然在尹娥面前出了点洋相，收获也还不小，这就是，前湖里的大鱼，已经在村上传开了。接下来，成了精的大鱼，会把丁春景网箱里的鱼吃光。唐成心里头有了底，他三下五除二掏出裤裆里的钱，把钱理好，藏在堂屋门后的背胎里。唐成穿戴整齐，准备出门，想想，还是从背胎里取出钱，揣到身上。钱还是在身上保险。

二、小翠超市

尹娥走进许文翠家的小翠超市。

小翠超市就在村子中间，水关桥桥头。超市里什么都有卖的，除了生活日用品，还有农用杂品，比如绳子、铁桶、成捆的塑料薄膜什么的，甚至还有摩托车、手扶拖拉机配件，真成"超市"了。超市里还有一景，就是成为村里闲人的活动中心，扑克、麻将、象棋常年有人征战，传统的"小纸牌"，更是天天都有。此时，超市里正有人看小纸牌，男女混坐一桌。男的是上了年纪的老六指和疤二爷，女的自然少不了许文翠，另一家是村小的老师吕慧。

许文翠就是小翠，她一看尹娥来了，立即就说："大娥，你才来呀，来来来，我让给你。"

尹娥连连摆手，说："你们不知道，出事了。"

看牌人，还有相眼人，都望着尹娥，知道她马上就要发布重大消息了。不过，尹娥这时候却卖起了关子，问："谁输啦？"

"谁输了你别管，你有屁放快，出什么事啦？"小翠的嘴又臭又大，说话口无遮拦，连尹娥都惧她二分。她手里捧着纸牌，望着尹娥，那眼神，分明是在催她。

尹娥说："不得了，前湖里的大鱼，比三间屋还大，天上飞的……麻雀，它能一口吸进嘴里，啊呸，麻雀算什么呀，我看那架势，就是飞机，它也能从天上吸下来，哎呀，吓死我了，那浪……要不是我跑得快，我就没命了。"

小翠"噫"一声，不屑地说："我以为多大事的，不就是大鱼嘛，谁不知道？"

"啊，你们知道啦？"尹娥有些失望。其实，她也太容易忘事了，还是许文翠先告诉她大鱼的事哩。说忘就忘了，不过，谁都知道，尹娥是个有心没肺的人，不要说忘了这点言语上的小事，就是再大的事，她也敢忘。

"一点也不稀奇，你们说大鱼是吧？"老六指说话了，他声音沙沙的，像是很遥远，"五十年前，我爷爷还没死，我听我爷爷讲，他打小记事的时候，蔷薇河里就有大鱼了，那鱼才叫大，有多大？说出来吓死你们，那时候啊，洪门口还没有拦海大闸，发大水的时候赶巧遇上了潮汛，那海水呀，哗哗就冲上来了，浪有几丈高，大鱼就是跟着海浪上来的。等潮水退去了，大鱼就搁了浅，蔷薇河哪里盛得下它啊，露出人把高的脊梁，东一头西一头往河堤上撞，几天后就撞死了。我爷爷他们去割它的肉吃，要用梯子才能爬上去，一个村几百口人，割了半个月，家家都腌了几百斤鱼肉，吃了好几年咸鱼。那鱼才叫大呀，鱼的腰骨珠，拆下来当板凳，鱼刺能盖屋，乖乖！"

尹娥嘴都听圆了，她先是妈呀一声，接着说："蔷薇河不就通前湖吗，泄洪的时候，前湖里的水都是通过前湖闸流进蔷薇河的。"

"我就说这个事，前湖里有大鱼，不算奇怪，没有大鱼才怪了。"老六指不惊不动地说完，用那只六个手指头的手，抽出三张黑面小纸牌，往桌上一丢，说，"三只'帮'。"

"'帮'都出啦，你牌真硬呀，把我'五条姜'都拆了。"小翠不满意地说。

小翠超市又恢复了原有的秩序，看牌的看牌，相眼的相眼，人们对尹娥的大鱼并不太感兴趣。因为这几天传说的，都是前湖里的大鱼，不算稀奇了。

尹娥站在小翠身后，相眼。正巧小翠这几把背牌，连输了三把。小翠心里不痛快，她骂几句牌，紧跟着又骂道："今天怎么啦？鱼烂沟村没人了，都死绝了，连看牌人都没有！"

尹娥脸上挂不住。她一进来，小翠就让她看牌的，她没看。小翠这样骂人，就等于骂她了。尹娥说："小翠你嘴上积点德好不好？我要是没有事，我还能不看？中午我家要来客，我是来买一斤鸡皮的。"

"你帮我看一牌，我称鸡皮给你。"

"还要一斤牛肉。"尹娥说，她屁股一歪，就坐上牌桌了。

小翠称好了牛肉和鸡皮，又来相尹娥的牌。说来也巧，尹娥上来就抓好牌，六只"闻犬"，五只"大轿"，加上小花和八条两只"二路头"，"辞"了十三张，一把赢了六十块。尹娥高兴了，说："看看，你还骂我，你这骚逼，晓得你骂我，我把你'大轿'暗埋了，不替你赢钱！"

小翠也满脸兴奋，说："好了好了，你把牛肉和鸡皮拿走吧，不收你钱，算是我感激你请你好了吧。大娥你这骚逼手性，夜里肯定走私去了，当心你男人捉住你！"

尹娥脸上笑笑的，算是默认了小翠的话，拎着两只塑料袋走了。

尹娥前脚刚走，小翠就用肯定的口气说："我说话当真，尹娥肯定'走私'了，她可闲不住，她就好这口，她给丁正干准备了好几顶绿帽子。你们别看丁正干是村主任，他在床上根本降服不了尹娥。"

超市里响起快意的笑声。

唐成就在笑声中走进超市的。唐成不知道大家笑什么，以为尹娥说了他什么，说了他裤裆塞钱的事。唐成就说："你们别听她的，我裤裆里什么都没有。"

超市里更是笑翻了天。

小翠更是把脸都笑红了。小翠说："你就是有，在尹娥那里，也跟没有一样，你以为尹娥瞧得上你？"

唐成被大家笑傻了，他捏捏大鼻子，走到牌桌边相眼。

小翠像见到救星一样，大声说："唐成你今天挺尸啦？来这样晚，坐过来，我让给你。"

唐成准备来看牌的,一看坐着老六指和疤二爷,知道赌钱不小,就连连摆手。

"装什么死啊？"小翠不高兴了。

"不是,我没带钱。"

"鬼话,你能不带钱,你能敢把钱放在家里？来吧来吧,也不大,五块十块的,老千不冒烟,也没人买针。"

唐成还是没反应,他眼睛在货架上瞅来瞅去,假装要买东西。

小翠又催他一次。唐成还是说了实话,"我看不了五块十块的,太大了,我最多看一块两块的。"

"那多没意思。"疤二爷说。

"我不能伴你,你儿子盖大桥修高速,是大老板,牙缝你撒点都比我腰粗。我也不能伴老六指,老六指有退休金,月月见钱。我算什么呀,吃泥的小鱼小虾都不是。"

小翠说:"少在我家哭穷噢,也没人救济你。要不这样吧,你来看,算我们俩的,输了一家一半,赢了都归你,这回行了吧？我是真没空看,一会有人送货来,我要理货,还要卖卖东西做做生意。"

唐成也是不敢得罪小翠,何况又有小翠入股合伙,他要是再不看就没意思了。唐成的屁股就往牌桌上歪,唐成感觉到小翠把牌给他时,拿身体擦他一下,不管是有意无意的,唐成还是感觉到她软软的肌肤了。更有意味的是,小翠又抵他一下,还骂他是抠屁眼啯手,太小气了。所有这些,都让唐成心里热乎乎的。都让唐成想起早上尹娥说的话。唐成觉得,他要是努力一把,和小翠还真有戏。唐成因为心里多了一些想法,看牌就不能专心,牌也一直看不好,输了又输。中午没吃饭,连着看,到晚上散局的时候,输了两百多块,虽然小翠垫了一百,心里还是窝囊。

三、丁正干

　　尹娥是村委会主任丁正干的老婆。尹娥比丁正干年轻十多岁。丁正干四十多了，尹娥满打满算才三十岁。丁正干年轻的时候做水晶生意，有一年在巴西贩水晶，被当地人打劫，割掉了半只耳朵，算是半个残疾。后来生意做得不好不坏，主要是在城里的水晶市场搞收购和批发。丁正干就是在那时候，认识尹娥的。那时候的尹娥啊，还是个二十不到的小姑娘，因为家里开了个水晶作坊，和到她家收购水晶产品的丁正干有了来往，一来二去的，就和丁正干搞起了对象。丁正干把她接到了水晶市场，做批发部经理，顺便住到了一起。在和丁正干同居的那段日子里，尹娥也不安分，和她初中同学又旧情复发。丁正干的另一只耳朵又差点叫她同学割了去。丁正干看情况不妙，终于下决心，把店面转给了别人，得了一大笔现金，和尹娥回老家正式结了婚。婚后，丁正干闲了半年，带着尹娥出去玩了几次，觉得再闲下去也没意思，得做点什么。水晶是不想搞了，又考察了半个月，投资搞了木板厂。丁正干做事认真，木板厂搞得有声有色，红红火火。四年前，村里换届选举，没有一个人愿当村委会主任。镇里找丁正干谈话，要他出任这一职务。丁正干想想，答应了。可刚当村主任就出了事。事出在丁春景的头上。丁春景是木板厂的电锯工，人高马大，有块力气，一个胳肢窝能夹两根木段子，看起来是个老实疙瘩。人不可貌相，就是说丁春景这种人的。丁春景不光夹木段子，也夹尹娥。丁春景把尹娥夹到电锯房，把她扔到一堆锯末上，扒下裤子，把她给"强奸"了。丁正干刚当村主任，哪能咽得下这口气，他和派出所密切配合，和尹娥密切配合，结果是，丁春景被判了三年有期徒刑，在泗洪劳改农场养了三年鱼。丁春景去年刑满释放，人更强壮了，还带回来泗洪当地的一个女孩，据说是当地养鱼大户的女儿。两人热热闹闹办了喜事后，丁春景不计前嫌地找主任丁正干谈，要承包水面。丁正干一点没犹豫，就把前湖的一大块水面承包给了他。丁春景和他新媳妇，就驾轻就熟地搞起了网箱养鱼。丁正干知道丁春景是冤枉的，就多照顾他，水面多批了几百亩不说，在价格上，还给足了优惠。这还不算，村里头要是来人招待，也都是去买丁春景的鱼，而且现金付款，从不欠账。可不知道哪里传出消息，说前湖里有大鱼，弄得丁春景心里慌慌的。丁春景检查了网箱，果然少了两只。两只网箱啊，几十斤鲤鱼，居然就没了，而且鱼和网箱一起消失了。过两天，又少了两只。丁春景觉得事情重大，就跟丁正干做了汇报。丁正干也觉得这事情非同小可，湖里要是真有大鱼，就不仅仅是几个网箱的事了，湖堤的安全啊，泄洪闸的安全啊，还有村民的安全啊，等等等等，都要引起重视的。

这天，丁正干骑着摩托车，在湖堤上慢骑。湖堤上的绿柳遮住了天上的太阳。柳阴里很是凉爽。丁正干一边骑，一边向湖里望。丁正干对前湖是非常熟悉的。其实，鱼烂沟村人人对前湖都熟悉。前湖以湖心岛为界，南边的水较浅，深的地方也就两米，浅的地方只有几十公分，长了许多芦苇、草蒲、茭白和水莲，有的地方甚至出现零星的岗头，形成一两平方米的小岛屿。小岛屿上野生的杂树里，藏着许多水鸟，也会有水蛇什么的。丁正干小时候在这里下过钩钓黑鱼，也下过虾网。现在，黑鱼早就没有了，草虾也比以前少了许多。丁正干一路骑过来，他觉得这一带是不会有大鱼的，要有，也在湖心岛以北。湖心岛以北，水比较深，一般都在两米以上，最深的要数水晶洞。丁正干从湖堤上望去，湖心岛以北三四百米的地方，有一大片水域，水是黑的，乌乌的黑。别的地方的湖水以蓝色为主，这一带的黑，就是因为水深。具体有多深，没有人量过，少说也有两百米。要说湖心岛的形成，和水晶洞就有关系了。五十多前修湖的时候，在这一带发现了一条"水晶龙"，顺着大龙往下挖，挖出了许多石英，石英是一窝窝的，好几吨一窝、几十吨一窝不等，石英的纯度很高。在这些石英里，还会夹杂着大大小小的水晶。因此，指挥部报请上级批准，先把这批石英矿采完，哪怕工程延期，也在所不惜。为了追这条"水晶龙"，矿塘越挖越大，越挖越深，最后终于挖出了一块五吨多重的特大水晶。这块号称"水晶大王"的特大天然水晶，现在就藏在北京中国地质博物馆里。挖出来的土，就堆成了现在的这座湖心岛，而那个大坑，就叫水晶洞了。此时，丁正干看着那片黑黝黝的湖水，心里有些怕，觉得那里就是藏着几条大鱼，又有谁会知道呢？无风不起浪，关于大鱼的事，决不会是空穴来风。丁正干干脆把摩托车停下来，好好地看看那片越来越神秘的水域。在那片水面上，果然和别处有所不同，阳光照射在上面，并没有泛着金光，莫非是它直接把阳光吸进了湖底的洞里？而浪花，又明显地比别处大，也许是大鱼在洞里喘息哩。面对那片湖水，丁正干有些无所适从。

前几天，丁正干就听尹娥说过大鱼的事，他当时并没有上心，不过以为是她习惯性的多嘴撩舌罢了。丁正干后来又听别人说过，自然是将信将疑，叫他们不要造谣。但是，丁春景也说，而且，大鱼已经祸害他的鱼和渔具了。更让他吃惊的是，二皮狗家的船，也不明不白的没有了，这不能不让他多了一份心思。

丁正干在村上遇到唐成。丁正干的摩托车从唐成身边都骑过去了，又曲回头赶上他。丁正干大声地问他："听说前湖有大鱼？"

"什么？"唐成听到他说什么了，却装聋作哑。

丁正干把摩托车熄了火，递给唐成一支烟，说："唐成你常在湖里散混，你见过大鱼没有？"

"没见过，倒是听人说过。"唐成说话时，不敢看丁正干，心里还嗵嗵地跳。

丁正干把火机打着了火，给唐成上烟。唐成脑袋是凑上去了，可就是吸不着烟，那支烟含在嘴上，老是抖。丁正干只好把火机抛给他。丁正干等他吸一口烟，问："你就没有发现什么异常？比如……想想看？"

唐成摇摇头。

丁正干踩响了摩托车，油门一加，走了。

唐成看看手里的火机，骂一句："你狗日的，嫩！"

唐成往家里走，刚走到家门口，丁正干的摩托车又追过来了。唐成心里一惊。站在台阶上，看着丁正干。

丁正干说,："你帮我留心点唐成，湖里要是有什么动静，对我说一声。"

"湖里能有什么动静？我一点也不怕，要是真让我碰上大鱼，我跟他较量较量。"

"别吹，还是小心点。"

唐成嘿嘿笑两声，说："晓得晓得。你不来家坐坐？小鱼干拿点给你去家下酒。"

"我不吃小鱼干。留给你多吃几顿。你忙。我走啦，还有事。"丁正干的摩托车一冒烟，跑了。

唐成怕丁正干还会回来，他站在门口，望了一阵呆。唐成没有看到丁正干，他的摩托车从村子里消失了。唐成看到小翠家的狗，趴在路边的树阴里，伸着舌头向他望。唐成还看到几只鸡，在矮树丛里闲散地走来走去。唐成有些纳闷，这几天，小翠家的狗，老是在村子里乱跑。有一天，唐成还看到它捉了一堆知了，用爪子叨来叨去，像猫玩老鼠。狗也学会不务正业了，唐成想。狗也不是什么好狗，但那狗的长相有些特别，像小翠。一条狗长相像它的主人，或者主人像她的狗，都不是好听话。唐成只是觉得好笑，从来没敢跟小翠说过，也没敢跟别人说。唐成藏着这个秘密，偷偷地笑过几回。唐成这回又笑笑，跟那条狗挥挥手，仿佛是跟小翠挥手，回家了。不过唐成并不踏实。他觉得事情好像没有完。丁正干平白无故地敬他一支烟，平不无故地问他大鱼的事，是什么意思呢？难道他听到了什么？唐成把身上的钱掏下来，藏在门后的破棉胎里。这是他今天卖网的钱。他把丁春景的几只网箱，卖给水园村的姚大黑了。姚大黑也是逮鱼的，跟唐成有过交情，简单说，姚大黑偷过船，有把柄掌握在他手里。唐成不怕他。唐成把事情的来龙去脉又想一遍，觉得没有什么纰漏，才把心放到心窝里。

四、偷情

夜里，唐成偷了一网箱鱼。

本来他想去再偷第二网的，没想到这一网的鱼又多又大，足足有五十斤，而且是边鲳鱼，比别的鱼值钱。唐成觉得不能太贪，细水要长流，哪怕做贼，也不能把人家偷绝，于是，他就没有偷第二网。唐成划着船，往鱼虾嘴靠。鱼虾嘴在西岸上，水浅，芦苇密，各种水草也一丛丛的，水草里野生着大群的水鸭和青桩，浅水里和岗头上还有许多株高高矮矮的水柳，船不好驶，再小的船也会搁浅。只有一条小小的窄窄的暗沟，隐藏在芦苇、草蒲、水草、浮萍里，没有人能识得这里的水路，只有从小到大，天天在湖边混的唐成，能够自如地在这里划船。唐成就着月光，把船划到岸边。唐成把盛鱼的两只铁桶挑下来，又把船推回到一丛矮柳下藏好。

半个小时以后，唐成已经站到了路边。这是一条省道，直通城里。路上有夜车驶过，强烈的灯光，刺得人睁不开眼。

一辆摩托车，驶来了，在唐成面前"咯吱——"停下了。

唐成说："老吴，你来晚一小时，我操，我叫蚊子吃了！"

"你活该，上次你电话说是几点几点，后来我叫蚊子吃了四两血。"叫老吴的说，"这叫一报还一报。"

"那是头一回，没经验。唉，这回全是好鱼，边鲳。"

"边鲳有什么好？也是那个钱，一块八。"

"你狗日真贼啊，杀死我啦，两块。"

"一块八，一口价。"

"一块八就一块八！"

唐成从路边的草窝里，拎出两只桶，分别倒在摩托车后边的两只大桶里。鱼真不小，老吴心里头暗喜，说，"你小心点，弄死了我卖屁钱啊。你还没告诉我多重呢？"

"六十斤，少一两我是狗日的！"唐成赌着毒咒。

老吴从摩托车上下来，拿手电照一照，说："要有六十斤我是狗日的，撑死四十斤，我给你七十块钱。"

"老吴你狗日的想不想下次啦？你跟我抠门啊？不行，你给我一百块钱，我们两不找。"

老吴也恶声恶语地骂着，就像吃了天大的亏，从身上摸出一张票子，往唐成手里一塞，说："拿去家烧纸！"说完，"呜"一声，跑了。

唐成接过钱，用手摸摸真假。钱不假。

唐成还是满意的。唐成翻身往湖边方向跑，把两只桶藏在水草底下，又从一个什么地方拖出一辆自行车，顺着一条小路，扎扎哗哗地消失在夜色里了。

唐成把车锁在自家猪圈里。午夜十二点，唐成又出现在小翠超市门口。果然被唐成猜中了，小翠超市里亮着灯，牌局还没散。唐成有些莫名其妙的兴奋。他想起白天时，小翠跟他说过的话。那时，已经是下傍晚了，唐成到小翠超市买电池，小翠暧昧地跟他笑笑，说："你还用不少电池啊？晚上还有不少活动？注意身体啊唐成。"唐成确实有活动，但不是小翠说的那种活动，他要吃好，养足精神，去偷鱼。唐成也笑说："我想跟你活动活动。"小翠听了，水一样地笑起来。小翠一边笑，一边瞟一眼牌局。她看到尹娥撇一下嘴——尹娥听到了。小翠大声说："哈哈哈……你们听到没有？"看牌的尹娥说："没听到没听到。"小翠说："唐成要跟你活动活动。"尹娥也笑了，尹娥说："不对吧？唐成才没眼瞧我了，他是要活动你吧？"两个女人说完都笑了。最美滋滋的是唐成，活动谁他都不吃亏，他咧开大嘴，把嘴都笑歪了。

这当儿，唐成走进超市，心里头只是乐——鱼卖了好钱，又要和小翠见面。但是，他看到小翠看牌了，只有三家，小翠、尹娥、还有村小的老师吕慧。

她们都朝唐成看。小翠最先说道："到底来一家了，唐成，看不看牌？"

唐成知道三拐头不好看。但他刚从湖里上来，并不是来看牌的。他只是来相相眼，让自己兴奋的心情继续延伸下去，顺便再跟小翠笑骂两句，过几句嘴瘾。看到三个女人身边三缺一，心里虽然痒痒，也不想一屁股坐上去。毕竟，他不知道水深水浅，都到这会了，万一输了，就亏大了。再说了，他身上揣好多钱，是不能暴露的。唐成走过去，说："我不是来看牌的，我喝完酒，估计牌局还没散，来相相眼。"

"相眼也是看牌，看牌也算相眼，一个鸟样，我们三人头都拐大了，你就算来救场的，行了吧？你还没跟吕慧看过哩，给点面子好不好？"小翠说。

这倒也是，吕慧虽然是鱼烂沟村的媳妇，却真的没跟她看过牌。唐成犹豫着，倒不是吕慧有什么了不起，是小翠都说到这个份上了，再不看，就不是不给小翠面子，而是不给吕老师面子了。唐成说："看几牌——其实我来，就是看牌的！"

尹娥撇一下嘴——尹娥有撇嘴的习惯，这会儿撇得尤其大，时间也久，终于还是说道："真会拍马屁唐成。"

没想到唐成手气格外的好，坐下来就看忤牌，大把大把地赢钱。大家开始还能说说笑笑，说他是先赢后输，后来看他越赢越多，就都不说话了。就都憋着劲，想捞回来。可抓不到好牌，再急也没用。特别是吕慧，汗都下来了，把衣服都湿透了。看出来她心里急，一急就容易错，出错了就骂牌，时间不长，居然把身上的钱都输光了。吕慧又不好意思说输光了，因为她确实带钱不多，二百块钱又买了几袋方便面，大约一百九十块钱左右，转眼，竟然光了。吕慧提出不看了，说天太晚该回家了。小翠说:"又没开学,玩到天亮算了。"吕慧坚决不看。小翠就骂她,说家里又没有男人等着。尹娥也不想这时候散局,毕竟也输了钱,虽没有吕慧输得多,也输了五六十,而且,这一阵,手气刚刚翘头,说不定再有几牌就赢上来了。她也劝吕慧再看几牌,说现在才两三点钟,离天亮还远了。唐成是真不想看了,赢得够多了,再看下去,弄不好会输。不过他是赢家,不能说不看,这是不成文的规矩。但是,任凭小翠、尹娥这么说,吕慧就是不看,最后,弄得不欢而散。

唐成赢了三百多块钱,没敢在小翠超市勾留。他觉得钱多了,有时也不是好事。唐成立即出门,往家走。唐成心里蜜滋滋的,走在村街上,腿肚子上都是劲,憋了一泡尿都不想尿。不过他还是尿了。他站在路边,躲在一棵树下,朝后望望,后边一片黑,并没有谁跟过来,唐成就放心大胆地放了水。

唐成在开院门的时候,让尹娥撵上了。

尹娥脚步嚓嚓嚓,就像一条会飞的蛇。唐成说:"谁?"

唐成说谁的时候,已经想到是尹娥了。

"你是狗啊?要找到树才能翘腿啊?"尹娥的声音低低的,还伴着偷偷的笑。

唐成说:"我没看到你啊。"

"我跟夜一样,叫你看到还叫水平啊?你说你赢多少吧?"

"没赢多少,三百二百的,还算钱啊。"

"哟,什么时候牛逼啦,三百二百还不算钱?"

"也就巧了,瞎猫碰了死老鼠。"

"好啊,你说谁是死老鼠?小翠,还是我?"

唐成说:"是吕老师,她不会看。"

"你这种人啊,把人家钱赢了,还骂人家,谁还敢跟你玩呀!"尹娥说着,在唐成身上打一下。可能是天黑看不清,也可能是故意的,竟然没有打到。但她的确是做出打一下的动作的。尹娥打一个空,有些不甘心,她走近一步,还是打。这一下又打重了,结结实实打在唐成的胳膊上。

唐成心里动一下,觉得尹娥这时候不回家,这时候还打打闹闹的,恐怕有点意思。唐成也就不客气地邀请她进来坐坐。

尹娥果然随着他进来了,尹娥边走边说:"你这种人啊,回家也是一个人,再玩一阵,天就亮了,也急吼吼地回家,玩到天亮多好。"

"不是我不玩,是吕老师她不想玩了。"

"算了,你也不想玩,赢点就想跑,没多大出息,你那点小九九,还能瞒得了我?反正我玩到多会都不怕,丁正干也不在家,就算玩到天亮,我也敢陪!"

锣鼓听声,听话听音,这时候讲自己男人不在家,是什么意思?唐成觉得,这是下手的最好时机。唐成关好门,就在院子里抱住了尹娥。没想到尹娥不但没有半点拒绝的意思,还顺着他就来了,像掐鱼一样地掐住了他。

唐成没想到事情的发展,完全出乎他的意料。唐成本来的心思,完全不在尹娥的身上。尹娥经常在他跟前提小翠——小翠才是他想动的女人。可小翠只是嘴上一套,并没有半点的行动。在超市里,他也没有机会下手——那可是公共场所啊。而尹娥,他就是有想法,也不敢。丁春景的镜子,明显地照在那里。明明是她尹娥勾人家丁春景,到最后,还赖人家一个强奸罪。但是,到口的肥肉,也顾不得那些了,逮到一口算一口,过这个村,谁知道有没有那个店?尹娥呢,也一点不客气,和唐成风里雨里把事情做得从从容容高高低低,就像在自家床上一样。完事后,两个人都很累,一眯眼,天就大亮了。先醒来的是唐成,他看看一丝不挂的尹娥,又看看窗户上晃眼的阳光,心里头有些后怕——她毕竟是村主任的老婆啊?可怕也晚了,生米成了熟饭,人就睡在床上,赖也赖不掉。凭心说,尹娥的睡相真好看,瞧瞧那眉,瞧瞧那唇,还有肩,还有她脂玉一样的每一寸肌肤。唐成好久没看过女人了,他看着看着,身体又有了反应，咽一口唾液，咽不下去，喉头像堵了东西，眼睛也花了。蠢蠢地看了一会，一想，掉头也不过碗大疤。唐成的手，不由得又探上去，摸摸她的脖颈，弹弹她的小乳头……

后来的几天，唐成心就不在心里了。

五、门

村主任丁正干这几天有些头大。前湖大鱼的传说越传越悬。大鱼其实也没有什么，可它祸害前湖里正在兴起的养殖业。祸害前湖的养殖业也没有什么，可它祸害的是丁春景的鱼。丁正干的头就只好大了。

有一天，晚饭时，丁正干从自家的木板厂回来，跟尹娥又说起了大鱼。

"前湖里真有大鱼？"丁正干看是若无其事的，心里头却犯嘀咕。

尹娥望他一眼，说："管他哩。"

丁正干说："祸害人呐。"

"管他哩。"

"你不懂，"丁正干说，"丁春景找我了，他说坚持不下去了，他的鱼一网一网地少，连网箱都不知去向，提出要减免承包金。"

说起丁春景，这可是个敏感的话题。自从尹娥和丁春景有那一腿之后，包括后来丁春景去劳改，丁正干都尽量不在尹娥面前提起他。他知道丁春景并不是奸夫（充其量是通奸）；二来，他怕引起尹娥的回忆，那种回忆里，很难不带有怀念的成分；三是，他自己也不想老被刺激。但是，丁春景在他面前，老是绕不过去。丁春景现在又遇到这么个困难，要是亏损太大，他怕人家说他公报私仇，不管不问丁春景。

"你跟我说他干嘛？"尹娥果然不悦了，"你什么意思啊？"

"我没有意思，我是觉得，我要帮帮他，要不然，辛辛苦苦养的鱼，都叫大鱼祸害了，村里头对不住人家。"

尹娥冷笑一声，说："是你自己对不住人家吧？"

丁正干不想说了。丁正干嘴上不说，他心里还是有数的。他通过这几天观察，前湖里不像有大鱼，不像人们传说的那么悬。那么，只有两种可能，一种是，前湖里并没有什么大鱼，是有人偷盗丁春景的鱼；第二是，既没有大鱼，也没人偷盗，是丁春景自己玩花头，自己偷自己，目的是想村里减免他的承包金。可丁春景又不像说瞎话，他网箱里的鱼可是又肥又大，要不是硬消耗，一定会赚大钱的。那么，就是有人偷鱼了。丁正干今天碰到丁春景时，想让他报警的，可又一想，万一要是没有人偷鱼呢？万一就是他自己偷自己呢？丁正干觉得，这事，自己先得弄清楚再说。

尹娥见他不说话，看看他，推了饭碗，说："你洗碗啊，我去看牌了。"

丁正干想不让她跟那些人看纸牌，以前也说过，说影响不好，虽是小来小去，那也是赌博啊。可尹娥一句话，他就下水了。尹娥是这样说的，"你想让我干什么？你木板厂不要我去，又不许我玩，我还能干什么？我倒是想给你养个儿子，可你又没那本事！"

丁正干没有话说了。丁正干是根清水鸡巴，检查过了，尹娥不养儿子，不怪尹娥。

"早点回。"丁正干没了脾气，焉焉地说。

"知道。"尹娥拿梳子梳梳头，说，"给我点钱，我钱花光了。"

丁正干说："你花钱不少啊，都是输的吧？你纸牌你看不过那些人的。"

"那也不见得。"

丁正干从屁股后边掏出钱包。丁正干的钱包是真皮的，很漂亮。他从钱包里拿出几张一白的，递给尹娥。尹娥数一下，撒娇地说："再给一百嘛。"

丁正干说："没有了，还有这两张，我舍不得。"

"什么呀,还舍不得,看看来。"

"你看看这号码。"丁正干又拿出两张钱。

尹娥抢过一看,真是好号码,一张是98988888,一张是68686666。尹娥惊喜地说:"呀,一张是发财,一张是大顺,我也要一张!"

丁正干说:"发财给你吧,就发就发发发发发,好让你赢。我要六六大顺的。"

尹娥喜滋滋地把"六六大顺"还给了丁正干,把"发财"藏了起来,说:"有这张钱,我今天准赢。"

"我选了好久才选这两张钱,可不能花啊,更不要输了。"丁正干说,"我这张大顺也不花,留着压钱包,我就万事顺利了。"

尹娥说声知道,满心欢喜地出了门,往小翠超市来了。

再说,唐成夜里忙了一网,等他来到小翠超市,已经到了夜里十二点了。

小翠超市里,没有人看牌,或者,牌局刚散,只有小翠和尹娥在吃着瓜子聊天。唐成一头露水钻进来,惊讶地说:"散了啊?"

"三缺一,没看起来。"小翠说。

"三拐呀。"唐成说。

"不想拐,没意思。"小翠说。

尹娥看他一眼,说:"就差你一家,你哪里鬼混去啦?我去找你你不在家。"

唐成心里一惊,他把这层事忘了,尹娥会去找他。尹娥要是知道他夜里不在家,会不会想到去偷鱼啦?唐成硬着头皮,撒谎说:"我在家啊。"

"瞎话,不是一次两次了,你家连鬼影都没有,门上还吊着锁。"

唐成继续撒谎:"你不知道吧?哈……我就是在家,也是锁门的。"

两个女人同时笑了。唐成也不知道她们笑什么,心里头慌张一下,不敢多呆,腰一虾,走了。唐成这回是真怕尹娥再跟上来。唐成一路小颠，跑到自家的猪圈里。唐成觉得在猪圈也不行，还是回家。唐成不是开门从院门进去的，而是翻墙，爬进了自家的院子。

尹娥果然后脚就来了。

唐成心里暗笑道，我要死你！

"啪啪啪……"有人敲门。

唐成明知故问地小声说："谁呀？"

"有人啊？在家里锁什么门唐成？"

唐成一听，坏了，不是尹娥，是丁正干。丁正干这时候来，干什么呢？莫非他知道自己和尹娥的事？这是完全有可能的。尹娥可不是省油的灯，她是什么事都能够做出来的。她就是说自己强奸她，他也是有口难辩。唐成往门边走，感觉小腿肚转到前边了。唐成说："我……在家也是锁门的。"

"噢……"

"主任你等等，我这就开开门。"

"不开了，我没事。你睡吧……你还没睡啊？"

"睡了睡了，我在院子里睡。"唐成说，"主任你走啊。"

"是这样……算了算了，明天再说吧。"

"你说……主任。"

丁正干没有回话，他已经走了，脚步声嚓嚓嚓的，和尹娥的脚步声差不多。

唐成头上冒汗，心底发慌。唐成觉得这不是好兆头。丁正干肯定是发觉什么了，不是和尹娥的事，就是偷鱼的事。丁正干不是问过他大鱼的事吗？丁正干平时根本不理他，更不要说半夜来敲门了，可敲门了，又说没事。说没事了，又说明天再说，分明是有事嘛。唐成正想着，门又被敲响了。这回敲门的，不是丁正干，是尹娥。她敲门声明显比丁正干轻。唐成不敢去开门，他连应一声都没应。尹娥又敲了几下，还摸摸锁。尹娥自言自语道："这头猪，尽是谎，家里连鬼影都没有。"

六、前湖

几天里，虽然没有发生什么大事，但还是发生一些异常的事，比如，唐成有一次看牌回来，老觉得后边有人跟着。唐成的眼，看夜路有一套，可凭他的火眼金睛，硬是抓不住后边的影子。唐成有些担心，怕是尹娥。自从唐成跟尹娥有那一腿之后，他心里就一直忐忑着，觉得有个圈套在等着他。唐成便躲着尹娥。尹娥自然也不是省油的灯，她多次往唐成身上贴，并用暧昧的话语挑逗唐成，唐成都是装疯卖傻搪塞过去了。对唐成如此不仗义，尹娥也说过恶话，不过，那恶话里，都是一些调戏之语，唐成怕了一会儿，也就忘了。这后边的影子，或者脚步声，似有若无的，像鬼魅，抓不着，摸不着。唐成大大胆，往回找，一直找回到小翠超市，看到尹娥还在看牌。那会是谁呢？唐成嘀咕着，想到了丁正干。唐成头皮麻了一下，觉得，真要是被丁正干盯上，就坏菜了。

唐成又惶恐了几天，总算相安无事。

唐成在小翠超市里看牌，或者相眼，和大家笑笑，说说，打打情，骂骂俏，说说前湖，说说前湖里的事，日子不知不觉的，飞快，转眼，夏天就过去了，又转眼，就到了秋凉。关于前湖里的大鱼，更是越说越神了。已经有人亲眼见到大鱼，说话的是退休干部老六指，他说他那天在水边钓鱼，突然看到前边不远处的水里，有一块大石头，黑黑的，亮亮的，正奇怪哪来的岩石，只见那大岩石动了，向他漂来，原来那是大鱼的脑壳子。老六指就赶快给大鱼下跪，给大鱼嗑头，说鱼大神饶命，他再不敢来惊扰鱼大神了。

"所以呀，还是来看看牌，赌赌小钱，钓什么鱼啊。"老六指总结道。

更让人奇怪的是，小翠家的狗，突然就没有了。小翠找了一天，也不见踪影。有人看到，那条乖巧的小狗，曾跑到前湖大堤上去玩，那狗也怪，在大提上追麻雀。后来，刮一阵狂风，狗就没有了。有人断定，小翠家的狗，一准是喂了大鱼。

关于大鱼，越传越多。那大鱼，已经不是大鱼，俨然成了神灵。

只有唐成心里有数。

唐成觉得，应该干一网了。再不干，机会就不多了，网箱的鱼长成成鱼了，秋天说过去就过去，在鱼封口之前，丁春景会在一天之间，把鱼都卖了。唐成拿定了主意，就给鱼贩子老吴打电话。老吴在电话里恶声恶语的，骂他怎么到现在才打电话。唐成也有脾气，说你怎么不打电话过来。老吴说我敢吗我，我他妈还以为你出事了呢，我打电话，不是自己找死！两人互骂一通之后，还是定好了接货的时间。

月黑风轻，唐成骑破车来到西岸，把车藏在齐胸深的草窝里，卷起裤子下了水。水已经有了些凉意，在腿上打滑。唐成拨开芦苇、草蒲，绕过几丛水柳，在一处只有半张席大的土岗前，在密密的水柳里，找到了小船。唐成爬上小船，放绳打桨，穿行在芦苇丛中，一会儿就来到丁春景养鱼的南湖水域了。

唐成对这一带很熟，小船在他手里也轻灵得很。但是，由于是"黑月头"（方言，没有月亮称黑月），他还是伸长脖子，睁大双眼，在湖面上搜索。湖面也是黑的，黑得发亮，天上的星星密匝匝的，像黑脸上的白雀斑。唐成看到一排白点子了——那是网箱的浮漂。唐成把小船靠过去。

没用多长时间，唐成就得手了。鱼不多，也不算少，够意思了。

但是，唐成遇到麻烦了。唐成拴好小船，累巴巴地拎着桶，刚上了岸，刚把桶放在岸上喘口气，就有人站到了他的跟前。由于对方站在高处，影子也很高大，像一面墙。唐成腿一软，差点坐回去。不过他还是退到水里了。唐成说："啊——啊——啊——"

唐成说不出话来。唐成的下巴在抖，像打着冷战。要命的是，对方也不说话，也一动不动。莫非不是人？可不是人那是什么？分明就是一个人。唐成站稳了脚，脱口道："你是丁正干？"

对方说话了。对方先是哈地一笑，说："我不是丁正干，我是大鱼。"

唐成一听是丁正干的声音，又放心又害怕。放心是对方不是大鱼，害怕是果然叫逮住了。不是被丁春景逮住的，是叫村主任逮住的。这可比丁春景还厉害的角。唐成定定神，哑着嗓门说："你是屁，我才是大鱼了，你敢到水里，我就吃了你！"

没想到，唐成的话，引来一阵哈哈的笑声。丁正干说："我早就料到是你，我忘了带手电了，我要是带手电筒，一照，你就现原形了，你还是大鱼，哈……"

丁正干的话提醒了唐成。是啊，只要抓不住我，我就死不承认。唐成又往后退退，唐成自信水性好，他想退回去，驾着小船跑。就是来不及驾船，对着前湖游过去，游到对面的大堤，他也不怕。

"你不要想跑唐成，我都抓住你了，你还想跑，你跑得了吗？你给我上来！"丁正干说着，也甩了鞋子，也卷了裤脚。

唐成看他当真要下水，转身往湖里跑了。

丁正干也不含糊，冲进水里，也高抬腿，噗哧噗哧就追了过去。丁正干没走过这样的水，对脚底下的情况毫无知觉，几次都被倒下的蒲柴和水草绊倒。但，由于唐成的害怕和紧张，也跑不快，再加上也不时被绊倒，两相比较，唐成并没有比丁正干跑得快。唐成跑了几十米，水还没有淹没膝盖，游泳的优势自然无法体现。再加上他没想到丁正干真的追来，人一慌，脚下就乱，就不时地绊蒜，在他又一次扑进水里时，叫丁正干按住了。

丁正干说："你跑啊？"

唐成还是跑，他像泥鳅一样，一挺身又站起来，又要钻出去。

他钻不出去了，丁正干已经揪住他的手腕了。两人就像刚出水的鱼，很快由拉扯变成了扭打。丁正干只想抓住他，唐成又坚决要跑，两人下手就轻重不一样。丁正干以抓为主，而唐成，黑夜里看不清真假，每一拳，每一脚，都想让对方负痛。最后，丁正干不知哪里挨了一脚，被唐成压在身底了，唐成搂过一把芦苇，绕住了丁正干的脖子，又揪住他的头发，狠狠地按到水里。没想到，这一按，丁正干就再也没有抬起头来，人一软，就趴下去了。唐成拔腿又跑。他没跑几步，觉得不对劲，回头看看，没有动静了，身后只是黑和更黑的蒲柴。唐成不管这些，以为他成功地摆脱了丁正干。就兜了个圈，上岸了。

唐成蹲在一处草窝里，半天没动。唐成在想两个人，一个是还在水里的丁正干，一个是来接货的老吴。唐成掏身上的手机，准备跟老吴说一声，可掏遍了全身，也不见手机，可能掉进水里了。唐成又摸摸绑在裤裆的一卷钱，幸好钱还在。

唐成顾不得老吴了，他担心丁正干会不会死在湖里。

唐成又捏着胆子，往回去找丁正干。

丁正干果然死了。唐成一下瘫坐在水里，半天缓不过神来。

在最初的紧张和害怕之后，唐成决定把丁正干埋在水草下面的淤泥里。水里的龙虾，还有鳗鱼、蚂蟥，这些喜腥喜臭的鱼虫，会钻进丁正干的肚子里，把他一点点吃光。唐成想到这里，便有些从容，并不停地告诫自己，沉住气，不要慌，没有人会知道。

唐成在湖里忙活了大半宿，觉得万无一失了，才趟着水往岸上走。唐成走到岸上，找到了两只铁桶。铁桶里的鱼还在。唐成知道老吴早就走了，鱼是卖不成了。为了万无一失，他不想把鱼带回家。把鱼放了，他想，省得费事。就在唐成回去放鱼的时候，他又觉得丁正干埋得离岸太近了，万一叫人发现，就彻底完了。再想想，再想想。

唐成又想出一个绝妙的主意。

半个小时后，唐成取出了丁正干的尸体。这么容易就挖出来了呀。唐成有些后怕。他庆幸自己的决定是多么的英明正确。丁正干不像先前那么慌手慌脚了,他竟然掏掏丁正干的口袋。唐成没有找到丁正干的手机,估计也在对打时落入水里了。不过,让唐成惊喜一下的是,从丁正干的屁股上掏出一只钱包。

又过半个小时,或者一个小时,唐成也记不清了。唐成划着小船来到了湖心,凭着他的感觉,漆黑的湖水下边,就该是水晶洞了。唐成把丁正干拖出了船舱。丁正干被网箱的尼龙网紧紧地包裹了起来,和尼龙网捆绑在一起的,还有两只铁桶。唐成没有犹豫,把丁正干掀进了湖水。丁正干在落水的一瞬间,小船剧烈地摇晃几下。唐成慌乱地抓着船沿。小船在摇晃一阵之后,随着丁正干渐渐下沉而渐渐平稳。唐成在心里默默地念着,大鱼保佑大鱼保佑……

第二天,一院的阳光真好,唐成又在院子里晒钱。这是夏天以来的第二次晒钱。唐成的心里一点阳光都没有。可钱又不能不晒。他把门闩紧了,又上了扛子。他四处望望,天上地下地望望,还好,没有带眼睛的看到,就连无处不在的麻雀,也不知飞到哪里了。

七、上香

冬天到来的时候,大鱼已经被神话了。

大鱼不仅吃了丁春景的鱼,还吃了村主任丁正干。是的,丁正干就是叫大鱼吃了的,这可没有一点疑问,村里人都这么说。在丁正干失踪的日子里,村里的干部们,就回忆他们主任的主要言行和片言只语了。计生专干说,丁正干不该跺脚发狠,要去看看什么大鱼的真面目,那大鱼的真面目,是他一个凡人能看的嘛,这不是,还没看,就出这个事了。农委主任说,丁正干不该说前湖里没有大鱼,谁都知道前湖里有大鱼,他却让人家不要迷信,他丁正干不过一个小小的村主任,能乱说吗?你看看,把大鱼说生了气。村会计说,丁主任啊,就是人太实,不该有事没事就往前湖大堤上跑,你往前湖大堤上跑也就罢了,你莫往水边去啊？你往水边去也就罢了，你不能乱讲啊，大鱼听了你乱讲，能饶了你？有人接茬说："是啊，大鱼有灵有性，是随便乱说的吗？不要说吃了你一个村主任，就是吃了全村的人，也是白吃！该给大鱼敬香哩。"

没几天，就有人在湖边，给大鱼敬香烧纸了。

再过几天，有人干脆在大堤上，给大鱼立了牌位，安上香炉，上了几柱香。那香火，便日日不断了。

更有意思的是，村小的老师吕慧家，她那个瞎了一只眼的婆婆，还专门开了香火店，进了各种香，大的小的，粗的细的，红的黄的，生意还挺不错，每天都有请香的人，就连邻村的人，都到她家请香到前湖去给大鱼上香。

唐成把这些事看在眼里，把那些话听在耳朵里，觉得都是对他有利的。唐成在度过最初的惊恐和乱张之后，心里踏实多了，他再到小翠超市去，就不光是相眼了，也能坐下来看牌了，也能跟小翠说两句笑话了。小翠还是那样，一脸的笑相，做生意，安牌局，里里外外照应周详，她跟唐成依旧说说笑笑，捏捏搔搔，不拘小节的样子。唐成越来越觉得小翠可爱了。但是，他见到尹娥时，就不那么坦然，总是觉得欠了尹娥什么。尹娥是在丁正干三天没回家之后，才觉得事情严重的。丁正干经常一宿不回家，跟木板厂的客户谈生意，应酬晚了就在城里住下。可三天不回家，这在丁正干来说，还是头一遭。尹娥先到木板厂去问问。自从她和丁春景在木板厂闹出情乱以后，丁正干就禁止她到木板厂了，不要说在木板厂担任个职务，就连去看看，丁正干都不允许。所以，尹娥到了厂里，有些外来工还不认识她，本村的几个工人告诉她，老板好几天没过来了，几天？五六天了吧。尹娥又到村部去打听打听，村里的干部们说，我们也正要找他哩。镇里通知开会，点名要主任去，他手机打不通，不在家能在哪里？听了他们的话，尹娥就不再去镇里打听了，她直接就去派出所报了案。派出所也来了警察，走访了不少人，草草做了些记录，就回去了。尹娥以为很快就有消息，一天、两天过去了,到了第三天,还是一点动静没有,尹娥就跑了趟派出所,派出所很重视,把她的谈话都做了笔录,让她先回去。尹娥后来又多次去过派出所。派出所不像先前那么热情,回答她是,已经作为失踪人口立案了,照片也上了网,目前还没有发现被绑架或遭谋杀的迹象。丁正干这个人很好,没有仇敌。因此,派出所要尹娥回家,耐心等待。尹娥开始还为丁正干担心,还幻想着他在某天早上突然回到家里,但是,过去了五天,过去了十天,过去了十五天,一晃快一个月了,尹娥也认同了村里的流言——被大鱼吃了。有一天,有人又说起大鱼,尹娥说:"我刚去湖边烧了香,我替死鬼给大鱼求情了。"尹娥说的"死鬼",就是丁正干,尹娥在说这些话时,并没有眼含热泪,她说得很平静,就像在说别人家的事。后来,她干脆说:"我家死鬼要不是得罪了大鱼,喂了大鱼的肚子,我哪能去接那副烂摊子,我看看小牌多舒服。"她所说的"烂摊子",就是指木板厂,在她那里,木板厂已经成了一副烂摊子了。尹娥说完,脸上有一种怨恨之情。人们不禁对尹娥投去同情的一望。到了现在,也就是冬天来临的时候,尹娥已经适应了这样的生活,她除了在木板厂照应一下外,居然也到小翠超市来看牌了。有一天,尹娥在木板厂和生产厂长说事,来晚了,超市里的牌局已经轰轰烈烈看起来了,尹娥对正在看牌的唐成说,你让让,给我看几牌,我脑子都忙昏了,看几牌歇歇脑子。唐成无所谓,就准备让。吕慧不情愿,吕慧输了钱,输给了唐成,尹娥把唐成换下去,她上哪去捞钱啊。吕慧挖一眼唐成,半开玩笑地说:"不是说好看到明早五点嘛,你让开算什么啊,你凭什么要让啊?"尹娥也半真半假地说:"凭什么?凭他欠我的,他就得听我的,是不是唐成?"说者无心,听者有意,尹娥的话,让唐成心里咯噔一下,欠她什么呢?欠她一条命。本来唐成见了尹娥就不尴不尬的,被他这么一说,就不知怎么回答了。好在吕慧给她解了围,吕慧哈哈一笑地说:"他欠你的,欠床上的吧?欠几回啊?"尹娥对这种玩笑一点也不恼,相反,还有些乐意的味道,她说:"多了,哈哈……"还瞥唐成一眼，屁股就挨上去了，把唐成挤到了一边。唐成这才松口气，站过去，心想，尹娥突然成了忙人了，说不定，已经把丁正干给忘了哩。

让唐成的精神彻底放松的是，尹娥又去找唐成亲热了一回。唐成这回没有躲，给她放了门。唐成知道丁正干早就喂了鱼，他不必担心了。接下来的一些日子，尹娥和唐成就常常粘乎在一起，连小翠都看出来了。这回轮到小翠开唐成的玩笑了，说："唐成，你干脆倒插门算了，尹娥家有一个厂，说不定将来你也能弄个村主任干干。"唐成听了小翠的话，还真的思量过。不过，自从小翠说过这句话，小翠好像就有意疏远了唐成，不再跟他说浑段子了，也不在他身上捏捏搔搔了。唐成也知道，他有些伤小翠的心了。但，有些事情，是不能两全的。

这夜，唐成看牌，输了钱，顶到天亮，把身上的钱输光了。唐成身上的钱还从来没输光过，这是头一回，关键是，输给了十看九输的吕慧，心里头便窝着许多火，心想，昨晚上尹娥给他打电话，让他去她家过宿，要听尹娥的话，不但不输钱，还有一番痛快。唐成越想心口越赌，一大早走在村路上，看什么都烦，连阳光都碍他的事，一脚能把路上的石子踢到人家的屋檐上，他手里拿着两包方便面，准备回家当早饭，一路上，竟被他揉碎了。路上遇到老六指，还有疤二爷。老六指老远就跟唐成打招呼："唐成，看牌啦？又顶到天亮？"疤二爷也说："赢了多少钱？"唐成知道老六指、疤二爷从湖边来，他们是到湖边烧香的。唐成对烧香敬大鱼的这些人都感到好笑，哪有什么大鱼啊。但他也不敢戳穿这件事。到了这时候，他就是戳穿了，也没人相信。再说了，那样不是等于把自己卖了吗？唐成心里再憋气，也不把气撒在他俩身上啊，便翻翻眼，说："赢了，赢给了别人。"唐成的话，就是输了的意思。老六指说："唐成，你应该到湖上去烧柱香，求大鱼保佑呀。"唐成说："我烧了呀。"疤二爷说："烧了就好。你们看夜场，我们去赶早场。"唐成半阴半阳地说："你二老香都烧过了，今天可要赢钱啊。"两个老头说："那是那是。"

唐成回到家里，吃了面，睡觉。唐成一觉睡到中午，起来洗了脸，还想到小翠超市去看牌。唐成身上没有钱，他到门后去拿钱。让唐成大吃一惊的是，用来藏钱的烂棉胎，湿漉漉的，都能滴下水。唐成的手伸进去掏钱，就像伸进淤泥里。钱是掏出来了，一捆钱，竟然都湿了。唐成百思不得其解，好好的棉胎，怎么会湿了呢？前些天倒是一连下了几天雨，但也并没发现屋里漏雨啊？唐成仰起脸，朝屋笆上望，屋笆上干爽爽的，不像有漏过雨的样子。唐成心里有些怕，莫非真有什么大鱼？就算有大鱼，也不会伸下这么远，弄湿他的棉胎他的钱啊。也许还是漏雨，一滴一滴的，一连几天，都漏在棉胎上，才让他没有听到滴漏声，再加上那几天没去取钱，也便没有发觉。但是，这样的推测，并不能让唐成满意，事情过于蹊跷了，如果大鱼真的存在，不要说弄湿他的钱，就是……唐成突然想起丁正干。莫非是丁正干冤魂没散？故意跟他作怪？莫非是他霸占了丁正干的老婆，丁正干报复来了？唐成心里飘一下。

唐成想起老六指和疤二爷的话，在心里说，是该去烧柱香了。

唐成决定烧香之前，先在簸箕里晒钱。

唐成心里飘飘的，想着烧香时该说什么话，该许什么愿。

有人拍门了。

"唐成，大白天又闩门啦，你家有多少钱要晒呀！"尹娥在外边说。

唐成下意识地就要去收钱，一听是尹娥的声音，稍稍放了一点心，尹娥都跟他那样子了，还怕她什么呢？她就是知道他有钱，也没有她家钱多呀。何况，她好像知道他在晒钱，再像上次那样，慌慌张张地塞到裤裆里，不是被她笑话嘛。唐成就折回头，说："来啦。"

唐成开了门，说："叫你说巧了，我还真晒钱了。"

"我说，"尹娥朝磨嘴上一坐，伸手划一下钱，说，"妈呀，这两天累死我了，这木板厂，办不下去了，我操不起那个心，再操下去，我就死定了。"

尹娥突然说这个话，唐成摸不着底细，不敢乱发表意见。他重新关好门，也走到磨边，也划啦一下钱，问："咋啦？"

"正好有人要盘下这个厂，我准备盘给他算了。"尹娥确实一脸的倦容，"盘点现金在手里，不住鱼烂沟这破地方了，这破地方有什么好，看小牌也没意思，还要提防大鱼，烦死我了，我到城里去买套房子，到城里消闲去。唉，你跟我去啊？"

"我？"唐成像是听错了，他不觉得尹娥会真看上他，尹娥跟他，不过是玩玩而已。

"怎么？不想和我在一块啊？"

尹娥边说边随手摸起唐成的钱，对着太阳望一眼。

唐成趁机岔开话题，说："我不用假钱。"

"你也没那个胆，"尹娥说，"我看看你这一堆钱里，有没有好号码，我有一张连号的，5个8连在一起。"

尹娥又拿起一张钱，这张钱在尹娥眼前闪了一下，尹娥看是一个熟悉的号码，68686666，这不是"六六大顺"吗？尹娥心跳停跳了一下，脸色变灰了。尹娥像捏一个烫手的山芋一样，把那张钱丢进了簸箕里。

尹娥慌张地说："木板厂那边，我还有事……"

尹娥急急地走了。

唐成在尹娥走后，决定到湖边去上香。

唐成花五十块钱，请了两把香，来到大堤上的大鱼牌位前，敬香，下跪，嗑头。唐成说："大鱼啊大鱼啊，我是真对你好，我把丁正干都送给你吃了，你可要保佑我啊。我天天来给你上香，我我……我给你盖庙……"

唐成跪了一阵，祷告一阵，觉得差不多了，这才站起来。唐成望向浩淼的湖水，他突然觉得湖水深不可测，特别是水晶洞一带，湖水蓝得发黑，似乎有一些水汽，在那里萦绕不散。唐成心里仿佛有了事，走在回村的路上，老是走不稳，高一脚低一脚的。

有一辆小车，停在小翠超市门口。小翠，还有平时的牌友吕慧、疤二爷、老六指等等，好多人，都在小翠超市门口，向他望，尹娥也在人群的后边。怎么不看牌啦？唐成想，这是谁的车？小翠丈夫回来啦？唐成冲他们笑一下，想告诉他们，上过香了。可他刚要开口，那半张的嘴就说不出话来了——小车上下来两个穿制服的警察，向他走来。唐成的脑子一下就空了……

八、庙

这年的春节似乎早早就到了，前湖大堤上的小庙也在春节前正式竣工。庙不大，比鱼烂沟村的猪圈稍大一点。庙里，供奉的是大鱼的神像和牌位。庙就叫大鱼庙。大鱼的神像是木头刻的，上面涂了挺重的油漆，打扮得花花绿绿的。不知谁的主意，大鱼神像的造型，有点像美人鱼，上半身是人身，下半身是鱼身，所不同的是，美人鱼是女性形象，大鱼神像是男性形象，也算是中西结合了。有一天，尹娥去上香，看那大鱼的神像，那鼻子，宽宽的，那眼皮，厚厚的，怎么像唐成啊。尹娥心里晃了一下。尹娥摸摸肚子，他肚子里怀上了，是唐成的。可唐成现在……尹娥又烧了两柱香。

编　后

　　这本书中的八篇小说，都是我在某个特定时期喜欢的作品。《换一个地方》发表于《青年文学》，曾被包括《小说选刊》《小说月报》等七八种选刊选载过，还得了紫金山文学奖。《牙》是一篇好看的小说，叙述了一个特定群体的生存情状，他（她）们身理上的差异导致了心理上的扭曲和不安。《水胆水晶》则是用新写实的手法，描写一个新行业和新市场里上演的一幕幕离奇而荒诞的故事。《绳子》的悲剧故事在《花城》发表后，曾深深地感染了许多善良的读者。《少年愁》和《四个大嫂批林彪》是许多六十年代出生的读者感同身受的经历，那远逝的风景和青春一起，一去不返了，留下的岂止是一腔愁绪？《茶香万里》是一篇封尘已久的陈年佳酿。《大鱼》是一幅现代农村的风俗画。

　　近年来，我的中短篇小说创作数量很少，一来是心境发生了变化，二来也是对当下的小说环境产生了怀疑。观望当然不是办法，但如果写出的作品不疼不痒，或顺应当下的模块化趋势，大约也不是我的风格。我相信汉语小说还有许多未知的空间等着我们去探索和开发。

　　　　　　　　　　　　2013 年 12 月于北京五里桥荷边小筑